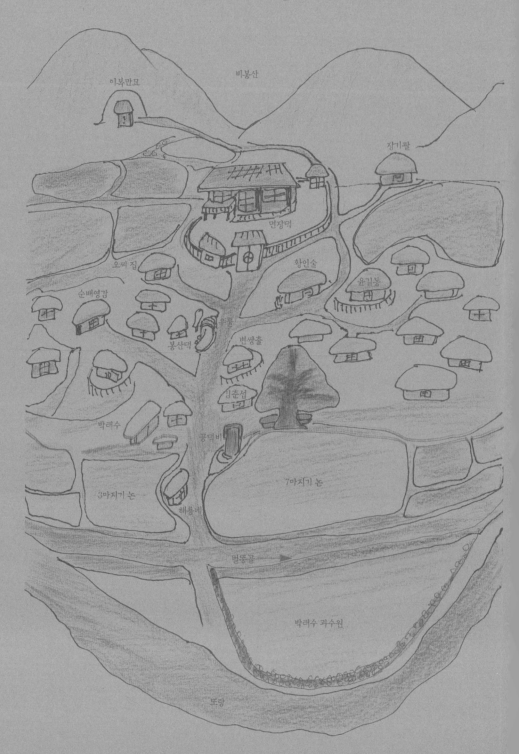

모산 마을

금강

③

저 혼자 부르는 영혼의 노래

제1부

금강

한만수 대하장편소설

3

글누림

| **일러두기** |

1. **언어** : 충청북도 영동은 남으로는 경상북도 김천, 남서쪽으로는 전라북도 무주와 접해있
   다. 그래서 이 지역의 언어는 경북 사투리와 전라도 사투리가 혼용되어 있는 특징
   을 갖고 있다. 세월이 흐르면서 이 지역의 언어도 요즈음은 표준어에 가깝게 변화
   되어 가고 있지만, 리얼리즘을 살리기 위해 50~60년대는 토속적 사투리를 그대
   로 살렸다.
2. **시대사** : 한국 근·현대사를 사실 그대로 재현하여 주요 사건과 주요 인물을 그려냈다.
3. **물가** : 당시의 물가를 고증하여 실제적으로 적용했다.
4. **지리** : 지역과 지명은 있는 그대로 드러냈다.
5. **문화 및 풍속** : 시대적 흐름에 따라 변화하는 문화 및 풍속을 사실대로 묘사했다.

차
례

제1부

저 혼자 부르는
영혼의 노래

대전 블루스

그람, 너도 만족을 했단 말이여?
아저씨가 이동하 그 인간 보담은 한 수 위데유.
우리, 기냥 여기서 눌러 살까?
나쁠 것도 없쥬. 나야 어채피 또랑물에 떠내려가는 나뭇잎 같은 신세라,
지프래기가 앞을 가로막아도 꼼짝달싹하지 못한 신셍께.

팔자(八字)라는 말이 있다. 사주팔자(四柱八字)를 줄여서 하는 말로 태어난 년, 월, 일, 시를 간지(干支)로 나타내면 여덟 글자가 되는데 이 각각 두 자씩 정해져 있는 글자를 뜻한다. 흔히 태어난 생시를 고칠 수 없는 것처럼 팔자는 주어진 것이지 고쳐지는 것이 아니라는 말을 한다.

들례는 목포에 터를 잡고 살기 시작하면서 자신의 팔자에는 도화살이 끼어 있을 것이라고 믿었다. 도화살이 낀 팔자가 잘 풀리면 예술가로 이름을 날리게 된다. 그러나 도화살이 낀 여자가 잘 풀리지 못하면 한 남자의 아내로 살지 못하고, 사별을 하거나 뭇 남자들과 잠을 자야하는 팔자이다. 남자에게 안 좋은 도화살이 있으면 한 곳에 머물지 못하고 풍류를 즐기는 운명이고, 여자는 화냥년으로 해석이 된다. 화냥년은 병자호

란 때 청나라에 조공으로 받쳤던 여자가 다시 돌아 왔을 때 붙여지는 이름이다.

마당은 학산 이동하의 집보다 턱없이 좁았다. 학산 집처럼 가꾸지 않아서 잡초가 우거져 있었을망정 화단이 있는 것도 아니다. 다섯 평 남짓한 마당 끝에는 들레 키 높이의 블록으로 쌓은 담장이 있다. 담장 위에는 스프링처럼 휘감아 놓은 녹슨 철조망이 쳐져 있어서 하늘만 빠끔하다.

집 구조만은 학산 집과 흡사해서 대청에는 미닫이문이 있고, 대청에 올라서면 방 두 칸이 있다. 들레는 대청에 걸터앉아서 미닫이문에 머리를 기대고 표정 없는 얼굴로 구름 한 점 없는 하늘을 물끄러미 응시한다. 파란 페인트칠이 드문드문 벗겨진 대문 밖에 엿장수가 왔는지 짤랑짤랑 거리는 가위소리가 무기력하게 정적을 가르며 지나간다.

그려, 하늘이 준 팔자를 워티게 고치겄어. 그러려니 살아갈 수밖에……

들레는 다문 입술은 움직이지도 않고 한쪽 눈만 실룩거리며 코웃음을 치고 나서 옆을 더듬는다. 담뱃갑을 들어서 입술을 오므려 물고 성냥불을 그었다. 목포에 와서부터 피우기 시작한 담배가 요즈음은 하루 한 갑을 피워야 할 정도로 골초가 됐다. 담배 연기를 길게 내뿜는 끝에 한숨이 이끌려 나온다. 가늘고 긴 손가락으로 재떨이에 담뱃재를 톡톡 털면서 녹이 슨 철제 대문을 바라본다.

대문을 무슨 동물 사육사처럼 밖에서 잠근 것도 아니다. 마음먹기에 따라서 얼마든지 옷 보따리를 들고 뛰쳐나갈 수도 있을 만큼 안에서 철사 고리로 잠그게 되어있다. 파란 색은 녹이 슬어서 여닫을 때마다 해소병 걸린 노인처럼 비명을 질러대는 대문이, 젊은 청춘에 녹이 슬대로 슬어 버린 자신의 신세만 같아서 뛰쳐나가고 싶지가 않았다.

집주인인 표재철은 틈이 길 때는 이틀에 한 번, 짧을 때는 하루에 두세 번씩 들린다. 평균적으로 볼 때 이동하보다는 자주 들리는 편이지만 체력은 천지 차이다. 이동하는 사십 대 나이답게 이불 속에서 광풍이 질주하는 것처럼 달려들어서 소나기처럼 흠뻑 적셔 놓고 무지개를 뿌려 놓고 달아난다. 표재철은 여우처럼 살금살금 다가와서 너구리처럼 몇 시간이나 늘어지다가 토끼처럼 흔적을 남기고 곯아떨어지기 일쑤다. 이동하처럼 잠을 자고 가는 경우는 거의 없었다. 아내가 친정에 가거나 애경사로 집을 비우는 날을 택해서 도둑잠을 자고 가는 경우가 전부다. 그래서 들례는 늘 사내가 그립고, 학산이 그립고, 승철이가 그리웠다. 목포에 와서 또 하나의 그리움이 생겼다면 학산에서는 안개처럼 희미하게 떠오르다가 안개처럼 소리 없이 주저앉던 기문이가 부쩍 보고 싶었다.

그려, 죄를 받은 겨. 죄를 받았기 땜시 요 모냥 요 꼴로 살고 있능 겨.

들례는 기문이나 승철이 모두 자신의 몸으로 낳은 자식이면서 유독 불쌍한 기문이를 마음 밖에 두고 있었기 때문에 지금 죄를 받고 있는 것이라는 생각이 자주 들었다. 그렇지 않다면 작년 12월 그날 밤에 피난을 가듯 대충 필요한 옷만 꾸려서 학산을 떠나지는 않았을 것이라고 믿고 있었다.

누군가 밤의 정적을 깨트리며 양철대문을 무겁게 두들긴 시간은 밤 열 시나 되었을까 하는 시간이었다.

부면장님이신가?

한밤중에 대문을 두들길 수 있는 사람은 이동하 한 명 뿐이다. 이동하는 면사무소에 사표를 낸 그날 자유당 공천을 받았다. 그 후에 영동에 집을 구했다는 소문을 춘임이 몰고 온 지는 두 달이 지났으나 그동안 한 번도 들리지 않았다. 그런 이동하가 갑자기 밤중에 찾아와서 대문을 두들길 때는 그만한 이유가 있을 것이다.

'오늘 끝장을 내자는 심사인개비구먼.'

들례는 드디어 담판을 내야 하는 날이 왔다는 생각에 입술을 깨물며 일어섰다.

방문을 여니까 벌써 대청의 미닫이문이 열려 있었다. 마당에는 12월의 매서운 바람이 무겁게 내려 앉아 있었다. 서둘러 양철대문을 연 춘임이 에구머니나! 하는 짧은 비명소리와 함께 마당으로 나둥그러졌다.

"뉘……뉘여!"

들례는 마당으로 성큼 들어서는 사내를 보고 반사적으로 뒷걸음을 쳤다. 대청에서 빠져나가는 불빛을 받고 있는 사내는 장터에서 가끔 본 적은 있지만 이름은 모르는 남자였다. 때 아닌 밤중에, 그것도 여자들만 사는 집에, 또 대문을 열어주는 춘임을 거친 완력으로 밀어 버리고 당당하게 마당으로 들어서는 모습이 무섭고 섬뜩하게 다가왔다.

"니가 들례라는 년이냐?"

"녀……년이라니?"

들례는 차갑게 내뱉는 사내의 말이 쇠그물이 되어 온몸을 덮치는 것 같은 공포감에 자신도 모르게 안방 쪽으로 뒷걸음쳤다.

"야, 이년아! 너는 으런 목 마릉께, 쇠주나 한 병 받아 오니라."

번쩍번쩍 윤이 나도록 닦은 구두를 신은 사내는 서두르지 않았다. 새파랗게 질려서 오돌오돌 떨고 있는 춘임이 앞으로 십 환짜리 지폐 두어

장을 뿌렸다. 이어서 구두를 벗지 않고 대청으로 성큼 올라섰다.

"대……대관절 뉘요! 여……여기가 어디라고?"

들례는 이동하가 차갑게 웃는 얼굴이 번뜻 떠올랐다. 사내는 이동하가 보냈으리라. 그렇지 않고는 한밤중에 부녀자들만 살고 있는 집에서 한껏 여유를 부릴 리는 없다고 생각했다. 방으로 들어서는 사내를 두려운 눈빛으로 바라보며 장롱 쪽으로 붙어 섰다.

"이 썅! 너 내가 아까 뭐라고 한 겨? 쇠주 받아 오라고 안 했나?"

들례가 걱정이 된 춘임이 활짝 열려 있는 방문 앞에 와서 바들바들 떨고 있었다. 사내는 춘임을 찔러 버릴 것처럼 노려보며 낮게 쏘아 붙였다.

"아……알았슈."

"위원장님이 보내서 온 사람잉게. 행여, 쓸데 읎는 짓해서 개망신을 당하는 날에는 두 년 다 쥑여 버릴 팅께 알아서 햐."

사내는 두려운 몸짓으로 뒷걸음치는 춘임을 뱀처럼 차갑게 핥고 나서 방 가운데 털퍼덕 주저앉아 재떨이를 끌어 당겼다.

"내가 왜 왔는지는 알겠지?"

"왜 왔는지는 알겠구만유. 하지만 내가 암만 늦가을 썩은 나뭇잎 같은 신세고, 실바람에도 맥없이 떨어지는 늦봄 목련꽃 같은 신세라고 하지만 이름이나 알아봅시다. 그래야 난중에라도 모월 모시에……"

양복에 넥타이까지 맨 사내의 옷차림은 누가 보더라도 어디 먼 길을 떠나는 차림이다. 들례는 사내가 묻는 말에 마냥 떨고만 있을 때가 아니라는 걸 알았다. 어차피 이동하가 보냈으면 담판을 내야 한다는 생각에 마른 침을 꿀꺽 삼키고 나서 고개를 살모사처럼 치켜들고 사내를 노려봤다.

"싸가지 읎는 년 같으니라고, 워디서 감히 눈깔을 치켜뜨고……"

사내는 이동하가 보낸 문기출이었다. 그는 일정 때부터 한국 사람은 어떻게 다루어야 순한 양처럼 고분고분해지는지 수많은 경험을 통해서 잘 알고 있었다. 조선 놈들에게는 죄가 있고, 없음을 도리에 맞게 설명해 주거나 이해시켜 줄 필요가 없다. 무조건 폭력의 실체가 얼마나 무섭고 두려운 권력인지 뼈저리게 몸으로 느끼게 해 줘야 대화가 통한다. 들례의 말이 채 끝나기도 전에 문기출이 엉덩이를 일으켜 세우면서 귀뺨을 힘껏 내갈겼다.

들례는 느닷없이 기습에 짤막한 비명소리와 함께 장롱 쪽으로 나동그라졌다. 그러나 이내 얼른 몸을 일으켜 세우고 선홍빛 손자국이 찍혀있는 뺨을 감싸고 문기출을 노려봤다.

"이 쌍년! 뉘 앞이라고 감히 독새 눈을 뜨고 쳐다보는 거여!"

문기출은 뺨을 감싸고 있는 들례의 얼굴을 이번에는 주먹으로 내갈겼다. 들례의 목이 휙 돌아가면서 문갑 쪽으로 고꾸라졌다. 들례는 눈앞이 아득해질 정도로 고통스러웠으나 벌떡 일어나 앉으며 다시 문기출을 노려봤다.

"호……호적에 이름 석 자도 읎는 너 같은 년은 당장 이 자리에서 끝장 낼 수도 있어. 너 같은 년 하나 쥑여서 가마니에 둘둘 말아 대왕산에 갖다 묻었다고 해서 원통해 하며 눈물 뿌릴 연놈은 없단 말여. 더구나 내 뒤에 이동하 위원장님이 계시니께 머가 무섭겄어. 그렁께 시방부터라도 명 재촉하지 않을라믄 내가 하는 말을 똑똑히 새겨들어. 만약 만에 하나라도 깐죽거리거나 이상한 낌새가 보이면 설명해 줄 필요도 읎이 칼로 목을 따 버릴 팅께."

들례의 한쪽 입술에서 피가 흘러내리고 있었다. 문기출은 세모로 치켜 뜬 들례의 눈에서 퍼런 불빛이 일렁거리고 있는 것 같아서 주춤 했다.

'그년 쉽지는 않을게여. 수틀리면 자근자근 밟아 버리랑께. 뒤는 내가 책임 질 모냥잉께.'

이동하의 말대로 만만하게 볼 여자는 아니라는 생각에 더듬거리다 말고 손가락 끝으로 들례의 턱을 치켜 올렸다. 들례는 턱이 치켜 올라간 상태에서 꼼짝도 하지 않고 문기출을 노려봤다. 그러나 문기출이 보기에 눈빛이 흔들리고 있는 것처럼 보였다. 이럴 때는 폭력보다는 설득이 효과적이라는 생각에 차갑게 웃었다.

들례는 대꾸를 하지 않았다. 너무나 원통하고 분해서 눈물이 솟구칠 것 같은데도 눈물샘이 말라버리기라도 한 것처럼 눈물이 나지 않았다.

'이런 건가? 이런 거였어! 내 인생이 바로 이런 거란 말여……'

이동하와 살았던 세월 동안 나이가 들어서 무슨 큰 영화를 누리겠다는 생각을 해 본 적은 단 한 번도 없었다. 옥천댁을 제치고 안방을 차지하겠다는 생각을 가져 본 적도 없었다. 한겨울에도 온기 한 점 없는 골방에 죽은 듯이 숨어 살면서도 내 몸으로 난 승철이한테 어머 소리나 들으면서 살고 싶었다. 그래서 부단히도 꼬막네를 불러서 이런저런 비방도 써 보고, 정화수 떠 놓고 칠성님께 빌어도 보았지만 다 소용없고 허망한 바람에 불과하다는 생각이 들면서 피식 웃음이 나온다.

"기가 막히겠지. 하지만 사람은 저마다 타고난 팔자라는 거시 있는 벱여. 팔자를 거역하는 것도 팔자고, 팔자를 숙명이려니 사는 것도 팔자여. 한마디로 팔자는 땅덩어리 같응 겨. 땅을 벗어나면 워찌 되겄어? 저수지에 빠져 죽거나 강물에 빠져 죽는 수벆에 읎잖여."

"결국 이렇게 되는구먼……"

들례는 언젠가는 속절없이 학산을 뜨게 될 것이라고 예상은 하고 있었지만 이렇게 아무런 예고도 없이 쫓겨나게 될 줄은 상상도 못했다. 개나 소를 팔아먹을 때도 밥 한 끼는 푸짐하게 내주고 쫓아낼 것이다. 하물며 인간의 몸으로 십 년 이상 동안 몸을 섞어 온 사이다. 내가 어쩌다 개보다 못한 신세가 되었나 하는 생각에 문기출을 노려보던 시선을 거두었다. 문득 담배가 피우고 싶었다. 남정네들도 이럴 때 담배를 피우나 하는 생각이 들어서 문기출의 담배를 끌어 당겼다.

"생각보다는 대가리가 잘 돌아가는 년이구먼……"

문기출은 옛날의 형사 시절로 되돌아간 것 같아서 기분이 짜릿했다. 들례는 버드나무처럼 여려 보이지만 눈매가 보통은 아니다. 시간 좀 걸릴 줄 알았는데 싱겁게 끝났다는 생각에 들례의 얼굴을 자세히 뜯어보기 시작했다.

"그려유. 어채피 호적도 읎는 년잉게, 이 자리에서 죽는다고 해도 어느 누구 하나 눈물 뿌리는 이들도 읎겠지. 하지만 당장 죽는 한이 있드래도, 누구한테 죽었다는 걸 알아야 저승사자한테 보고라도 하는 법 아닌가유?"

"소문대로 보통은 넘는구먼. 그려, 어채피 며칠간은 같이 지내야 할 처징게 이름 석 자는 말해주는 거시 도리겠구먼. 이름을 말해준다고 해서 돈 드는 것도 아닝게 말여. 내가 누구냐 하믄 일정 때는 영동 경찰서 정보원으로 근무를 하다 해방 후에는 정보담당 형사로 근무를 하던 문기출이라는 사람이여. 시방은 위원장님 밑에서 학산 자유당 조직을 담당하고 있다는 것만 알아 둬. 그라고 내가 여기를 왜 왔는지는 말을 안

해도 알겠지?"

문기출은 두 눈을 가늘게 뜨고 들례의 아래위를 찬찬히 훑어본다. 겉으로 보는 몸내는 가냘프다. 하지만 이동하가 10년이 넘게 데리고 산 것을 보면 보통 여자는 아닐 것이다. 그러고 보니 풀을 빳빳하게 먹인 저고리 동정 밑으로 살짝 드러나는 살결은 눈이 부시도록 희다. 잘록한 허리에 비해 저고리가 부풀어 보일 정도로 젖가슴은 풍만해 보인다.

'그려, 자고로 여자는 벗겨 봐야 안다고 하는 말이 있지. 저거시 겉으로 볼 때는 비루먹은 강아지마냥 보여도 벗겨 놓고 보믄 보통은 넘겠구면.'

굿보다 떡이라고 했던가. 기회가 된다면 들례를 품 안에 넣어야겠다는 생각이 들면서 한결 목소리가 부드러워졌다.

"알겠구만유. 그람 얼매를 갖고 옹 규?"

들례는 다나까의 집에 살 때 가끔 조선 소작인들이 찾아올 때가 있었다. 대부분 흉년이라서 소작료를 깎아 달라는 청원이거나, 감당할 수 없는 장리빚을 탕감해 달라고 애원을 하러 오는 이들이다. 다나까는 처음에는 좋은 말로 타일렀다. 그러나 소작인들이 그냥 물러서지 않으면, 조센징들은 할 수 없다니까, 라며 보은 경찰서로 전화를 해서 고등계 형사를 불렀다. 그들은 소작인들에게 전은 어떻고 후는 어떻다는 이유 따위는 묻지 않았다. 무작정 초죽음이 될 정도로 매타작을 한 다음에야 경찰서로 끌고 갔다. 문기출도 다짜고짜 주먹부터 날리는 것을 보니 고등계 형사와 다름없이 보였다. 대화를 해 봤자 쇠귀에 경 읽기나 마찬가지라는 생각이 드는 순간 침을 삼키기 힘들 정도로 갑자기 목이 착 잠겨 버렸다. 입술에 침을 발라서 목을 축이며 가라앉은 목소리로 물었다.

"얼매를 갖고 왔다는 말은 또 먼 말여?"

"오늘 나를 이 집구석에서 내쫓을라고 이 밤중에 온 거시 아닌감유?"

들례는 성주옥의 기생들처럼 무릎을 세우고 앉은 자세로 담배 연기를 톡톡 털었다. 생각하면 생각할수록 부평초 같은 신세가 한심해서 담배를 처음 피우는데도 코가 맵거나 목이 따갑지가 않았다. 뺨을 맞은 자리가 얼얼해지면서 부어오르고 있는 것도 느꼈으나 개의치 않았다.

"돈을 말하는 모냥이구먼."

문기출은 이동하로부터 들례에게 전해주라는 돈을 삼십만 환 받았다. 삼십만 환이면 홍어가 많이 잡힌다는 흑산도나, 근처에 있는 다물도에서 번듯한 술집이나 식당 한 채를 사고도 남을 돈이다. 그 돈을 그대로 들례에게 그대로 전해주는 것은 바보 천치 같은 짓이다. 일찌감치 이십만 환은 떼어서 집 벽장에 숨겨두고 나왔다. 십만 환이 든 누런 봉투를 방바닥에 턱 내려놓으며 들례의 눈치를 살폈다.

"이기 얼매래유?"

"그걸 내가 워티게 아녀. 난 위원장님이 찔러 주는 대로 갖고 왔을 뿐이라서 얼맨지는 모르겄구먼. 얼릉 봉께 십만 환은 되겄구먼."

"제우 이 돈을 주고……"

십만 환이면 일 년에 만 환도 치지 않았다는 결론이다. 최소한 서울에서 전셋집을 얻을 정도의 돈은 줄 줄 알았다. 그렇다면 오십만 환 정도는 되어야 한다. 물론 서울 변두리로 나간다면 십만 환으로 독채는 아니더라도 문간방을 면한 집은 얻을 수 있을 것이다. 그러나 얼굴도 내보이지 않고 사람을 시켜서 달랑 돈 십만 환 내놓고 나가라고 하니까 너무 기가 막히다 못해 꿈을 꾸는 것 같아서 말문이 막혀 버렸다.

"제우, 이 돈이라니. 그동안 양반집 안방마님 못지않게 살게 해 준 은 혜는 갚지 못할망정 돈 짝다고 하는 걸 봉께 한심하기 짝이 읎구먼. 긴 말 할 거 읎다. 위원장님 말씀이 하루 이틀도 아니고 장장 두 달 동안이 나 생각할 시간을 줬다고 하시드라. 그람 니가 스스로 알아서 처신을 해 야지. 어느 안전이라고 꼬장을 부리고 있는 거여. 너도 알고 있겠지만 위원장님은 옛날 학산면사무소의 부면장님이 아니셔. 적어도 영동군 관 내에서는 대빵이시니께 쇠주나 한잔 마시고 어여 떠나자."

들례는 문기출의 얼굴을 바라보지도 않았다. 나 같은 년이 무슨 부귀 영화를 누리겠다고 꼬막네를 불러서 쌀가마니를 축냈을꼬, 하는 생각이 들면서 문기출이 두렵지도 않았다. 문기출이 눈앞에 없는 것처럼 무심 한 표정으로 담배 연기를 능숙하게 날리며 창문을 바라본다. 창문 밖에 는 컴컴한 어둠이 버티고 있다. 내 미래도 창문 밖을 메우고 있는 것처 럼 캄캄하다는 생각이 들어서 마른 웃음이 나온다.

"어……어딜 떠나신대유?"

술상을 들고 방으로 들어오던 춘임이 들례보다 놀란 얼굴로 걸음을 멈췄다.

"너는 따라올 필요 읎응게 알 필요 읎고 술이나 따라라."

"어……언지 떠나는대유?"

춘임이 덜덜 떨리는 손으로 술을 따르면서 문기출과 들례를 번갈아 쳐다본다. 문기출은 그렇다 치지만 들례의 표정이 의외로 너무 침착하 게 보여서 놀랄 지경이다.

"그려, 개새끼라면 새로운 쥔을 따라서 쫄래쫄래 따라나 가지. 돼지새 끼라면 지게나 달구지에 얹혀 실려나 가지. 개새끼도 아니고 돼지새끼도 아닌 것이 개처럼 쫓겨나는 판국에 흑산도면 위떻고, 강원도 황지면 먼 상관이 있겄냐. 나도 한 잔 따라라."

들례가 담배꽁초를 비벼 끄고 나서 춘임 앞에 빈 잔을 내밀었다.

"얼굴 잘생긴 년치고 맹하지 않는 년 읎다고 하드니, 위원장님하고 살을 맞대고 살아서 그런지 처세가 밝구먼. 그려 생각 잘했다. 네년이 버틴다고 주저앉아 있을 나도 아니고, 앞장서 떠난다고 한다고 뒤따라 나설 놈도 아녀. 순전히 내 맘대로 잉께 생각 잘 했구먼……니 이름이 뭐여?"

문기출은 일이 예상외로 술술 풀려 나간다는 생각에 소주잔을 달게 비웠다. 빈 잔을 소리 나게 상 위에 내려놓으며 춘임에게 시선을 돌렸다.

"추……춘임이라고……"

"그려? 춘임이 너는 얼른 들례 옷 보따리 꾸려라. 쪼끔 있으믄 요 앞 장터로 영동에서 택시가 오기로 했응께 서둘러야 한다."

"차……참말로 떠나시능 규?"

"옷 보따리가 먼 소용이 있더냐. 여자가……하긴, 나 같은 년은 여자라고 할 것도 읎지. 기냥 남정네들 노리개지. 노리개……어린아들이 갖고 놀다가 싫증이 나믄 암데나 처박아 둬도 말 한마디 못하는 노리개가 먼 옷이 필요 하겄냐."

들례는 스스로 소주 주전자를 들었다. 빈 잔 가득히 술을 따랐다. 문기출이 요것 봐라 하는 얼굴로 쳐다보든 말든 단숨에 비워 버리고 안주는 먹지도 않았다. 한숨 한 번 내쉬고 나서 다시 담배를 빼들었다.

그려, 언지는 내가 내 뜻대로 살았나?

그동안 꼬막네한테 공을 들였던 나날들이 민들레 홀씨가 되어 허허롭게 날아가 버린 기분 속에 담배 한 개비를 천천히 피웠다. 눈물을 참느라 어깨를 들썩거리며 옷 보따리를 싸고 있는 춘임을 바라보지도 않고 일어섰다.

"워디 가능 겨?"

문기출이 들레가 일어나 방문을 여는 모습을 보고 물었다.

"감옥소의 사형수도 마지막 날에는 콩밥을 안 주고 쌀밥을 준다고 하드만유. 갈 때는 가드래도 내 아들 얼굴 한 번 보고 가야겠구먼유……내 아들 말유……그려유, 내 아들……"

"시간 읎을께 서둘러."

들레는 문기출의 말에 대꾸도 하지 않고 승철의 방문을 소리 없이 열었다. 전등불을 켰다. 겨울인데도 이불을 걷어차고 잠들어 있는 승철은 베개를 껴안고 있다. 이것이 을매나 에미 품이 그리웠으면…… 눈물이 뚝뚝 떨어져서 이불을 적셨다. 이불을 끌어다 목까지 덮어주는 순간 까맣게 잊고 있던 기문의 얼굴이 떠올랐다. 주막집 여자가 서울에 있는 고아원으로 보내 준다고 했으니 지금쯤 고아원에 있을 것이다. 돌이켜 보면 정작 불쌍한 아들은, 저를 낳아 준 에미를 모르는 승철이보다 고아원에서 배를 곯고 있을 기문이라는 생각이 들면서 가슴 저 밑에서 눈물 덩어리가 울컥 치밀어 오른다.

"어여 가자구."

들레는 등 뒤에서 들려오는 문기출의 무거운 목소리에 순순히 일어섰다. 문기출의 등 뒤에서 춘임이 숨죽여 울고 서 있다. 안방으로 들어가 경대 서랍 안에 있는 반짇고리 뚜껑을 열었다. 안에는 일 환짜리부터 십 환짜리며 오십 환짜리, 백환 짜리 등이 섞인 이천 환 정도의 지폐가 있었다. 그것을 한꺼번에 거머쥐고 춘임이 앞으로 갔다. 아무 말 없이 춘임의 손에 지폐를 쥐어주고 돌아섰다.

"사……사모님."

춘임은 들례의 또 다른 모습이 눈물이 되어 앞을 가렸다. 그러나 문기출이 무서워서 선뜻 들례를 따라서 마당에 내려 설 수는 없었다. 마당에 내려섰다가는 문기출에게 맞을지도 모른다는 생각에 낮게 부르짖으며 털썩 주저앉았다.

들례는 대문을 나서면서 뒤를 돌아보지 않았다. 귀가 시리고 머리카락이 흩날릴 정도로 찬바람이 부는 골목으로 들어서서도 뒤를 돌아보지 않았다. 두 번 다시 오지 못할 골목이라는 걸 알면서도 캄캄한 앞만 보며 걸었다. 장터 어둠 속에서 빨간 불을 밝히며 정차해 있는 시발차에 올라타면서도 흘끔이라도 뒤를 돌아보지 않았다.

"그려, 생각 잘했다. 개는 개츠름 살아야 하고, 소는 소츠름 살아야 하는 겨. 개가 사람츠름 살리는 읎겠지만, 하루 세 끼 먹음서 따신 방에서 잔다고 해도 절대로 사람이 될 수 읎능 겨. 그기 바로 사람 사는 이치여. 개가 사람 가죽을 쓴다고 해서 두 발로 걸어 댕길 수 읎다는 걸 알고 세상을 살아야 장수할 수 있는 법이여."

시발차가 삼거리에서 잠깐 멈췄다. 엔진 상태가 좋지 않은지 운전사가 보닛을 열고 무언가를 살피고 있을 때 문기출이 앞 유리를 가리고 있는 보닛을 바라보며 말했다.

사람은 개 가죽을 뒤집어 쓸 수는 있지만, 워티게 개가 사람 가죽을 뒤집어 쓸 수 있다는 거여.

들례는 말없이 문기출을 바라보며 담배 피우는 흉내를 내보였다. 문기출이, 담배가 골초구먼. 허긴, 그 얼굴에 담배를 안 피우는 거시 이상하긴 하지, 라고 중얼거리며 담배와 성냥을 한꺼번에 내밀었다.

시발차는 학산을 벗어나서 어둠을 라이트로 태우며 영동으로 향했다. 들례는 일부러 불빛으로 빨려 들어오는 신작로를 바라보지 않았다. 캄캄한 산이며 들판을 바라보며 말없이 담배를 피웠다.

"소도 지가 도살장으로 끌려 갈 때는 워디로 간다는 걸 알고 있다고 하드만. 난 대관절 워디로 가능 규?"

시발차는 영동 마차다리를 건너지 않고 대전 방향으로 달려간다. 들례가 비로소 라이트 불빛으로 빨려 들어오는 신작로를 바라보며 혼잣말로 중얼거렸다.

"일단 대전역으로 가서 0시 50분 호남선 열차를 탈 것이라는 것쯤만 알아 두면 된다."

문기출은 이동하의 명령대로 들례를 흑산도로 데리고 갈 생각이다. 호남선 기차를 타면 목포까지 여덟 시간은 걸릴 것이다. 흑산도로 데리고 간다는 말에 겁을 집어 먹은 나머지 달리는 기차에서 몸을 날리기라도 하면 골치 아플 것이라는 생각에 목적지를 말해주지는 않았다.

"운전사 아저씨 호남선 종착역이 워디데유?"

"내가 알기루는 목포로 알고 있구만유."

운전사가 룸미러로 기생처럼 차려 입은 들례를 흘낏 바라보며 무겁게 대답했다.

"목포까지 간다면 그다음은 말 안 해도 알겠구먼."

"니가 알고 있다고 해도 목적지가 바뀌지는 않을 꺼. 그랑께 맘 편히 먹고 한숨 푹 자 둬. 대전까지 갈라믄 안직 멀었응께."

들레는 대꾸를 하지 않고 정면을 응시했다. 언제부터 눈이 내리고 있었는지 라이트 불빛 안으로 눈송이가 날리고 있다. 불빛 안으로 빨려드는 눈송이들이 수만 마리 하루살이들처럼 보인다.

기문아, 니 에미가 시방 흑산도로 가고 있구먼.

들레는 이불을 차버리고 베개를 껴안고 자고 있던 승철의 얼굴은 떠오르지가 않았다. 시발차를 향해서 무수하게 빨려드는 눈송이 안으로 주막집에 두고 온 기문의 얼굴이 자꾸 그려졌다. 목포에서 흑산도까지 시간이 얼마나 걸리는지는 알 수가 없었다. 꼬막네한테 넌지시 들은 말에 의하면 전복이며 해삼이며 홍어며, 고등어, 상어 등 각종 해산물을 풍부하지만 뱃길이 험해서 한번 들어가면 쉽게 나올 수가 없는 곳이라고 했다. 어쩌면 평생 기문의 얼굴을 못 볼지 모른다는 생각이 들면서 눈물이 주르르 흘러내린다.

대전역 광장에는 눈이 하얗게 쌓여 있었다. 역사 지붕에 있는 시계는 밤 12시 30분을 가리키고 있었다. 역 광장이라서 눈 위에는 수많은 발자국이 찍혀 있었다. 들레는 고무신 안으로 눈이 들어와서 버선을 신은 발이 축축했다. 질퍽거리는 눈길을 걸어서 대합실 안으로 들어갔다.

"술을 마실라면 화끈하게 마셔야 하는데, 맛만 봤드나 더 춥구먼. 가락국시 한 그릇씩 할까?"

문기출의 말에 들레는 대답을 하지 않고 가락국수 판매대 앞으로 따라갔다. 들레는 문기출이 놀랄 만큼 국수 한 가닥 남기지 않고 국물까지 깨끗하게 비우고 난 후에 0시 50분 목포행 완행열차를 탔다.

"낼 아침에나 목포에 도착할 껴. 그랑께 푹 자 둬."

문기출은 들례를 창문 쪽으로 안내하고 자신은 통로 쪽에 앉았다. 들례가 예상했던 것보다 순순히 따라 나서준 것은 고마웠다. 돈이 적다고 불평을 하지 않는 것도 고마웠고, 얼굴이 제법 반반해서 옆자리에 앉히고 가도 남들이 보기 좋아서도 고마웠다. 하지만 언제 어느 시에 용수철처럼 튀어 나가서 기차 밖으로 몸을 던질지도 모른다는 생각에 다리를 길게 뻗어 출구를 막고 점잖게 말했다.

들례는 창문 밖으로 시선을 돌렸다. 기차는 출발을 하기 전에 길게 기적을 울렸다. 어둠을 산산조각 내며 퍼져 나가는 기적소리가 구슬프게 가슴에 내려앉는다. 누구 말에 의하면 바다의 여객선도 항구를 떠나기 전에 기적을 울린다고 했다. 그러면 떠나보내는 이도, 떠나는 이도 손수건으로 눈물을 적시며 이별을 한다고 한다.

허망한 일이구먼, 허망한 일이여. 내 팔자에 무슨 영화를 누리겠다고 꼬막네한테 그 지랄을 떨었을까.

기차는 기문이가 있는 서울과 반대 방향을 향해 달려간다. 이렇게 허망하게 학산을 뜰 줄 알았다면 꼬막네에게 정성을 바치는 시간, 그 돈으로 사람을 사서 기문이를 수소문해 볼 걸 하는 생각이 들었다. 그러나 이내 쓸쓸하게 웃으며 고개를 흔들었다. 설령 기문이를 찾았다고 해도 한 지붕 밑에서 살 팔자가 아니라는 생각이 들었기 때문이다.

서대전에서 잠시 멈춘 기차는 또다시 기적을 울리며 출발을 했다. 창문이 덜컹거리도록 요란스럽게 달려가는 기차 소리가 언제부터인지 규칙적인 리듬으로 들려왔다. 점점이 보이는 불빛이 사라져도 기차는 캄캄한 어둠을 뚫고 거침없이 달려갔다. 캄캄한 어둠 속에서 머릿속에서 남인수가 부른 '대전블루스'라는 노래가 끊임없이 반복되어 들려왔다.

잘 있거라 나는 간다 이별의 말도 없이
떠나가는 새벽열차 대전발 영시 오십분
세상은 잠이 들어 고요한 이 밤
나만이 소리치며 울 줄이야
아 붙잡아도 뿌리치는 목포행 완행열차

기적소리 슬피 우는 눈물의 프랫트홈
무정하게 떠나가는 대전발 영시 오십분
영원히 변치 말자 맹세 했건만
눈물로 헤어지는 쓰라린 심정
아 부슬비에 젖어가는 목포행 완행열차
　　　　　　　　—남인수의 <대전 블루스> 전문

　장터 가설극장에서 손님들을 끌어 모으기 위해 들려주는 앰프를 통해
들었던 것 같기도 하고, 춘임이와 함께 서커스 구경을 갔다가 나비넥타
이를 맨 늙은 가수가 불렀던 노래 같기도 한 대전블루스라는 노래와 함
께 기차는 어둠 속을 뚫고 잘도 달려갔다.
　대전역에서 가락국수에 잔소주까지 마신 문기출은 잠이 들었다. 두
명 혹은 세 명씩 앉아 있는 다른 승객들도 졸린 눈빛으로 캄캄한 창문
밖을 바라보고 있거나 의자에 기대어 코를 골았다. 바구니에 찐 계란이
며 사이다에 빵이며, 초콜릿 캬라멜 등을 담은 판매원이 졸린 얼굴로 그
림자처럼 서 있는 승객들 사이를 비집고 다니며, 찐 계란이나 사이다,
사이다나 초콜릿, 초콜릿이나 담배 있어요……라고 웅얼웅얼거린다. 누
군가 눈을 뜨고 여기 좀 봐유! 하고 부르는 소리마저 졸고 있는 열차 안

은 사람들의 열기와 스팀이 섞여서 후끈후끈했다.

'잘 있거라 나는 간다, 대전발 영시 오십분……'

들례는 이명처럼 들려오는 대전블루스를 들으며 머리를 의자에 기대지도 않고 꼿꼿하게 앉아서 목포까지 갔다.

흑산도로 가는 배는 매일 있는 것이 아니고 닷새마다 한 번씩 있었다. 그것도 파도가 안 좋으면 상황이 좋아질 때까지 대책 없이 기다려야 하는 것이 흑산도행 뱃길이다. 그래서 선창가에는 흑산도행 배를 기다리는 사람들을 위한 여인숙이 골목마다 진을 치고 있었다.

"하루만 일찍 왔어도 배를 타는 건데……"

문기출은 행여 배를 놓칠 수도 있다는 생각에 목포역에서 곧장 택시를 탔더니 배가 고팠다. 일단 배부터 채우고 나서 앞날을 생각해 보기로 하고 선창가에 있는 식당으로 갔다.

"뭘 먹을텨."

"생각읎구만유."

"그람 소주나 한잔 하지"

문기출은 목포에 왔으니 시원하고 얼큰한 홍어탕을 시켰다. 소주 한 병 시키고 나서 담배를 입에 물었다.

"나흘 후에 어떤 일이 있드래도 배를 탄다는 보장은 읎는 거고 사람 환장하고 미치겄구먼."

홍어탕이 나오기 전에 소주가 먼저 나왔다. 선창가에 있는 음식점답게 게장이며, 고등어자반에, 해조류 반찬이 많이 나왔다. 문기출은 들례 앞에 있는 잔에 먼저 소주를 채워 주고 자신의 잔을 채웠다.

"어짜긴 멀 어째유. 여인숙 잡아 놓고 배 뜰 때까지 지달려야쥬."

들례는 문기출이 술 따라 주기를 기다렸다는 얼굴로 쭉 드리켰다.

"꼭 남 얘기 하는 것츠름 하고 있구면."

문기출이 다시 들례의 잔을 채워주며 중얼거렸다.

"언지는 내가 내 뜻대로 세상을 살았남유. 죽으라믄 죽고, 살라믄 사는거시 내 팔자지……"

"여자 팔자는 뒤웅박이 팔자여, 뒤웅박이 워치게 생겼는지 아남? 주둥이가 좁아서 한번 들어가면 빠져 나올 수가 읎단 말여. 그랑께……"

문기출은 해장술에 얼굴이 화끈 거렸다. 금방 얼굴이 시뻘겋게 달아올라서 눈을 끔벅끔벅하며 들례를 바라본다. 들례도 해장술에 취하는지 얼굴에 홍조를 띠고 있다. 새치름한 눈빛으로 거리를 바라보고 있는 들례의 얼굴은 밤에 봤을 때보다 어딘지 모르게 색정이 묻어있다.

"난도 인정을 해유. 인정을 항께, 시방까지 요 모냥 요 꼴로 살아가는 거잖유. 한 잔 더 줘유."

들례는 두 번째 잔도 홀짝 비우고 나서 잔을 내밀었다.

"해장술에 취하면 지 애비도 몰라본다는 말이 있는데, 너무 과한 거 아녀."

"어채피 나흘 후에는 흑산도행 배를 탈라믄 여인숙을 읃던지 여관을 읃던지 어디 가서 시간을 보내야 할 거 아뉴."

들례는 연거푸 두 잔을 마셨더니 기차를 타고 오면서 밀렸던 여독이 한꺼번에 밀려오는 것 같아서 식탁에 팔꿈치를 기대고 이마를 감쌌다.

"여인숙?"

"그람 질바닥에서 하늘 덮고 둔너 잘라고 했남유?"

"그려, 그려 맞는 말이구먼. 어여 먹고 여인숙이 가자."

문기출은 누군가 뒤에 가만히 서 있다가 느닷없이 뒤통수를 갈겨 버린 기분이 들었다.

'어허! 난도 인생 헛살았구먼.'

들례는 말 그대로 길가에 버려진 꽃이다. 길가에 버려진 꽃치고 너무 성성했다. 임자가 따로 있는 것이 아니고 누구든 줍는 사람이 임자라는 생각에 뜨거운 홍어탕을 허겁지겁 퍼 넣었다.

"나하고 하고 싶은 거유?"

들례는 문기출을 따라서 망설이지도 않고 여인숙에 들어갔다. 방문을 걸어 잠근 문기출이 와락 끌어안고 이불 위로 엎어지며 소주와 홍어탕 냄새가 섞인 쾌쾌한 냄새를 뿜어냈다. 들례가 문기출의 육중한 몸에 숨을 가쁘게 몰아쉬고 나서 억양이 없는 목소리로 물었다.

"그려, 미치도록 하고 싶단 말여."

"그럼 옷을 벗어야 하잖유. 그짝은 옷을 입고 하는 수가 있는지 모르겄지만, 나는 옷을 벗어야겠슈."

문기출은 들례가 너무 싱겁게 나오니까 각을 세우고 있던 정욕이 일시에 주저앉는 것 같았다.

'이거 맹탕 아녀?'

엉거주춤 일어나서 양복 윗도리를 벗어서 윗목에 던지기는 했지만 왠지 한강에 배 지나가는 꼴이 되어 버릴 것 같아서 와이셔츠 단추를 푸는 손길이 더디기만 했다.

'으메, 이기 꿈이여 생시여.'

문기출과 다르게 들례는 앉은 자리에서 저고리부터 훌훌 벗어 던졌다. 저고리에 속저고리, 치마에 속치마 고쟁이까지 벗어 던진 들례의 몸은 눈이 번쩍 뜨일 정도로 풍만하고 아름다웠다. 한복을 입었을 때가 빼빼마른 명태와 같다면 옷을 벗은 모습은 파닥파닥 뛰는 숭어처럼 매끈했다. 무엇보다 잘록한 허리에 비해 놀랍도록 탱탱한 엉덩이 하며, 좁은 어깨가 가녀려 보일 정도로 뽀얗고 풍만한 젖가슴은 가슴까지 떨리게 만들었다.

들레는 숫총각처럼 무대포로 달려드는 문기출의 우람한 몸을 그대로 받아 들였다. 까닭을 모른 눈물 한 방울이 볼을 타고 또르르 굴러서 방바닥으로 떨어지는 것을 느끼기는 했지만, 자신도 모르는 사이에 문기출의 가슴에 착 안겨 들었다. 가슴 속으로 파고들지 못해 안타까워 몸부림을 치면서 목을 껴안고 가쁜 숨을 연이어 파드득 몰아쉬었다.

'세상에! 이동하 그 인간은 이런 명기를 십 년이 넘게 품고 살았단 말이지······'

문기출은 해방 전부터 경찰서 정보원으로 활동을 하는 덕분에 여자 궁한지는 모르며 한세상 보냈다고 자부를 하고 있었다. 그러나 지금까지 품에 안았던 여자들 맛이 돼지 뒷다리살처럼 퍽퍽하였다면, 들레는 쇠고기 중에서도 최상급에 속하는 채끝살이라서 씹을 필요도 없이 입 안에서 사르르 녹는 것 같았다.

"위원장님이 왜 널 십 년이 넘는 세월 동안 데리고 살았는지 인제서야 알겠구먼."

장정 세 명이 누우면 꽉 차보일 정도의 방에는 손바닥만한 창문이 골목 쪽으로 나있었다. 창문 밖으로 눈이 올 것처럼 흐린 하늘이 낮게 엎드려 있었다. 문기출은 태어나서 온몸이 땀에 젖도록 여자를 탐해 본 것은 처음이었다. 게다가 방 구들장 대신 철판을 깔아 놓았는지 방바닥은

뜨끈뜨끈했다. 이 순간만큼은 만석지기 부자도 부럽지 않다는 기분으로 들례를 바라본다. 들례의 젖가슴 사이에 송송 맺힌 땀을 손바닥으로 닦아주며 연인처럼 속삭였다.

"그짝도 보통은 넘구만유."

들례는 무심코 말을 하고 나서 쓰게 웃었다. 지금껏 배 위를 걸쳐 간 남자는 세 명이다. 그 세 명 중에 두 명은 허울뿐이기는 하지만 부부의 연으로 만났다. 문기출은 버스처럼 떠나 버리면 그뿐인 남자다. 그래도 처음으로 동등한 입장에서 몸을 섞은 남자라는 생각이 입 안을 쓰게 만들었다.

"그람, 너도 만족을 했단 말이여?"

"그짝도 이동하 그 인간 보담은 한 수 위데유."

"우리, 기냥 여기서 눌러 살까?"

"나쁠 것도 읎쥬. 나야 어채피 또랑물에 떠내려가는 나뭇잎 같은 신세라, 지프래기가 앞을 가로막아도 꼼짝달싹하지 못한 신셍께."

"너 시방 참말로 하는 말여?"

"나, 임자 읎다는 걸 그짝이 모르면 목포 바닥에서 누가 아남유?"

"그럼 어디 생각 좀 해 보자……"

문기출은 벌떡 일어나 앉았다. 담배를 찾아서 입에 물고 들례를 내려다본다. 만약 천하일색 양귀비가 살아서 돌아온다면 들례일 것이라는 생각이 들 정도로 이불로 허리만 가리고 있는 들례는 눈이 부시도록 아름다웠다.

그냥 아름답기만 한 것이 아니다. 품에 꼭 껴안으면 그대로 녹아 버릴 것 같으면서도 가슴에 찰싹 안겨서 풍만한 젖가슴을 문질러 될 때는 온

몸이 자지러들게 만드는 여자다. 미와 색을 겸비한 것만 해도 과분한데 나이까지 삼십 대다.

'까짓거, 집구석에 숨겨 둔 이십만 환을 들고 와서 이것하고 한번 살아 봐? 아니지. 자고로 밤일에 능숙한 여자는 게으르기 짝이 없고, 낮일에 능숙한 여자는 밤일에 따분하기 짝이 없다고 했잖여. 내가 이동하츠름 재산가라믄 모를까, 델고 살기에는 대근한 여자여.'

탐이 나기로 치자면 들례만한 명기는 없었다. 그러나 세상은 분수껏 살지 못하면 제 명대로 못 사는 법이다. 냉정히 생각해 보면 오늘 즐긴 추억을 달콤하게 간직하는 것이 좋을 것 같았다.

들례는 문기출과 여인숙에서 나흘 동안 부부처럼 지냈다. 막상 흑산도로 출발을 하려는 날은 진눈깨비가 섞인 폭풍이 밀려와서 바다가 거칠게 울부짖었다.

"암만해도, 니가 흑산도 갈 팔자는 아닝개벼."

여인숙으로 돌아 온 문기출은 슬그머니 들례한테 미안한 생각이 들었다. 그동안 여인숙에서 먹고 자고 마시는 돈은 들례가 부담을 했다. 못 들어도 삼만 환 이상은 썼을 것이다. 이불 속에서도 성주옥의 기생들처럼 형식적으로 받아주지 않았다. 마치 애첩이라도 된 것처럼 온몸으로 받아 주었다. 돈 주고 몸을 주면서도 부탁 한마디 없는 점이 미안했다. 다른 여자들 같았으면 흑산도로 보내지 말고 그냥 내버려 두고 그냥 영동으로 올라가달라고 울며불며 부탁을 했을 것이다. 그러나 들례는 흑산도에 대해서는 입도 뻥긋하지 않는 점도 미안해서 혼잣말로 중얼거렸다.

"흑산도믄 어떻고, 홍도믄 어떻고, 제주도믄 또 워때유. 죄다 거기도 사람 사는 곳인데 설마 질거리에서 굶어 죽는 일이야 생길라구유."

"그려, 사람은 죽으라는 법은 읎지……"

문기출은 생각 같아서는 폭풍이 가라앉을 때까지 머물고 싶었다. 하지만 그동안 지켜 본 들례의 심성은 착해 보였다. 적선 하는 셈치고 적당한 남자를 붙여줘야겠다는 생각으로 일어섰다.

문기출이 저녁나절에 데리고 들어 온 남자가 오십대 중반의 표재철이라는 남자였다. 목포의 오거리에서 어구상 내서 선주들에게 고리대금업을 하는 표재철은 자고로 여자는 어느 정도 살이 있어야 이불속에도 품는 맛이 있다고 생각하는 남자였다. 들례가 얼굴은 시선을 사로잡을 만하지만 삐쩍 마른 몸매가 마음에 들지 않아서 탐탁지 않다는 눈빛으로 쳐다보며 얼굴을 찡그렸다.

"뚝배기 보담은 장맛이지. 자! 어뜌."

문기출은 그 옛날 보은댁이 들례를 씨받이로 데리고 가려고 할 때보다 더 했다. 보은댁은 이빨만 살폈으나 문기출은 저고리를 벗겨서 사발을 엎어 놓은 것 같은 젖가슴을 보여주었다. 들례는 고개를 외로 꼬고 문기출에게 몸을 맡겼다. 문기출이 젖가슴을 들어 보이며 자랑스럽게 말했다.

"쓸만하구만……"

표재철은 단숨에 입 안에 뜨거운 침이 가득 고여 오는 것을 느꼈다. 그러나 사채를 빌려주기 위하여 어선이며 발동기나 그물 등 담보물을 감정할 때처럼 내색을 하지 않았다.

"쓸 만한 정도가 아니쥬. 목포 바닥에서 죽었다께나 해도 이런 명물을 건지기는 힘들지."

“쌀밥도 다른 반찬 없이 허구헌 날 소금하고만 먹으면 질리는 법 아
닌가?”

“아따, 몸매가 워터셔? 첩으로 델고 살기에는 이만한 처자 구하기는
심들지. 딸린 식구가 있나? 걸그작거릴 친정붙이가 있남? 달랑 양귀비
같은 몸뚱이 하나요. 맘은 또 을매나 착한지 모를꺼. 여복이 저 혼자 호
박처럼 떼굴떼굴 굴러들어 온 걸로 생각하믄 틀림 읎을꺼.”

“여기서 야기 하기는 거시기하고 나 좀 쬐개만 봅시다.”

“못 볼 것도 읎지.”

문기출은 들레에게 그만 저고리를 여미라는 눈짓을 보내고 여인숙 밖
으로 나갔다.

들레는 문기출이 앉았던 자리에서 담뱃갑을 끌어 당겨 불을 붙였다.
돌아가는 꼴을 보아하니 목포 남자에게 자신을 첩으로 소개를 하는 것
같았다. 정실 첩 일리는 없고 성적 노리개로 소개를 하는 모양이다. 하
지만 흑산도에 들어가도 겁날 것이 없다고 생각할 정도로 미래에 대해
자포자기하고 있던 참이어서 겁날 것도 없고 두려울 것도 없었다.

“난 이만 가 볼 모냥잉께, 이 돈으로 미장원가서 머리도 가꾸고, 옷도
한 벌 사 입어.”

한참 만에 들어 온 문기출이 금방 은행에서 인출한 것으로 보이는 천
환짜리 열장을 들레 손에 쥐어 주었다.

“미장원은 무슨……”

“표 사장이 파마머리를 좋아한다느만. 미장원은 이따 표 사장이 소개
를 해 줄 모냥잉께 보따리 들고 따라가기만 허면 되능 겨. 그동안 고마
웠구먼. 영동가서 위원장님한테는 흑산도 가는 배를 태워 보냈다고 할

모냥잉께 그쯤만 알고 있으면 될 껴."

문기출은 덩치에 어울리지 않게 매우 안타까워하는 얼굴로 들례의 좁은 어깨를 만지작거리며 속삭였다.

"좋을 대로 하셔."

들례는 아무런 미련도 없었다. 미래에 대한 두려움도 없었다. 가라면 가고 오라면 오면 그뿐이라고 생각하며 표재철을 따라 나섰다.

"여가, 목포에서 알아주는 오거리제."

표재철은 들례를 오거리로 데리고 갔다.

"그렇구만유."

들례는 은행과 극장이며 잡화점이니 시장과 술집, 다방, 식당 등이 줄지어 붙어 있는 오거리처럼 큰 번화가는 처음이었다. 하지만 놀라지는 않았다. 자신하고는 아무런 상관이 없는 거리를 쳐다보는 눈빛으로 잠깐 쳐다보았을 뿐이다.

표재철은 대양어구라는 간판을 가리키며 쩌기가, 내 가게제. 잘 봐두는 것이 좋을 거여, 라고 소개를 한 후에 골목 안에 있는 일본식 목조주택 안으로 데리고 들어갔다.

녹슨 대문이 삐거덕거리면서 열리고 표재철이 들어왔다. 반바지 차림에 게다를 달그락 달그락거리며 들어오는 그의 손에는 어른팔목 크기의 싱싱한 숭어 두 마리가 들려있었다.

"오셨슈?"

들례는 자신도 모르게 길게 한숨을 내쉬고 나서 표재철을 바라봤다.

"회 떠 봤는가."

표재철이 숭어를 들어 보이며 물었다.

"횟고기라는 거시 있다는 말은 들어 봤지만, 먹어 본 적도 없슈."

"아따! 그거시 참말여?"

"진짜지, 그짓말을 하겠슈."

들례는 호기심에 찬 눈빛으로 표재철 곁으로 갔다. 물기 없는 대야에 숭어는 아직 살아 있는지 아가미를 발딱발딱 거리고 있다.

"그럼, 내가 오날은 시범을 보일 모냥잉께 담부터는 자네가 직접 떠야 하네. 내 말 먼 말인지 알아 들었제?"

"알았슈. 그란데 그 머서 술은 없어도 되남유?"

들례는 펌프질을 해서 세수대야 가득히 물을 펐다.

"회란 거시 소주하고 먹어야 제맛이제. 정지에 가서 칼이나 갖고 와 보소."

표재철은 능숙한 솜씨로 회를 쳤다. 고추장에 적당히 식초를 섞고 참깨를 솔솔 뿌려서 초장까지 만들었다.

"참말로 맛있구만유."

들례는 숭어회가 입 안에서 살살 녹는 것 같았다. 그려, 이래도 한세상, 저래도 한세상이라고 했구만. 첩이믄 어떻고, 노리개면 어떻고, 술집의 작부믄 어떨까. 새털 같은 세상 목숨 부지하고 살믄 그만이지. 표재철이 따라주는 소주는 평소처럼 쓰지가 않았다. 숭어회처럼 달디 달고 부드럽게 넘어갔다.

빽 좋은 하루

츠! 워째서 자가 일등이랴?
선생들 와이로 먹었는개비구먼.
그려, 뭔가 있응께 오 학년짜리가 일등이지.
야! 박진규는 참말로 미치고 환장하겠거구먼.
그랑께 요새는 빽이 있어야 하능 거.

운동장에는 6월의 햇볕이 따갑게 내려앉고 있었다.

전교생은 땅바닥에 퍼질러 앉아서 고개를 축 늘어트리고 있거나 끄덕끄덕 졸았다. 그러다 교단에 선 연사가 "공산당은 반드시 쳐부셔야 합니다!"라고 고함을 지르면 깜짝 놀란 얼굴로 고개를 번쩍 들었다. 그러나 이내 하릴 없이 땅바닥에 금을 그어 대거나 횃대에 앉아 있는 닭처럼 끄덕끄덕 졸았다.

선생들은 측백나무 울타리 앞에 서 있는 느티나무 그늘 밑으로 몰려가서 멀리 교단을 지켜보고 있었다. 한가하게 잡담을 하다 길게 하품을 하기도 하면서 따분한 시선으로 교단을 지켜본다.

바람이 불면 산더미만한 흙먼지가 뿌옇게 달려가서 운동장에 앉아 있는 학생들을 덮쳤다. 그러면 아이들은 일제히 고개를 숙이거나 바람 부는 반대방향으로 고개를 돌렸다. 머리며 어깨에 뿌옇게 내려앉은 흙먼지를 털 생각도 안 하고 끄덕끄덕 졸다가, 여러분 이 연사가 힘껏 외칩니다!, 라고 고함을 지르면 번쩍 눈을 뜬다.

육 학년 학생을 마지막으로 웅변대회는 끝이 났다.

진규는 머리로 떨어지는 햇살이 따갑다는 것을 느낄 수가 없었다. 그것보다는 내가 과연 몇 등이나 할까 하는 조바심에 입 안의 침이 마를 뿐이다. 지금까지 지켜본 바에 의하면 사 학년 두 명은 모두 원고를 한두 번씩 까먹었다. 육 학년은 세 명이나 나왔는데 한 명은 중간에 원고 내용을 잊어 버려서 더듬거렸고, 나머지 한 명은 며칠 굶은 것처럼 목소리에 맥아리가 없었다. 사오 학년 중에서는 승철이가 마음에 걸렸다. 승철이는 이번 <6·25 웅변대회>를 앞두고 고등학교 웅변선수한테 과외 지도까지 받았다는 소문이 돌았다.

"육 학년 박진규가 일등인 거 가텨."

"나도 그렇게 생각햐. 박진규는 중학생들보다도 더 잘 하드라."

"야! 김성수 넌 부끄러운 줄 알아. 워티게 육 학년짜리가 오 학년 보담 못하냐."

"내가 못한 거시 아니고, 진규가 너무 잘한 거여."

진규는 다른 아이들이 속삭이는 말들에 가슴이 타는 것을 느끼며 느티나무 그늘을 바라본다. 웅변대회를 하는 동안 시원한 느티나무 그늘 밑에서 대기하고 있던 선생들 중 몇몇이 머리를 맞대고 심사를 하는 모습이 보인다.

"육 학년 박진규는 영동 대회에 나가도 틀림읎이 일등 할 수 있을겨."

"너도 그렇게 생각하냐? 내 생각에도 박진규가 일등 할 거 가텨."

진규는 오 학년 반에서 주고받는 말들에 가슴이 뛰기 시작한다. 지난 3월에 있었던 <3·1절 기념 웅변대회>에서는 실수를 해서 안타깝게 이등을 했다. 하지만 이번에는 일등을 할 것 같은 예감을 지울 수가 없어서 가슴이 두근두근 거렸다.

"오늘은 내가 틀림없이 일등일 껴."

"웃끼지마 육 학년 박진규가 너보다 더 잘했어."

"나도 잘했어. 틀린데 한 군데도 읎이 끝까지 잘했단 말여. 그랑께 내가 일등이지."

진규는 오 학년 쪽에서 떠드는 소리에 고개를 돌렸다. 승철의 모습은 금방 눈에 띄었다. 밤송이머리에 고의적삼이나 깨끼조끼, 혹은 러닝셔츠 차림의 다른 아이들과 다르게, 상고머리를 하고 흰색 바탕에 파란색 체크무늬 반팔셔츠가 돋보였다. 육 학년 상급생들이 비웃는 얼굴로 듣던 말든 자랑스럽게 떠벌리는 승철이 가소롭게 보였으나 웃음이 나오지 않았다. 그보다는 오늘은 일등상을 타게 될 거라는 설렘이 너무 진했다.

느티나무 그늘 밑에 있던 선생들이 그림자를 이끌고 일제히 햇볕이 내려쬐는 운동장 안으로 걸어 나가기 시작했다.

"누가 보더라도 육 학년 박진규가 젤 잘했슈. 더구나 박진규는 육 학년 이잖유. 같은 육 학년찌리믄 몰라도 이승철한테 일등을 주는 건 명분이 없잖유."

"허어! 교감 선생은 쓸데 읎는 걱정을 왜 그리 많이 하는 거유? 사친회비도 지대로 안내는 촌것들이 불평을 하믄 을매나 하겠슈. 아까 말 한 것츠름 학생들한테는 내가 적당히 말할 팅게 교감 선생은 기냥 발표만

하믄 됩니다."

교장 손문규는 걱정스러운 표정을 짓는 교감의 말을 무시해 버리고 교단을 향해 걸었다.

"교감 선생님 괜한 걱정하지 마시고 순위는 교장 선생님한테 맡겨 두시는 것이 좋을 거 가튜. 그라고 솔직히 오 학년짜리가 선배들 보는 앞에서 배짱 좋게 웅변을 할 수 있는 용기도 높이 사야 한다고 생각해유. 오늘은 여러 가지로 부족한 점이 있기는 하지만 자신감을 불어 넣어서 앞으로 훌륭한 웅변선수가 되게 하는 것도 스승들의 중요한 역할이라고 생각이 들지 않남유?"

승철의 담임인 김 선생이 교감에게 다가가서 귓속말로 속삭였다.

"머가 중요한 역할인데유?"

"그 뭐여. 용기를 심어 주는 그런 역할이 중요한 역할이잖유."

"김 선생 주장대로 한다면 오 학년짜리한테만 용기를 불어 넣어 줘야 하고, 육 학년짜리한테는 용기를 꺾어야 한다는 말로 들리는구면."

"아이구, 교감 선생님 세상을 원리원측대로 살 수는 없잖유. 그라고 이미 벌써 상장에다 이름을 다 써 났잖유. 그렇게 위탁하겠슈. 교장 선생님 말씀처럼 그냥 밀고 나가는 수벆에 읎잖유."

김 선생은, 교감이 매사를 벽창호처럼 살고 있으니까 교장 진급도 못하고 만년 교감으로 머물고 있지, 라는 말은 입 밖으로 내지 않았다.

"좌우지간 난 김 선생 말대로 승철이 한티 좋은 점수 준 죄벆에 읎응께 무슨 일이 생기믄 김 선생이 다 책음져."

교감은 걸음을 멈췄다. 땡볕 밑이라 눈을 가늘게 뜨고 한심하다는 얼굴로 김 선생을 노려보고 나서 어쩔 수 없다는 얼굴로 교단 옆에 섰다.

교장이 상장을 수여하기 위해서 교단으로 올라가는 것을 보고 잔기침을 한 다음에 마이크 앞으로 바짝 붙어 섰다.

"에! 시방부터 6·25 기념 웅변대회 시상식을 거행하겠습니다. 우신, 심사 기준을 말하기 전에 웅변이란 거시 뭐냐 하믄 언변술이나 마찬가지라 이거유. 말을 잘할라믄 워티게 해야 합니까? 이 교감 선생의 생각은 조리 있게 말을 하는 것도 중요하지만 여러 사람 앞에서 절대루 떨거나 기가 죽어서는 안 된다는 겁니다. 그래서 오늘 웅변대회 심사 점수에도 얼만큼 용감하게 웅변을 했느냐, 는 점에 제일 많은 점수를 줬습니다. 그담으로 점수를 많이 준 내용은 웅변 원고의 내용이 얼마나 대단하느냐입니다. 세 번째로는 웅변의 기술이 얼매나 좋으냐에 따라서 점수를 많이 주거나, 짝게 줬습니다. 이 세 가지 중에 첫 번째 것을 오십 점 만점, 두 번째 것을 삼십 점 만점, 마지막 웅변의 기술을 이십 점 만점 이렇게 총 백 점 만점을 기준으로 하여, 여러 선생님이 심사를 한 결과를 시방부터 발표하겠습니다. 에……."

진규는 교감이 말하는 심사기준이 얼른 와 닿지 않았다. 웅변을 잘하려면 먼저 원고가 좋아야 하고, 그다음에 얼마나 효과적으로 원고내용을 전달하는 가에 있는 걸로 배웠기 때문이다. 청중 앞에서 웅변을 한다는 것 자체가 용감하여야 한다. 그런데도 새삼스럽게 '용감성'에 점수를 오십 점이나 줬다는 걸 이해 할 수가 없었다. 너무 답답해서 담임 선생한테 뛰어 가서 묻고 싶을 정도였다.

"용감하다는 말이 먼 말여? 빈 집 지키는 거위츠름 빽빽 소리만 지르믄 일등을 준다는 말인가?"

"내가 듣기에도 그런 뜻 가텨."

"거기 뉘여. 박창식하고 옆에 있는 새카만 놈, 두 놈 계속 떠들면 변소 청소 시킬 겨."

교단 옆에 서 있던 김 선생이 교감의 심사기준에 불만을 품는 학생들에게 주의를 줬다.

"에! 삼등부터 발표를 하겄슈. 내가 이름을 부르는 학생은 큰 소리로 대답을 하고 요 앞의 교단 앞으로 뛰어 나오도록. 삼등에는 육 학년 오세창! 그리고 이등은 육 학년 박진규!"

진규는 교감이 이등 박진규라고 하는 말에 자신의 귀를 의심했다. 분명 무언가 실수가 있을 거라는 생각에 눈만 꿈벅꿈벅거리며 마이크를 잡고 있는 교감을 바라보았다.

"박진규, 교감 선생님이 부르시는 말 안 들리능 겨?"

손수건으로 얼굴의 땀을 닦고 있던 김 선생이 두 눈을 멀뚱멀뚱거리고 있는 진규를 불렀다.

"진규야, 너 이등이랴."

"이상하다. 진규가 왜 이등이여."

"글씨 말여 내가 생각할 때는 우리 반 박진규가 젤 잘 한 거 같은데."

진규는 여기저기서 수군거리는 목소리를 듣는 순간 너무나 기가 막혀서 입이 저절로 벌어졌다.

'이건 머가 잘못돼도 엄청나게 잘못 된 거여. 왜 내가 이등을 해야 하는데. 대관절 누가 일등이란 말여……'

너무 억울해서 생각 같아서는 상을 안타겠다고 소리를 지르고 싶었지만 어쩔 수가 없었다. 참담한 얼굴로 일어나서 느릿한 걸음으로 앞으로 나갔다.

"박진규, 빨리 뛰어 나오지 못하겄어."

"알겄슈."

진규는 김 선생이 노려보는 표정에 어쩔 수 없이 뛰는 걸음으로 교단 앞으로 갔다.

"일등은 오 학년……"

일등을 호명하려는 교감의 말에 전교생은 숨을 죽이고 지켜봤다. 진규도 교단 위에 서 있는 교장을 바라보고 있지만 귀는 교감을 향해 활짝 열려있었다.

"일등은 오 학년 이승철."

"이승철!"

교감의 말이 끝나자마자 교장이 다시 한번 큰 목소리로 이승철을 불렀다.

"네."

교감이 일등으로 승철을 호명하자 전교생은 멍한 눈빛으로 벌떡 일어서는 승철을 바라본다. 상고머리에 체크무늬의 승철은 지난 오월에 민의원에 출마를 했다가 떨어진, 그 이전에는 학산면사무소의 부면장이었던 이동하의 아들이라는 걸 확인하고 나서는 일제히 웅성웅성거리기 시작했다.

"츠! 위째서 자가 일등이랴?"

"선생들이 와이로 먹었는개비구먼."

"그려, 뭔가 있응께 오 학년짜리가 일등이지."

"야. 박진규는 참말로 미치고 환장하겄거구먼."

"그랑께 요새는 빽이 있어야 하능 겨."

"빽은 먼 놈의 빽여 우리 아부지가 그라는데 승철이 아부지는 자유당으로 출마를 해서 떨어져서, 학산 사람들은 읍내에 나가믄 남부끄러워서 얼굴을 들고 댕길 수가 읎다."

"그래도 빽이 있응께, 삼등보다 못한 놈을 일등 시켜준 거 아녀?"

"조용히 햐. 떠드는 놈은 운동장 열 바퀴 돌린다!"

"거기 뉘여. 너 이놈 자꾸 떠들래?"

아이들이 웅성거리기 시작하자 앞에 서 있는 담임들이 인상을 쓰며 발을 굴렀다. 그때서야 아이들은 입술을 삐죽거리기도 하고, 담임 모르게 콧방귀를 끼며 입을 다물었다.

진규는 두 번째로 교단 위에 올라가서 상장과 부상으로 노트 두 권을 받았다. 육 학년이 일등을 했더라면 그런대로 억울한 기분을 참을 수가 있을 것 같았다. 일등상을 오 학년인 승철에게 빼앗겼다고 생각하니까 너무 분해서 견딜 수가 없었다. 다음부터는 절대로 웅변대회에 나가지 않겠다고 결심했다.

"에, 날씨도 더운데 운동장에 퍼질러 앉아서 웅변을 듣느라고 고생이 많은 걸로 알고 있다. 하지만 운동장에 앉아서 가만히 듣고만 있던 여러분들 보담, 오늘 이 웅변대회에 출전을 하기 위하여 한 달 전부터 불철주야 노력을 마다한 출전한 학생들에게 힘찬 격려의 박수를 보내기 바란다. 어여!"

교장 손문규는 비난의 눈빛으로 자기를 바라보고 있는 학생들에게 위엄이 섞인 목소리로 박수를 유도했다. 오백여 명의 학생 중에서 몇몇 만 박수를 치는가 했더니 흐지부지 끝나고 말았다.

"자, 전교생은 여기 서 있는 교감 선생님을 따라서 두 손을 이릏게 든다. 그리고 박수를 열심히 친다. 박수!"

보다 못한 교감이 직접 박수치는 흉내를 내보인 후에야 전교생은 박수를 쳤다. 그러나 신명이 나서 치는 박수소리가 아니다. 억지로 몇 번 치는 박수소리여서 박수소리는 운동장에서 멀리 퍼져나가지 않고 맥없이 주저앉았다.

"여러분들은 이 앞이 나와서 웅변을 하는 거시 개나 소나 다 할 수 있는 거라고 생각을 할지 모른다. 하지만 대단한 용기가 읎는 사람은 절대로 이 앞에 나와서 웅변을 할 수 읎을 것이다. 더구나, 육 학년도 아니고 오 학년인 이승철 학생이 여러분들 앞에서 큰 소리로 웅변을 했다는 거는 보통 일이 아니라는 걸 알어야 햐. 장차, 영동군에서 최고의 웅변선수가 될 자격이 충분하다는 생각에 용기를 주기 위해서 여러 선생님들과 상의를 하고, 또 상의를 해서 일등 상을 준 것이여. 그랗게 그랗게 알고 여러분들도 장차 열심히 웅변 연습을 해서 전교생 모두가 훌륭한 웅변선수가 되길 바란다. 그라고, 오늘까지 사친회비를 내지 않은 사람은 모두 이 자리에 남고, 나머지 학생들은 죄다 교실로 들어가길 바란다. 이상."

손문규는 자신을 비웃는 것처럼 성의 없이 박수를 치는 학생 대부분이 사친회비를 밀렸을 거라고 믿었다. 두 번 다시는 쓸데없는 불평을 하지 못하도록 단단히 혼을 내야겠다고 생각하고 웅변대회를 마쳤다.

교장실로 들어간 손문규는 곧장 전화기를 들고 교환을 불렀다. 우체국의 교환 목소리가 흘러나오자 자유당 영동군 지구당 사무실을 빨리 대달라고 말했다.

"나, 학산국민핵교 교장 손문규라는 사람이유. 위원장님 기시믄 좀 대주슈."

손문규는 여자 직원이 이동하를 부르는 소리를 기분 좋게 들으며 담배를 입에 물었다.

"교장 선생님 워쩐 일이유?"

"아이구, 위원장님 안녕하셨습니까. 저 학산국민핵교 교장 손문규유."

"알고 있응게 어여 전화 건 이유나 말해 봐유."

손문규는 이동하의 건방진 목소리에 턱을 문지르며 수화기를 노려보았다.

'제장, 사람 팔자 시간문제라고 하드니. 촌구석에서 부면장이나 해 처먹던 놈이 돈 써서 자유당 위원장이 되더니 눈깔에 뵈는 것이 읎나? 이 지랄로 위아래를 몰라보고 시건방을 떵께 자유당으로 출마를 해서도 선거에서 멱국을 먹었지……'

나이로 치자면 막내 동생 뻘밖에 되지 않는다. 목소리에 힘을 주고 상전처럼 구는 꼴을 생각하면 수화기를 내동댕이치고 싶었다. 하지만 정년이 몇 년 밖에 남지 않았다. 읍내에 있는 국민학교로 진출을 해야 촌지를 긁어모을 수 있다는 생각에 쓸개 빠진 놈처럼 해죽해죽 웃으며 두 손으로 수화기를 고쳐 잡았다.

"딴기 아니고, 오늘 저희 핵교에서 6·25 웅변대회가 열렸슈."

"그래서유?"

"에……웅변대회에서 위원장님의 장남이신 승철군이 당당히 일등을 했슈. 그래서 그 사실을 보고 드릴라고 전화를 드렸슈. 요새 엄청 바쁘시다는 걸 뻔히 알면서 말여유."

손문규는 또다시 수화기를 노려보았다. 지난 5월 2일 민의원 선거 전에 이동하의 당선을 위해서 선거 삼 일 전에는 아래로는 급사부터 위로는 교감까지 밤이 늦도록 가정방문을 하며 선거 운동을 했었다. 오죽하면 선생들이 선거운동을 하는 것만큼, 아이들 공부를 갈켰으면 전교생 실력이 오십프로는 상승했을 것이라는 비아냥거림까지 들었을까. 그 은공도 모르는 채 퉁명스럽게 전화를 받는 이동하가 자유당에서 떨어진 이유를 알 것 같다는 생각에 주먹으로 수화기를 때리는 흉내를 내보이다가 마음을 고쳐먹고 더듬거리는 목소리로 말했다.

"허! 우리 승철이가 웅변대회에서 일등을 했단 말유? 허! 난 맨날 만화책만 보고 있길래, 장래가 깜깜했드니 별일도 다 있구먼. 웅변을 그 정도로 잘 한다믄 장차 정치인으로 키우믄 되겠구먼."

"제가 바로 그 말씀을 드리고 싶었슈. 지 위루 육 학년들이 시 명이나 있는데도 당당하게 일등 한 걸 보믄. 그 머셔, 싹수가 있는 거 아니겠슈. 승철이가 아버님을 닮아서 정치인으로 입문하믄 장차 큰 인물이 되겠다는 생각이 들었슈."

손문규는 이동하가 기분 좋은 목소리로 말을 하자 자신도 모르게 수화기를 들고 벌떡 일어섰다. 운동장에서 뿌연 먼지에 휩싸여서 토끼뜀을 뛰고 있는 학생들이 보인다. 가만히 서 있기만 해도 더운 날씨에 토끼뜀을 뛰니까 얼굴이 모두 볶아 놓은 가재처럼 빨갛게 익었다. 땀과 섞인 흙먼지를 뒤집어써서 눈만 빠꼼빠꼼한 학생들이 발을 구를 때마다 흙먼지가 뿌옇게 일어난다.

"아니, 그럼 오 학년 중에 일등 한 기 아니란 말유?"

"그랑께 대단한 거 아닙니까?"

"에이, 교장 선생님이 봐줬구먼."

감동이 섞여 있던 이동하의 목소리가 금방 빈정거리는 목소리로 바뀐다.

"처……천만에 말씀이유. 지……지는 교장실에 가만히 앉아 있었고, 선생들이 심사를 했슈. 지는 심사하는데 일체 관여를 하지 않았슈."

"알았슈. 알았응게 언지 영동 나올 일 있으믄 전화 해유. 내가 술 한잔 참하게 살 모냥잉게."

"어이구, 그릏지 않아도 지가 위원장님을 한븐 모시고 싶었슈. 언지 날 잡아서 영동에서 젤 존 술집으로 모시겠슈. 태평관이 어때유?"

"하하하! 누가 사든 영동 나오시믄 전화해유. 그럼 그릏게 알고 전화 끊겄슈."

"아이고! 네, 네! 그름 들어가셔유."

손문규는 이동하와 단둘이 술을 마실 기회를 만들었으니 영동으로 전근을 가는 것은 시간문제라고 생각했다. 창문 앞으로 가서 보니 뙤약볕 밑에서 토끼뜀을 뛰느라 파김치가 되어있는 학생들의 모습이 보인다. 쯔쯔, 저 어린 것들이 먼 죄가 있나. 지 애비, 에미들이 무식해서 그릏지. 계획했던 일이 원만하게 풀려간다는 생각이 들면서 마음도 넓어졌다.

"어이, 교감 선생님, 갸들 그만 교실로 들여 보내유."

손문규는 흐뭇하게 웃는 얼굴로 창문을 열었다. 막대기를 휘두르며 아이들에게 토끼뜀뛰기를 시키는 교감에게 고함을 치고 나서 점잖게 돌아섰다. 그리고 태극기를 바라보며 회심의 미소를 지었다.

자유당영동군지구당사무실 창문으로 보면 이수천(二水川)이 한눈에 들어왔다. 강물처럼 유유히 흐르고 있는 이수천의 물은 너무 맑아서 바닥의 훤히 보일 정도다. 마차다리에서 대전 가는 방향의 버드나무 밑에서는 밀짚모자를 쓴 중노인이 한가롭게 낚시질을 하고 있었다. 비교적 수심이 얕은 곳에는 사내아이들이 고추를 드러내놓고 물장구를 치며 수영을 하고 있었다.

이동하 혼자 사용을 하는 위원장실 문은 활짝 열려 있었다. 이동하는 창문 앞에서 뒷짐을 지고 푸르게 흐르는 이수천을 물끄러미 바라보고 있었다.

사무실 소파에는 문기출이 신문을 뒤적거리고 있다. 맞은편 소파에 앉아서 무료한 얼굴로 신문을 뒤적거리고 있는 여도환도 문기출 못지않게 덩치가 크다.

여도환은 원래 영동군 대표 씨름선수였으나 작년 단옷날 씨름대회에서 허리를 다친 후에 선수생활을 포기했다. 그 후에 우체국에서 임시직원으로 근무를 하던 중에 이동하의 눈에 띠어 사무장겸 수행원으로 발탁됐다. 하지만 실제 하는 일은 지구당 사무실을 지키고 이동하를 경호하는 일이 전부다.

출입문이 정면으로 보이는 자리는 여직원겸 비서인 송미향의 자리다. 그녀는 이동하의 옆모습을 흘끔거리면서 손거울을 서류꽂이 앞에 세웠다. 빨갛게 연지를 바른 입술을 오므리고 족집게로 눈썹을 다듬기 시작했다. 이동하를 비롯해서 문기출이며 여도환 모두 남자 덩치 치고는 평균이상으로 크다. 상대적으로 송미향의 몸매는 이십대 여자들 평균치보다 날씬했다. 그런데다 덩치들 사이에 있어서 더 호리호리하게 보이는데다 원피스를 입은 젖가슴은 유난히 풍만하다.

파리 몇 마리가 한가롭게 날아다니는 사무실에는 절간 같은 정적이 흐르고 있었다. 문기출이나 여도환이 가끔 신문지를 넘기는 소리가 정적에 조용한 파문을 일으키고 나면 사무실 안은 다시 침묵의 심연 속으로 잠겨 들었다.

"요새 돈을 깔꾸리로 끌어 모은다는 소문이 자자하던데, 오늘 공짜 술 한잔 줄란가?"

여도환이 길게 하품을 하고 나서 이동하나 송미향의 눈치를 살피며 작은 목소리로 속삭였다. 그는 문기출보다 나이가 두 살은 어리지만 사무실 안의 서열로 치자면 문기출보다 윗 단계라는 점을 앞세워 아랫사람을 대하는 말투로 말했다.

"술은 공짜로 얼매든지 줄 수 있지만, 이거는 공짜가 안 되지. 난도 밑천을 뽑아야 항께……"

문기출이 신문에서 고개를 들지 않고 새끼손가락을 펼쳐 보였다.

"아따, 줄라면 홀딱 벗고 주라는 말도 못 들어 봤나벼. 누가 그라든데 요새 대구 쪽에서 기가 멕힌 미인이 왔다고 하드만. 그 아가씨 붙여 준다면 돈을 못 줄 것도 읊지."

여도환이 송미향을 의식하고 작은 목소리로 속삭였다.

"요새는 춘자가 젤 잘 나가지."

"그 아가씨 이름이 춘자여? 오늘 밤 춘자 좀 품게 해 줄터?"

"외상은 안 되아."

"젠장, 눈만 뜨면 보고 지내는 사이에 사람을 그릏게 못 믿으면 위탁햐."

"그람, 내가 사무장 집에 가서 사모님 계신데, 이거 값 달라고 해도 되지?"

문기출이 여전히 신문에서 얼굴을 떼지 않고 새끼손가락을 펴 보였다. 여도환은 더 이상 할 말이 없다는 얼굴로 마른입을 다시며 신문을 넘긴다.

'야, 이놈아! 나무 끝을 쳐다보고 올라가든지 말든지 햐, 너 같은 놈이 한 달에 얼매씩 번다고 감히 춘자를 찾어……'

중앙동에 태평관이라는 기생집을 차린 것은 아무리 생각해 봐도 백 번 잘한 일인 것 같았다. 태평관이라는 기생집을 차릴 자본금을 만들어 준 여자는 고맙게도 돈 주고 몸 주고 재워주고 술까지 사주고 여비까지 챙겨 준 들례였다.

"아자씨, 새파랗게 어린 여자 있응께 자고 가유."

"이 아자씨 심 좀 쓰겠구먼. 우리 집이 아자씨하고 딱 맞는 아가씨가 있응께 자고 가유."

목포에서 오후 기차를 타고 서대전에 도착했다. 택시를 타고 대전역으로 갔지만 밤 열 시가 넘어서 영동으로 가는 기차가 없었다. 하룻밤 여인숙에서 자고 가는 수밖에 없다고 생각하며 역 광장으로 나갔다. 어디서 돈 냄새를 맡고 왔는지 군용야전잠바를 걸쳤거나 반코트를 입은 중년의 허름한 여자들이 분 냄새를 진하게 풍기며 수작을 걸었다.

"난 잠만 잘 팅께, 잠만 자는 조건으로 갑시다."

어차피 하늘 가리고 잠을 잘 방이 필요해서 한 여자를 따라서 갔더니 창녀들이 있는 여인숙이다. 들례하고 지칠 때까지 회포를 풀고 오지 않았더라면 여자를 불러서 품에 안고 잤을 것이다. 그러나 들례처럼 착착 감길 것처럼 보이는 여자도 없고, 피곤하기도 해서 혼자 잠을 청했다.

"아까, 역전에서는 오백 환에 흥정했잖여. 근데 인제 와서 따불로 달라믄 위탁하겄다는 거여?"

"아이고, 아자씨 긴 밤은 천 환이고, 짧은 밤은 오백 환이라고 했잖
유."

마당에서 웬 중년남자와 포주가 다투는 소리가 방 안으로 들려왔다.
창녀와 하룻밤을 자는데 천 환이라면 결코 싼 돈이 아니라는 생각이 드
는 순간, 돈놀이와 계집장사는 망하는 법이 없다는 말이 번뜩 생각났다.
그려, 내가 왜 그걸 몰랐을까. 그렇지 않아도 이동하로부터 가로챈 이십
만 환과, 표재철에게서 받은 이십만 환을 합한 사십만 환으로 무슨 장사
를 할까 내내 고민을 하고 있던 중이었다.

집에 도착해서 곧바로 계획을 실행으로 옮겼다. 가장 중요한 집 얻는
것과 기생들을 구하는 일은 어려운 일이 아니었다. 영동의 한복판이라
할 수 있는 중앙동에 일제 때 행세께나 하던 양조장 사장이 살던 열 칸
짜리 기와집이 헐값에 나왔다. 여염집이 살기에는 너무 크고, 공무원이
나 학생들일 상대로 하숙을 치기에는 너무 비싸서 팔리지 않은 집이다.

그 집을 구입해서 넓은 방 두 칸을 터서 연회장으로 만들고, 문이 양
쪽에 있는 큰 방은 가운데 벽을 쳐서 닭장 같은 규모의 여인숙으로 만
들었다. 기생을 구하는 것도 힘들지 않았다. 대구에서 비교적 잘 나간
다는 기생집의 서른한 살짜리 연화와 칠 대 삼으로 동업을 하자고 했더
니 며칠 후에 다섯 명을 데리고 나타났기 때문이다. 상호는 중앙동에 있
는 중앙관보다 규모는 작지만 태평천하를 뜻하는 태평관으로 지어서 현
재 성업 중이다.

"세상 참 말세구먼, 어째서 조봉암 같은 빨갱이를 즉각 사형시키지 않
고 제우 징역 오년만 구형을 했는지 모르겄구먼. 이거 검찰에도 빨갱이

들이 있는 거 아녀?"

건성으로 7월 3일자 신문을 읽고 있던 여도환이 마침내 화젯거리를 찾았다는 얼굴로 말했다.

"더 한심한 건 조봉암이 빨갱인지도 모르고 표를 준 유권자여. 지난 오십육년 대통령 선거 때 좀 봐. 조봉암한테 준 표가 이백십만 표였잖여."

"그중 오십프로가 경상도에서 나왔다느만."

"이승만 대통령은 선거 운동을 하지도 않는데 오백만 표가 나왔잖여."

"조봉암 그놈은 원래 박헌영이 하고 한패거리잖여. 그래도 각하가 원체 도량이 넓으시니께 농림부 장관에 임명을 한 거잖여. 그람 황송합니다, 하고 절을 해야 할 일이지, 지 분수도 모르고 진보당을 창당했응께 세상 인심이 가만히 두겄어. 좌우지간 이 땅에서 빨갱이하고 친일파는 씨를 말려야 햐. 그래야 남북통일도 되고 살기 좋은 나라가 되지."

여도환이 아랫배를 슬슬 쓰다듬으며 걸걸한 목소리로 말했다.

"그라고 말어……"

"큼!"

여도환이 다시 말을 하려고 할 때였다. 이동하의 눈치를 살피고 있던 문기출이 잔기침을 하며 엄지손가락으로 이동하를 가리켰다.

"왜?"

여도환이 목소리는 내지 않고 입 모양만으로 반문했다.

"위원장님, 친일파라는 말 싫어 하잖여."

문기출이 손나팔을 만들어서 속삭였다.

"요새, 개끔이 워티게 되는지 모르겄구먼. 개를 기르다가 안 기릉께 영 사는 맛이 안 나는구먼."

여도환은 흠칫 놀란 얼굴로 이동하의 눈치를 살핀다. 창문 밖을 바라보고 있던 이동하가 때마침 시선을 돌리는 것을 보고 얼른 천장을 바라본다.

"어이, 송 비서 경찰서장한테 즌화 좀 넣어 봐."

출입문 가까이 있는 책상에 앉아 있던 송미향은 이동하의 말이 끝나자마자 전화기를 돌려서 교환을 불렀다.

"위원장님, 오늘 경찰서장님하고 저녁 약속 하셨습니까?"

괜히 개 타령을 하던 여도환은 위원장실로 들어갔다. 이동하가 회전의자에 앉기를 기다렸다가 정중한 목소리로 물었다.

"왜?"

"오늘 저녁에는 원래 군수님하고 저녁 약속이 있는 걸로 알고 있구만유."

"난도 알고 있구먼. 경찰서장한테 부탁해 놓은 기 있는데 워티게 되는지 물어 볼라고 즌화를 느라고 했어."

"위원장님 전화 연결 되었습니다."

송미향이 위원장실로 들어와서 이동하의 책상에 있는 수화기를 양손으로 공손하게 들어서 내밀었다.

"아! 이동하유. 시방 통화가 가능한지 모르겄슈."

이동하는 손가락을 까닥거려서 여도환과 송미향을 밖으로 내보냈다. 경찰서장인 서문탁은 이동하가 묻는 말에 바쁘긴 하지만 통화를 할 수 있다고 대답했다. 이동하는 민주당후보로 나서 민의원에 당선이 된 윤상배의 뒷조사 결과가 나왔는지 물었다.

"몇 가지 구린 점이 있기는 한데 선거하고 직접적인 연관은 없는 거 가튜. 선거자금을 공장에서 빼냈다는 정황증거도 없는 것 같고……그라고 원래 윤상배 의원은 워낙 돈이 많은 사람이라서 쩨쩨하게 공금이나 다름없는 공장 돈 빼서 선거운동 할 사람은 아뉴."

"알았습니다. 수고 하셨슈. 날이라도 만나서 술 한잔 합시다."

이동하는 하마터면 지금 윤상배 변호하고 있느냐고 소리를 지를 뻔했다. 길게 물어 봤자 누워서 침 뱉는 꼴이 되고 만다는 생각에 화를 눌러 참으며 전화를 끊었다.

'등신 같은 놈, 혐의점이 읎으면 맨들면 되잖여……똥인지 된장인지 꼭 찍어서 멕여 줘야 아는 놈을 경찰서장 자리에 앉혀 놨응께 내 집 마당에서 치른 선거에서 먹국을 먹지……'

전화를 끊은 이동하는 재선거라는 실낱같은 희망이 늦가을 미루나무 잎새처럼 바람처럼 날아가 버렸다고 생각하니까 입 안이 썼다. 송미향에게 꿀 차를 한 잔 타라고 지시를 하고 의자에 머리를 기대며 눈을 감았다.

제 꾀에 넘어가 제 발등 찍는다는 말이 있다. 지난 선거 때 부면장들한테 너무 공을 들였더니 역효과가 났다. 면장들이 선거 자금은 선거 자금대로 받아먹고 약속이나 한 것처럼 선거 운동을 하는 시늉만 한 걸로 드러났다. 생각 같아서는 모조리 내치고 싶지만 한 명도 아니고 10개 면의 면장을 내치면 다음 선거에 악영향을 끼칠 것 같아 벙어리 냉가슴만 앓고 있는 걸 생각하면 치가 떨렸다. 그런데다 다음 선거일까지는 창창한 세월이 남았다는 점을 생각하면 화가 치밀어 숨이 막힐 지경이었다.

'젠장, 이럴 줄 알았으믄 짐칫국부터 마시는 거이 아닌데……'

선거 전날만 해도 낙선이 된다는 것은 꿈도 꾸지 않았다. 각 면책들로부터 전해지는 반응도 충분히 당선권에 들었다는 낭보뿐이었다. 그래서 지난달 선거를 하루 앞둔 5월 1일, 당선의 기쁨을 이병호와 나누기 위해 모산으로 갔다. 이병호와 둘이 사랑방에 앉아서 미리 축배를 들며 드디어 우리 집안에도 민의원이 탄생한다는 감격을 나누었다. 그 축배가 김 칫국이었다는 것을 알게 된 것은 이튿날 밤 12시를 넘기지 않았다.

지금도 그날을 생각하면 너무 창피하고 분하다 못해서 삼 년 전에 먹은 밥알이 기어 올라올 지경이다.

지구당사무실에는 각 면에서 올라온 면책들이며 중추적으로 선거운동을 했던 운동원들이 발을 디딜 자리도 없이 꽉 찼다. 그래서 영동의 유지들과는 문기출이 경영하는 태평관에서 느긋하게 기다리기로 했다.

여섯 명씩 앉게 되어 있는 교자상 여섯 개가 나란히 늘어서 있는 방 안에는 영동의 기관장들은 물론이고, 이름 석 자만 되면 알 만한 유지들이 자리를 차지하고 앉아 있었다. 중간중간에는 한복을 곱게 차려 입은 기생들이 연신 생긋생긋 웃으며 시중을 들기 바빴고, 상 위에는 육회부터 시작해서 쇠간이며 천엽, 소갈비에 신선로 등 고급 안주들이 가득 찼다. 술은 맥주와 도라지 위스키가 뒤섞여 있었다.

도라지 위스키는 말이 위스키지 일본에서 수입한 위스키 향을 소주에 탄 것이다. 그것을 맥주와 섞어 마신 탓에 방 안에 있는 기관장들이며 유지들은 물론이고 기생들 얼굴까지 홍시처럼 빨갛게 익었고 눈은 토끼 눈처럼 빨갛거나, 술이 약한 이들은 눈을 게슴츠레 뜨고 *끄덕끄덕* 졸았다. 그러다 사람들이 와와와 웃으면 고개를 번쩍 들고 영문도 모르는 채 허허허! 따라 웃었다. 그러다 기생이 따라주는 도라지 위스키, 혹은 맥주 한 잔을 꿀꺽꿀꺽 마시고 나서 또 졸았다.

상석에 앉아 있는 이동하의 옆에는 태평관에서 제일 젊고 예쁘다는 옥향이 시중을 들고 있었다. 그 앞에는 경찰서장 서문탁과 영동군수 정윤호가 기생 한 명을 사이에 두고 앉아 있었다.

"한 시간만 더 기다리면 결과가 나온다고 하드만……"

"군수님, 당선 된 것이나 마찬가진데 뭣 때문에 시계는 자꾸 보능 규?"

정윤호가 손목시계로 시간을 확인하고 나서 중얼거리는 말에 서문탁 이 물었다.

"난도 알고 있슈. 내가 궁금한 거는 윤상배를 과연 몇 표 차로 떨어트 리느냐 하는 점입니다. 자, 의원님 건배 하쥬. 오늘 위스키가 짝짝 땡기 는데. 옥향아 어여 의원님 잔 채워 드려라."

정윤호는 말과 다르게 속이 바짝바짝 타는 것 같았다. 각 면의 면장들 이 은밀하게 전화로 보고한 내용을 집계해 보면 이번 선거는 박빙이라 는 것이다. 이동하가 이겨도 근소한 차이로 이길 것이고, 윤상배의 본바 닥이 영동 읍내라서 자칫하면 패배할 수도 있다는 것이 면장들의 일치 된 내용이다. 하지만 개표가 끝나기 전까지는 시치미를 뚝 떼고 있어야 된다는 생각에 걸걸하게 웃으며 이동하에게 술잔을 바쳤다.

"이거 떡 줄 놈은 생각도 안 하는데 짐칫국부터 마시는 거 아닌지 모 르겠구먼."

이동하는 오늘의 주빈답게 술을 제일 많이 마셨다. 겉으로는 무심한 척 하고 있지만 속으로는 너무 긴장하고 있어서 신기하리만큼 취하지가 않았다. 옥향이 두 손으로 따라주는 도라지 위스키를 홀짝 비우고 나서 잔을 정윤호에게 돌렸다.

"아따, 걱정 할 것을 걱정하셔야쥬. 민주당으로 출마를 한 것도 아니고, 막강한 자유당으로 출마를 했으니까 남은 일은 국회의사당으로 당선증 받으러 가는 일만 남았슈. 요새도 민의원 의사당이 중앙청에 있나?"

"딴 사람이 그런 말을 하면 이해나 하지, 경찰서장님이 그걸 모르면 어떡합니까? 내가 알기로는 국회가 시민회관 별관으로 옮긴지 벌써 사년이 넘은 걸로 알고 있슈."

"츠……내……내가 치안본부장도 아니고, 일개 군 경철서장에 불과한데 국회 돌아가는 사정을 어떻게 알겠습니까. 군수님처럼 장차 민의원으로 출마 할 꿈이 있는 것도 아니고……"

"허어! 서장님 시방 취하셨나벼. 제가 언제 민의원 출마를 한다고 했슈? 어떤 놈이 그런 헛소문을 내고 다니는지 모르겠지만 난 정치하고 거리가 먼 사람입니다. 내 꿈은 정년퇴직한 후에 조용히 초야에 묻혀 살면서 여름이면 낚시나 다니고 겨울이면 꿩 사냥이나 하면서 살 생각이라 이거유."

정윤호는 자신도 모르게 이동하의 눈치를 살폈다. 민의원 출마를 하겠다는 것은 장차 이동하와 대결을 하겠다는 말과 같은 말이다. 무언가 생각에 잠겨있던 이동하의 표정이 굳어지는 것을 보고 어림도 없는 말 하지 말라는 표정으로 손을 흔들었다.

"군수님이야 출마만 했다 하면 당이 문제겠슈. 영동군에서 행세깨나 한다는 사람치고 군수님 이름 석 자 모르는 사람은 없을낀데.”

초를 친다는 말이 있다. 잘 만든 음식에 초를 치면 음식을 먹지 못한다는 비유다. 이동하는 겉으로는 웃었지만 안으로는 감히 군수 따위가 초를 친다는 생각에 이를 갈았다.

“천부당만부당 하신 말씀유. 사람만 많이 안다고 민의원에 당선 된다면 영동군 부면장 협의회 회장이 나와야 정상이지……의원님은 서울에도 집을 한 채 구입해야 하는 거 아닙니까? 앞으로 중앙무대에서 활동을 하시려면 아무래도 여기 계시는 시간보다 서울에서 계시는 시간이 많을 걸로 알고 있는데……”

정윤호는 슬그머니 화제를 바꾸고 엉덩이를 반쯤 일으켜서 이동하에게 다시 술잔을 권했다.

‘이거, 돈 없는 놈은 서러워서 살겠나. 일개 면 부면장 출신한테 명색이 군수인 내가 시방 면 짓을 하는지 모르겠구먼……’

군수가 엉덩이를 일으켜 세워 술잔을 권하는데 이동하는 건방지게 앉은 자리에서 한 손으로 술잔을 받는다. 옛날 생각을 하면 상을 엎어 버리고 싶었다. 그러나 민의원에 당선이 되도 상전이고, 떨어져도 상전이다. 자유당이 망하지 않는 이상 이동하게 잘못 보여서 좋을 것이 없다는 생각에 해해 웃을 수밖에 없었다.

“의원님 그동안 유권자들하고 손이 부르트도록 악수하고 다니느라 고생도 많이 했으니까 오늘은 허리띠 풀러 놓고 진탕 마셔 봅시다.”

이동하의 심기가 불편해 보이는 것을 느낀 서문탁도 바람을 잡았다.

“난도 선거는 이분이 츰유. 하지만 내가 알기루는 선거는 투표함을 열어 봐야 결과를 알고, 여자는 치마를 벗겨 봐야 맛을 안다는 거유. 겉으로는 암만 이뻐 보이고 몸매가 좋아 뵈여도 막상 뱃겨 놓고 보믄 뻣뻣한 작대기츠름 변하는 여자들을 한둘 본기 아니다, 이거유.”

이동하는 마지막으로 마셨던 도라지 위스키의 취기가 확 치밀어 오르는 것을 느끼며 옥향의 엉덩이를 쓰다듬었다. 옥향은 이동하의 손길을 피하기는커녕 주인의 품 안으로 파고드는 암고양이처럼 더 적극적으로 만져달라는 것처럼 옆으로 바짝 붙어 앉는다.

“의원님도 말씀 하시는 거 보니까 속으로는 은근히 자신 있다는 눈치시구먼. 자, 이건 당선을 축하하는……”

서문탁이 이동하에게 술잔을 내밀려고 할 때였다. 방문이 열리면서 군청 총무과장이 숨바꼭질하는 아이가 술래를 엿보는 것처럼 빠끔히 고개만 내밀었다.

“결과 나왔는가?”

군수가 묻는 말에 시끌시끌하던 방 안이 갑자기 숨을 멈춘 것처럼 조용해 졌다.

“저, 잠깐만……”

총무과장은 방 안으로 들어오지 않았다. 상체만 내밀고 군수에게 허리를 굽신거리며 말했다.

“거, 사람 싱겁기는……”

정윤호는 이동하가 당선이 되었다면 총무과장이 승전보를 전하는 병사처럼 뛰어 들어 왔을 것이라고 생각했다. 이동하가 떨어졌구나, 하는 생각에 가슴이 덜컹 내려앉기는 했지만 묘한 쾌감 같은 것이 밀려오는 것을 느끼며 밖으로 나갔다.

“군수님, 삼천 표 이상 차이가 나유.”

총무과장은 마당으로 나온 정윤호를 구석진 곳으로 데리고 갔다. 옆에서 듣는 사람이 없다는 걸 잘 알고 있으면서도 은근하게 속삭였다.

"떨어졌단 말여?"

정윤호가 이미 예상을 하고 있었다는 얼굴로 말했다.

"영동읍내에서는 거의 전멸유. 면장들이 적극적으로 협조를 안 한 것도 문제지만 윤상배 측에서 막판에 민의원 자리를 면소재지 촌놈에게 줄 수 없다는 소문을 퍼트린 선거 전략이 맞아 떨어진 것 같습니다. 그라고 고병호 골수분자들 상당수가 민주당으로 이탈을 했다는 분석이 나왔슈."

"고병호 골수분자들은 자유당원들 아녀?"

"이동하 위원장이 무슨 음모를 꾸며서 전 자유당 국회의원이었던 고병호를 망하게 만들었다는 소문이 돌고 있는 모양유."

"쓸데없는 소리 하고 있구먼. 고병호 지가 대전에다 관광호텔 짓다가 부도가 낭께 스스로 목숨을 끊은거잖여. 그건 신문에도 난것츠름 기정사실여. 그라고 즈덜이 이동하한테 은어 먹을 거시 읎응게, 그짝으로 간 걸거여. 그건 그렇고 불똥이 나한테 튈 거 같은데 이동하 그 인간한테는 어떡하지……."

정윤호는 일단 담배부터 입에 물었다. 총무과장이 얼른 성냥을 꺼내 불을 붙여 줬다.

"어떡하긴유. 어차피 알게 될 사실이니까 말씀을 드려야쥬."

"이렇게 하기로 하지, 난 뒤안에서 담배 한 대 피우고 들어 갈 모양이니까 자네가 가서 보고를 드리게."

정윤호가 담배 연기를 길게 내뿜고 나서 갑자기 목소리를 낮췄다.

"제가유?"

총무과장이 앗 뜨거 하는 얼굴로 물었다.

"그럼 내가 총알을 맞아야겠나?"

"아……아뉴."

정윤호가 노려보는 눈빛에 총무과장은 금방 꼬리를 내렸다. 이럴 줄
알았다면 총무계장에게 보고를 하라고 시킬 걸 하는 생각이 들었다. 그
러나 후회를 해봐야 소용이 없다는 생각에 잔기침을 하며 방문 앞으로
갔다.

총무과장은 방문 열리는 소리가 나지 않게 살짝 열었다. 방 안에 있는
기관장들이며 유지들의 눈총이 한꺼번에 쏠리는 것을 느끼며 자신도 모
르게 얼른 방문을 닫았다. 그러나 이내 엄청난 실수를 했다는 생각이 들
어서 다시 방문을 열었다.

"위원장님, 안타깝게도……"

총무과장은 죄인처럼 이동하 옆에 무릎을 착 꿇고 앉았다. 자신의 얼
굴을 빤히 쳐다보는 이동하의 시선을 받아들일 수가 없어서 고개를 축
늘어트리고 자신도 모르게 울먹이는 목소리로 말했다.

이동하는 술병을 덥석 움켜잡았다. 술병을 잡은 손이 부들부들 떨렸
다. 자신도 모르게 눈을 질끈 감았다.

'먼가! 잘못된 거여. 이건 아녀! 내가 왜 떨어져. 이건 먼가 잘못된 거
여. 고무신짝이며 빨랫비누를 가가호호 돌렸는데도 떨어졌다는 건 말도
안 되는 거여. 아녀, 인정할 것은 인정해야 하능 겨. 아니면 과부 가랭이
벌려주고 귀싸대기 맞는 꼴이 되고 말지.'

눈을 감고 있으니까 모든 사람들이 손가락질을 하고 비웃는 것 같아

서 얼굴이 확확 달아오르는 것 같았다.

"군청직원들은 위로는 군수님부터 아래로는 소사들까지 참말로 밤잠을 안자고 열심히 운동했슈. 저도 솔직히 선거 기간 동안 집에 들어가서 편하게 발 뻗고 잔 적이 없슈. 내 일처럼 열심히 뛰었는데 윤상배 그놈이 하도 약아 빠진 놈이라서 별짓을 다 한 모양유."

서문탁은 허허! 이럴 수가 있나, 라고 혼자 탄식하며 천장을 멀거니 쳐다봤다. 다른 사람들은 총무과장 못지않게 숨소리도 크게 쉬지 않았다. 상 건너편에 앉아 있는 이의 얼굴을 바라보고 있었지만 귀는 이동하를 향해 활짝 열려 있었다. 총무과장이 이동하가 패한 이유가 자신의 잘못이라는 얼굴로 비통하게 말했다.

"자! 술 한잔 하쥬. 지는 괜찮아유. 이번 한 번만 해 먹고 말 생각이었다믄 땅을 치고 울 일이지만, 안직 나이가 있응께 담에 당선이 되면 되쥬 머."

이동하는 이 순간 처신을 잘못하면 돈은 돈대로 쓰고 개망신을 당할 것이라고 판단했다. 이럴 때 일수록 대범하게 행동해야 한다는 생각에 총무과장에게 술잔을 내밀며 호탕하게 웃었다.

"역시, 위원장님은 대범하신 분이셔. 자! 이번 선거에는 안타깝게 졌지만, 다음 선거에는 반드시 승리할 것입니다. 우리 모두 위원장님을 위해 멋지게 건배 합시다."

이동하가 민의원 선거에서 떨어졌다고 해서 자유당 위원장 자리까지 박탈당하는 것은 아니다. 서문탁이 이동하의 말이 끝나자마자 기다렸다는 얼굴로 의원에서 위원장으로 호칭을 바꾸고 술잔을 번쩍 치켜들었다.

'이 인간이, 나를 엿멕일라고 아주 작심을 했구먼.'

이동하는 서문탁의 말이 고맙기는 하지만 미워서 견딜 수가 없었다. 생각 같아서는 자리를 박차고 일어나고 싶었지만 그럴 수는 없었다. 우는 것도 아니고 웃는 얼굴도 아닌 기묘한 표정으로 술잔을 치켜 올리긴 했지만 너무 분하고 창피해서 가슴이 벌벌 떨렸다.

이동하는 다 식어 빠진 꿀 차를 홀짝 마셔버리고 나서 길게 한숨을 내쉬었다. 선거는 앞으로 봄, 여름, 가을, 겨울이 네 번이나 변해야 할 만큼 창창하게 남았다. 다음 선거 때가 될 때까지 무작정 기다리고 있을 수는 없는 노릇이다. 무언가 돈이 될 만한 사업을 하며 때를 기다려야 하는데, 돈을 갈쿠리로 끌어 모을 만한 사업이 생각나지도 않고 눈에 띄지도 않는다.

"위원장님, 차 다 마시셨습니까?"

조용한 노크 소리와 함께 송미향이 들어왔다. 이동하는 양장으로 차려 입은 송미향의 몸매를 뜯어본다. 스물세 살의 송미향은 영동읍내에서도 쉽게 볼 수 없을 정도로 빼어난 미인이다. 여염집 처녀이면서 살결이 태평관이나 중앙관 기생 못지않게 뽀얗고 젖가슴이 풍만하다. 문득 들레의 알몸이 떠오른다. 들레는 옷을 입고 있을 때는 빈약해 보이지만 알몸은 놀랍도록 풍만하다. 무엇보다 잘록한 허리에 비해 무거워 보일 정도로 큰 엉덩이가 매력적이다. 그러고 보니 들레를 보낸 후에 선거를 치른다 뭐다 해서 여자를 가까이 한 적이 없다는 생각이 들면서 송미향의 얼굴이 환해 보인다.

"시집은 원제 갈 껴?"

"위원장님이 좋은 남자 있으면 중매 좀 서 주세요. 위원장님이 중매

해 주시는 분이면 무조건 시집가겠어요."

"어떤 놈은 좋겠구먼, 요렇게 예쁜 손을 가진 송 비서하고 살믄……"

이동하는 자신도 모르게 송미향의 손을 잡았다. 당황한 송미향이 손을 빼야할지 가만히 있어야 할지 혼란을 겪고 있는 사이에 손등을 슬슬 쓰다듬기 시작했다. 잠자고 있던 정욕이 불끈 일어서는 것을 느끼고 있을 때 노크 소리가 들렸다.

"뭐야!"

"사모님이 오셨습니다."

운전사 최광수가 문을 열고 옆으로 비켜서며 말했다.

"누……누가 왔다고"

이동하는 얼굴이 시뻘겋게 달아오르는 것을 느끼며 얼른 담배를 입에 물었다.

최광수가 대답을 하기도 전에 승철을 앞세운 옥천댁이 들어왔다. 송미향은 한복을 곱게 차려입은 옥천댁을 보는 순간 가슴이 덜컹 내려앉는 것을 느끼며 어색하게 인사를 했다.

"웬일이여?"

이동하는 의자에서 일어나지도 않고 표정 없는 목소리로 물었다.

"승철이 담임 선생님이 한번 와 보라고 해서 갔다 왔슈."

"볼일을 봤으믄 집으로 갈 일이지, 여기는 왜 옹 겨?"

"맨날 오는 사람도 아니고, 모처럼 온 사람한테 그렇게 대놓고 물으면 지가 뭐라고 대답해야 되는 거유?"

"사모님 여기 앉으십시오. 송 비서 얼릉 커피 좀 끊여 와."

뒤늦게 들어 온 문기출이 괜히 소파의 먼지를 닦아내는 시늉을 해 보이며 송미향에게 말했다.

"아뉴, 커피는 됐고 선한 물이나 한 잔 주세유."

옥천댁은 피곤한 얼굴로 소파에 앉았다. 화가 난 표정으로 서 있는 승철의 손을 잡아서 옆에 앉혔다.

"내가 교장한테 즌화를 해 놨는데 머가 문제여?"

이동하가 승철의 표정을 살피며 물었다.

"야한테 물어 봐유. 머가 문젠지, 어여 아부지한테 영동국민핵교는 왜 못댕기겠는지 말씀 드려."

송미향이 가지고 온 물을 드리키고 난 옥천댁이 승철에게 말했다.

"영동국민학교는 내가 아는 아들이 한 명도 없잖여."

"그기 먼 말여?"

"말 그대로유. 영동국민핵교는 지가 알고 있는 아들이 한 명도 읎어서 더 이상 핵교를 못 댕기겠다잖유."

"그야 츰이니까 그렇지. 학교 댕기다 보믄 차차 아는 아들도 생기고 그런 거잖여. 칠월 일일날 전학 왔응게 모르는 아들이 많은 거는 당연하지. 학산국민핵교 츰에 입학했을 때 니가 알고 있는 아들이 있었냐?"

"왜 읎어. 우리 동리 철준이 있었잖여."

"철준이?"

"둥구나무 거리 사는 김춘셉 씨 시째 아들을 말하는 거 같구면유."

"왜 해필이믄 김춘셉이 아들이냐? 박태수 둘째 아들이 웅변도 잘하고 똑똑하다고 하드만."

"아부지, 갸는 나보다 학년이 높아유. 그라고 웅변은 나보다 못햐. 난 일등하고 갸는 이등 먹었단 말여."

"이등 먹었다믄 엄청 잘 한 겨."

이동하는 낯 뜨거워서 학산초등학교 손문규 교장이 힘을 써서 승철이에게 일등 상을 줬다는 말은 옥천댁 앞에서 할 수가 없었다.

"아부지, 참말로 이상하네. 어째서 이등이 일등보다 잘항 겨? 암만해도 일등이 최곤데……"

"승철아 시방 웅변대회가 중요한 거시 아녀. 아까 교장 선생님께서 말씀하신 것처럼 니가 대전에 있는 중핵교를 갈라면 학산보담 영동 학교가 훨씬 유리햐. 그랑께 어머 말대로 딴소리 하지 말고 열심히 댕겨?"

한심하다는 얼굴로 이동하와 승철을 번갈아 보고 있던 옥천댁이 승철의 손을 잡고 말했다.

"어머는 및 번이나 말해야 알아 듣겄어? 심심해서 못 댕기겄으니께 내 친구들도 전학 시켜 달란 말여."

"잘하는 짓이다. 평안감사도 저 하기 싫다믄 못 하는 거지, 머. 알겄다. 이 애비가 못나서 니 친구들을 단체로 전학 시킬 수는 읎는 노릇잉께 도로 학산 학교를 댕겨라."

"내 이럴 줄 알았다니께. 역시 아부지는 나하고 먼가 통하는 거시 있어. 아부지 참말로 고맙습니다."

옥천댁은 승철이 벌떡 일어나서 이동하에게 꾸벅 인사를 해 보이는 모습을 어이가 없다는 얼굴로 바라봤다.

"그려, 니가 대전에 있는 중핵교에 갈 팔자가 되믄 학산에서도 갈 수 있는 거이고, 대전 핵교에 갈 팔자가 못 되믄 영동으로 전학을 와도 말짱 황이지 머."

"혹 띠 왔다가 혹 붙인 꼴이 되었구먼. 무슨 말을 그렇게 한대유? 승철아, 어머는 아부지하고 잠깐 야기 좀 할 팅게 넌 나가 있어라."

옥천댁은 이동하의 무책임한 말을 승철이 진실로 받아들일지 모른다
는 생각에, 승철이 등을 밀었다.

"어머, 그럼 나 만화방에 가 있을게. 아까 여기로 오던 길에 만화방이
있는 거 봤지? 제일 만화라는데 말여."

"어머 금방 나올테니께 여기 사무실에서 지달려. 만화방에는 절대루
가지 말고"

승철의 등을 떠밀던 옥천댁은 승철의 손을 잡고 밖으로 나갔다. 송미
향에게 승철을 밖으로 내보내지 말라고 부탁을 한 다음에 위원장실로
들어갔다.

"당신이 말하지 않아도 시방 먼 말을 할라고 하는지 알고 있응게 일
절로 끝냐."

이동하는 옥천댁하고는 더 할 말이 없다는 얼굴로 일어나서 책상 앞
의자로 옮겨 앉았다.

"애비라는 이가 자식이 잘못된 길을 가고 있다는 걸 알믄 바로 잡아
줄 생각은 안 하고……"

"내비 둬. 난도 다 생각이 있응께."

"먼 생각이 있대유?"

"지가 실력이 모지라믄 일단 학산에 있는 중핵교로 보냈다가 난중에
대전에 있는 중핵교로 전학을 보내믄 되잖여. 사람을 살렸다 죽이는 일
도 아니고, 제우 자식 놈 대전으로 전학 보내는 것이 머가 어려워. 중핵
교 교장 찾아가서 봉투 하나만 찔러주믄 만사 오케인데."

"대전에 있는 중핵교를 가면 대순 줄 아나벼. 실력이 안 따라 주면 학

교 댕기기가 싫고, 학교 댕기기가 싫으면 아가 삐뚤게 나가는 건 생각 못하시나 보지?"

"그야, 지 팔자지. 지가 대학이라도 갈 팔자가 되믄, 내가 이러믄 안되겠다. 만화방에 가는 것도 금지를 하고, 어쨌든 이를 악물고 공부를 열심히 해서 딴 아들을 따라 잡겠다고 생각을 바꿔 먹을 거이고 지 팔자가 대학하고 인연이 읎으면 당신 말대로 나쁜 아들하고 어울려서 빵집이나 드나들고 담배나 피고 그러겠지, 머."

"참말로 대단한 양반이시구먼. 승철이가 누구 아유? 하다못해 동네 아가 그른 생각을 해도 말려야 할 양반이……너무 기가 맥혀서 말이 안나오는구먼. 하지만 저는 절대로 학산으로 다시 보내지는 않을 생각유. 워틱하든 설득해서 계속 영동 학교에 댕기게 할 팅게 그쯤만 아셔유."

"나 바로 군수 만나러 나가봐야 하거든. 그렁께 그쯤만 알고 어여 가봐."

이동하는 창문을 향해 돌아앉았다. 창문 밖으로 마차다리가 한눈에 들어온다. 통나무를 가득 적재한 트럭 한 대가 느릿하게 다리를 통과하고 있다.

'운수업을 해봐? 그려, 내가 왜 그 생각을 못했을까. 요새 제무시 한 대에 을마나 할까? 우선 제무시 두어 대 갖고 시작을 해 볼까. 아니지…… 아녀, 제우 트럭 두 대 갖고 벌믄 얼매나 벌겠어.'

트럭이 시야에서 사라지면서 운수업에 대한 꿈도 접어 버렸다.

"좌우지간 이번 반공일에는 집에 내려 오셔유. 승철이를 똑바른 길로 가게 만들라믄 시방 부텀이라도 정신을 바짝 차려서 공부를 하게 만드는 거시 부모 된 도리지. 제우 빽써서 졸업이나 시킬라고 벌써부터 맘을 먹고 있다믄 장차······"

"어이, 거기 사무장 좀 들어오라고 햐! 예핀네가 내조는 못할망정 남편이 시방 먼 생각을 하고 있는지도 모르고 푼수를 떨고 있구먼."

이동하는 직원들이 보는 앞에서 큰소리는 칠 수가 없었다. 화가 난 목소리로 여도환을 부르고 나서 옥천댁을 한심하다는 얼굴로 노려봤다.

화려한 상봉

옛말에 법보다 주먹이 가깝다는 말이 있는지는 몰라도,
요새 세상에는 주먹이 있어야 행세를 한다는 말은 들었구먼.
이발소직원 팽씨한테 들은 야긴데 그 머셔,
이정재며 유지광이나 임화수 같은 이들은 경찰도 함부로 못 건든다고 하드라.
당수라믄 그 머셔. 손바닥 날로 기왓장이나 빨간 벽돌도 깰 수 있다는
그른 운동을 말하는 거냐?

경원선은 서울에서 원산까지 운행이 되던 구간이었다. 그러나 분단이
되고 나서는 용산역에서 경기도 연천군 신탄리까지 축소가 됐다. 경원
선을 통과하는 역 중의 하나인 왕십리역은 조선 시대 때는 사대문 안으
로 들여가는 채소 등이 집결하던 물류의 중심지였다. 그래서 역 주변에
는 채소 부스러기로 해장국을 끓여 파는 식당이 많았다.

비료로 사용할 인분을 실은 기동차가 뚝섬으로 향할 때마다 똥냄새가
진동을 하는 역 앞에서 2차선으로 접어드는 비포장도로는 복잡했다.

맑은 날에도 움푹 패인 곳에는 가게에서 버린 시궁창 물이 흥건한 길
양쪽으로는 온갖 가게들이 늘어서 있다. 피난민촌처럼 낡고 처마 낮은
건물들이 다닥다닥 붙어 있는 동네 가운데는 2차선 도로가 있었다. 천막

으로 지붕을 감싸거나 판자지붕 밑의 가게들 앞에는 채소며 과일에 생닭, 고무신에 잡화, 미국에서 구제품으로 건너 온 구제용 옷들이 어지럽게 널려 있어서 길은 더 좁고 복잡했다.

<형제양곡상회>라는 간판이 붙어 있는 쌀집 옆에는 중국 요릿집이 있어서 시큼하고 고소한 냄새까지 섞여 야릇한 냄새를 풍겼다. 그래도 시훈이 형제는 바람이 불 때마다 코를 찌르는 냄새가 향기롭기만 했다.

가게 안에는 쌀과 보리며 잡곡이 든 가마니가 천장에 닿을 정도로 쌓여 있어서 근동에서는 제일 장사가 잘되는 집으로 소문이 났다.

"암만해도 우리 가게를 못 찾는 거 가텨. 영동에서 오후 두 시 기차를 타셨으믄 벌써 서울역에 도착하고도 남을 시간인데……택시는 돈 아깝다며 안 타실 거고, 전차나 버스를 타고 오셔도 시방은 도착하셨을 시간인데."

시훈은 가겟방 앞에 있는 책상 앞에 앉아서 초조한 표정으로 계속 손가락을 만지작거린다. 밖은 이미 어둠이 내려앉았다. 건너편에 있는 연탄가게며 구멍가게와 정육점 안에 불이 들어와 있다.

"형, 걱정할 거를 걱정햐. 아부지가 집 찾는 데는 선수여. 기냥 오시는 것도 아니잖여."

방 안에 벌렁 누워 있는 경훈은 시훈과 다르게 조금도 걱정이 되지 않는다는 얼굴로 담배 연기를 뿜어낸다.

"너, 아까 배달 갔다 옴서 또 술 먹응 겨?"

"소주 딱 한 잔 했구먼. 쌀 배달 한다는 기 딴 일하고 틀려서 술심이 읎으믄 못햐. 쌀 닷 말을 실은 자전거를 끌고 저 위 고개를 올라갔다 내려옹께 다리의 심이 하나두 읎는 거 가텨. 그릏다고 둔너 잘 수는 읎잖

여. 즈녁 배달 때까지는 견뎌야 한다는 생각에 쌍과부 집에서 한잔 했지
며."

"술을 마셔도 정도껏 마셔야지. 너 은제부텀 낮술 마셨는지 알고나 있
능 겨?"

"형, 잔소리 좀 그만햐. 누군 술 마시고 싶어서 마시는 줄 알아."

경훈은 두 다리를 번쩍 치켜 올렸다가 그 반동을 이용해서 벌떡 일어
났다. 여전히 손가락 사이에 담배를 낀 채 방에서 나와 구두를 꿰신었
다.

"경훈아, 내 말 좀 들어 봐라. 너는 워치게 인생을 꺼꾸로 사냐. 외려
나는 그때 일이 다 끝난 일이라고 생각하고 암 생각 읎이 장사만 하고
있잖여. 근데 니가 안직도 맘을 못잡으면 나는 워틱하라고."

시훈은 밖으로 나갈 것 같은 경훈을 불러 세웠다.

"형, 나 그 일 다 잊어 버렸구먼. 솔직히 우리가 잘못하기는 했지만
서상철 그 새끼가 더 잘못했잖어. 그래서 내가 형 출소하믄 그 새끼한테
본때를 보여 줄라고 복수할 생각을 하고 있던 거잖여."

경훈은 바닥에 내려놓은 쌀가마니 위에 양반다리를 하고 앉았다.

"그람 멋 땜시 그릏게 술을 마시는데?"

"형이 거기 들어가 있을 때는 참말로 내가 그 새끼 찾아가서 칼로 팍
쑤셔 버릴라고 했어. 그래서 형 나오자마자 그 담날, 그 새끼 찾아 갔던
거여. 그라고 그 새끼한테 뺏아 온 돈 백오십만 환도 양심에 하나도 안
걸려. 형은 거기서 십팔 개월 동안이나 억울하게 옥살이를 했는데 백오
십만 환으로 보상이 되겠어? 그래서 양심의 가책 같은 거는 손톱만큼도
안 느껴. 근데도 이상하게 자꾸 술이 마시고 싶어. 오늘만 마시고 날부

터는 안 마셔야겄다, 라고 생각을 해도 그 담날 오후가 되믄 또 새록새록 술 생각이 난다는 말일씨."

경훈은 시훈이 들으라는 표정으로 말을 하기는 했지만 스스로 생각을 해도 이해를 할 수가 없었다. 시훈이 말대로 서상철을 위협하고 강도질한 백오십만 환에 대해서는 양심의 가책을 느끼지 않았다. 오히려 간간히 그때의 짜릿한 기분이 되살아났다. 그 짜릿한 기분은 어릴 때 보름날 찰밥을 훔쳐 먹거나, 닭서리를 할 때의 짜릿한 기분은 비교하지 못할 정도다. 오줌을 지릴 정도로 전율을 느끼던 순간들이 아스라하게 살아날 때마다 목구멍이 간질간질 거리면서 술 생각이 났다. 하지만 그런 기분까지 시훈에게 털어 놓을 수가 없었다.

"말은 청산유수로 잘하는구먼. 그람 머 땜시 맨날 술을 마시는데, 내가 돈이 아까워서 널 술 못 마시게 하는 건 아니잖여. 니가 술 마셨다고 배달도 안 하고 자빠져 자는 것도 아니고, 암만 술을 마셔도 제 할 일은 다 하는 승질인제 내가 왜 걱정을 하겠냐. 하지만 습관이라는 것은 참말로 무서운 거여. 니가 맨날 술만 마시믄 중독이 될지 모릉께 말리는 거잖여. 암만 생각해 봐도, 너는 그 일을 안직 못 잊고 있는 것이 틀림없어 ……."

시훈은 가게 앞으로 손님이 오는 걸 보고 말을 끊었다. 오십대로 보이는 여자가 쌀자루를 들고 들어왔다.

"보리쌀 한 되만 줘유."

"아줌마 고향이 워디유?"

"충청도 홍성유? 아자씨도 홍성유?"

"아뉴. 난 충북 영동이라는 데유. 그리고 봉께 같은 충청도네유. 왕십리에서 충청도 사람 보기 심든데 참말로 반갑네유.”

시훈은 그냥 곡식을 팔지 않았다. 손님들과 가능한 많은 대화를 해야
친밀감이 생겨서 단골이 될 것이라는 생각에서였다.

“아뉴. 여기도 알고 보믄 충청도 사람 꽤 많아유.”

“그래유? 앞으로 충청도 사람들 많이 소개 좀 부탁해유. 같은 동향 사
람이라 특별히 더 드렸슈.”

시훈은 웃으면서도 가게 밖으로 나가는 경훈의 뒷모습을 걱정스럽게
지켜보았다.

경훈은 벽 하나를 사이에 두고 이웃에 있는 중국 요릿집 중화루로 들
어갔다. 방 한 개에 테이블이 네 개 뿐인 작은 홀에는 이십대 중반으로
보이는 사내 두 명이 소주와 요리를 먹고 있었다. 한눈에 보기에도 건달
처럼 보이는 그들 중의 한 명이 의자 팔걸이에 한쪽 팔을 얹고 요리를
먹다가 경훈을 째려봤다.

웃기는 놈이구먼.

경훈은 새벽마다 당수도장에 다니고 있는 중이어서 항상 몸이 근질근
질 하던 참이었다. 자신을 째려보는 사내가 가소롭다는 얼굴로 콧방귀
를 끼며 빈 테이블 의자에 앉았다.

“어쭈, 저 자식이 나를 보고 쪼갰어.”

경훈을 째려보던 사내가 손가락 관절을 풀며 심심하던 차에 잘 됐다
는 얼굴로 일어섰다. 맞은편 자리에 앉아있는 스포츠머리는 재미있는
구경거리가 생겼다는 표정으로 술잔을 기울였다.

“소……손님, 이 총각은 우리 옆집에서 쌀가게를……”

주인겸 주방장인 백씨는 마늘을 까고 있었다. 상황이 심상치 않게 돌

아간다는 걸 눈치 채고 일어서서 날렵하게 생긴 사내를 보고 더듬거렸다.

"어이, 형씨. 또 한번 쪼개 봐."

백씨는 사내가 험악하게 노려보는 눈빛에 이내 꼬리를 감추고 뒷걸음을 쳤다. 사내는 경훈의 옆으로 가서 팔짱을 끼고 이죽거렸다.

"난 쇠주 한잔 하러 왔지, 당신 같은 사람한테 헛소리 들을라고 온 거는 아녀."

"허! 이놈 봐라. 간덩이가 아주 뵜네."

"그람, 간덩이가 분 놈하고 한번 해 볼텨."

"이 촌놈이 뒈질려고 아주 빽을······"

사내는 더 이상 참을 수 없다는 얼굴로 경훈에게 주먹을 날렸다. 주먹이 경훈의 얼굴에 닿을려는 찰나였다. 경훈은 얼굴을 뒤로 슬쩍 비켰다. 사내의 주먹이 허공을 찌르면서 비틀거렸다. 그 순간을 놓치지 않고 수도로 갈비를 날려 버렸다. 손날에 와 닿는 느낌이 둔탁하면서도 탄력이 있다는 것을 느끼는 순간이었다. 사내는 악! 하는 외마디 비명과 함께 옆구리를 감싸 안으며 옆으로 픽 고꾸라졌다.

"저 새끼 봐라."

스포츠머리는 실실 웃으며 술을 따르다가 우뚝 멈췄다. 동료인 하영달이 새파랗게 젊은 놈의 면상을 날려 버릴 줄 알았다. 그러면 새파랗게 젊은 놈의 얼굴이 휙 돌아가면서 피를 뿌려 댈 것이라고 생각하고 있었다. 그런데 어떻게 된 건지 모르지만 하영달이 바닥에 나뒹굴었다. 너무 고통스러운지 숨도 제대로 못 쉬고 학학 거리고 있었다. 갈비뼈가 나간 것이 틀림없다는 생각에 경훈을 향하여 달려갔다.

"왜? 너도 갈비뼈가 심심항 겨?"

"아……아닙니다."

스포츠머리는 경훈의 팩 노려보는 눈빛에 주춤 멈추면서 얼른 하영달을 일으켜 세웠다. 하영달은 고통스러운지 연신 비명을 내지르면서 간신히 일어섰다.

"멀 처먹었는지 모르겠지만, 계산을 하고 가야 하능 거 아녀?"

경훈이 하영달을 간신히 부축해 나가려는 스포츠머리의 뒷덜미를 목소리로 움켜잡았다.

"아……알겠습니다."

스포츠머리는 하영달을 부축한 자세로 뒷주머니를 뒤져서 적지 않은 지폐 뭉치를 꺼냈다. 그중에서 오백 환짜리 한 장을 이빨로 문 다음에, 남은 지폐는 뒷주머니에 넣고 계산을 했다.

"야! 실력이 보통이 아닌데, 당수 같은 걸 배웠나 보지?"

스포츠머리와 하영달이 사라지고 난 후였다. 카운터 뒤에서 떨고 있던 백씨가 놀랐다는 얼굴로 말했다.

"당수 좀 배웠슈. 서울에서 살라고 하니까 일단 심이 있어야겄드라구유. 그래서 작심하고 배웠더니 간만에 오늘 실전연습 좀 했구만유. 소주나 한 컵 줘유."

경훈이 별일도 아니라는 얼굴로 대답했다.

"오늘은 내가 이홉 들이로 한 병 내지. 안주는 짬뽕 국물 해 줄까?"

"오늘은 어채피 돈 주고 마시기로 했잖유. 담에 한잔 줘유."

경훈은 카운터 위에 있는 신문을 들고 자리에 앉았다. 발행된 지 삼일이 지난 신문이다. 습관처럼 사회면을 펼친다. 서상철에게서 돈을 강

탈한 사건이 신문에 날 턱이 없지만 쭉 훑어보기 시작했다.

"오늘도 쌀 많이 팔았지? 내가 볼 때 이 동리서 제일 많이 파는 거 같더군."

백씨가 주방에서 짬뽕 국물을 만들면서 말했다.

"장사는 그럭저럭 되는 편이유. 딴 거는 몰라도 쌀장사는 안 될 수가 없잖유. 죄다 먹고살라고 하는 짓인데."

"이 동네에 쌀가게가 다섯 개나 되잖아. 이런 말 하면 경훈이한테 욕 얻어먹을 말이 되겠지만 난 형제상회가 문을 열 때 장사가 안 될 줄 알았지. 헌데 들어온 돌이 박힌 돌을 뺀다고 시방은 제일 잘 되는 거 같더군. 젊은 사람들이 수완이 보통이 아녀."

백씨는 특별하게 돼지고기를 듬뿍 썰어 놓은 짬뽕 국물하고 맥주컵에 가득 따른 소주를 경훈 앞에 내려놓았다.

"난도 놀랬슈. 우리 형이 장사를 그렇게 잘하는 줄 알았다믄 진작 장사를 시작할 걸 그랬슈. 몇 년만 빨리 했어도 시방쯤 서울서 자리를 잡다 몇 번은 잡았을 거유."

경훈은 소주를 단숨에 반 컵 정도 마셔 버리고 짬뽕 국물을 떠먹기 시작했다.

"총각 오늘 장사 끝났어?"

나무로 만든 배달통을 든 백씨 아내가 홀 안으로 들어가며 경훈에게 말을 걸었다.

"배달은 끝났지만 가게 문 닫을 때는 안 됐슈. 하루 벌어 하루 사는 사람들은 늦게까지 오거든유."

"그렇게 돈만 벌다 장가는 언제 가? 내가 볼 때 경훈이 총각은 좀 기다려도 되지만 형은 장가 갈 나이가 된 거 같던데."

"우리 형은 안직 나이가 짝아유. 인제 제우 스물한 살 인대유 뭐."

"스물한 살이면 작은 나이는 아니고 결혼을 해도 좋은 나이네. 안 그래요, 여보?"

"그렇기는 하지. 왜? 어디 좋은 색싯감이라도 있나? 있으면 소개를 해줘. 총각 둘이서 밥 해 먹는 것보다는 여자가 해 주는 밥이 훨씬 났지. 경훈이 생각은 어때?"

"글씨유. 저는 좋지만, 형이 워티게 생각할 지 모르겠네유."

"그럼 한번 물어 봐. 무슨 공장에 다니는 아가씬데 그 아가씨 고향도 충청도래. 진천인가 어디 산다고 하든데, 객지에서 같은 충청도 사람끼리 만나서 살면 좋잖아."

"진천이라믄 충북이네유. 그 아가씨는 및 살이나 먹었는대유?"

"그 아가씨 올해 스무 살여. 그리고 보니 딱 한 살 어리네. 원래 신랑하고 신부는 나이 차이가 많이 나면 안 좋아. 똑같이 늙어가야 좋은 법이거든."

"글씨유······"

경훈은 얼큰하게 취기가 오르는 것을 느끼며 거리를 바라본다. 어두워졌는데도 행인들이 많이 다닌다. 낡은 옷차림이나 지쳐 있는 얼굴 표정들로 봐서 일터에서 돌아오는 사람들이 대부분으로 보였다. 이렇게 많은 사람들도 통행금지가 되면 쫓기는 물고기들이 풀숲으로 숨어버렸을 때처럼 한 명도 보이지 않는다. 통금이 되고 인적하나 없는 빈 거리를 볼 때마다 서울이라는 지역이 넓기는 넓다는 생각이 들었다. 이 넓은 서울에서 성공을 하려면 무엇보다 강철처럼 강해져야 한다고 생각하니까 피가 끓어오르는 것 같았다.

"저놈이냐?"

갑자기 남자 몇 명이 식당 안으로 우르르 뛰어 들어왔다. 그중에서 양복을 잘 차려 입은 사내가 턱 버티고 서서 스포츠머리에게 물었다. 백씨와 아내는 깜짝 놀란 얼굴로 주방으로 숨어들었다.

"네, 맞습니다. 저놈이 거북이 갈비를 두 대나 날려 버렸습니다. 형님."

"그래?"

박인철은 잘게 웃으며 경훈을 노려봤다. 거북이라고 부르는 하영달도 제법 주먹을 쓸 줄 안다. 스포츠머리가 허겁지겁 달려와서 단 한 방에 거북이 갈비뼈를 두 대나 날렸다는 보고를 들었을 때 덩치가 있는 놈인 줄 알았다. 예상과 다르게 덩치는 보통이지만 당당해 보이는 눈빛이 배짱도 있어 보이고 쓸 만한 놈으로 보였다.

경훈은 눈으로 남자들의 숫자를 헤아려 봤다. 스포츠머리를 포함해서 모두 여섯 명이다. 하나같이 주먹깨나 쓸 것처럼 보였다. 좁은 가게 안에서는 승산을 예측할 수가 없고 밖에서 싸운다면 최소한 서너 놈은 쓰러트릴 수 있을 것 같았다.

"어디서 온 놈이냐?"

"남 가게 안에서 싸우다 보면 민폐 아뉴. 남자답게 밖에 나가서 한번 붙어 봅시다."

경훈은 박인철이 묻는 말에 대답을 하지 않고 일어섰다. 상대방이 공격을 해 온다면 언제든지 맞받아 칠 수 있는 자세를 취하며 말했다.

"어디서 빌어먹다가 굴러온 양아친 줄은 모르겠지만 늘 임자를 제대로 만났군."

"하룻강아지 범 무서운 줄 모르고 깝치지 말고 어서 인사드려. 이분으로 말할 것 같으면 대한반공청년단 성동 지부장이신 박인철 지부장님이시다."

박인철의 양쪽에 버티고 서 있던 남자들이 앞으로 나서서 가소롭다는 얼굴로 한마디씩 했다.

"거북이도 보통이 넘는 놈인데 거북이를 한 방에 보내 버렸다면 우리 단에서 필요한 놈이군. 이봐, 주먹은 쓸 데 써야 하는 거야. 그러니까 내일이라도 여기로 와라. 그 정도의 실력이면 우리나라를 위해서 큰일을 할 수 있으니까."

박인철은 남자들을 뒤로 보내고 품에서 명함 한 장을 꺼냈다. 그것을 경훈이 서 있는 테이블 위에 올려놓고 돌아섰다.

경훈은 반공청년단이라는 말에 감전이라도 된 것처럼 부르르 떨었다. 박인철 일행이 눈앞을 떠날 때까지 멍하니 서 있다가 명함을 들었다. 명함에는 대한반공청년단 성동지부 지부장 박인철이라는 글씨가 써 있었다.

"여기 있을 줄 알았구먼. 빨리 와, 시방 아부지하고 어머 오셨단 말여."

"그 봐, 내가 아까 머라고 했어. 아부지는 질 찾는데 귀신이라고 했잖여."

경훈은 식당 안으로 고개만 내밀고 손짓하는 시훈을 보고 일어섰다. 꿈을 꾸고 있는 눈빛으로 명함을 바라보다가 십 환짜리 한 장을 꺼내서 백씨 아내에게 줬다. 시훈이 출옥을 하기 전만 해도 십 환으로 하루를 살았을 때도 있었다. 그러나 지금은 사정이 틀리다. 십 환이 아니라 백 환 정도도 부담 없이 쓸 수 있는 돈이다.

"아녀, 오늘은 내가 낸다고 했으니까 돈은 그냥 넣어 둬. 고향에서 부모님이 올라오셨나봐. 이렇게 든든한 형제들이 서울에서 자리 잡고 있으니 부모님이 얼마나 좋아하시겠어."

"좋아하기는유. 머. 사장님. 사장님이 젤로 자신 있게 맨들 수 있는 요리가 뭐유?"

경훈은 어깨를 으쓱거리며 백씨에게 고개를 돌렸다.

"나야, 뭐든 자신 있지. 내가 비록 이런데서 장사를 하고 있지만 명동에서 요리를 배운 사람여. 맛은 누구한테 뒤지지 않으니까 주문만 해 봐."

"아! 나 같은 촌놈이 중국요리 이름을 워치게 알아유. 그랑께 주방장이 머머를 자신 있게 만들 수 있는지 좌악 읊어 보세유."

경훈은 한 손을 주머니에 넣고 호기를 부렸다.

"어머! 부모님께 대접을 하려나 보네, 그럼 탕수육하고 우동이나 짜장면으로 하는 것이 좋을 거야. 우리야 비싼 요리 팔아먹으면 좋지만, 시골서 올라오신 부모님 입맛에 맞는 음식을 대접하는 것이 효도하는 것이니까. 라조기나 류산슬 같은 것은 값만 비싸지 안 먹어 본 사람은 별맛을 못 느껴. 먹어본 사람만 먹을 수 있다구."

"좋아유. 아줌마 말이 딱 맘에 들었슈. 그럼 탕수육 특으로 한 개하고, 그 머서 짜장면 네 그릇에다 빼갈 두 독고리만 우리 집으로 갖다 줘유."

"오케이, 서비스로 야끼만두하고 번개같이 만들어서 갖다 바칠 테니까 기다려."

"츤츤히 갖고 오셔도 돼유. 오랜만에 만난 부자지간에 할 말이 많을 팅께."

경훈은 어깨를 으쓱거리며 밖으로 나갔다.

"어이구, 경훈이 왔구먼. 여보, 경훈이 좀 봐유. 그새 이렇게 장정이 다 됐네유. 어이구 우리 짝은 아들은 에미가 보살펴 주지 않았는데도 너혼자 이렇게 컸구먼. 요새는 니가 꿈속에서도 뵈지 않아서 을매나 걱정을 했는지 몰라. 옛말에 무소식이 희소식이라고 하드니 으짜믄 그 말이 자로 잰 것처름 이릏게도 꼭 맞아 떨어진다냐."

날망집은 경훈을 와락 껴안고 눈물을 뿌렸다. 얼굴을 쓰다듬고 등을 쓰다듬고 손가락을 만지면서 너무 기뻐서 다리를 동동 굴렀다.

"큼!"

장기팔도 반갑기로 말하자면 날망집 못지않았다. 하지만 한 집안의 가장이다. 경훈을 보고도 허공을 바라보는 척 하며 큰기침을 했다.

"아부지 오셨슈."

경훈은 흘낏 밖을 쳐다본다. 행인 몇 명이 구경꺼리가 생겼다는 얼굴로 걸음을 멈추고 지켜본다. 눈물 콧물 섞인 얼굴로 비벼대는 날망집을 떼어내고 반가움의 눈물을 억지로 참고 있는 장기팔에게 인사를 했다.

"아부지, 어여 방으로 들어가셔유. 절 받으셔야쥬."

시훈이 장기팔의 허리를 감싸고 가겟방 안으로 들어갔다.

"어머도, 얼른 들어가유."

"그려, 절을 받아야지. 이 세상에서 느덜이 하는 절은 내가 받아야지 누가 받는다냐. 어이구 장한 것들, 우짜믄 이렇게 성공을 했냐. 모산 사람들이 니덜을 보믄 놀래자빠지다 못해서 기절초풍을 하겄다. 부모가 잘나서 돈을 쥐어 준 것도 아닌데……"

날망집은 가겟방 안으로 들어가면서도 가만히 있지 않았다. 눈물을 훔치랴, 연신 경훈이며 시훈의 어깨를 쓰다듬고 손을 만지랴, 얼굴을 쓰다듬느라 정신이 없었다.

"절 받으셔유."

"오냐……"

아랫목에 앉아 있던 장기팔은 엉거주춤 일어나 날망집의 손을 끌어당겨서 옆에 앉혔다. 시훈과 경훈이 큰절 하는 모습에 눈자위가 시렸다. 그동안 소식이 없어서 불행한 일은 당한 거는 아닌지, 서울이라는 곳은 눈을 뜨고 있어도 코를 베가는 곳이라는 곳인데 깡패들한테 끌려가서 맞아 죽은 것은 아닌지, 장날 염색을 하다가도 문득 하늘을 보면 하얀 구름이 형제의 얼굴로 변하고, 자다가 잠이 깨면 어둠속에서 형제가 고통스러워하는 모습이 내려앉아서 벌떡 일어나 앉아 담배를 찾은 적이 한두 번이 아니다. 그렇게 마음속에서 불길한 모습으로만 서성거리고 있던 형제가 번듯하게 가게를, 그것도 사람의 목숨을 지탱해주는 쌀가게를 하고 있다는 점이 얼른 현실로 와 닿지 않았다. 눈을 껌벅거리니까 참았던 눈물이 주르르 흘러내린다. 슬쩍 고개를 돌려서 헛기침을 하며 눈물을 닦는데 어느 사이에 입 안으로 들어간 눈물이 짠 걸 보니 꿈은 아니다.

"그려, 인자 한숨 돌렸응께 그동안 워치게 지냈는지 야기 좀 해 봐라. 시훈아 대관절 먼 일이 있었길래, 그동안 그 흔한 편지 한 장 읎었던 겨? 이 에미는 참말로 미치고 환장하는 줄 알았잖여. 지난 슬 때는 니덜이 오믄 싸 줄라고 떡가래를 서 되나 뽑았잖여. 그걸 슬날 조상님께 인사드리고 나서는 여즉까지 한 그릇도 안 끓여 먹고 바짝 말려서 벽장에 넣어 두었잖여. 바짝 마른 떡점을 볼 때마다 니덜 얼굴이 생각이 나서……"

날망집은 그때를 생각하면 눈물이 앞을 가린다는 얼굴로 눈물을 찍어 낸다.

"허허, 보채기는. 가만히 지달려도 때가 되믄 야들이 어련히 알아서 말을 할까."

장기팔은 날망집보다 자식들의 그동안 행적이 더 궁금했다. 궁금하지 못해 오금이 저릴 지경이다. 그러나 비록 장터 마당에서 염색으로 끼니를 이어갈망정 체통을 지켜야 할 가장이다. 점잖게 날망집을 꾸짖으며 손가락 끝으로 무릎을 툭툭 친다.

"우신 즈녁부텀 드신 후에 찬찬히 말씀을 드릴께유. 서울 오신다고 즘심도 변변치 않게 드시고 올라 오셨을낀데, 벌써 아홉 시나 됐잖유."

눈물을 흘리는 날망집을 바라보며 자신도 모르게 눈시울을 적시고 있던 시훈이 화제를 돌렸다.

"즈녁은 옆집에다 주문을 해 놨구면. 탕수육하고 짜장을 시켜 놨응께 쪼끔 있다 갖고 올 껴."

"그 비싼 짜장면에 탕수육이라니? 우리가 시방 그런 걸 사 먹을 팔자가 되냐. 그라지 말고 어머가 금방 쌀밥을 할 팅께 쪼끔만 지잘려라. 내가 니덜 줄라고 집에서 경거니도 해 오고, 경훈이 좋아하는 딩기장도 갖고 왔다."

날망집이 내가 지금 이러고 있을 때가 아니라는 얼굴로 벌떡 일어서며 말했다.

"어머, 우리두 돈 잘 벌어유. 그렇게 낼 아침에는 어머가 해 주는 밥 먹기로 하고 시방은 가만히 앉아서 지달려유."

"그랴, 어디 오랜만에 자식들한테 대접 좀 받아 보자."

장기팔이 점잖게 날망집의 손을 끌어 당겼다. 날망집은 못이기는 척 주저앉아서 아무리 보아도 기특해서 견딜 수 없다는 얼굴로 경훈의 어깨를 자꾸 쓰다듬는다.

장기팔은 어디 그동안 어떻게 지냈는지 말을 해 보라는 표정으로 형제를 바라보았다. 시훈과 경훈은 장기팔이 무엇을 원하는지 알고 있으면서도 서로 눈치만 살필 뿐 얼른 입을 열지 않았다.

"크음!"

기다리다 애가 타기 시작한 장기팔이 어서 이야기를 해 보라는 표정으로 잔기침을 했다.

"형이 말씀 드려."

"아녀, 니가 야기 해 봐라."

시훈은 거짓말을 하려고 하니까 갑자기 입술이 마르는 것 같았다. 혀로 입술을 적시며 경훈의 옆구리를 툭 쳤다.

"우선, 그동안 추석이나 슬 때 집에 내려가지 못한 걸 죄송하게 생각해유. 하지만 쌀장사를 하기 전에, 하고 있든 장사가 명절 때만 됐다 하믄 대목이라 도저히 쉴 수가 읎었슈. 그래서 지덜을 지달리고 계실 부모님을 생각하믄 가슴이 찢어지는 것 같았지만 참을 수백에 읎었슈. 일단은 성공을 한 다음에 찾아뵈도 늦지는 않을 거라는 생각이 들었기 때문이쥬."

경훈은 취기의 힘을 빌려서 미리 생각해 두었던 거짓말을 더듬거리지도 않고 술술 말했다.

"그려, 원래 장사라는 거시 대목 장사가 일 년의 반이라는 말이 있지. 난도 명절 대목이 되믄 보통 때보다 대 여섯 배 염색을 하잖여. 그때는 니덜 에미까지 나와서 거들어도 바쁘드라."

"아부지 말이 틀린 말이 아녀. 일 년 내내 대목 때처럼만 염색을 한다 믄 벌써 떼부자가 됐을 껴. 그릏지만 니덜이 염색을 했을리는 읎고, 대관절 먼 장사를 했는데 명절 때 고향에 내려 올 시간이 읎을 정도로 바빴덩 겨. 남들은 대전산다, 부산산다, 서울산다고 해도 명절 때가 되믄 새 옷을 입고 내려와 설랑, 아부지한테 세배를 온다, 떼를 지어서 산소를 간다, 밤이 새도록 윷놀이를 한다, 재미삼아 화투를 친다 함서 웃고 떠드는데, 우리 집구석은 자식이 하나도 아니고 둘씩이나 있음서 꼴아지도 안 보잉께 내 맘이 워쪘어. 니 애비는 화딱지가 나서 술만 마시고 있지. 난도 속이 상해서 잠은 안 오지 함께 방구들이 타도록 군불을 땔 땐 방에서도 맘이 추워서 그른지 가슴속에서 찬바람이 한데츠름 부는데……"

날망집은 목이 매여서 더 이상 말을 잊지 못했다. 콧물을 훌쩍이며 치맛자락으로 눈물을 찍어냈다.

"지발 청승 좀 고만 떨고 오랜만에 만난 자식들 말 좀 들어 보자. 에이! 이럴 줄 알았으믄 나 혼자 올라오는 긴데……"

장기팔도 눈물이 나오려는지 콧등이 시큰거렸다. 일부러 날망집을 꾸짖으며 옆으로 슬쩍 돌아앉아서 담배를 입에 물었다. 불을 붙이는 척 하면서 슬쩍 눈물을 찍어냈다.

"당신 눈에는 내가 청승 떠는 걸로 뵐지 모르지만 내가 이날 이적까지 워티게 살았슈? 내가 학상장에 가서 맘 놓고 이 환짜리 국시 한 그릇 사 먹었은 적이 있다면 천하에 쥑일년유. 맛난 거만 봐도 자식 생각, 즈 에미를 따라 댕기는 마당의 강아지만 봐도 자식 생각, 또랑물에 빨래를 하다 놓고 있는 물괴기만 봐도 자식 생각, 비만 와도 자식 생각, 둔너 자 다가 바람만 크게 불어도 야들이 왔는지도 모른다는 생각에 벌떡 일어 나서 문을 열어 본 것이 한두 번도 아니고 수십 수백 수천 번도 넘어유 ……"

"어머, 죄송해유……"

시훈은 날망집이 숱한 밤을 잠 못 이루고 피를 말리는 고통 속에 살 게 한 원인이 자기 책임이라는 생각에 눈물이 났다.

"앞으로는 좋은 일만 생길 팅게 인자 그만해유."

경훈은 가슴이 찡했지만 눈물은 흘리지 않았다. 날망집의 눈물을 닦 아주며 축축한 목소리로 위로했다.

"그려, 인자 니덜이 워티게 살고 있는 줄 내 눈으로 직접 확인 했응께 안심할란다. 그렇께 어여 말을 해 봐라. 대관절 먼 장사를 했는데 명절 대목 때도 그렇게 바빴던 겨? 집에 편지 한 통 쓸 시간도 읎이 그렇게 바빴던 거여."

"어머두 참, 오죽했으믄 명절날도 못 내려갔겠슈. 명절날도 장사를 해 야 했던 자식들 심정도 이해를 해 주서야주."

"딴 야기 하나도 쓰지 말고 우리 잘 있응께 걱정 마셔유. 그렇게라도 보냈다믄 내가……"

날망집은 콧물을 삼키고 눈물을 말끔하게 닦았다. 경훈이 앞으로 바 짝 당겨 앉으며 얼굴을 다시 한 번 쓰다듬으며 물었다.

"어허! 당신은 좀 가만히 앉아 있어 봐. 야기라는 것이 전은 이릏고 후는 이릏다 순서가 있는 벱이잖여. 오늘 당장 집으로 내려가는 것도 아니고 누가 쫓아 오는 것도 아닝께 지발 입 좀 다물고 초곤하게 야기 좀 들어 보자."

"큼! 쌀장사는 돈을 벌어서 시작한 거유. 그 전에는 미군부대에서 흘러나오는 담배하고 화장품을 받아서 야매꾼들한테 넘겨주는 일을 했슈. 그게 벌이가 대단해유. 워쩔 때는 하루에 만 환을 버는 날도 흔하고……"

"미……미군부대에서 나오는 담배라믄 양담배를 말하는 거여?"

장기팔도 미군부대에서 몰래 빼 낸 물건을 유통시키면 큰돈을 번다는 말은 들은 적이 있었다. 하지만 그건 분명 도둑질이다. 이거, 보통일이 아니구먼, 이라는 생각에 엉덩이를 들썩이며 긴장한 얼굴로 물었다.

"그른 셈이쥬."

잠자코 앉아 있던 시훈이 침을 꿀꺽 삼키고 나서 말했다.

"그건 불법 아니냐? 내가 알기루는 양담배를 피거나 파는 사람은 죄다 감옥에 가는 걸로 알고 있는데?"

"그래서, 그 짓을 그만 둔거유. 돈도 벌만큼 벌었응께 법에 걸리지 않는 장사를 해야 되잖유. 그래서 먼 장사를 할까 형하고 및 일 동안이나 상의를 하다가 쌀장사를 시작하게 된 거유."

"그려! 참말로 생각 잘했구먼. 참말로 현명하게 판단했구먼. 자고로 바늘 도둑이 황소 도둑 된다는 말이 있다. 미군부대에서 물건을 남들 모르게 빼내는 거시 도둑질 아니냐. 도둑질로 만금을 벌어도 다 소용이 읎능 겨. 그 당시는 좋을지 몰라도 은젠가는 반드시 그 죗값을 받게 되어 있는 정께."

장기팔이 비로소 안심이 된다는 얼굴로 자기 무릎을 딱 소리가 나도록 치면서 좋아했다.

"그람유. 그래서 욕심이 나기는 하지만 눈 딱 감고 그 일을 끊었잖유. 시방 생각해 봉께 참 잘했다는 생각도 들어유. 형도 나한테 맨날 그래유. 우리 생각 잘 바꿔 먹었다구 말여유."

"그려, 참말로 잘 생각했구먼. 이만하믄 대단히 성공한 거나 다름 읎다. 우리 동리서 면장 댁 빼 놓고 박태수가 택택하게 사는 행핀이기는 하지만 니덜한티는 어림도 읎구먼. 당장 이 가게 전세 만해도 오십만 환이라고 했지 않느냐. 오십만 환이믄 박태수네 초가삼간을 다섯 채는 넘게 지을 수 있는 돈이고, 쌀이 및 가마니여……"

"큼! 그른 거는 계산 할 필요가 읎고 좌우지간 고생했구먼. 우리는 니덜한테 근 이삼 년 동안 소식이 읎어서 지대로 밤잠을 못 잔거는 사실이여. 하지만 인자부터는 두 다리 뻗고 자게 생겼구먼. 인제 영장이 은제 나와도 걱정이 읎겄다. 난 솔직히 경훈이 너 보담도 시훈이 때문에 걱정을 더 많이 했다. 시훈이가 장남이래서가 아녀. 시훈이 군대 가라고 영장이 나왔잖여. 그래서 내가 면사무소 병사계를 찾아가서 시방 워디로 갔는지 요 몇 년 동안 소식을 모릉께 찾는 대로 연락을 주겄다고 사정사정해서 연장해 놨잖여. 그런 사정잉께 내 속이 을매나 타겄냐.

"앞으론는 군대 걱정은 안 해도 돼유."

장기팔의 말에 시훈은 교도소에 들어갔다 온 것이 발각이라도 난 것처럼 가슴이 덜컹 거렸다. 그러나 경훈은 여유만만 했다. 시훈에게 장기팔 모르게 눈짓을 보내고 싱긋이 웃었다.

"걱정하지 말라니? 구장 아들 광일이는 엄지손가락이 읎어서 군대를 안 가도 된다지만, 사지 멀쩡한 시훈이 너는 원칙으로 따지믄 시방 군대 들어가야 있을 몸 아니냐?"

날망집이 두 눈을 반짝이며 경훈의 말이 기대된다는 얼굴로 말했다.

"그런 건 쪼끔도 걱정하지 마셔유. 아부지도 그런 말을 들어 보신 적이 있는지 모르겠지만, 시방 우리나라에서 부잣집이나 빽이 있는 집안 자식들은 아무도 군대 안 가는 세상유."

"그걸 누가 모르는 사람도 있댜?"

장기팔이 날망집과 같은 표정으로 반문했다.

"우리가 소문 날 정도로 큰돈은 못 벌었지만 요새가 굉장히 중요한 때유. 만약 시방 형이 군대를 간다고 생각해 봐유. 나 혼자 이 장사를 하겠슈? 어머 아부지도 짐작을 하시겠지만 택도 읎는 일유. 그릏다고 이만큼 키워 놓은 가게 문을 닫을 수는 읎잖유."

"그거야 모르는 바는 아니지만 도리가 없잖여. 저 먹고살기 심들다고 너도나도 군대를 안 가믄, 삼팔선은 누가 지키고, 간첩들은 누가 잡는댜?"

"아부지 말씀처럼 그릏게 쉬운 기 아녀유. 만약 형이 군대를 간다믄 우린 이대로 주저앉고 말지도 몰라유. 그래서 벌써 돈을 써서 면제를 받았슈."

시훈은 이미 전과자라서 현역소집을 면제 받았다는 통보를 받았다. 알맞게 취기가 오른 경훈은 시훈을 바라봤다. 시훈의 얼굴이 긴장으로 굳어있다. 의식적으로 시훈의 어깨를 껴안으며 자랑스럽게 말했다.

"그기 사실이여?"

날망집보다 장기팔이 두 눈을 번쩍 뜨며 시훈을 바라보고 물었다.

"그릏지 않아도 이따가 그 야기를 할라고 했슈."

"난도 돈만 있으믄 군대 안 간다는 방법이 있다는 말은 들어봤구먼. 그릏지만 그건 부자들이나 알고 있는 방법인데 시훈이 니가 워디다 돈을 써야 하는지 워치게 알고 돈을 쓴 겨?"

"나는 몰랐슈. 경훈이가 워티게 알았는지 군인 높은 사람을 만나서 돈을 썼나뷰."

"시훈이 너는 형 아녀? 형이란 놈이 동생보담 세상 물정을 모르는 모냥이구먼. 아! 돈만 있으믄 세상에서 못할 것이 머가 있냐. 내가 알기루는 딴 나라는 워떤지 몰라도 우리나라는 돈만 있으믄 사람을 쥑여도 감옥소 안 간다고 하드라. 돈이 바로 빽여! 빽!"

날망집은 경훈의 구체적인 말을 듣고 나니까 눈앞이 환해지는 것 같았다. 시훈의 손을 잡고 만세라도 부르듯 번쩍 치켜들며 빽! 빽! 거렸다.

"빽도 중요하지만 주먹도 중요해유. 옛말에도 있쥬. 법보다 주먹이 가찹다고 말여유. 그래서 저는 맨날 아침을 먹기 전에 당수 도장에 댕기고 있슈."

경훈은 나라를 위해서 큰일을 할 수 있다는 박인철의 말이 생각났다. 그려, 장경훈도 큰소리치면서 한번 살아 보능 겨, 라고 생각하며 주먹을 흔들어 보였다.

"옛날에도 법보다 주먹이 가찹다는 말이 있었는지는 몰라도, 요새 세상에는 주먹이 있어야 행세를 한다는 말은 들었구먼. 이발소직원 팽씨한테 들은 야긴데 그 머셔, 이정재며 유지광이나 임화수 같은 이들은 서울서 유명한 건달이라고 하는데 치안국장도 함부로 못 건든다고 하드라.

당수라믄 그 머셔. 손바닥 날로 기왓장이나 빨간 벽돌도 뿌술 수 있다는 그른 운동을 말하는 거냐?"

장기팔이 이건 또 뭔 조화여! 라는 생각으로 물었다.

"맞아유, 바로 그른 운동유. 시방도 웬만한 놈들 서넛은 손바닥 하나로 날려 버릴 수가 있슈."

"니 말을 듣고 봉께 서울 같은디서 살라믄 주먹도 있어야 겄드라. 하지만 엄한 사람들을 괜히 쓸데없이 패지는 마라. 엄한 사람 뚜들겨 패믄 감옥가기 딱 좋응께. 내 말은 암만 당수를 잘해도 절대로 사람을 패지는 말란 말여. 알겄지?"

날망집이 걱정된다는 얼굴로 말했다.

"짜장면 왔습니다!"

장기팔이 만족한 얼굴로 고개를 끄덕이고 있는데 백씨가 밥보자기로 덮은 쟁반을 들고 들어왔다.

"짜장면도 서울 짜장면이 참말로 맛있구먼. 선거 때 부면장 유세장에 따라 나섰다가 영산각인가 하는 데서 짜장면하고 같이 먹었던 이기 머쥬?"

"탕수육이지 머여."

"그려, 이 탕수육하고 먹었었구먼. 부면장이 지난 오월에 민의원 선거에 나왔었잖여."

"나가믄 머해유. 떨어졌는데……"

경훈이 장기팔 잔에 고량주를 따라주며 말했다.

"으믜, 니가 그걸 워티게 아냐? 누가 영동에 왔을리는 읎고?"

"하하! 신문에서 봤슈. 신문에서 봉께 민주당 후보가 당선됐드라구유.

그래서 이병혼가 하는 냥반 속 좀 씨리겠구나, 라고 생각했쥬. 선거에서 떨어진 부면장이야 지 능력이 거기까지 안 됐게 하는 수 읎다지만, 이병호 그 냥반은 남 잘 되는 거 못 보고 이우지가 굶어 죽는 한이 있드라도 눈 하나 깜짝 안 하는 사람이잖유. 민의원 후보로 나서서 선거를 할라믄 안 써도 및 천만 환은 썼을낀데 잠이 오겄슈."

경훈은 영동 소식이 궁금해서 신문을 본 것은 아니다. 서상철 사건 이후 신문 보는 것이 몸에 배서 자주 신문을 봤다. 그러다 우연히 이동하가 민의원 후보로 나왔다는 것도 알았고, 낙선을 했다는 기사도 읽었다. 이동하가 낙선했다는 기사를 읽고 나니까 이유를 알 수 없이 웃음이 나와서 혼자 소리 내어 웃었었다.

"돈 많이 썼을 껴. 영동국민핵교에서 선거 유세가 있는 날 굉장하드라. 좌우지간 십 개면 사람들이 죄다 영동으로 나옹 겨 가져. 더구나 그날이 영동 장날이였잖여. 식당마다 사람들이 한 여름 뒷간에 귀데기들처럼 바글바글했다믄 말 다 했지."

"또……또 푼수떨기 시작한다. 좌우지간 니덜 어머는 쪼끔만 풀어 줬다 하믄 똥오줌 못가리는데 선수여. 비싼 탕수육 시켜놓고 똥싯간 야기는 왜 나오능 겨. 밥맛 읎게시리……"

"미안해유. 좌우지간 내가 짜장면을 먹고 나와서 가만히 봉께 팔 할은 자유당에서 동원한 사람들 같드라. 그 많은 사람들한티 죄다 즘심 사주고 술 사주고 담배 사주고, 재무시 대절해 준 것만 해도 돈 십만 환은 우습게 깨졌을 것 같드라."

"그날 봉께 당선은 틀림읎이 따 놓은 거 같드라."

"근데 왜 떨어졌대유? 동리 여자들도 그기 젤 궁금하든 모냥이대유."

"민주당에서 나온 윤상벤가 하는 상대가 워낙 거물이었든 모냥여. 서울서 대학 나왔지, 그라고 박사지, 영동 바닥 사람이지, 경기도 워디서 큰 공장을 해서 돈 궁한 줄 모르는 사람이지, 항께 막판에 학산 촌놈한테 민의원 자리를 내 줄 수는 읎다. 그런 여론이 돌아서 선거 이틀 전부텀 이미 판세는 뒤집혀 졌다고 하드만."

"암만 민주당 후보가 잘난 사람이라도 부면장님은 뿌린 돈이 있잖유. 내가 알기루는 우리 동리 사람들 중에서 부면장님한테 표 안 찍어 준 사람 한 명도 읎는 걸로 알고 있는데?"

"여자가 집구석에서 밥이나 잘 하고 남편 뒷바래지나 잘하믄 됐지, 바깥일이 머가 그릏게 궁금하댜. 선거 끝난 지 한참 됐응께 그만 햐. 민의원 선거하고 야들하고는 아무런 상관도 읎잖여."

"그래도 구장이 부면장님 선거 때 물불 안 가리고 운동을 해 줬다고 광일이를 면사무소 임시직원으로 너 줬잖유."

"어머, 그기 먼 말씀유?"

시훈은 학교 다닐 때 공부도 못하던 광일이 면사무소 임시직원이 됐다는 말에 놀라서 물었다.

"니 어머 말 그대로여. 부면장이 민의원 선거에서는 멱국을 먹었지만 그 머셔, 자유당 위원장직은 그냥 갖고 있잖여. 그 빽으로 광일이를 면사무소 임시직원으로 취직시켰다고 하드만. 임시직원으로 취직했응께 한 및 년 하다 정식직원이 되겄지. 하지만 난 하나두 안 부럽다. 임시직원 월급이야 뻔할 뻔자일 거고, 정식 면서기 한 달 월급이 월매여. 제우 쌀 한 가마니 값이 될까말까잖여. 하지만 니덜은 그 및 배를 버는데 머가 부럽겄냐."

장기팔은 자식이 면서기가 됐다며 자랑을 하는 황인술이 눈앞에 보이는 것 같았다. 어깨를 반듯하게 펴고 감회가 서린다는 표정으로 말했다.

"참, 광일이 동생 금순이라고 있잖여. 갸가 경훈이 너하고 동갑이냐?"

"나보다 한 살인가 두 살 어릴뀨. 금순이는 왜유?"

경훈이 금순이 갑자기 보고 싶어졌다. 예쁜 얼굴은 아니었지만 착하고 귀여웠다고 생각하며 물었다.

"내가 니덜 만나러 서울 간다고 항께 광일이 어머가 이걸 주드라."

"이기 먼대유?"

"금순이가 식모를 살고 있는 전당포 사장네 주소랴. 광일이가 면서기해 먹는다고 내려 온 뒤로는 가 혼자 거기 있잖여. 언지 시간 나믄 한븐 찾아가 보라고 부탁을 하드라. 그냥 부탁을 하는 것도 아니고 산도라지를 한 근은 너끈하게 갖고 왔드라. 그랑께 언지 시간 내서 한븐 찾아 가봐."

"알았슈. 내가 언지 한븐 가 볼께유."

경훈은 날망집의 당부가 없었더라도 금순이를 보고 싶었다. 서울이라는 낯선 땅에서 보는 금순은 또 새로운 모습을 하고 있을 것이라는 생각이 들었기 때문이다.

"이기 먼 술여. 그려 빼갈이구먼. 빼갈도 서울 거시 훨씬 독한 거 같구먼. 학산에 있는 태화루에서 선거 때가 되면 구장한테 빼갈 및 번 먹어 본 즉이 있는데, 이 술에 비하믄 그건 물을 탔는지 쇠주 같구먼."

장기팔은 독한 고량주를 입 안에 단숨에 털어 넣었다. 40도짜리 고량주가 식도로 내려가면서 짜르르한 감촉이 일어난다. 잔뜩 인상을 쓰면서도 쪽쪽 소리가 나도록 잔을 빨았다.

"아부지, 그기 그 술이나 마찬가지유. 어채피 빼갈은 사십 도가 되야 내다 팔아먹을 수가 있는 뱁유."

"아부지 기분이 좋으싱게 술맛도 더 나시나벼."

시훈에 이어서 경훈이 싱긋이 웃으며 빈 잔에 다시 고량주를 채워 주었다.

"그려, 그런가보다. 솔직히 시방은 대통령도 안 부럽다. 자식들 이릏게 건강하게 살아 있는 것만 해도 고마울 지경인데 번듯하게 가게까지 차리고 있응께 내가 머가 부럽겠냐."

장기팔은 고량주를 연거푸 몇 잔 마셨더니 얼굴이 홍시처럼 빨갛게 달아올랐다. 정신없이 취기가 오르는 것을 느끼면서도 너무 기분이 좋아서 합죽합죽 웃었다.

경훈은 약국 옆으로 나 있는 작은 길을 바라보며 담배를 입에 물었다. 가죽장갑의 깃을 끌어당긴 후에 손가락을 깍지 꼈다. 가죽장갑이 손가락에 꼭 끼게 만든 후에 괜히 고개를 빙빙 돌린다. 남대문 시장에서 산 미제 중고가죽잠바에는 먼지 하나 묻어 있지 않았다. 그런데도 손끝으로 먼지를 툭툭 터는 시늉을 하며 골목 안으로 들어간다.

평화전당포는 금방 찾을 수가 있었다. 한옥 대문 옆을 터서 가게를 지은 건물 처마 밑에 평화전당포라는 간판이 붙어 있었다.

전당포는 쪼맨해도 집은 드릏게 크구먼……

경훈은 전당포 앞에서 뒷걸음을 쳤다. 전당포 건너편에는 송판에 한복수선이라고 서투른 글씨를 붙여 놓은 기와집이다. 기와집 처마에서 인상을 쓰면서 전당포를 바라본다. 전당포 옆에 있는 대문이 다른 집보다 커 보인다. 나름대로는 잘 사는 집 같다는 생각이 들었다.

경훈은 가볍게 헛기침을 하며 전당포 밀창문을 열고 안으로 들어갔다. 밖에서 보았던 것처럼 실내는 좁았다. 좁은 홀 안에는 교도소로 시훈을 면회 가서 본 철장 같은 것이 가운데 막혀 있다. 철장 안에 앉아 있던 오십대 초반으로 보이는 대머리가 고개를 흘끗 돌리고 경훈을 쳐다본다.

경훈은 다시 한 번 헛기침을 하고 철장 앞으로 다가갔다. 철장 안에는 온돌방이다. 나무로 만든 책상 앞에 앉아 있는 대머리는 말을 하지 않고 그냥 바라보고만 있다. 경훈은 대머리의 시선을 피하지 않고 어깨를 으쓱거렸다.

"돈 빌리러 왔수?"

신문을 뒤적거리고 있던 김우성은 한눈에 경훈이 건달이라는 걸 알아보았다. 이럴 때는 가능한 무게를 잡는 것이 좋다. 약하게 보이면 금반지 한 돈을 가지고 와서 금방에 팔아먹는 것처럼 한 돈 값 모두 내라고 행패를 부릴지도 모를 일이다. 약하게 보여서는 안 된다는 생각에 신문을 보는척하며 퉁명스럽게 물었다.

"사람 좀 찾으러 왔슈. 손금순이라고……"

경훈은 김우성이 보라는 얼굴로 절반 정도 피우던 담배를 바닥에 버렸다. 구둣발로 문질러 끄면서 카운터에 비스듬하게 기대섰다.

"손금순이라니?"

"충청북도 영동이라는 데서 식모 살러 온 손금순있잖유. 나하고 금순이하고 한 동리 사는 처지유. 갸를 보러 왔응께 좀 불러주슈."

"금순이를 왜 보려고 하는데?"

김우성은 슬그머니 일어섰다. 명동이나 동대문 시장의 건달들만 입는다는 가죽잠바를 입은 경훈의 얼굴은 갓 스무 살이 넘어 보였다. 하지만 떡 벌어진 어깨하며 반들반들 광이 나도록 닦은 구두를 신은 모습이 시골서 무작정 상경한 뜨내기처럼은 보이지 않는다.

"이 아자씨가 귀가 먹었나? 내가 아까 금순이하고 같은 동리 사는 오빠뻘이라고 했슈. 안 했슈?"

"내, 참……"

김우성은 나이도 어려 보이는 것이 당차게 하는 말에 할 말을 잃어버렸다.

"내 참이라니?"

경훈은 구석에 있는 검은색 금고를 바라본다. 눈으로 보기에도 무쇠로 만든 것으로 보이는 대형금고에는 동그랗게 번호판이 달려있다. 그 안에 사람들이 맡긴 시계며 금반지나 귀중품이 들어 있는 것 같았다.

"사람 말 참말로 못 알아듣는구먼. 아! 금순이가 당신하고 같은 동리에 사는지 안 사는지는 모르겠지만, 금순이는 엄연히 우리 집 식모잖아. 그리고 나는 주인이란 말여. 식모를 밖으로 내보내고 안 내보내고는 주인 맘인데 마치 금반지 맡겨놨다가 찾으러 온 사람처럼, 다짜고짜 금순이를 내놓으라고 하니까 기가 안 막히겠어 당신 같으면?"

김우성이 마침내 할 말이 생각났다는 얼굴로 침을 튀겨가며 말했다.

"뭐라구유?"

경훈은 가만히 생각해 보니까 김우성의 말이 맞는 것 같았다. 무언가 김우성의 말을 반박할 말이 떠올라야하는데 생각이 나지 않아서 멈칫한 얼굴로 반문했다.

"내 말이 틀렸어?"

"이 아자씨 참말로 대책없이 웃기는구먼. 내가 왕십리에서 여기 을지로까지 할 일이 읎어서 택시 타고 온 줄 아슈? 금순이 어머님이 나한테 특별히 부탁을 해서 워티게 지내는지 한븐 만나보래서 온 규. 그람 이유가 됐슈?"

"허! 그 사람들도 참말로 이상한 사람들이네?"

김우성은 금순의 부모가 잘 지내는지 한번 보고 오라는 말에 가슴이 뜨끔거렸다.

"이상하기는 뭐가 이상하다고 하는 거유? 당신 같았으믄……아니지. 당신은 서울 살고 있응게 딸내미를 식모로 보낼리는 읎지. 좌우지간 부모 된 도리로 머스마도 아니고 지지바를 혈연단신 서울로 올라 보냈으믄 자나깨나 걱정이 안되겠슈?"

"내가 금순이를 시골에 내려가서 송아지처럼 코를 뚫어 가서 끌고 왔나? 제 오래비가 데리고 올라 온 거지?"

"좋아유. 광일이 형이 데리고 올라왔든, 저 혼자 올라 왔든 난 금순이를 보러 왔으니까 빨리 좀 불러주슈."

"못 불러주겠다면?"

"이 아자씨 수상한데? 아자씨! 금순이가 이 집구석에 있기는 한 거유?"

경훈이 금방이라도 철장을 뜯어 낼 것처럼 두 손으로 철장을 꽉 움켜 쥐며 물었다.

"이 집에 없으면 내가 할 일이 없어서 자네 같은 사람하고 말을 섞고 있겠나? 내 말은 식모로 한번 올려 보냈으면 주인인 나를 믿고 있어야

지. 고향 사람을 보내서 어떻게 지내는지 알아보라고 해서 기분이 나쁘다 이거야. 금순이가 우리 집에서 굶고 있거나, 내가 의붓자식처럼 학대나 하고 있을 거라는 생각이 없으면 이 바쁜 세상에 왜 일부러 사람을 보냈겠어. 내 말이 틀리다고 생각하나?"

"좋슈. 기분 나쁘드라도 이해하고 나도 바쁜 놈잉께 금순이 좀 불러줘유. 안 불러주믄 내가 당장 요 옆에 있는 대문 열고 들어가서 금순이를 데리고 나올 팅께."

"그 사람 참, 사람 말 되게 못 알아듣는구먼. 금순이가 어린에도 아니고 알 만한 것은 다 아는 나이라구. 우리 집이 편하고 좋으니까 고향에 연락을 안했지. 만약 내 마누라가 금순이를 힘들게 했으면 지금까지 가만히 있었겠어? 시장가는 길에 도망을 가거나, 편지를 붙였어도 수십 번은 더 부쳤을 거잖아."

김우성이 보기에는 경훈의 기세로 보아서는 안채로 들어가서 행패라도 부릴 것처럼 보였다. 하지만 버텨 볼 때까지 버텨 보리라고 생각하며 담배를 입에 물었다.

"쓰발! 사람 열 받게 만드는데 선수구먼. 내가 그란다고 그냥 갈 거 가텨? 아자씨야 말로 계속 사람 말 못 알아 듣는다믄 지부에 연락을 해서 작살을 내야겄구먼."

"지부라니? 신문사 지부를 말하는 건가?"

경훈이 갑자기 차갑게 웃는 얼굴에 김우성이 긴장한 얼굴로 물었다.

"들어 봤는지 모르겄구먼. 한국반공청년단."

"반공청년단이라면 동대문상인연합회장으로 있던 이정재가 지휘하고 있다는 그 단체를 말하는 건가?"

김우성의 얼굴이 갑자기 흙빛으로 변했다. 이정재라면 동대문의 유명한 깡패다. 그가 요즈음은 반공청년단을 조직해서 하늘 높은 줄 모르는 권세를 누리고 있다는 건 알 만한 사람은 모두 알고 있는 사실이다. 건달처럼 생긴 놈이 당차게 나오는 이유를 알 것 같다는 생각에 마른 침을 꿀꺽 삼키며 물었다.

"내 말 똑똑히 들으슈. 나는 반공청년단 성동지부 소속 간부란 말여. 그랑께 괜히 코피 터지지 말고 빨리 금순이를 불러내는 기 좋을 거유. 알았어?"

경훈은 반공청년단 성동지부 박인철로부터 입단 권유를 받고 기꺼이 가입을 했다. 박인철은 거북이를 한 방에 때려눕힌 실력을 인정해서 신입단원임에도 불구하고 조장급의 직책을 주었다. 김우성의 얼굴이 갑자기 변하는 모습을 보니까 새삼스럽게 반공청년단이 얼마나 대단한지 실감하는 것 같아서 일부러 주먹을 흔들어 보였다.

"그……그 사람 젊은 사람이 성질 한번 되게 급하구먼. 알았어. 알았으니까 요 큰길가에 있는 백조 다방에서 기다리고 있으슈. 내가 그리로 보낼 모양이니까……"

"진작 그렇게 말씀하시지. 알았슈. 백조 다방이 워디있는지 모르지만 찾아 보믄 있겄지. 내가 거기서 기다릴 모냥잉께 그리로 보내슈. 모산사는 장경훈이 기다린다고 하면 알아들을 거유."

경훈은 김우성이 꼬리를 내리는 모습을 보고 회심의 미소를 지으며 돌아섰다. 역시 주먹은 항상 법보다 앞선다는 것을 절실하게 느꼈다. 돈 있는 자들의 생리라는 것이 약자들은 인간 이하로 취급을 하고 강자 앞에서는 설설 긴다는 것도 알았다.

설마, 별일이야 있을라고……

김우성은 경훈의 말에 대답을 하지 않았다. 경훈이 밖으로 나가기를 기다렸다가 안채하고 연결이 된 버튼을 눌렀다.

"불렀슈?"

안채하고 통하게 되어 있는 문이 열리면서 금순이 모습을 드러냈다. 하얀 천에 검은색 점이 찍혀 있는 점박이 치마에 구제 쉐터를 걸친 차림이다.

"너 내가 지금부터 하는 말을 똑똑히 들어야 한다. 너, 장경훈이라는 놈을 알고 있냐?"

김우성은 말없이 일어서 안채하고 통하는 문을 걸어 잠갔다. 금순의 손을 잡았다. 손이 잡힌 금순이 움찔거렸으나 이내 체념하고 가만히 있었다. 손을 잡아당기며 의자에 앉아서 두 눈을 번뜩이며 물었다.

"장경훈이라니유?"

"너하고 같은 동네 산다고 하든데?"

"아! 경훈이 오빠를 말하는구먼. 그 사람이 여길 온 거유?"

금순은 갑자기 가슴이 뛰면서 눈물이 나오려고 했다. 하지만 김우성 앞에서 울어서는 안 된다는 생각에 억지로 참으며 물었다.

"그놈 말이 거짓말은 아닌 모양이군. 너 지금부터 내가 하는 말을 똑바로 들어. 만약 내 말대로 하지 않는다면 네년의 오빠는 당장 면사무소에서 짤려서 감옥을 가는 수밖에 없어. 광일이가 감옥 간다고 돈을 안 물어 주는 걸로 알고 있으면 큰 오산일거야. 광일이가 영동에 내려가면서 훔쳐 가지고 간 시계 값을 물어내려면 오십만 환도 넘어. 그 돈을 못 갚으면 광일이 재정보증을 선 네 아버지도 감옥을 가는 수밖에 없어. 내가 지금 무슨 말을 하는지 잘 알고 있겠지?"

광일은 고향에 내려가면서 시계를 훔쳐가지 않았다. 그런데도 김우성은 금순의 처녀를 빼앗을 때 사용하던 방법으로 금순을 계속 협박했다.

"무……무슨 말씀을 하고 싶은대유?"

금순은 광일이 고향으로 내려가면서 한 개에 오십만 환이 넘는다는 금시계를 훔쳐갔다는 말만 나오면 너무 무서웠다. 마치 자기가 금시계를 훔쳐가다 들키기라도 한 것처럼 고개를 숙이고 기어들어가는 목소리로 물었다.

"장경훈이라는 놈이 지금 너를 불러달라며 큰길가에 있는 백조다방에서 기다리고 있단 말이야. 거길 가서 그놈을 만나 쓸데없는 말을 하면 당장 경찰서로 전화를 걸어서 광일이 그놈을 감옥에 집어넣고 말테니까 말조심하라 이거야."

김우성은 죄인처럼 서 있는 금순의 손을 만지작거린다. 금순이 손바닥에 땀이 진득하게 배어있다. 기분이 짜릿해지는 것을 느끼며 엉덩이를 쓰다듬었다. 금순이 움찔 하다가 가만히 있는다. 손바닥으로 와 닿는 탱탱한 엉덩이가 손끝을 뜨겁게 만든다.

"워……워턱하믄 말조심을 하는 건대유?"

"딴 말 필요 없어. 우리 집이 무조건 좋다고 해. 사장님도 너무 잘해주시고, 사모님도 고향에 계신 어머님처럼 자상하고 좋은 분이라는 말만 해. 만에 하나 집에 내려갈 생각이 있느냐고 물으면, 사장님하고 사모님이 좋은 남자 골라서 시집을 보내주신다고 거절 하란 말야."

"하지만, 지는 고향에 내려가고 싶어유. 집에 가서 동생들 밥해주고 부모님 도와서 농사지으면서 살고 싶어유. 지발 내려가게 해 주세유.

예?"

금순은 치마 안으로 들어오는 김우성의 손이 더 이상 움직이지 못하도록 눌렀다. 허벅지에 와 있는 손이 징그럽기만 하다. 눈물이 뚝뚝 떨어졌지만 닦을 생각을 하지 않고 간절하게 말했다.

"돈 오십만 환이 강아지 값인 줄 알고 있는 모양이군. 내려가고 싶으면 오늘이라도 내려 가. 지금 당장 경찰서로 전화를 할 테니까."

김우성은 싸늘하게 웃으며 금순이 치마 안으로 집어넣었던 손을 빼고 책상 앞으로 돌아앉았다. 전화기를 들고 교환을 불렀다.

"아! 아뉴. 잘못했어유. 두 번 다시는 그런 말 안할 팅께 지발 경찰에 신고는 하지 말아 주세유. 사장님 지발 부탁해유."

금순은 김우성 앞에 털썩 주저앉았다. 김우성의 무릎을 잡고 겁에 질린 얼굴로 애원을 했다.

"내 말 똑똑히 들어. 어서 밖에 나가서 세수를 하고 백조 다방으로 나가봐. 나가서 딱 한 시간만 있다가 바쁜 일이 있다고 핑계를 대고 집으로 와. 그리고 오늘 밤 열 시쯤 여기로 와. 네가 너 좋아하는 양갱이 사놓고 기다릴 테니까. 알았지?"

김우성은 희미하게 웃으며 금순이를 일으켜 세운다. 치마 속으로 손을 집어넣어서 엉덩이를 쓰다듬으며 나지막한 목소리로 말했다.

"알았슈."

금순은 치마로 눈물을 닦았다. 콧물을 삼키고 벽에 걸려 있는 거울을 본다. 거울 안으로 보이는 얼굴은 모산 집에서 보던 그 얼굴이다. 조금 살이 찌고 성숙해 진 것처럼 보일 뿐이다. 그러나 몸은 김우성에게 더럽혀진 더러운 몸이라는 생각이 들면서 속울음이 난다.

다방 안에서는 나애심의 '과거를 묻지 마세요'라는 노래가 흘러나오고 있다.

한복을 곱게 차려 입은 마담은 사장처럼 보이는 중년 남자 앞에서 커피를 홀짝거리면서 창문 앞에 앉아 있는 경훈을 곁눈질로 쳐다본다. 가죽잠바에 가죽장갑을 끼고, 번쩍이는 구두를 신고 있는 모습이 영락없는 건달이다. 하지만 을지로에서 노는 건달처럼은 보이지 않는다. 건달 치고는 앳되어 보이는 얼굴이 잘생겼다. 누구를 기다리고 있는지는 모르지만 창문 밖을 계속 바라보고 있는 걸 보니 여자의 직감으로 볼 때 여자를 기다리고 있는 것 같았다.

경훈은 창문 밖으로 거리를 바라보고 있다. 아래로 내려다보이는 거리는 한산하다. 가끔 검은색이나 파란색의 시발자동차가 지나간다.

"손님 보리차 더 갖다 드릴까요?"

"내가 금붕어여?"

경훈은 레지가 옆에 다가오는 기척에 고개를 돌린다. 원피스를 입고 파마를 한 이십대 중반의 레지가 웃고 서 있다. 금순이를 기다리고 있는 상황이 아니라면 커피를 한잔 사 주고 싶다. 하지만 금순이가 보면 큰일이라는 생각에 고개를 돌렸다.

"피, 어떤 사람은 보리차를 더 안 갖다 준다고 화를 내는데……"

경훈에게 커피를 한잔 얻어먹을 생각이었던 레지는 입술을 삐죽거리며 다른 손님에게로 간다.

인제 오는구먼.

오른쪽으로 보이는 약국건물 옆길에서 낯이 익은 여자가 나오고 있는 모습이 보였다. 긴 머리를 뒤로 잘록하게 묶은 여자는 금순이다. 금순이는 어렸을 때 모산에서 봤을 때보다 부쩍 성숙한 모습이다. 거리에서 무심코 본다면 스무 살은 너머 보일 정도다.

"여기여!"

금순이 다방 문을 열고 들어와서 쭈뼛거리는 얼굴로 두리번거린다. 경훈은 다른 손님들이 듣던 말든 벌떡 일어서서 큰 소리로 말하며 손을 번쩍 들어 보였다.

"내가 여기 있는 줄 워티게 알고 왔댜?"

금순은 경훈의 변한 모습에 적이 놀랐다. 몇 년 전에 설인가 추석에 보았던 남루한 모습이 아니다. 비싼 가죽잠바를 아무렇게나 걸친 옷차림도 놀랐지만 무슨 운동을 하는지 떡 벌어진 어깨에 매사에 얼굴은 서울사람들처럼 자신감이 넘쳐흘러 보인다.

"너, 엄청 이뻐졌구먼."

"엉뚱한 말만 하고 있네. 내가 여기 있는 줄 워티게 알고 온 겨?"

금순은 경훈을 만나니까 반갑기는 했지만 걱정도 됐다. 집에 안 좋은 일이 생겨서 경훈이 직접 왔을지도 모른다는 생각에 긴장한 얼굴로 자꾸 물었다.

"진작에 찾아 왔어야 하는데 미안햐. 사실은 모산에서 어머가 올라오셨어. 그때 너를 한번 찾아가 보라고 주소를 줬었거든. 그때는 날이라도 한븐 시간 내서 찾아가 봐야겄다, 라고 생각했는데 사는 기 바빠서 하루이틀 미루다 봉께 인제야 왔구먼."

"우리 집에 먼 일이 있어서 온 거는 아니고?"

"니덜 집이야 잘 나가잖여. 광일이 형이 면사무소 직원이 됐다믄 그보다 좋은 일이 워디 있겄어."

레지가 다가왔다. 경훈은 다방에 많이 와 봤다는 얼굴로 능숙하게 커피를 주문하고 금순을 바라본다. 서울여자들처럼 하얘진 얼굴에 어딘지 모르게 그늘이 져있다. 전당포에 앉아 있던 대머리의 얼굴이 떠올랐다. 가만히 생각해 보니까 고향에서 올라왔다면 얼른 금순을 불러 줘야한다. 그런데도 이런저런 핑계를 댔었다.

그 새끼가, 금순이를 괴롭히는 것이 아녀?

전당포 사장이 순진한 금순에게 못된 짓을 했을지도 모른다는 생각이 드는 순간 주먹에 힘이 들어갔다.

"오빠가 면사무소에 잘 댕기고 있다는 말을 들응게 다행이구먼. 경훈이 오빠는 시방 워디서 뭘 하는지 모르지만 돈을 많이 버는 모냥여? 가죽잠바 같은 거는 비싸서 우리 전당포에서도 돈을 많이 쳐주는데."

"나, 왕십리에서 형하고 쌀가게 하고 있어. 장사는 그냥 되는 편여. 원래 쌀이라는 것이 일년 삼백육십오일 먹어야 하는 곡식이라서 돈관리만 잘하믄 밑지는 법은 읎잖여. 근데 너는 먼 걱정이 있는 사람츠름 보이는구면. 먼 고민이 있냐? 아니믄 사장이라는 새끼가 널 괴롭혀?"

"오……오빠도, 별소리를 다하고 있구먼. 우리 사장님하고 사모님이 얼매나 잘해 주시는지 몰라."

금순은 경훈의 말에 김우성의 얼굴이 번뜩 떠올랐다. 자칫 실수를 했다가는 집안이 풍비박산 난다는 생각에 깜짝 놀란 얼굴로 고개를 흔들었다.

"너 참말로 이상하구먼. 아니면 아닌 거지 왜 그렇게 놀래는 겨?"

"오……오빠가 쓸데 읎는 말을 항게 그러지. 근데 오빠네는 참말로 쌀가게를 하고 있능 겨? 서울에서 쌀가게를 할라믄 돈이 많이 들어 갈 거 잖여. 오빠네들은 서울 와서 돈을 많이 벌었는개비구먼."

금순은 레지가 가져온 커피에 설탕을 타면 손이 떨릴 것 같았다. 떨리는 손으로 커피를 타면 경훈이 눈치를 챌지 모른다는 생각에 커피 잔은 만지지도 않고 보리차를 마셨다.

"형하고 나는 서울로 올라 온지 오래 됐잖여. 그동안 악착같이 돈을 모았지 머. 근데 너는 커피는 안 마시고 왜 엄한 보리차만 마시냐?"

"나, 커피 별로 안 좋아 하거든. 이런 다방도 사실 오늘 츰이여. 내가 이런 데를 올 이유가 읎잖여."

금순은 다방 안을 살펴본다. 두 명의 레지가 있다. 모두 원피스를 입고 파마머리를 했는데 예쁘다. 한복을 입고 카운터 뒤에 앉아 있는 삼십 대 중반의 여자는 곱게 화장을 하고 있어서 남자들의 시선을 사로잡을 것 같았다. 다방의 네 구석에 매달려 있는 스피커에서는 남인수의 '이별의 부산정거장'이라는 노래가 흘러나오고 있다. 매일 노래를 들으면서 깨끗한 옷을 입고 근무를 하는 다방레지라는 직업이 더러운 직업이라고는 하지만 자신보다 처지가 나을 것처럼 보였다.

"그람 이런 기회에 한븐 마셔 봐. 서울 사람이라믄 커피도 마실 줄 알아야지."

경훈은 금순의 커피 잔에 설탕과 프리마를 듬뿍 타서 휘휘 저어 주며 다시 입을 열었다.

"내가, 우리 쌀가게 전화 번호 적어 줄 팅게 심든 일이 있으믄 언제든지 즌화 햐. 왕십리서 여기까지 택시를 타고 와서 돈도 얼매 안 드니께. 만약 쌀가게 읎으면 일루 전화햐. 한국반공청년단 성동지부 사무실인데,

나 거기도 자주 나가 있거든."

경훈은 택시라는 말에 힘을 주어 말하며 명함을 꺼내서 내밀었다.

"오빠 취직도 했구먼, 반공청년단이라는 데가 뭐 하는 거여?"

"머, 간단하게 말해서 공산당이나 빨간 물에 물든 놈들을 때려잡는 단체라고 알면 쉬울 거여."

"그람, 순사츠름 공무원인 모냥이지?"

"순사들이 우리들을 보믄 설설기지."

"오빠 참말로 크게 성공했구먼."

"그랑께 너도 찾아오고 그러는 거 아니냐. 부담 같은 거 갖지 말고 어려워 말고 심 드는 일이 있을 때는 언제든 전화햐. 나를 친오빠라고 생각하고 말여. 어채피 고향을 떠나서 서울 같은 데서 만나면 다 한식구나 마찬가지잖여."

"오빠, 참말로 고맙구먼. 하지만 그른 일로 오빠한테 전화하는 일은 읎을 껴. 노는 날 즘심 사달라고 즌화 하는 일이 생길지는 몰라도"

금순은 경훈이 너무 고마워서 하마터면 눈물을 뚝뚝 흘리며 김우성 때문에 너무 힘들다고 털어 놓을 뻔했다. 하지만 입을 잘못 놀렸다가는 가족들이 큰일 난다는 생각에 눈물을 보이지 않으려고 커피 잔을 들었다.

남자 고무신

웬 남자 고무신이 있댜?
나⋯⋯남자 고무신짝이 우리 집에 있을 턱이 있슈.
내가 신기 편해서 신고 댕기는 신이지⋯⋯
남자 고무신이 신기 편하다는 건 또 무슨 말여?
무⋯⋯무슨 말이겠슈. 고무신이 쿵게 신고 벗기가 편하다는 말이지.

9월로 접어들면서 햇볕은 독 오른 고추처럼 약이 올라서 들판을 녹여 버릴 것처럼 내리쬐었다. 벼들은 햇볕이야 내리쬐든 말든 결실을 맺고 말겠다는 것처럼 탱탱한 줄기를 바짝 세우고 하루가 다르게 여물어갔다. 이따금 바람이 불면 바짝 키를 세우고 있던 벼는 가볍게 고개를 숙였다가는 이내 도도한 모습으로 하늘을 향해 키를 세웠다.

둥구나무 가지에 매달린 짙푸른 잎사귀는 더 화려하고 더 오색찬란한 단풍으로 재탄생하기 위해 단단하게 여물어가고 있었다. 바람이 불면 우두두 거리며 수만 마리의 준마가 달려오는 것 같은 소리를 토해 냈다가 바람이 잦아들면 이내 아무 일도 없었다는 것처럼 햇볕을 쓸어내고 시원한 그늘을 만들어냈다.

벼가 익어가는 계절에는 빨갛게 익은 고추를 따내서 초가지붕 혹은 멍석에 널거나, 콩대를 뽑아 밭두렁에 말리거나, 참깨를 털거나, 김장 배추를 심은 배추밭이나 무밭의 풀을 뽑는 일 외에는 별로 할 일이 없었다.

농사꾼이라는 직업이 온몸으로 부닥치며 하는 일이라서 몸이 편해지게 되면 괜히 여기저기 뼛골이 쑤시고, 낮잠을 자고 나도 몸이 가볍지가 않다. 온몸이 찌뿌드드하고 괜히 발이 저린 것 같은가 하면 머리도 맑지가 않다. 새벽잠도 없어져서 컴컴한 새벽부터 일어나서 방문 앞에 앉아 날 새기를 기다리며 하품만 연신 해대기 일쑤다.

둥구나무 밑에는 평소보다 더 많은 이들이 아침을 먹기 전에 시간을 보낼 요량으로 모여 들었다.

"올게는 논을 내놓겠다는 말이 읎었나 보지?"

오늘은 학산장이다. 장기팔은 늘 지고 다니는 지게에 군용배낭에 검은색 염료며, 작업복 등을 준비해 가지고 날망에서 내려왔다. 장작은 지난 장날에 한 짐 져다가 국밥집에 맡겨 놓은 것이 있어서 오늘은 몸만 가면 되는 날이다. 어차피 아홉 시나 되어야 염색거리를 가진 손님들이 올 것이라는 생각에 담배나 한 대 피고 갈 생각으로 너럭바위에 앉았다. 마침 다가오는 황인술을 보고 지나가는 말처럼 물었다.

"누가유?"

"뉘긴 뉘여. 면장님이지."

"면장님이야 원래 땅을 내놓으실라고 했었쥬. 피치 못할 사정으로 땅을 내놓지 못하셨을 뿐인데. 똑같은 실수를 하시겠슈……"

"언진가는 두 번 다시 보지 않을 사람츠름 욕을 해대드니 인제 맘이 바뀌었나 보네?"

순배 영감 옆에서 곰방대를 물고 있던 변쌍출이 끼어들었다.

"지가 언지 두 번 다시 안 볼 사람츠름 욕을 했다고 그래유?"

"나 혼자 들은 말이 아니고, 옆이 앉아 있는 형님도 들은 야기야. 그때가 언지여, 바로 요 자리에 서서……"

황인술은 변쌍출의 말을 듣기가 싫었다. 노인들 앞에 서 있으면 대답하기 곤란한 질문으로 물고 늘어질 것 같아서 둥구나무에 기대 앉아 있는 김춘섭 옆으로 슬슬 걸어갔다.

"자네는 식전부터 뭐 읃어 먹을 것이 있다고 그른 말을 끄내나?"

"나쁜 뜻으로 한 말은 아뉴. 모산에 살라믄 어채피 면장 댁 땅을 안 밟고는 살 수 읎응께, 차후라도 말조심을 하라는 말을 할라고 그랬슈."

"그래도 그릏지. 구장은 다 잊어버리고 사는 것 같던 눈친데 머 할라고……"

황인술은 순배 영감과 변쌍출이 하는 말을 못 들은 척 하고 김춘섭을 향해 섰다. 아직 아침 전인데도 어디 출타를 하려는지 흰색 반소매 와이셔츠에 염색을 한 군복바지를 입고 있다.

"춘셉이는 오늘 장에 갈 모냥이지?"

"배 목수가 영동에서 일을 떴데유. 일곱 칸짜리 집을 짓는 건데 한 열흘 같이 일을 하자고 해서 나가 볼 셈유."

김춘섭은 황인술이 묻는 말에 별일 아니라는 목소리로 말을 하기는 했지만 가뭄에 물 만난 기분이다. 철용네하고 둘이 붙어서 일을 해야 할 정도로 바쁜 철도 아니다. 장작나무를 하러 가기에는 너무 이르다. 그래도 하루해를 보내긴 해야 하는데 마땅히 할 일이 없어서 괜히 해룡네 술청만 흘낏 거리며 하루해를 때우던 중에 반가운 소식을 들었다. 어제 학산에 볼일을 보러 갔던 윤길동으로부터 배 목수가 오늘 아침 나절에 학산에 도착하라고 받은 전갈이 그것이다.

"잘 됐구면. 요새 별로 바쁘지도 않은데 목수 뒷모도 하믄 하루 일당도 솔찬찮여."

"괜찮기는 하지만 장 있는 일이 아니잖유. 그라고 생각난 김에 부탁 한 번 더 해야겄구면. 읍내에 있는 연탄공장 같은 데라도 취직 좀 시켜 달라고 한 거는 워치게 됐슈?"

"사람 환장하겄구면. 자네 하나라믄 워티게 좀 해 보겄는데……"

황인술은 순배 영감이며 변쌍출이 옆에서 지켜보고 있는데 건방지게 담배 연기를 뿜어 낼 수는 없었다. 둥구나무 뒤로 돌아가서 담배를 입에 물며 말꼬리를 흐렸다.

"이 동리서 취직 부탁하는 사람이 나 말고 또 있단 말유?"

"태수도 시방 목을 메잖여. 다달이 월급을 받는 데라면, 연탄공장이 아니라 뒷간 푸는 데라도 취직을 시켜 달라고 만나기만 하믄 노래를 부르고 있웅께……"

황인술은 목에 힘을 주면서 벼들이 바람에 살랑살랑 고개를 흔들고 있는 들판을 바라본다. 다른 동네 사람도 아니다. 이동하한테 부탁을 하면 읍내 연탄공장 같은 곳은 얼마든지 취직을 시켜 줄 수 있을 것 같았다. 문제는 세상에 공짜는 없다는 것이다. 하다못해 면소재지에 있는 태화루에서 고량주에 탕수육이라 사주면서 부탁을 하면 몰라도, 맨입으로 하는 부탁을 들어주면 자신의 격만 낮아지는 것이라는 생각에 배짱을 부렸다.

"태수 가는 참말로 이상하네. 나야 믿고 부탁 할 때가 세상천지 구장님벡에 읊다지만 가는 안그렇잖유. 즈덜 아부지한테 야기하믄 이병호한 티 직빵일건데 왜 구장님한테 부탁을 한대유?"

김춘섭은 태수가 아무리 친구지만 내 코가 석자라는 생각에 괜히 박 태수의 집을 흘겨보았다.

"자네 태수 아부지가 면장님한테 부탁을 하지 않는 이유를 참말로 모 르겄나?"

"왜유? 이병호 그 인간이 태수 아부지한테 인간 말종 같은 짓을 했남 유?"

"허어, 이릏게 머리가 둔힝께 그 좋은 기술 갖고도 맨날 뒷모도만 하 고 있지. 아! 상규네가 또랑가에 과수원을 맨들겄다고 정신을 내놓고 있 는 판국이잖여. 요새 그 집 식구들은 틈만 있으믄 또랑가에서 살고 있는 걸 몰라?"

"어려? 참말로 이상하네. 내 생각에는 이병호 소 값을 안직 못 갚은 걸로 알고 있는데, 먼 배짱으로 태수까정 그 일에 매달리게 한대유? 아 부지하고 어머가 안직은 삼태기로 돌짝 주서 낼 힘은 있는데?"

"아! 큰 심 쓰는 거는 태수가 죄다 해야 항께 빼도박도 못하게 붙들고 있는 거잖여. 그란데다 태수 아부지는 원래 태수 처 말이라믄 팥으로 메 주를 쑨다고 해도 믿잖여. 그랑께 워틱하겄어? 태수 아부지야 이병호하 고 아삼육이라고 하지만, 태수만 해도 이병호하고 말을 섞을 처지는 아 니잖여"

"그래서 태수 지 맘대로 취직을 할라고 구장님한테 부탁을 했다는 말 유?"

"자고로 암탉이 울면 집구석이 망한다고 했잖여. 난 태수 생각이 옳다

115

고 봐. 차라리 모새로 집을 짓는 거시 빠르지, 장마나 태풍만 왔다 하믄 물바다가 되는 또랑가에 먼 놈의 과수원을 맨들겠다고 온 식구가 귀신에 홀린 것츠럼 그 야단인지 모르겄어."

"그래도 생각이 대단하잖유, 철용이 어머 같았으믄 어림 반 푼어치도 읎을규……저기 태수 오는 구면."

박태수가 화장실에서 나와 들판을 바라보며 걸어오고 있다. 김춘섭은 군복바지 주머니에서 파랑새 담배를 꺼냈다. 파랑새 담배는 철용네가 벽장 안에 감추어 두었던 것을 꺼내 준 것이다. 손톱 끝으로 담뱃갑을 뜯으며 턱으로 박태수를 가리켰다.

"호랭이 지 말하믄 온다고 하드니, 태수도 양반은 못 되는 구면."

황인술은 꽁초를 버리고 배를 슬슬 문지른다. 어제 구장단 회의 때 성주옥에서 회식을 했었다. 면사무소에서 해 주는 회식이 아니다. 일 인당 천 환씩 추렴을 해서 마련한 회식자리지만 기생들이 세 명이나 끼어 있는 자리여서 밤이 늦도록 마셨더니 속이 쓰리다.

"그렇지 않아도 자네 집에 갈 참이었는데 마침 잘 만났구면."

태수는 너럭바위에 앉아 있는 순배 영감이며 변쌍출한테 아침 인사를 하는 둥 마는 둥 하고 김춘섭에게 말을 걸었다.

"먼 데?"

박태수는 김춘섭이 반문하는 말에 대답을 하지 않았다. 김춘섭이 들고 있는 파랑새부터 한 개피 빼서 입에 물었다.

"과수원 개간 하는 일은 잘 되 가능 겨?"

황인술이 쓰린 배를 문지르며 물었다.

"새벽바람부터 그 문제 땜시 예핀네하고 한바탕 했슈. 예핀네가 고래

심줄을 쌂아 처먹었는지 고집이 아주 황소고집이랑께. 그래서 과수원 개간은 너 혼자 하고, 나는 나대로 궁리를 해서 살아 갈 모양잉께, 너는 과수원을 개간하든지, 또랑가에 아방궁을 짓든지 맘대로 하라고 했슈."

"자네 식구한테야 큰소리 칠 수 있다고 치지만 춘부장한티는 쉽지 않을 걸."

"아이구, 아부지도 겉으로는 말씀을 안 하시지만 밤에 뒷간 갈라고 나와서 보믄, 끙끙 앓는 소리가 마당까지 새어 나오는 판국이유. 겉으로는 반대를 못하시지만 내가 안 한다고 하믄 속으로 만세를 부를규. 그래서 하는 말인데 말여. 자네 오늘부텀 배 목수 따라서 영동 일 나간다며?"

"그 말은 내가 자네한테 한 말이잖여?"

김춘섭이 당연한 걸 왜 묻느냐는 얼굴로 반문했다.

"농사 손 놀 생각으로 구장님한테 일자리를 부탁해 놨거든. 일자리가 오늘 내일 당장 생기는 것도 아니잖여. 그래서 하는 말인데 말여, 거기, 나 좀 따라가 붙으믄 안 될까? 일곱 칸짜리 기와집을 질라믄 뒷모도 한 명 갖고는 심들거잖여."

"그건 나도 모르지. 암만해도 일곱 칸짜리 집을 질라믄 대목이 서너 명은 붙을끼고, 거기 따라서 뒷모도도 여남은 명은 따라 붙을테지. 하지만 내가 이래라저래라 할 사정이 아니잖여. 난도 제우 한 자리 끼는 마당에……."

김춘섭은 박태수가 따라 붙으면 나쁠 것은 없을 것 같았다. 배 목수 말에 의하면 잠은 여인숙을 얻어 놓고 잔다고 했다. 열흘 밤을 여인숙 신세를 져야 한다는 말인데, 객지나 다름없는 읍내에서 뜨내기들보다는 일 끝난 다음에 막걸리 한 잔을 마셔도 박태수가 백 번 났다는 생각에 말꼬리를 흐렸다.

"그람 밑져야 본전잉게 한번 부탁이나 해 보믄 위떡겠어?"

"부탁한다고 해서 낯짝에 기스가는 건 아닝께 심든 일은 아니지만, 상규 어머한테는 허락 받응 겨?"

"내 생각에는 제수씨 승질에 어림도 읎을껄."

박태수가 하는 말이 재미있다는 표정으로 듣고 있던 황인술이 끼어들었다.

"아까 내가 내동 뭐라고 했슈? 예핀네가 과수원을 개간하든지, 아방궁을 짓든지 난 상관 안 한다고 했잖유. 이판사판이라서 예핀네 허락 받을 필요도 읎슈. 그렁게 춘셉이는 이따 아침 먹고 같이 가 봅세."

"그러다 난중에 자네 마누라한테 내가 자네 꼬셔서 델고 나갔다고 혼내믄 위턱햐?"

"식전부터 먼 헛소리여. 야! 자네가 어린아여 혼나게? 난중 일은 내가 책음질 팅게 하여튼 같이 가서 부탁 좀 해 보자고 가서 안 되믄 삼거리서 탁배기나 한잔 하고 기냥 들어오면 되지 머. 다행이 뒷모도가 더 필요하다믄 그 질로 영동으로 따라 나설 생각잉게 잔말 말고 같이 나가자구."

"그거야 당연한 말이지만. 자네 마누라 승질에 가만있지는 않을 건데 ......"

"태수 결심이 대단하구먼. 그리고 춘셉이가 걱정 할 필요는 없을 거 가텨. 열흘 동안 목수 뒷모도를 하면 못 벌어도 보리쌀 한 가마니는 벌어 올 거잖여. 김선달츠름 저 혼자 금강산 귀경가는 것도 아니고, 돈 벌어 온다는데 마다 할 여핀네들이 있겄어?"

황인술이 속이 쓰려서 배를 문지르면서도 갈수록 재미있다는 얼굴로 웃으며 말했다.

"그래도 상규 어머한티는 나하고 같이 나간다는 말은 안 해줬으믄 좋겄어. 그렇게 그냥 면소재지에 볼일 있다고 핑계를 대고 나와야 혀. 괜히 이우지 살면서 엄한 사람 잡지 말고."

"좌우지간 쓸데 없는 걱정은 하지 말고, 다리 거리서 만나. 내가 먼저 나가면 난도 다리 거리서 기다리고 있을 팅께."

다리거리는 학산에서 양산으로 가는 국도로 이어지는 지점에 있는 다리를 말한다. 박태수는 김춘섭에게 했던 말과 다르게 오늘 배 목수를 만나서 뒷모도 자리를 구하지 못하면 무조건 영동으로 나가 볼 생각이었다. 아무래도 영동은 읍소재지라서 돌아다니다 보면 일거리를 구할 수도 있을 것이라고 생각하며 김춘섭의 어깨를 툭 쳤다.

박태수는 아침을 다 먹을 때까지 아무런 말을 하지 않았다. 중학교를 중퇴한 상규는 제 방으로 가 버리고, 진규와 인자는 밥숟가락 놓기 바쁘게 책보를 들고 나가 버렸다.

"머 할 말 있슈?"

상규네는 빈 그릇을 포개다 말고 박태수를 바라본다. 겨울이라면 모를까, 요즘처럼 날씨가 더운 날은 밥그릇 비우기 무섭게 동구나무 거리로 나가는 박태수다. 방 안에서 잔기침만 해대고 있는 걸 보니 뭔가 할 말이 있어 보였다.

"학산 농협조합에 좀 나가 봐야겄어."

"농협조합엔 뭐하러 간대유? 이자 갚을 때도 안 됐는데……"

"갔다 와서 야기 할 모냥잉께 그릏게만 알고 있어."

박태수는 시렁에 걸어 두었던 외출복으로 와이셔츠와 기지바지를 찾아들었다.

"설마 딴생각하는 거는 아니겄쥬?"

상규네는 아무래도 박태수의 낌새가 이상했다. 농협조합에 뚜렷하게 볼일도 없었다. 더구나 박태수 성격에 학산에 볼일이 있을 때는 먼저 옷부터 갈아입고 밖에 나가면서 통보를 하는 편이다. 그런데 오늘은 먼저 통보를 하고 옷을 찾는 꼴이 이상해서 행주를 찾아 들고 물었다.

"그거 먼 말여?"

"상규가 츰부터 중핵교를 안 갔으믄 몰라도 이 학년까지 댕겼던 아유. 그런 아가 부모를 잘못 만나서 중퇴를 했잖유. 학교를 중퇴한 것도 원통한 일인데, 새벽이나 밤중에 삼태기로 자갈 주서 나르는 걸 두 눈으로 똑바로 보고 있잖유. 생각이 있는 부모라면 하루라도 빨리 과수원을 맨들어서 자식 공부 갈킬 궁리를 해야 하는데, 행여 딴생각을 하고……"

"당신 시방 먼 뜻으로 그런 말을 하는 거여? 그라고 내가 상규더러 신새벽부터 삼태기 들고 또랑에 나가서 자갈 주서 나르라고 시켰어? 그건 동리 사람들이 죄다 알고 있는 사실여. 내가 상규를 밖으로 내모는지, 당신이 끌고 나가는지 당장 춘섭이 마누라한티 물어 봐! 아침 잘 처먹고 헛소리 지껄이지 말고 똑똑히 들어 둬. 나는 엄연히 상규 서울이나 대전에 있는 공장 보내고 싶어 했던 사람이여. 그런 아를 당신이 꼭 붙잡아 두고 손톱에 시퍼렇게 멍이 들도록 일을 시키고 있능 겨. 똥끼고 쑹을 내도 유분수지, 시방 어따 대고 찐짜를 붙능 겨."

박태수는 박평래나 청산댁이 들을지도 모른다는 생각에 방문부터 닫았다. 새벽에 또랑가에 일을 하러 나갈 때 입고 있던 저고리와 잠방이를 벗었다. 목소리가 문 밖으로 새나가지 않도록 작지만 악을 쓰는 표정으로 말했다.

"쇠귀에 경 읽는 것도 아니고 남편이라는 사람한테 똑같은 말을 수십 번씩 해야 항께 사람 미치고 환장하겄구먼. 누가 상규를 서울로 보내서 기술을 배우게 한다고 그랬슈?"

"철용이도 기술 배우러 올라갔잖여."

"기술을 아무나 배우는 것이 아뉴. 무슨 기술이라도 최하 오 년 이상은 매달려야 하는데, 상규 자, 승질에 오 년씩이나 버티고 있을 거 같다고 생각하시는 거유?"

"그람, 대관절 뭘 시키겄다는 거여?"

박태수는 상규네의 판단이 옳다는 생각이 드는 순간 또 화가 났다. 한심하다는 얼굴로 상규를 바라보다 화가 난 얼굴로 물었다.

"나는 솔직히 내가 못나서 상규 중퇴를 시킨 걸 생각하믄 시방도 도둑질을 하다 들킨년츠름 가슴이 벌컥벌컥 뛰는 판유. 그리고 내가 영 가망이 없으면 왜 상규를 붙잡고 있겄슈. 하루라도 빨리 과수원을 맨들어서 다시 복학을 시켜야겠다는 생각으로 붙들고 있잖유.

상규네는 빈 그릇을 차곡차곡 포갰다. 행주로 밥상을 훔치고 난 후에 밥상을 접어서 윗목 벽과 고구마 꽝 사이에 끼어 넣었다. 윗방에 있는 인숙이를 불렀다. 열 시쯤이면 면장 댁의 점순이가 데리러 올 것이다. 인숙이의 머리에 행여 이가 있으면 옥천댁한테 대단한 실례가 된다는 생각에 머리카락을 참빗으로 꼼꼼하게 빗기 시작했다.

"똥 싸고 앉아 있네. 시방 상규 나이가 및 살이여? 열다섯 살이잖여.

당신 말대로 형편이 피면 중핵교를 다시 보낸다고 쳐 보잔 말여. 또랑가에 과수원을 올겨울이면 다 맨들 수 있능 겨? 짝게 잡아도 삼 년 안에는 택도 읎어. 설령 삼 년 만에 과수원을 맨들었다고 쳐. 사과나무는 논에 모를 심는 것츠름 봄에 심으면 가실이면 수확을 하능긴가? 누가 그라는데 묘목을 심고 오 년은 지달려야 사과를 딸 수 있댜. 그럼 도합 팔 년 이잖여. 그때 상규 나이가 및 살이여, 스물시 살이여. 이 등신아! 스물시 살이면 장개를 보내서 손자를 볼 나이란 말여. 좌우지간 동리 사람들의 뒷전에서 죄다 손가락질 하는 줄 모르고 저 혼자 똑똑한 척 하는 데는 선수라니께."

"츠, 뒷구녘에서 손가락질 하는 심이 남아도는 걸 봉께, 비싼 밥 처먹고 할 일이 어지간히 읎는 모냥이구먼. 그라고 부산으로 가나 광주로 가나 서울만 가면 되는 줄도 모르는 모냥이지."

"시방 좌로 가나 우로 가나 서울만 가믄 된다고 하는 말여?"

박태수는 양말을 신으며 상규네를 바라본다.

"핵교 안 가도 검정고시라는 것을 보믄 된다는 걸 모르고 있구먼. 국가에서 시행하는 검정고시에 합격을 하믄 중핵교 졸업장이 읎어도 고딩 핵교에 갈 수 있단 말유. 그라고 워째서 묘목을 심고 오 년유. 삼 년생 묘목을 심구면 이 년 후에 꽃이 피는데. 내가 사과 과수원을 개간하겠다고 했을 때 그 요량도 안 해 본 줄 알아유."

"검정고시는 또 머여? 내 평생 판검사가 될라믄 고등고신가 하는 먼가를 합격해야 된다는 말은 들어 봤어도 검정고시라는 말은 머리털 나고 츰이구먼."

박태수는 지금쯤 김춘섭이 출발 했을 것이라고 짐작했다. 나도 슬슬 출발해야 한다고 생각하면서도 '검정고시'라는 생소한 말이 궁금해서 일어나지 않았다.

"돈이 읎어서 비록 중핵교는 못 다녔지만, 고등핵교를 갈 정도의 실력이 되느냐, 마느냐 하는 점을 나라에서 주관하는 시험으로 판단하는 기 검정고시지 뭐유."

"어머, 나 고딩핵교 안가도 된다고 및 번이나 말했어. 난 공부하는 것보담 집에서 일 하는 거시 훨씬 좋단 말여."

윗방에서 상규네가 하는 말을 엿듣고 있던 상규가 볼이 퉁퉁 부은 얼굴로 말했다.

"고딩학교 안 가면 느 아부지츠름 평생 똥지게만 지겠다는 말여?"

"평생 똥지게를 질만한 뒷간이 워딨어? 뒷간이 차면 두시 달에 한 븐씩만 똥지게를 지면 되는 건데. 그라고 학교에서 보는 시험도 맨날 삼십 점, 사십 점씩 벡에 못 받는데, 나라에서 주관하는 시험을 보라고 하믄 빵점만 맞는 것보다는 차라리 죽으라고 하는 거시 났단 말여."

상규가 불만이라는 얼굴로 상규네에게 대들었다.

"공부하고는 담 쌓고 산다고 지 입으로 떠들고 있는데, 나라에서 주관하는 시험을 보라믄 잘도 합격하겠다. 난 학산 댕겨 올 팅께 둘이 잘 상의해 봐."

새벽같이 일어나서 또랑에 나가 자갈을 날랐던 상규의 옷차림은 영락 없는 농부의 차림이다. 여름방학부터 본격적으로 농사일에 매달렸는데도 검게 그을린 얼굴이 제법 어른 티가 나고 있다. 볕에 그을린 얼굴에서 금방이라도 닭똥 같은 눈물을 뚝뚝 흘려버릴 것 같은 표정이다. 박태수는 한심하다는 표정으로 상규네를 노려보며 일어섰다.

김춘섭은 국도 진입로에 있는 다리 난간에 앉아 있었다. 밀짚모자를 쓰고 있는 그의 옆에는 작은 보따리 하나가 있었다.

"우리 둘이 지게 안 지고 이 질을 가는 건 츰인 거 같구먼."

김춘섭은 박태수가 가까이 다가오는 걸 보고 보따리를 들고 일어섰다.

"왜 츰여. 둘이 학산 장에 한두 번 가 본 것도 아닌데……"

"내 말은 둘이 돈 벌러 가는 질은 츰이라는 거지."

"배 목수가 나를 쓰겠다는 말로 들리는구먼."

"말하자믄 그렇다는 거지."

"배 목수가 나를 안 쓰겠다고 해도 영동에는 나가 볼 참여. 진이 빠져서 더 이상은 농사 못 짓겠어. 인제는……"

"내동 농사 잘 짓던 놈이 먼 놈의 바람이 불었댜?"

김춘섭은 박태수의 말을 이해 할 수 있을 것 같았다. 박태수는 상규네 못지않게 열심히 살았다. 그러나 암소가 죽고 나서 눈에 보이도록 몸이 둔해졌다. 암소가 죽기 전에는 컴컴한 안개를 뚫고 거름을 져 나르는 모습을 심심치 않게 봤다. 그러나 요즈음은 날이 훤히 밝아도 너럭바위에 앉아서 할 일 없는 사람처럼 담배 피우고 있을 때가 많았다. 암소가 죽은 충격이 너무 커서 인 것 같았다. 그런데도 대 놓고 충고를 할 수가 없는 것은 나름대로는 마음을 추스릴 시간이 필요하다는 판단에서였다.

"뼈 빠지게 농사를 져 봐야 농사꾼 신세는 못 벗어나는 벱여."

"별말을 다 하는구먼. 농사를 지면 농사꾼이고, 장사를 하면 장사꾼이고, 사기를 치면 사기꾼 아녀?"

그릿고개를 오르는 오르막길에 도착했다. 나무지게를 지고 갈 때 가장 힘든 코스다. 그런데 오늘은 맨몸으로 걸어 올라가도 숨이 찼다. 김춘섭은 보따리 끈을 길게 해서 어깨에 메고 걸었다.

"농사꾼이라고 해서 평생 똥지게를 지란 법은 없잖여."

"먼 말을 할라고 하는지 참말로 모르겠구먼. 농사꾼이 똥지게 지지, 농협서기나 장사꾼이 똥지게 지는 거 봤남?"

"내 말은 암만 농사를 잘 져봐야, 평생 소작인 신세는 못 면한다는 거여. 그래서 난 결심했구먼, 더 이상은 농사를 안 짓겠다고 말여. 이왕 똥지게를 질라믄 읍내에 나가서 똥을 푸는 거시 훨씬 났다 이거여."

박태수는 와이셔츠의 단추를 따고 소매를 팔뚝까지 걷어 올렸다. 멀리 그릿고개의 고갯마루가 보인다. 나무지게를 지고 갈 때도 그렇고, 달구지를 끌고 장을 보러 갈 때도 이 지점쯤이 가장 힘든 곳이다. 빈손으로 올라가도 땀이 나서 쉬었다 올라가고 싶었지만 나중에 더 힘이 들 것이라는 생각에 고개를 숙이고 계속 걸었다.

"자네 처는 또랑에 과수원을 맨들겠다고 컴컴한 새벽부터 고생을 하는데 이래도 되는 건지 모르겠구먼."

"과수원 야기는 내 앞에서 꾸내지도 마. 아부지가 하도 성화라서 그 미친 지랄을 하기는 했지만 자네도 생각해 봐. 장마 때나 태풍만 오면 물바다가 되는 자갈밭에 먼 놈의 사과나무를 심겠다는 거여. 참말로 지나가는 개가 웃을 일이지……"

"읍내 똥 푸러 가는 사람이 옷차림이 그기 머여. 다방에 커피 마시러 가는 사람 같잖여."

김춘섭은 아내 모르게 돈을 벌러 가는 박태수의 심기도 편치 않을 것이라는 생각에 슬그머니 화제를 돌렸다.

"배 목수가 사람만 쓴다고 하믄 염색한 군복 한 벌 사 입을 돈은 있구먼."

"하긴, 일만 성사 된다믄이야 품삯을 땡겨 쓸 수도 있응께 옷 걱정은 안 해도 되겠구먼."

그릇고개 마루에 도착했다. 둘은 누가 먼저라고 할 것도 없이 늘 쉬었다 가는 자리에 주저앉았다.

배 목수는 삼거리에 있는 선술집에서 해장술을 마시고 있었다. 김춘섭은 차부상회 안을 기웃거리다가 선술집에 앉아 있는 배 목수를 발견하고 박태수에게 눈짓을 보냈다.

"뒷모도 한 명 더 쓸 일이 있으믄 이 친구를 쓰라고 데리고 왔슈. 보시는 것처름 등치가 좋아서 일도 참하게 하는 편유."

"시켜만 주신다믄 대목님 누가 되지 않도록 열심히 해 보겠슈."

김춘섭의 말이 끝나자마자 박태수가 넙죽 절이라도 하겠다는 얼굴로 부탁했다.

"그람, 같이 일해 보자고 그릏지 않아도 뒷모도 한 명이 더 필요한 참이었는데 잘 되었구문. 우신 배도 촐촐할 낑께 한 잔씩 하지. 아줌마, 여기 대포 한 잔씩 더 줘."

오십대 중반의 배 목수는 대목이라는 호칭이 마음에 들어서 기분 좋은 목소리로 주인을 불렀다. 그 자신은 집을 짓는 대목(大木)이다. 그런데도 사람들이 목수라고 부를 때 기분이 썩 좋지는 않았다. 엄연히 따진다면 집을 짓는 사람만 대목이고, 가구를 짜거나 문짝을 짜는 사람은 소목(小木)에 불과하다.

"아이구, 참말로 고마워유. 어뜬 일이 있드래도 대목님 눈 밖에 나는 일은 손톱만큼도 안 하고, 남보다 배 이상 노력을 하겠슈."

"나는 남들보다 열심히 일하라는 말은 절대로 안 하는 사람여. 하지만 남들보다 일을 못하믄 못 데리고 있지. 요번 일은 내가 책음을 지고 하는 일잉께 너무 부담 갖지 말고 춘셉이 정도만 하믄 될 껴. 자, 한 잔씩 하고 뻐스 오면 출발하자구. 그라고 일당은 얼매씩인지 알겄지? 원측으로 따지면 춘셉이가 다믄 십 환이라도 더 받아야겠지만, 보아하니 둘이 친구 사이고 항께 춘셉이 하고 똑같이 쳐줄께. 내 생각으로는 한 열흘 동안 뼈대 세우는 일을 하고, 미장이 일이 끝날 때까지는 쉬었다가 미장 일 끝나믄 문틀이며 내부 구조를 단도리 하믄 될 껴. 그렇게 그때까지는 영동 여인숙에서 지낼 생각을 하고 있어야 햐."

박태수와 김춘섭은 십리 길을 걸어오느라 목이 마른 참이었다. 여주인이 대접 가득히 따라주는 막걸리를 단숨에 드리켰다. 배 목수는 한가롭게 담배 연기를 날리면서 열무김치를 우적우적 씹어 먹고 있는 그들을 바라보며 점잖게 말했다.

황인술은 별 하나 없는 캄캄한 밤길을 걸어서 모산에 도착했다. 동네 여기저기 등잔불이 희미하게 주저앉아 있다. 이병호 집 마당만 대청에서 밝히는 전등불에 하늘이 훤했다.

참새가 방앗간 앞을 그냥 못 지나가지.

황인술은 소가 주인이 끌고 가지 않아도 저 혼자 걸어서 외양간에 들어가는 것처럼 해롱네 집 앞에서 자동으로 걸음이 멈춰졌다. 잠을 자기에는 이른 시간이라서 술청에 불이 켜져 있다.

"깜박 졸았구먼."

황인술의 잔기침 소리에 해룡네가 술청으로 나왔다. 탱탱한 젖가슴에 모시저고리 한 장만 달랑 걸친 차림이다.

"해룡네 눈에는 내가 남자로 안 뵈는 모냥이지?"

황인술은 막걸리를 한 대포만 주문했다. 막걸리 독은 김장독처럼 땅바닥에 묻혀있다. 그렇게 해야 여름에는 술이 시원하고 겨울에는 얼지 않기 때문이다. 해룡네가 바가지로 술을 푸기 위해 허리를 숙이니까 젖가슴이 젖꼭지까지 그대로 드러났다. 황인술이 저것도 여자라고 젖은 뽀얗구먼, 이라고 마음속으로 중얼거렸다.

"우리 동리 남정네들 치고 나를 여자로 보는 이가 워딨슈? 모르지 순배 영감님이나 팔봉이 아부지는 날 여자로 볼지."

해룡네는 대수롭지 않다는 얼굴로 사기대접 가득 막걸리를 따라서 황인술에게 내밀었다.

"왜 맬짱 남자 구실 못하는 남자만 해룡네를 여자로 볼까?"

"그걸 내가 워티게 알아유. 하늘이나 알겠지."

해룡네는 하품을 하며 약이 바짝 오른 풋고추와 된장을 술청에 올려놓았다.

"그려, 남녀 관계는 하늘만 아는 일이지. 그래서 남녀칠세 부동석이라는 말도 생겨난 거이잖여."

황인술도 해룡네 따위는 관심이 없다는 얼굴로 막걸리를 몇 모금 들이키고 나서 풋고추로 된장을 듬뿍 찍었다.

내가 시방 먼 짓을 하는지 모르겠구먼……

오늘 광일이가 매월 적금을 부어서 갚아 나가는 조건으로 농협조합에서 십만 환을 대출 받았다. 그 돈을 한 푼도 사용하지 않고 모조리 비료대를 갚아 버렸다. 오늘 비료대를 갚으면서 비로소 정확히 확인해 보니까 아직도 미수가 삼십일 만환이나 남았다. 당연히 갚아야 할 돈을 갚았지만 아직도 미수가 삼십일 만환이 남았다는 걸 생각하니까 속이 쓰려서 견딜 수가 없었다.

"구장님 오랜만에 한잔 꺾을까유?"

비료대를 총무계에 입금시키고 난 강 서기가 황인술의 속을 드려다 보고라도 있는 것처럼 능글맞게 웃으며 말을 걸었다.

"그라지 머. 술은 누가 사든 한잔 하지 머."

황인술은 쓰게 웃으면서 강 서기와 태화루로 갔다. 그곳에서 날이 캄캄해지도록 고량주에 탕수육이며 야끼만두를 먹었다.

"아따! 오늘은 지가 살께유. 담에 구장님이 사유."

계산을 하려고 카운터 앞으로 가니까 강 서기가 손을 잡아당기면서 지갑을 꺼냈다. 그때 못 이기는 척 하고 강 서기한테 양보를 했으면 칠백 환은 굳었을 것이다. 그런데도 무슨 망령이 들었는지 돈까지 꺼내는 강 서기를 뒤로 밀어내고 계산한 것을 생각하면 속이 쓰리다 못해 울고 싶을 정도였다.

산소 이장을 하든지, 굿을 한판 벌리든지 해야지 이거야 원.

곰곰이 생각을 해 보면 본의 아니게 횡령을 한 비료대로 자식들 학비를 준다거나, 살림에 보태 쓴 것은 별로 없다. 가끔 대출 이자를 낸 것이 전부인 것 같았다. 그런데도 사십만 환 돈이나 쓴 것은 언제부터인지 고급이 되어 버린 입맛 탓에 태화루며 성주옥에서 술값으로 날려 버렸다.

그걸 생각하면 팔자 좋게 해룡네 술청에 앉아서 막걸리 마실 주제도 못된다는 생각이 들면서 한숨이 나온다.

"해룡아, 안직 안 자믄 어머 등어리 좀 긁어 봐라."

방문턱에 앉아서 연신 하품을 해대고 있던 해룡네가 고개를 돌려 말했다.

방 안에서 부스럭 거리는 소리가 나더니 해룡이가 해룡네 뒤에 와서 앉는다. 해룡네는 앞에서 황인술이 보든 말든 모시저고리 저고리고름을 풀어서 등을 까집어 올린다.

사내 손을 안 타서 그른지 아직 탱탱하구먼.

결혼한 여자들이 남정네들 앞에서 젖가슴 내놓는 것이 흠은 아니다. 장날 같은 날 장터에 나가보면 젊은 여자들이 느티나무 밑이거나, 가게의 그늘 밑에서, 난전의 포장 아래서 아이에게 젖을 물리고 있는 모습은 흔히 볼 수 있다. 어느 때는 이제 막 첫애를 낳았을 것 같은 이십대 여자도 아무렇지도 않게 저고리 밖으로 뽀얀 젖통을 내밀고 젖을 먹이기도 한다. 그 모습을 보고 성적 감흥을 일어나지는 않는다. 그러나 아무도 없는 밤중에 남정네 앞에서 젖통을 내미는 해룡네는 끌사나워 보였다. 그런데도 시선이 옮겨지지가 않았다.

"큼, 해룡이 요새도 향숙이 집에 댕기냐?"

해룡네가 모시저고리의 저고리고름을 매느라 고개를 들었다. 황인술은 해룡네와 시선이 마주치는 순간 당황한 얼굴로 잔기침을 하며 아무 생각도 없이 물었다.

"우리 동리서 향숙이 챙겨 주는 사람은 우리 해룡이 벆에 읎슈. 딴 사람들은 향숙이가 신이 들렸다고 사람 취급도 안 하는데 우리 해룡이만

친동생처럼 생각하고, 하다못해 콩 한쪽이 생겨도 저 먹을 생각은 안 하고 향숙이한테 달려 가잖유."

"찢어진 거시 주딩이라고 셋바닥이 돌아가는 대로 지껄이고 있구먼. 신이 들리긴 누가 신이 들렸다능 겨. 길동이 내외는 가 하나만 바라보고 사는데 말조심 하지 않구선."

"츠, 온 동리 사람이 둥구나무 밑이나 샴가에 모이믄 죄다 신이 들려서 핵교도 못 댕긴다고 하든데……"

"그래도 그런 말을 함부러 하는 기 아녀. 길동이 귀에 그 말이 들어가 봐. 이 술청 불을 싸질러 버리겠다고 달려올 걸. 그람 워디 가서 살 텨. 해룡이 증신이나 말짱하믄 영동 같은 디 가서 멀 해 먹고 산다고 하지만, 이 동리 사람들 인심이 원체 좋응게 해룡이도 사람 취급해 주고 술 팔아줘서 먹고살게 해주면 고맙다는 말은 못할망정, 대나가나 동리 사람 욕이나 해 되면 쓰겄어?"

황인술은 막걸리 값을 꺼내서 술청 위에 올려놓고 일어섰다. 고량주에 막걸리까지 마셨는데도 아랫도리가 뿌듯하게 기지개를 켠다.

"내가 없는 말을 했나? 대나가나 쥐끼긴 뭘 쥐낀다는 거여……"

황인술은 해룡네가 투덜거리는 말에 대꾸를 하지 않았다. 빗방울이 툭툭 떨어지기 시작하면서 매캐하게 먼지 냄새가 난다.

'소나기가 내릴 모냥이구먼.'

바짝 마른 땅에 빗방울이 떨어지면서 먼지가 피어오른다. 둥구나무 밑에는 아무도 없었다. 비바람에 둥구나무 가지가 우두두둑 거리며 천군만마가 달려가는 소리를 내고 있다.

'그려, 오늘 같은 날……'

황인술은 집으로 가지 않고 곧장 봉산댁의 집이 있는 쪽으로 잰걸음을 놀렸다. 초저녁 잠이 많은 아내는 벌써 곯아 떨어졌을 것이다. 소나기가 내리면 봉산댁의 집에 마실 오는 사람이 없을 것이다. 이런 기회를 하늘이 주신 기회라고 했던가. 봉산댁 집을 향해 종종걸음으로 가는 길이 숫총각 물레방앗간에 처녀 만나러 가는 가슴처럼 벌렁벌렁 떨렸다.

봉산댁의 안방 불은 켜져 있었다. 등잔불빛이 희미하게 빠져 나오는 마당에는 빠른 속도로 빗방울이 떨어지고 있다. 본격적으로 소나기가 내릴 모양이라고 생각하며 단숨에 뜨럭 위로 올라섰다. 귀를 쫑긋 세우고 방 안의 동정을 살핀다. 부스럭 거리는 소리만 날 뿐 말소리가 들리지 않는 것을 보니 혼자 바느질을 하고 있는 것 같았다.

"봉산댁……"

"뉘유?"

"나여."

"워매! 구장님이 이 밤중에 여길……"

봉산댁은 깜짝 놀라며 황인술보다 더 빠르게 그를 방 안으로 끌어 당겼다. 얼른 밖으로 나가서 동정을 살핀다. 소나기가 마당을 패대기치는 소리만 들려 올뿐 인기척은 없다. 그때서야 놀란 가슴을 쓸어내리며 방으로 들어갔다.

"급햐!"

황인술은 봉산댁의 손을 확 낚아채어 방바닥에 쓰러트렸다. 봉산댁이 놀라서 얼른 등잔불을 끄라고 팔을 허우적거리며 등잔불을 가리켰다. 그러나 봉산댁이 좋아서 만세를 부르는 줄 알고 치마를 홀라당 걷어 올렸다. 반바지 비슷한 고쟁이를 끌어 내리자마자 깊숙이 파고들었다.

황인술과 봉산댁이 본격적으로 운우의 정을 나누기 시작했다. 운우(雲雨)는 여름밤 하늘의 비구름 별자리이다. 이 별자리는 만물이 성장하는 데 필요한 물을 제공하는 별자리이다. 네 개의 별이 '입 구(口)'자 모양을 띠는 비구름 별자리는 벽력 별자리와 붙어서 벼락을 치게 하는 데도 일조하고 있다. 그래서 운우의 정을 나눈다는 말은 남녀가 부닥쳐 벼락을 칠만큼 사랑을 나눈다는 뜻이 된다. 황인술은 처음으로 봉산댁의 방에서 정을 나눈다는 생각에 평소보다 갑절 이상으로 힘이 솟구쳤다. 봉산댁은 이유야 어떻든 태화루로, 비봉산 골짜기로, 영동의 여인숙으로 바깥으로만 나돌다가 자기 집에서 남자를 받아들인다는 야릇한 기분에 온몸이 불덩이처럼 달아올랐다.

"아여! 봉산댁 자는가?"

황인술이 산봉우리를 향해 힘차게 뛰어 올라가고 있을 때였다. 밖에서 웬 여자의 목소리가 들려왔다. 황인술은 머리카락이 쭈뼛하게 일어설 정도로 깜짝 놀라서 턱을 치켜들었다. 등잔불이 가물가물 연기를 피워내고 있다. 놀란 눈빛으로 바닥에 깔려 있는 봉산댁을 바라본다. 봉산댁의 얼굴은 파랗게 질려있다.

"나, 날망집여. 불이 켜져 있는 걸 봉께 안직 안 자는 모냥이구먼. 피창 좀 먹어 보라고 갖고 왔구먼."

날망집은 짚으로 만든 도롱이를 쓰고 온 것 같았다. 도롱이에 타닥거리며 떨어지는 빗소리가 점점 방문 앞으로 다가왔다.

"저…저기……"

황인술의 밑에 깔려 있는 봉산댁이 마냥 이러고 있을 때가 아니라는 생각에 일어나면서 턱으로 윗방을 가리켰다.

"씨팔! 해⋯⋯해필이믄 이럴 때⋯⋯."

황인술도 내가 지금 정신을 놓을 때가 아니라는 생각에 서둘러 바지를 움켜잡았다. 바지와 봉산댁의 고쟁이가 엉켜 있었으나 그걸 풀어 낼 시간이 없었다. 바지와 고쟁이를 한꺼번에 움켜쥐고 윗방으로 뛰어 들어갔다.

"문 열어도 되겠지?"

"자⋯⋯잠깐 만유, 오⋯⋯옷이⋯⋯."

봉산댁은 치마는 어차피 벗지 않은 상황이라서 그냥 끌어 내리면 그만이었다. 저고리를 여미고 나니까 고쟁이를 입지 않았다는 것이 떠올랐다. 아무리 찾아봐도 고쟁이가 눈에 보이지 않았다. 그렇다고 윗방으로 건너가서 내 고쟁이 벗겨서 어디에 두었는지 물어 볼 수도 없는 노릇이다. 대충 옷매무새를 다듬고 뛰는 가슴을 진정시키며 방문을 열었다. 우두두둑 거리며 장대 같은 빗줄기가 마당을 뚫어 버릴 것처럼 줄기차게 쏟아 내리고 있었다. 방문 앞에 날망집이 도롱이를 쓰고 서 있었다.

"비 한번 선하게 잘 오는 구면. 오늘이 학산 장날이잖여. 시훈이 아부지가 장보고 옴서 피창을 사왔지 머여. 잠도 오지 않고 봉산댁이 피창 좋아한다는 거시 생각나서 들고 왔구면⋯⋯막걸리도 반 되 받아 왔응께 같이 야기나 함서 먹세."

"아이구, 비가 안 온다믄 몰라도, 이 빗속에 머 이런 걸 들고 왔슈."

복 있는 과부는 앉아도 요강꼭지에 않고, 복 없는 과부는 봉놋방에서 잠을 자도 고자 옆에서 잠을 잔다는 말이 있다. 봉산댁은 난생 처음으로 내 집에서 무릉도원을 거닐던 차에 판을 깬 날망집이 미워서 견딜 수가 없었다. 그러나 화를 낼 수 있는 형편이 아니라서 호들갑을 떨며 반길 수밖에 없었다.

"웬 남자 고무신이 있댜?"

"나……남자 고무신짝이 우리 집에 있을 턱이 있슈. 내가 신기 편해서 신고 댕기는 신이지……"

"남자 고무신이 신기 편하다는 건 또 무슨 말여?"

"무……무슨 말이겠슈. 고무신이 쿵게 신고 벗기가 편하다는 말이지."

"허긴, 여자 고무신은 남자 고무신 안에 들어가고도 남을 꺼."

날망집은 봉산댁이 남자 고무신을 신을 때는 사내가 그리워서 일 것이라고 생각을 하면서도 내색을 하지 않았다. 그보다는 어서 빨리 시훈이가 장가를 가게 될지도 모른다는 소식을 알리고 싶었다.

아랫방과 윗방은 건성으로 매달린 문짝 하나 사이라서 숨소리도 크게 낼 수가 없었다. 황인술은 윗방에 뭣뭣이 있는지도 알 수가 없었다. 무엇인가 담겨 있는 가마니가 두 개쯤 있고 궤짝이 몇 개, 크고 작은 자루가 어지럽게 널려 있다. 그중 가마니와 궤짝 사이에 몸을 사리고 숨었다. 아랫도리가 맨몸이지만 바지를 입을 수도 없었다. 바지를 쥐고 있는 손에 손바닥에 땀이 촉촉하게 배어 나오는 것을 느끼며 아랫방의 동정에 귀를 기울였다.

"우리 시훈이가 장가를 갈 거 가텨."

날망집은 서울에 다녀 온 이후 자식들 자랑을 하고 싶어서 견딜 수가 없었다. 어느 때는 혼자 정지에 앉아서 아궁이에 불을 때다가도 정신 나간 여자처럼, 그려 그려, 사람 팔자 시간 문제라는 말이는 말여, 하고 옆에 누가 있기라도 한 것처럼 해해거릴 때도 있었다. 오늘 밤에도 그랬다. 밖에 비는 오지, 장기팔은 곯아 떨어졌지, 누구에겐가 자식들 자랑을 하고 싶어서 입이 간질간질했다. 손가락으로 헤아려 가면서 가만히 따져 보니까 과부인 봉산댁도 잠을 이루지 못하고 있을 것 같았다. 그래서 집에 받아 두었던 막걸리와 저녁에 장기팔하고 둘이 먹다 남은 순대 여남은 점을 들고 온 것이다.

"으메, 그기 참말이유? 크게 성공해서 서울 왕십리 어디 가서 쌀가게를 한다는 소문은 들었지만……"

봉산댁은 황인술이야 윗방에서 고삳을 가리고 쪼그려 있어 식은땀을 흘리든 말든 한숨을 돌렸다는 생각에 막걸리가 달기만 했다. 막걸리를 단숨에 들이키고 나서 피창을 맛있게 먹기 시작했다.

제4장

1
9
5
9
년

겨울 여인숙

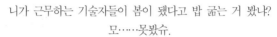

니가 근무하는 기술자들이 봄이 됐다고 밥 굶는 거 봤냐?
모……못봤슈.
컴컴한 새벽에 철공소에 일하러 나오는 기술자 봤냐?
읂슈.
비 온다고 걱정하고, 가물다고 걱정하는 기술자 봤냐?

영등포역 근처 골목 안에 있는 여인숙은 좁고 더러웠다.

골목 쪽으로는 손바닥만한 창문이 나 있었지만 붉은색 커튼이 쳐져 있어서 밖이 보이지가 않았다. 창문은 아귀가 맞지 않는지 바람이 불 때마다 창문이 동지바람에 비명을 내지르고 나면, 복도 쪽의 베니어판으로 만든 방문도 덩달아 들썩거렸다.

이불은 몇 달 동안이나 빨지 않았는지 감촉은 눅눅했고 쾌쾌한 냄새까지 풍겼다. 벽에는, 전라도의 고독한 사나이 이 방에서 하루 묵고 가다, 막차도 떠나고 순자년도 떠나고 나만 홀로 남았구나, 대전발 씹시 오십분, 춘자 년의 그거는 번지 없는 주막인가? 아! 똥 같은 서울이여 이제 영원히 안녕이다, 는 등의 낙서가 어지럽게 휘갈겨 있다. 천장 구석은 쥐 오줌으로 누렇게 주저앉았다. 그래도 도르래가 달린 연탄 화덕을 구들장 밑에 밀어 넣어서 방바닥은 뜨끈뜨끈했다.

김춘섭은 방구석에 들여 놓은 하얀 고무신을 물끄러미 바라보다 천장으로 시선을 돌린다. 벽에 구멍을 뚫어서 양쪽 방을 밝히고 있는 알전등의 불빛은 담배 연기에 절은 천장을 어스름하게 밝히고 있다. 알전등 밑의 벽은 빛을 받지 못해서 어두웠다.

이놈이 여길 찾아오는 질을 잊어 버렸을 리는 읎고……

김춘섭은 방문 앞에 있는 쟁반을 끌어당긴다. 쟁반 위에는 주전자와 물컵이 한 개, 재떨이와 통성냥이 있다. 문을 열어 밖을 내다본다. 얼음장 같은 바람이 고여 있는 어둡고 침침한 복도에서 여름날 걸레가 썩는 냄새가 물씬 풍긴다. 여인숙 근처에 가게가 없는지 소주를 사러 나간 철용이 돌아올 시간이 넘었는데도 들어오지 않는다.

휴! 세월이 변한긴가? 우리 나이 열여섯 살 때믄 저 혼자 만주까지 취직을 하러 가기도 했는데, 맘만 먹으면 하루에도 오고 갈 수 있는 서울에서도 못 있겠다고 눈물바람이라니……

철용이로부터 편지가 온 것은 이틀 전이다. 새벽부터 하늘이 금방이라도 눈발을 뿌려 댈 것처럼 어두워서 범골로 나무를 하러 가지 않고 새벽부터 가마니를 짜기 시작한 날이다.

마당에서 우체부가 편지 왔다는 말에 가마니를 짜다말고 밖으로 나갔다.

"이 집 서울에 기술 배우러 간 아들내미한테서 온 편지가튜."

"철용이구먼."

김춘섭은 그저 안부 편지 일거라는 생각에 바쁠 것이 없었다. 밖에 나
간 김에 뒷간에 들려서 오줌을 누고 방으로 들어가서 편지를 개봉했다.

부모님 전상서.
부모님 그동안 만수무강하셨습니까. 이곳 서울에는 어지부터 눈보라
가 엄청 날리고 있습니다. 눈이 얼매나 많이 왔느냐 하면, 도로에 차들
이 거북이처럼 기어 다니고 있는 실정입니다. 서울 사람들은 참말로 이
상합니다. 눈이 옹께 강아지처럼 뛰댕기며 좋아합니다. 제가 볼 때 서울
사람들은 춥고 배고픈 사람들 생각은 일절하지 않는 것 같습니다. 연탄
이 없어서 냉방에 자는 사람들이 많은데 술집 같은 데는 사람들이 넘쳐
납니다.
철공소에 있는 라디오에서 뉴스를 들어 보니께 우리가 살고 있는 중
부지방에도 폭설이 내린다고 합니다. 모산에도 눈이 많이 내렸는지 궁
금합니다. 그리고 철재나 다른 동생들도 방학이라서 집에 있는 걸로 알
고 있습니다.
저는 부모님이 낮이나 밤이나 걱정을 해 주시는 덕분에 몸 건강히 잘
지내고 있습니다. 여기 철공소 사장님도 몸 건강하게 잘 살고 있습니다.
그런데 부모님께 아주 중요하게 드릴 말이 있어서 안부 인사도 드릴겸
해서 겸사겸사 편지를 쓰게 되었습니다.
다름이 아니오라 철공소에서는 지금까지 저한테 기술을 안 갈켜 주고
있습니다. 새벽부터 밤늦게까지 이 불효자가 하는 일은 청소하고 심부
름 하는 일 밖에 없습니다. 밥은 많이 주지만 아무리 밥을 먹어도 맨날
배가 고픕니다. 날씨도 추우니께 맨날 손이 얼어 터져서 갈라지고 피가

나고 그럽니다. 동상에 걸릴 거 같아서 걱정도 되지만 저는 시다라서 암만 추워도 난로 옆에는 가지도 못합니다. 손이 시렵고 발도 시렵고 코도 시려울 때 벤소간에 앉아 있으면 자꾸 눈물이 납니다.

지가 볼때 우리 사장님은 저 같은 촌놈한테는 절대로 기술을 안 갈켜줄 것 같습니다. 왜냐하면, 지가 기술을 배우면 시방처럼 용돈조로 얼매씩 주는 것이 아니고, 정식으로 월급을 줘야 하기 때문입니다. 기술을 안 갈켜 주면서도, 새벽부터 기계 청소나 하고, 하루 종일 풍구만 부치고 있어도 사장님한테는 이익이 됩니다.

저 혼자 고민을 하다가 하루는 저하고 친한 형한테 상의를 했습니다. 그랬더니 싹수가 노랗다. 차라리 어디 상회 같은데 가서 배달을 하다 보면 장사 기술이라도 배울 거 아니냐. 여긴 백날 붙어 있어도 시다 노릇밖에 못한다. 그랑께 시방이라도 맘 고쳐먹고 고향으로 내려가든지, 다믄 얼매씩이라도 정식으로 월급 받는 데를 댕겨라, 하면서 아주 고맙게 충고를 해줬습니다.

지가 암만 생각을 해봐도 저하고 친한 형의 말이 맞는 것 같습니다. 그래서 드리는 말씀인데 이 편지를 받는 대로 차비를 부쳐주시면 집으로 내려가고 싶습니다. 부디 이 불효자의 심정을 만분의 일이라도 헤아려 주신다면 차비를 보내주시리라 믿습니다.

만약 차비를 부쳐주지 않으신다면 저는 부모님께서 집안의 장남인 저를 버린 것으로 생각하고, 어디가 될지 모르겠지만 아무도 모르는 곳으로 떠날 생각입니다. 그런 생각을 하면 자꾸 눈물이 앞을 가립니다. 그래도 제가 집안의 장남인데, 아무도 모르는 대로 떠나버리면 부모님의 가슴에 못을 박는 것과 같다는 생각이 들기 때문입니다. 그렇게 아시고 차비 좀 부쳐 주시기 바랍니다.

그럼 엄동설한에 부모님들 건강에 특히 유념을 해 주시기 바라며 이 불효자의 글은 이만 줄입니다.

추신 : 딴 돈은 필요 없고 영등포역에서 영동까지 타고 갈 기차비만 딱 보내주시면 됩니다.

1959년 1월 10일
불효자 철용 올림.

철용은 편지를 쓰면서 설움에 겨워 울었는지 군데군데 눈물을 흘린 자국이 번져 있었다.

'철부지가 따로 읎구먼, 철부지가 따로 읎어! 기술 배우기가 그렇게 쉬우믄 세상에 기술자 아닌 놈이 워디 있었어. 소나 개나 기술 배우것다고 서울로 달려 갔겠지.'

김춘섭은 편지를 읽고 나서 구들장이 꺼져라 한숨을 내쉬며 윗목에 있는 가마니틀을 물끄러미 바라본다. 가마니틀의 바디에는 절반 정도 짠 가마니가 매달려 있다. 작년 겨울에만 해도 국민학교를 졸업하고 농사를 돕고 있던 철용이 옆에 앉아서 볏짚을 먹여주어서 많이 짜는 날은 하루에 9장까지 짰었다.

철용이 서울로 간 후에는 철재나 철준이 볏짚을 먹여주기는 하지만 나이가 어려서 그런지 서툴기 짝이 없다. 어느 때는 볏짚을 한주먹씩 먹여주는 가하면, 어느 때는 달랑 몇 개만 먹여주어서 번번이 꾸중을 해가며 가마니를 짜다보면 짜증이 나서 나중에는 철용네가 달려들기 일쑤였다.

"철용이가 서울서 편지를 보냈대유?"

이웃에 마실을 나갔다가 영숙이로부터 큰오빠가 편지를 보냈다는 말을 듣고 달려온 철용네가 찬바람을 등에 지고 방으로 들어왔다.

"머라고 써 있는 거유? 잘 있대유? 밥은 굶지 않고? 기술은 배우기 시작했대유? 서울도 엄청 춥다쥬? 어머 아부지가 걱정할 줄 알고 편지를 보내능 걸 봉께 다 컷구먼. 하긴 집을 나가믄 철이 들게 되어 있는 벱이지."

철용네는 김춘섭이 맥없이 들고 있던 편지지를 빼앗아서 읽어보기도 전에 숨을 쉴 틈도 없이 질문을 했다.

"글씨 읽을 줄 몰라?"

"내가 해룡이유? 글자도 못 읽게?"

철용네는 김춘섭이 퉁명스럽게 던지는 말에 가슴이 덜컹 내려앉았다. 철용이 편지에다 좋은 내용을 써서 붙였다면 김춘섭의 얼굴에 짙게 그늘이 져 있지 않을 것이다.

'이거시 딴생각만 하고 있다가 철공소에서 일을 하다 손모가지라도 날라가믄 어쩐댜.'

철공소 같은 곳에서 일을 하다 손목이 날라 갔거나, 손가락 몇 개를 잘라 냈다는 말은 심심치 않게 들었다. 철용이도 갑자기 편지를 보낼 때는 좋은 소식보다 안 좋은 일일 거라는 생각에 떨리는 손으로 편지지를 펼쳤다.

'나이가 열여섯 살이믄 옛날에는 장가를 갈 나이잖여.'

김춘섭은 철용네가 더듬거리며 편지를 읽는 동안 봉초를 신문지에 말았다. 겨울로 접어들면서 나무를 하러 가지 않는 날은 다만 한 푼이라도 벌어야 한다는 생각에 가마니를 짰다. 새끼를 꼬고 바디를 잡아당기고 짚을 추리느라 손가락이며 손바닥에는 허연 굳은살이 헌 옷의 보풀처럼 일어나있다. 그 손으로 능숙하게 담배를 말아서 입에 물고 다시 한숨을 내쉰다.

"날이라도 당장 차비를 부쳐 주는 수벡에 읎겄슈……"

눈물에 젖은 편지지를 읽느라 저고리고름으로 눈물을 찍어내고 있던 철용네가 울음 섞인 목소리로 말했다.

"내려 오믄?"

"그룿다고 기냥 내 둘거유?"

"냅두지 않으믄?"

"이이 좀 봐. 내동 편지를 읽어 놓구선 지금 먼 말을 하고 싶은 거유?"

"철용이가 왜 그리 줏대가 읎는지 알겄구먼. 암 생각 읎이 푼수처럼 쥐끼고 있는 지 어미를 닮아서 서울 올라간 지 일 년도 견디지 못하고 죽네사네 편지질이나 해 대고 있지. 넘 집 자식들은 주인이 내쫓을 때까지는 위턱하든 객지에서 자리를 잡을라고 별의별 고생을 다 하면서도 지 애비 담뱃값이라도 보태 쓰라고 가용돈까지 보내준다는데……"

김춘섭은 철용이 쓴 편지의 글자 한 자 한 자가 무능한 애비를 원망하는 것 같아서 가슴이 저리던 중이었다. 하지만 무능해지고 싶어서 무능해진 것은 아니다. 부모에게 유산으로 물려받은 것이라고는 도지 논 몇 마지기에 정부 산에 일궈 놓는 자갈밭 두어 마지기가 전부다. 그것으로 여섯 식구 호구를 해결하려니까 몸이 하나라도 부족하다. 농사철에도 배 목수를 따라서 틈틈이 공사판을 전전하는 것은 흔한 일이다. 겨울이면 맑은 날에는 범골로 나무를 하러 가고, 궂은 날은 방 안에 틀어 박혀서 가마니를 짜고 새끼를 꼬아야 그나마 자식들을 국민학교라도 보낼 수가 있다. 상규네처럼 철용네라도 똑똑하고 야무지면, 철용이도 상규처럼 중학교 물은 먹었을지도 모를 일이다. 생각이 거기까지 미치니까 철용네의 눈물이, 푼수때기가 사돈네의 이웃집 아들이 군대 간다는 소식을 듣고 식음을 전폐하고 슬피 우는 것처럼 보여서 찬바람이 부는 목소리로 내뱉았다.

"음머머, 내가 은지 푼수처럼 쥐겼다고. 정작 승질을 낼 사람은 누군데. 엄한 사람한테 승질을 부리는 거유?"

옷고름으로 눈물 콧물을 찍어내고 있던 철용네가 자신의 귀를 의심하며 김춘섭을 쳐다본다.

"푼수처름 쥐긴 적이 읎으믄 해룡네 집에 가서 탁주나 한 되 받아가지고 와. 그렇지 않아도 새벽부텀 가마니를 짰더니 목구녕에 먼지가 잔뜩 묻어서 그런지 따가워 죽겠응께."

"츠, 탁배기 마시고 싶으믄 탁배기 마시고, 담배 피우고 싶으믄 담배 피고 배짱대로 멋대로 살고 있응께 자식들이 먼 낙이 있겄슈. 넘들은 다 보내는 중핵교도 못 보내고 엄동설한에 그 고생이나 하고 있지."

철용네는 다른 날 같았으면 군소리 없이 술 주전자를 들고 해룡네로 향했을 것이다. 철용이 때문에 억장이 무너져 내리는 아내를 위로해 주기는커녕 빈정거리는 말이 너무 서운해서 가만히 앉아있었다.

"시방 먼 말을 하고 있는 거여?"

"내가 틀린 말을 했슈? 눈이 있고 귀가 있으믄 보고 들었을 거잖유. 멀리 있는 것도 아녀. 엎드리믄 바로 코 닿을 자리에 살고 있는 상규도 중핵교 물은 먹었는데, 철용이는 피붙이 하나 읎는 서울이라는 땅에서 머 하고 있슈. 이 편지를 읽어 봤응께 내가 말을 안 해도 시방 철용이가 누구 때문에 그 고생을 하고 있는지 알거 아뉴."

철용네가 편지지를 김춘섭 앞에 흔들어 보이며 어디 갈 때까지 가 보자는 얼굴로 말했다.

"저렇게 앞뒤도 모르고 쥐끼고 싶은 대로 쥐끼고 싶을까?"

김춘섭은 철용네를 바라본다. 눈가에 눈물이 맺혀있다. 자식을 생각하면 눈물이 아니라 피눈물이 날 것이라고 생각하면서도 한심하다는 표정으로 노려봤다.

"이 집구석에 시집을 와서 십칠 년을 사는 동안 인제서야 내가 푼수 덩어리라는 걸 알았나 부지? 허긴, 그렇게 눈치코치가 읎응께 자식새끼한테 보내줄 차비는 읎어도 탁배기나 퍼 마실 궁리나 하고 있겄지."

"너 시방 말 다항 겨?"

김춘섭은 철용네에게 화를 내고 싶지는 않았다. 하지만 철용네가 빈정거리는 말이 가슴을 찔러서 주먹을 쥐고 부르르 떨었다.

"츨! 남들은 해가 바뀐다고 마누라한티 한복을 한 벌 사줍네, 친정에 돼지괴기를 끊어서 보냅네 한다는 데 그렇게는 못할망정 주먹질이나 하고 싶은 모냥이구먼?"

철용네도 김춘섭의 마음이 지금 심란할 거라고 믿고 있었다. 같이 머리를 맞대고 상의를 하지는 못할망정 염장을 질러서는 좋을 것이 없다고 생각하면서도 코웃음을 쳤다.

"이년이! 아침에 못 처먹을 것을 처먹었나? 집구석에서 주야청청 놀고 먹는 주제에 하늘같은 서방한티 못 하는 말이 읎구먼!"

김춘섭이 더 이상 참지 못하고 철용네의 귀빰을 보기 좋게 후려 갈겼다.

"아이고! 이놈아! 대낮에 사람을 때려! 그래, 죽여라! 죽여! 응, 시집온 이래 나한티 은비녀 옥비녀는 못해 줄망정, 명절이라고 그 흔해 빠진 삼베 고쟁이 하나 사줬냐. 보리죽 일망정 하루 세 끼 끼니 걱정 안 하게 해 준 날이 있냐? 나한테 머 잘 해준 기 있다고 대낮에 사람을 마른명태 패듯이 패능 겨? 응, 니놈도 주둥이가 있으믄 어디 한번 잘난 입으로 대답 좀 해 봐라! 아이고 사람 잡네! 어이고! 동리 사람들 여기 좀 와 봐유! 우리 집에 돈도 벌어오지 못하는 방안퉁수가 지 마누라만 복날 개 패듯 패대고 있는 서방이 있슈!"

김춘섭의 손바닥 울고 싶은 아이를 꼬집은 결과가 되고 말았다. 철용네는 김춘섭이 때리기를 기다렸다는 얼굴로 머리를 들이밀면서 고래고래 소리를 질렀다.

"이 미친년이 아주 죽기로 작정을 했능개비구먼. 그려, 너 오늘 너 죽고 나 살아 보자. 오늘 내친김에 아주 버르장머리를 단단히 고쳐 놔야겠다. 시도 때도 없이 분위기 파악도 못하고 푼수처럼 쥐끼는 주둥아리를 아주 철사로 꽤매 놓고 말 텅게."

김춘섭은 철용네가 하도 염장을 지르길래 한 대 정도 후려갈기고 말 생각이었다. 그러나 철용네가 머리로 자신의 가슴을 밀면서 발악발악 소리를 지르는 데야 참을 수가 없었다. 벌떡 일어나서 발이 닿으면 발길로, 손이 닿으면 주먹으로 후려갈기기 시작했다.

"아이고! 동리 사람들, 우리 집으로 좀 와 봐유. 김춘셉이라는 놈이 대낮부터 사람 잡고 있슈. 동리 사람들 어여 달려와서 이 잡놈 좀 말려 줘유. 아이고! 이놈아, 어떤 년한티 눈독을 들이고 있길래 아주 날 잡을라고 환장을 하고 있냐. 아이고 사람 죽네!"

매를 이기는 장사는 없다. 철용네는 나무장사로 뼈가 굵은 김춘섭의 억센 손길과 발길질을 당해 낼 수가 없었다. 이리 피하고 저리 피해도 이미 이성을 잃어버린 김춘섭은 아주 요절을 내고 말겠다는 기세로 철용네를 자근자근 밟았다.

"아부지! 어머 때리지 마! 이러다 어머 죽겄어!"

철용네에게 구세주가 나타나는 것은 일곱 살짜리 영숙이다. 영숙이는 박태수의 딸 인자한테 놀러갔다가 집에서 터져 나오는 비명 소리에 뛰어 왔다. 방문을 덜컥 열어보니 김춘섭이 철용네를 흙벽돌 찍을 때 진흙 이기듯이 짓이기고 있었다. 깜짝 놀라서 무조건 김춘섭의 장딴지를 껴안으며 울음을 터트렸다.

"아이고! 이 잡것이 사람 잡네."

철용네는 그 기회를 놓치지 않았다. 김춘섭이 잠시 주저하고 있는 사이를 놓치지 않고 맨발로 밖으로 뛰어 나갔다. 마당은 얼음처럼 차가웠다. 단숨에 너럭바위까지 뛰어 나갔다가 다시 잽싸게 뒤로 돌아서 고무신을 양쪽으로 움켜잡고 박태수네 집으로 내달렸다.

"또 한 븐만 그 따위로 주둥이를 놀려 봐라. 그때는 아주 바깥출입을 못하게 다리몽둥이를 뿐지러 버릴 팅께."

김춘섭은 우는 영숙이를 다독거려 놓고 담배를 말아 피웠다. 울타리가 없는 마당이라서 빈 들판에서 부는 바람에 둥구나무가 몸부림치는 소리가 그대로 들려온다. 올해는 유난히 겨울 추위가 매운 것 같다. 서울에는 눈까지 쌓였다고 하니까 철용이 양말이나 제대로 신고 있는 지 안타깝기만 하다. 하지만 그렇다고 해서 차비를 부쳐 줄 수는 없는 노릇이다. 집에 내려와 봤자 당장 지게를 지고 범골로 나무나 하러 다니며 세월을 보내는 수밖에 없다. 그러다 나이가 들면 군대를 가게 될 것이다. 군대 제대를 하면 사정이 비슷한 여자와 혼인을 하고 도지 논을 부치며, 아침에는 자식들 사친회비며 잡부금 때문에 한숨짓고, 저녁에는 아내가 악다구니를 퍼붓는 소리를 우울하게 들으며 하루하루를 보내게 될 것이다.

'그려, 고향으로 내려오면 말짱 도루묵여. 어떡하든 기술을 배워야 하는 겨. 그래야 사람답게 살 수 있는 겨.'

철용의 미래를 위해서는 집에 내려오지 않는 쪽으로 결정을 내리기는 했지만 마음은 천근만근이나 되는 것처럼 무거웠다. 연거푸 담배 두 대를 피우고 나서 염색을 한 군용잠바를 걸치고 밖으로 나갔다.

박태수의 집 마당에는 상규네와 해룡네가 서 있었다. 상규네는 또랑가에서 과수원을 개간하다 잠깐 집에 들리러 온 것처럼 보였다. 박태수가 쓰는 군용털모자에, 목도리를 두르고 저고리에 작업복을 겹으로 껴입은 모습이 6·25 때 피난민 모습이 저리가라 할 정도다. 해룡네는 상규네가 바락바락 대드는 소리에 뛰어 나왔는지 솜을 넣은 무명 누비저고리 차림이다. 그녀들은 처연한 얼굴로 철용네가 허연 입김을 토해내며 털어내는 하소연을 듣고 있었다. 철용네는 눈물 콧물을 닦아 내며 철용네의 편지 내용에다, 자신이 김춘섭에게 대들 수밖에 없는 찬바람 속에 털어냈다. 철용네가 눈물을 훌쩍일 때마다 상규네와 해룡네는 짠한 표정으로 고개를 끄덕거리며 위로를 했다.

"난, 그만 가 봐야겠구먼. 철용이 아부지 우리 집으로 가는 거 가텨."

해룡네는 내가 언제 철용네를 짠한 표정으로 바라봤느냐는 얼굴로 돌아섰다. 술독에 막걸리가 얼마나 남았는지 마음속으로 가늠을 해 보며 종종걸음으로 걸었다.

김춘섭은 윤길동을 불러서 취하도록 술을 마시고 나왔다. 밖에는 이미 캄캄했다. 어둠을 밟으며 비틀비틀 집으로 갔더니 정지에 등잔불이 켜져 있다. 내가 언제 발악 발악 대들었냐는 얼굴로 늦은 저녁을 짓고 있는 철용네를 못 본 척 방으로 들어가서 골아 떨어졌다.

"워티게 했으믄 좋겄슈."

김춘섭은 저녁을 먹지 않고 잤더니 새벽에 일찍 눈이 떠졌다. 어둠 속을 더듬어서 철용네가 자리끼로 떠다 놓은 물을 한 대접 마시고 앉아 있는데 철용네가 돌아누우며 다짜고짜 물었다.

"뭘?"

김춘섭은 철용네가 어제 오후에 아무런 일도 없었다는 얼굴로 묻는 말에 퉁명스럽게 반문했다.

"당신은 속 편하게 드르렁드르렁 코를 골면서 잘도 자드만. 하지만 난 철용이 생각에 한숨도 못 잤슈. 그기 얼마나 고생이 됐으믄 눈물을 찍어내면서 편지를 써서 보냈겄나 하는 생각이 머릿속을 떠나지 않아서 통잠이 와야쥬."

"여러 말 할 거 읎어. 날 서울 올라갈 차비나 구해 줘. 요새 기차비가 을매나 할른지는 모르겄지만 만 환짜리 한 장은 있어야 할 거 가텨."

김춘섭은 물을 한 대접이나 마셨더니 허기는 면한 것 같은데 입 안이 텁텁했다. 창호지문을 바라보니 아침은 아직 더 기다려야 것 같았다. 성냥불을 켜서 등잔불에 불을 붙였다. 방 안의 어둠이 희미하게 물러가고 윗목으로 기어 올라가서 이불도 덮지 않고 자는 영숙이가 눈에 들어온다. 철용네가 영숙이를 안아서 아랫목에 눕히는 모습을 바라보던 시선을 거두고 담배쌈지를 찾았다.

"철용이도 인제 다 컸슈. 서울에 올라갈 때는 초행길이라서 광일이가 데려다 줬지만 내려오는 거야 고생 할 거시 읎잖유. 저 있는 데서 역까지 가는 뻐스를 타고 가는 거야 어련히 알아서 할 테고, 역에서 영동행 기차표 끊는 거는 글자만 알고 있으믄 어려운 일이 아니잖유. 정신 똑바로 차리고 있다가 영동역에서 내려서 학산가는 뻐스를 타고 삼거리에서 내리면 코앞이 모산인데유 머."

철용네는 영숙의 몸에 이불을 덮어주고 김춘섭을 향해 돌아앉았다. 밖에 바람이 많이 부는지 둥구나무 가지 흔들리는 소리가 요란하다. 문앞에 앉아서 담배를 피우고 있는 김춘섭의 뒷모습이 오늘따라 듬직해 보인다. 어제 윤길동과 술을 마시며 상의를 하다가 결국 철용이를 데리고 내려오는 것으로 결론을 본 것 같았다.

'그려, 평안감사도 저 싫다고 하믄 할 수 읎는거지 머……'

철용이 집으로 내려 올 것이라는 생각이 드니까 안심은 됐다. 하지만 마음 한편은 서운했다. 장기팔의 아들 형제도 서울에 일가친척 하나 없이 무조건 올라갔다. 그동안 무얼 하며 살았는지는 모르지만 갖은 고생을 한 것은 분명했다. 그러나 지금은 번듯한 가게를 얻어서 쌀장사를 하고 있다. 철용이라고 몇 년 후에 시훈이 형제처럼 되지 말라는 법은 없다. 그런 점을 생각하면 가슴 한쪽이 무너져 내리는 것 같아서 허전하기만 했다.

"맞는 말이여. 철용이도 인제 어린아가 아닝께 지가 앞으로 워치게 세상을 살아야 한다는 건 알 나이지. 설령 지가 안직 모르고 있다면 부모인 우리가 알려 줘야 하능 겨. 언제까지나 품 안에 껴안고 사는 것이 자식은 아닝께."

"그기 먼 말이대유?"

철용네는 김춘섭이 하는 말을 가만히 듣고 있으니까 이상했다. 내려오라는 건지, 계속 있으라는 건지 분간이 되지 않아서 김춘섭 옆으로 가서 물었다.

"언지까지나 겨울이 계속 되라는 벱은 읎어. 겨울이 가면 봄이 오는 것츠름, 철용이도 언진가는 기술자가 되는 날이 올거여. 그때까지는 고생이 되드라도 참고 철공소에 근무를 해야 한다는 거여. 시방 고생이 되고 심이 든다고 해서 쪼르르 내려 오믄 결과는 뻔햐. 당신이 어지 나한테 야기한 것츠름, 난중에 결혼해서 지 여핀네 고쟁이 하나 사 줄 형편도 못 된다는 말여. 그렁께 암말 말고 날 서울 올라 갈 준비나 해 줘."

"그래유. 우리가 후년이라도 중핵교를 보낼 형편이 된다믄 시방부터라도 내려와서 준비를 한다지만 당신 말이 맞는 거 가튜. 시방은 고생이 되드라도 난중을 생각해서 참고 있으라는 수벡에 읎는 거 같구먼유."

철용네는 막상 철용이 집으로 내려온다 해도 막막하기만 하던 중이었다. 지금은 자식한테 서운하다는 말을 들어도 나중에 철이 들면 이해를 할 것이라고 생각하며 고개를 끄덕거렸다.

철용이 소주를 사 가지고 들어 온 것은 밖으로 나간 지 삼십 분쯤 경과한 뒤였다. 김춘섭은 금방 올 줄 알았던 철용이 너무 늦어져서 은근히 걱정을 하고 있던 중이었다. 담배 한 대를 더 피우며, 그 담배를 다 피울 때까지 안 들어오면 뭔 일이 생긴 것이 분명하다는 생각에 찾으러 나갈 생각을 하고 있던 중이기도 했다.

"술 파는 데가 십 리라도 되는 거여?"

"아뉴. 가게는 여기서 얼매 안 떨어졌슈?"

"해룡네 집이라믄 소주가 떨어질 때도 있을 테지만 여긴 서울이잖여. 서울에 있는 가게는 아무리 짝아도 별걸 다 판다는데 왜 이리 늦은 겨?"

김춘섭은 철용이 내미는 술병을 받아서 상표를 본다. 영동에서 파는 풍곡소주가 아니고, 노란 바탕의 테두리에는 나락이 양쪽에 그려져 있다. 뭐라고 읽을 수가 없는 한문 두 자에 두꺼비 한 마리가 그려져 있는 상표다. 서울 술은 별나구먼, 이라고 생각하며 철용에게 물었다.

"가게에서 술을 마시던 손님들찌리 싸우잖아유."

"주인이 싸우고 있었단 말여?"

"아뉴, 주인아줌마는 쌈을 말리는 눈치고 손님들찌리 싸우는 눈치였슈."

철용은 물 주전자 옆에 있던 물컵을 김춘섭 앞으로 내밀었다.

"그려서? 쌈 끝나기를 지달리느라 늦었구먼?"

김춘섭은 철용의 얼굴을 바라본다. 추운데 서 있어서 얼굴이 빨갛게 물들어 있다. 주인이 싸움을 하지 않는다면 들어가서 소주를 사 오면 그뿐이다. 그런데도 서울 생활 반 년이 넘은 놈이 시골 무지렁이처럼 싸움이 끝나기를 기다렸다고 생각하니 한심했다. 하지만 겉으로는 내색을 하지 않고 반문했다.

"그람 워틱해유? 쌈을 말려주지는 못할망정 쌈이 끝날 때까지 지달려야지……"

김춘섭은 더 이상 대꾸를 하지 않고 덩치만 큰 철용의 얼굴을 가만히 바라본다. 객지 바람은 나이를 부쩍 성숙시킨다. 집에 있을 때는 늘 어린애처럼 보이더니 그게 아니다. 저녁으로 우동을 한 그릇씩 먹을 때도 느꼈었지만 어른 티가 난다. 코밑의 수염도 거뭇한 것 같고 어깨도 단단해진 것 같다. 컵 가득 따른 술을 단숨에 마셔 버리고 안주로 사온 오징어를 쭉 찢었다. 몸통을 철용에게 주고 다리를 씹으면서 다시 철용을 바라본다.

'어이구, 이 어리석은 놈아!'

철용의 손톱에는 새까맣게 기름때가 껴있다. 벌겋게 부어 오른 손등은 갈라지고 피가 말라붙은 흔적이 많다. 하지만 손가락이며 주먹은 몰라보게 커졌다. 어딘지 모르게 소년처럼 보이는 눈매만 아니라면 어른의 주먹이라고 해도 믿을 정도다. 덩치는 어른인데 마음속에는 영숙이 같은 어린애가 들어있다고 생각하니 가슴이 아렸다. 덩치만 큰 자식을 서울이라는 황무지에 두고 갈 수밖에 없는 신세가 처량하기만 했다.

"철용아, 너도 한 잔 할텨?"

"안 마시고 싶구만유."

"술은 마셔 봤고?"

"객지에서는 열 살까지는 터놓고 지낸다는 말도 못 들어 봤슈? 지 나이 열여섯이믄 스물여섯 살짜리까지는 형 동생 함서 술도 마셔유."

"그런 것도 다 알고 훌륭하구먼."

"그래도 지는 취할 때까지 마셔 본 적은 읎슈. 왜냐하믄 술을 마시믄 자꾸 모산의 둥구나무가 떠오르기 때문유. 술 마시고 모산 둥구나무만 생각나믄 괜찮아유. 아부지가 새복에 나무하러 가시는 모습도 생각나고,

콩밭 매는 어머 얼굴도 떠 오르고, 철준이며 철재나 영숙이 얼굴이 생각나면 저도 모르게 자꾸 눈물이 나올거 가튜. 그래서 역부러 술은 많이 안 마실라고 노력을 하느만유."

"못난 놈."

"촌놈이 서울 산다고 서울 놈 되남유."

철용은 김춘섭이 평소답지 않고 솜털처럼 부드럽게 대하는 말에 눈물이 핑 돌았다. 서울에 올라와서 사는 동안 이처럼 부드럽게 자신을 대하는 사람은 단 한 명도 없었다.

"서울에서 살기 싫지?"

"지는 참말로 서울이 적성에 안 맞아유."

"모산에 가서 뭐 하고 살려?"

"아부지하고 농사짓고, 겨울에는 나무 해다가 학산에 지고 가서 팔고……"

철용은 모산을 언급하는 것만으로도 벌써 집에 도착한 기분이 들었다. 눈물이 얼굴을 타고 주르르 흘렀다. 트고 갈라지고 피가 말라붙은 손등으로 눈물을 닦느라 말을 잇지 못했다.

김춘섭은 어른처럼 덩치가 큰 철용이 아이처럼 숨죽여 울고 있는 모습을 바라보고 있으니까 가슴이 미어지는 것 같았다.

'그려, 니가 먼 죄가 있겠나? 이 못난 애비가 잘못이지.'

물컵에 소주를 가득 따라 단숨에 마셨더니 알딸딸하게 취기가 밀려온다. 오징어 다리를 질겅거리며 소주를 천천히 따르다 방바닥을 쳐다본다. 장판에 군데군데 담뱃불로 눌러 지진 흔적도 있고 담뱃불에 탄 흔적도 있다. 모산에는 돈이 없어서 장판 대신 돗자리를 깔고 사는 집도 많다. 그러나 모산에는 일부러 돗자리를 담뱃불로 지진 집은 없다. 여기는 수많은 사람들이 돈을 주고 하룻밤을 묵고 가는 여인숙이다. 그래서 방바닥이 더럽고 낡은 것만은 아닌 것 같았다. 철용이처럼 가슴 여린 사내들이 눈물을 참느라, 혹은 서울이라는 거대한 성안에 합류하지 못한 비감스러운 기분에 자신도 모르게 방바닥에 담배를 껐을지도 모를 일이다.

"꼭 농사짓고 나무장사 함서 살고 싶응 겨?"

김춘섭은 술을 한 모금 마시고 나서 담배를 입에 물었다. 서울에 올라온다고 특별히 산 100환짜리 진달래다. 기차 안에서도 자랑스럽게 피우던 담배다. 얼어터진 손등으로 눈물을 닦고 있는 자식 앞에서 100환짜리 진달래를 피우려니까 부끄럽고 마음이 아팠다. 콧잔등이 시큰해지는 것을 느끼며 조용한 목소리로 물었다.

"배고프고 춘 거는 참을 수 있슈."

"그람, 뭘 참을 수 읎는 거여?"

"지는 잘못한 거시 읎는데 기술자들이 심심하믄 주먹으로 때리고 발로 차고, 뺀치를 가져 오라고 했는데 스파나를 갖고 왔다고 때리고, 기계 청소 잘못했다고 때리고, 억울해서 내가 멀 잘못했냐고 대들면 말대꾸하믄 싸가지 읎다고 때리고, 어뜬 때는 청소 잘못했다믄서 밥도 먹지 말라며 굶기고……"

철용은 왕방울만한 눈물을 뚝뚝 흘리면서도 소리 내어 울지 않으려고 입을 틀어막았다.

"머셔? 널 팬단 말여? 암 잘못도 읎는데 너를 개츠름 팼다는 말이지?"

속울음을 울고 있는 철용이 때문에 마음이 처연해졌던 김춘섭이 엉덩이를 들썩이며 앗 뜨거! 하는 얼굴로 물었다.

"예, 지들도 일본 사람들한테 기술을 배울 때 맞으면서 배웠다면서 맨날 발로 차고……안 맞으믄 기술을 지대로 못 배울 거라고……"

"이……일본 사람이라니, 그건 또 먼 소리여?"

"일본 기술자들이 한국 사람들한테 그렇게 갈켰대유. 원래 기술이라는 거시 남한테는 안 알켜 주는 거래유. 기술을 암 생각 읎이 갈켜 줬다가는 지 밥그릇도 못 챙기는 뱁이라고……"

"쇠똥에 미끄러져 개똥에 코 박는 소리 하고 앉아 있구먼. 모르는 기술을 빨리빨리 알켜 줘야 돈을 많이 버는 건 당연한 이치 아녀?"

"그기 아니고, 밑에 사람이 기술을 배우믄 지덜이 쫓겨나게 됭게 기술을 쉽게 갈켜 주는 것이 아니래유."

"그 말을 들어 봉게 틀린 말이 아닌거 같구먼. 하다못해 우리 동리 장기팔이라는 사람있잖여. 너도 그 냥반 알고 있잖여. 날망집 시훈이 아부지 말여. 그 사람도 염색약 타는 것도 기술이라고 안 갈켜 주드만. 농사 짓는 거는 모르는 사람들한테 알켜 주는 것을 자랑으로 생각하지만, 기술이라는 건 원래 그런개비구먼."

김춘섭은 철용의 말을 듣고 생각해 보니까 자동차 운전수가 되려면 운전수를 하느님처럼 알고 조수 생활을 몇 년이나 해야 겨우 운전기술을 배울 수 있다는 말도 들은 것 같았다. 철용이 일을 하고 있는 철공소에서도 쇠를 깎고 자르는 기술을 배우려면 자동차 조수처럼 몇 년은 고생을 해야 기계를 잡을 수 있을 것 같았다. 마냥 철용의 눈물에 휩싸여 있을 수는 없다는 생각이 뒤늦게 들어서 슬쩍 말을 돌렸다.

"그래도 지는 농사짓고 싶어유. 농사는 잘못졌다고 해서 맞을리도 읎고, 겨울에는 뜨신 방에서 가마니나 짜믄 되고, 부모님이랑 동생들이랑 맨날 같이 있을 수도 있응게 을매나 좋아유."

철용은 김춘섭의 말투가 갑자기 변하는 것을 느꼈다. 방심하고 있다가는 김춘섭을 따라서 모산으로 갈 수 없을 것 같았다. 소매로 눈물을 말끔히 닦아내고 코맹맹이 소리지만 분명하게 뜻을 밝혔다.

"니 말대로 농사를 짓는다고 쳐. 우리 논이 및 마지기라고 생각하능겨? 샘골에 있는 논 스 마지기는 면장 댁 논이라는 건 알고 있겠지? 밭뙈기는 두어 마지기 있지. 지금 있는 농사꺼리는 나하고 느 어머가 놀기삼아 농사를 져도 모질랴. 그려서 배 목수 뒷모도로 따라 댕기기도 하고, 그 먼 범골까지 가서 나무를 해 오능 겨. 너 모산에서 학산까지 장작한 짐 지고 가믄 몸이 워든 줄 알기나 혀? 니 생각에는 쉬엄쉬엄 강게쉬울 거 같지? 그기 아녀, 산림청 상감들한테 안 들킬라믄 새벽같이 가서 나무를 팔고 와야 하는 겨. 그 뿐인 줄 아냐? 세상에서 젤로 불쌍한직업이 농사꾼여. 너도 잘 알고 있는 사실이지만 일 년 내 쌔빠지게 농사를 져 봤자 봄이믄 먹을 양식이 읎어서 풀뿌리로 끼니를 때우잖냐. 하지만 면사무소 직원들이 굶는다는 말 들어 봤냐? 아니, 면직원들은 서울에 읎응게 빼 놓드라도 니가 근무하는 기술자들이 봄이 됐다고 밥 굶는거 봤냐?"

"모……못봤슈."

"컴컴한 새벽에 철공소에 일하러 나오는 기술자 봤냐?"

"읎슈."

"비 온다고 걱정하고, 가물다고 걱정하는 기술자 봤냐?"

"아뉴."

"기술자들이 사장한테 꼼짝도 못하냐? 내가 우리 동리 면장 어른한테

나, 출장 나온 면 서기들한티 설설기는 것츠름 말이여.”

“아뉴. 승질 나믄 딴 데로 일자리를 옮겨도 밥 먹고 사는 데는 지장이 읎다믄서 맨날 큰소리 쳐유. 어쩔 때는 술 마시고 그 담날 안 나오기도 하고……”

철용은 계속되는 김춘섭의 질문이 뭘 뜻하는지 알 것 같았다. 자신도 모르게 어깨가 안으로 조여드는 것을 느끼며 풀 죽은 목소리로 말꼬리를 흐렸다.

“기술자들처름 배짱으로 돈 버는 사람 봤냐?”

“모……못 본거 가튜……”

철용은 눈물이 앞을 가려서 더 이상 대답을 할 수가 없었다.

“술 한잔 할텨?”

“예”

“니가 우리 집 장남이여. 장차 니 동생들은 니가 공부도 갈키고 시집 장가도 보내야 할 막중한 책음이 있는 사람이란 말여. 그랗게 고생이 되드라도 참고 있어봐. 내 말 무슨 말인지 잘 알겄지?”

“예.”

철용은 동생들을 보살펴야 한다는 생각에 가슴이 떨려오면서 또 눈가에 눈물이 그렁하게 맺혔다.

“그람, 이 술 한잔 마시고 오늘은 이 방에서 푹 자. 그라고 낼 아침에는 출근을 하는 거여. 그 대신 설 때는 사장이 차비를 안 주믄 이 애비가 부쳐줄게. 그 돈으로 옷도 한 벌 사 입고, 구두도 한 켤레 사 신고, 이발도 깨끗이 하고 고향에 내려오란 말여. 그라고 낼 아침에 돈 좀 줄 팅께 그 돈으로 기술자들한테 담배도 사 주고 술도 사 주면서 기술 좀 갈켜 달라고 햐. 원래 세상에는 공짜가 읎는 벱여. 알겄지?"

"예."

철용은 김춘섭이 따라주는 술잔을 들고 눈물을 뜸벅뜸벅 흘렸다. 김춘섭의 말 한 마디 한 마디는 틀린 말이 없었다. 내일부터 그 지긋지긋한 철공소에 들어간다는 걸 생각하면 이대로 어디론가 도망을 가 버리고 싶었다. 하지만 동생들을 위해서는 앞으로 가야 할 길이 비봉산에서 흔히 볼 수 있는 엉겅퀴 밭이라도 참고 걸어가는 수밖에 없었다.

악연의 시작

이동하는 문을 열다가 애자를 바라본다.
애자가 손뼉을 칠 정도로 좋아하는 모습을 처음 본다.
저거시 벌써 남자를 알 때가 됐는개비구면.
애자가 너무 좋아하니까 괜히 기분이 좋아져서
큼! 하고 잔기침을 하며 돌아섰다.

이동하는 넉넉한 표정으로 담배를 피우면서 고현수의 얼굴을 가만히 뜯어본다. 윗목에서 무릎을 꿇고 단정하게 앉아 있는 고현수의 머리는 고등학생들처럼 짧았다. 짧은 머리에 검정색 코르덴 양복을 입고 염색을 하지 않은 군복바지를 입은 모습이 어색해 보인다.

"차 들어유. 작년 가실에 마당에 있는 대추나무에서 딴 대추로 끓인 차라서 입에 맞을지 모르겄구면."

이동하와 고현수 사이에는 옻칠을 한 오동나무 찻상이 있다. 푸른색이 은은하게 감도는 찻잔을 바라보고 있던 옥천댁이 부드럽게 말했다.

"아, 예. 고맙습니다."

고현수는 옥천댁에게 가볍게 고개만 숙여 보이고 찻잔을 들지 않았다.

"어려워하지 말고, 차 마시게."

고현수를 데리고 온 문기출이 이동하의 눈치를 살피며 조심스럽게 말했다.

"네……"

고현수는 문기출과 옥천댁에게 가볍게 고개를 숙여 보이고 조심스럽게 찻잔을 들었다. 입술만 살짝 대고 마시는 시늉을 하고 찻잔을 내려놓았다.

"부친이 그렇게 갑자기 돌아가셨다믄 앞으로 공부를 하는데도 지장이 있겠구믄."

고현수는 건설회사 부도 충격을 견디지 못해서 자살을 한 자유당 국회의원 고병호의 아들이다. 군대에 갔다가 고병호의 갑작스러운 죽음과, 가세 몰락으로 의가사 전역을 했다. 이동하는 고현수가 서울대학교에 다니고 있다는 점은 마음에 들지만, 고병호의 아들이라는 점을 생각하면 얼굴이 찡그려질 일이다. 하지만 문기출 말대로 다음 선거 때 고병호를 따르는 골수분자들을 돌아서게 하려면 경제적인 도움을 줄 필요가 있다는 생각에 동정어린 표정으로 말했다.

"어머니 나이도 환갑이 다 되어가신다믄 집안 살림도 걱정이 되겠구만유."

옥천댁의 눈에는 장래가 촉망되는 서울대학생으로만 보였다. 서울대학생이라서 그런지 눈빛도 맑고 잘생겼다는 생각에 호감이 갔다.

"원래 이 사람 모친 되시는 분은 집안에서 살림만 하시던 분이라 세상 물정을 통 모르셔유. 나이가 젊다믄 젊다는 거 하나만 믿고 뭔 일이

든지 하시겠지만, 사모님 말씀츠름 환갑 다 되가는 나이에, 남의 집 식모살이로 나갈 수도 읎고, 삯바느질을 할라고 해도 평생 남이 해 주는 옷만 입으시던 분이라. 참말로 깝깝해유. 오죽하믄 지가 위원장님 자제분들 가정교사 자리라도 알아 봐 주마, 하고 데리고 왔겠슈."

고현수는 이동하며 옥천댁이 묻는 말에 대답을 하지 않고 미소만 지었다. 문기출이 잔기침을 하고 나서 답답하다는 얼굴로 말했다.

"암만, 집안에 아들이 둘이 있는 것도 아니고 달랑 외아들 하난께 모르는 척 할 수야 읎지. 그릏다고 어렵게 들어간 대학을 포기 할 수도 읎는 노릇이잖여. 대학이나 나쁜가? 서울대학이라믄 우리나라에서 최고로 쳐주는 대학이잖여. 그 대학에 입학을 했다는 것 하나만으로도 출세가 보장이 되었다고 봐도 무리는 아니잖여. 그 좋은 대학을 포기한다는 건 안 되지, 암 안 되고말고……"

이동하는 문기출의 말에 맞장구를 치며 다시 한 번 고현수의 얼굴을 찬찬히 뜯어본다. 가만히 생각해 보니까 고병호의 자식이라는 점이 걸리기는 하지만, 좀 유약해 보이는 점을 빼 놓고는 투자를 해 볼 가치가 있어 보였다.

'그려, 내가 고병호를 자살하게 만든 것도 아니잖여. 자금도 제대로 확보해 놓지 못하고 호텔을 짓는다고 욕심을 부리다가 자금난에 쪼달리다 부도를 맞은 거잖여. 충분한 자금만 준비 해 눴다믄 은행돈을 쓸 리도 읎고, 비싼 사채를 끌어 들일 이유도 읎잖여. 순전히 지가 판단을 잘못해서 그릏게 된거잖여. 그라고, 설령 부도를 맞았다고 해서 죄다 자살하라는 법은 읎잖여. 지가 지 승질을 이기지 못해서 스스로 목숨을 끊은 거지……'

고현수는 서울대학교 하고도 고시공부를 하고 있는 법대생이다. 장차 판검사가 될 수도 있다는 말이 된다. 국회의원 정도면 판검사 사위를 둬야 모양새를 갖출 것이다. 지속적으로 투자를 해서 장차 애자의 신랑감으로 삼으면 안성맞춤이라는 생각이 들어서 슬그머니 웃었다.

"서울대학교는 국립이라서 학비가 싸다고 하지만, 서울서 학교를 다닐라믄 여간한 집에서는 엄두도 못 내유. 사정이 여의치 않아서 자취를 한다고 해도 한 달에 돈 몇 만환은 우습게 깨질규. 그래서 드리는 말씀인데 말여유, 워디 가정교사 자리라도 하나 알아봐 주믄 제가 고맙겠구만유."

문기출은 영동국민학교를 다니고 있는 승철이 공부를 못한다는 점을 알고 있었다. 노골적으로 승철의 과외를 부탁했다가는 이동하 자존심을 긁게 될지도 모른다는 생각에 우회적으로 말했다.

"가정교사 자리라믄 서울에 가서도 얼매든지 은을 수가 있잖여."

"그러게 말여유. 충남대학교만 댕겨도 대전서는 인기라든데……"

옥천댁도 이동하의 말이 맞다는 얼굴로 고현수를 바라봤다.

"저도 여기에 오기 전에 그 말을 물어 봤슈. 그랬더니 아부지가 잘못된 이후로 모친 건강이 계속 안 좋으셔서, 고시공부도 해야 하고 함께 고향에서 가정교사를 하고 싶다고 하드만유."

"공부 잘하고 얼굴만 잘생겼는 줄 알고 있었더니 참말로 효자구먼. 그려 자식이 둘이 있는 것도 아니고 달랑 하난데, 어머가 얼매나 의지가 되겠어. 차 들었으믄 사과 좀 들어 봐유."

옥천댁은 볼수록 기특하다는 얼굴로 사과접시를 고현수 앞으로 밀었다.

"그 점 때문에 이렇게 어려운 부탁을 하러 온 것입니다. 자제분인 승철이를 지도하게 해 주신다면 틀림없이 영동에 있는 중학교에 합격할 수 있도록 노력을 해보겠습니다."

"제우, 영동에 있는 중핵교를 보낼 수 있게 만든단 말여?"

옥천댁이 승철이는 충남대학교에 다니는 백인경이 과외를 하고 있다는 말을 하려고 할 때였다. 이동하가 관심이 간다는 얼굴로 물었다.

"이른 말하기 뭐 하지만 승철이 통신표를 보믄 영동이 아니라 학산중핵교 가기도 벅차유. 그런 아를 영동중핵교에 보낸다믄 대단한 거쥬. 하지만 승철이는 시방……"

"먼 말을 그릏게 한댜. 안직 올 한 해가 남았는데. 그라고 고군이 보통 고군이여. 서울대학교에 다닐 정도믄 그 정도 실력이 없을개비?"

이동하가 또 옥천댁의 말을 끊으며 기분 나쁘다는 얼굴로 나섰다.

"맡겨만 주신다면 힘이 닿는 대로 열심히 노력해 보겠습니다."

고현수는 비로소 이동하의 얼굴을 바라본다. 턱이 두 개로 보일 정도로 살이 찐 얼굴은 기름기가 흐르고 있다. 방바닥이 따뜻한 것도 아니다. 그런데도 이동하의 양 볼은 금방 뜨거운 물로 목욕이라도 하고 나온 것처럼 붉게 달아올라 있다. 한쪽 무릎을 세우고 다소곳이 앉아 있는 옥천댁이 전형적인 귀부인 스타일이라면, 이동하는 강원도에서 뗏목을 끌고 강나루에 도착해서 부자가 된 전형적인 떼부자 얼굴이다.

"올해 스물두 살이라고 했지? 그라믄 승철이를 갈키고 있는 인경이 학생보담 한 살이 많구먼."

옥천댁은 승철이 현재 백인경한테 과외를 받고 있다고 직설적으로 말을 하면 실망을 할 것 같아서 돌려 말했다.

"예, 서로 잘 알고 있는 사이입니다. 그래서 어제 만나서 제 사정 이야기를 했더니 위원장님만 하락을 해 주신다면 자기는 양보를 하겠다는 말을 했습니다."

"잘 아는 사이라믄……"

옥천댁은 처음 보는 고현수에게 결혼을 약속한 사이냐고 물을 수가 없어서 말꼬리를 흐렸다.

"그냥……친하게 지내는 사이입니다. 제가 사정이 어렵다는 걸 알고 인경이가 양보를 해 줬을 뿐입니다."

고현수는 얼굴을 붉히면서도 솔직하게 대답했다.

"그려, 친하게 지낼수록 그런 거는 확실하게 해 두는 거시 좋지. 그릏게 하는 거시 원측일 껴."

옥천댁은 망설이지 않고 대답을 하는 고현수의 눈이 정직해 보여서 마음에 들었다.

"원측만 통하는 세상이라믄 얼마나 좋을까……"

이동하는 고현수와 백인경 모두 놓쳐서는 안 될 인물이었다. 실력으로 치자면 고현수와 백인경은 비교를 할 없을 정도로 차이가 난다. 강자인 고현수가 과외자리를 원한다면 약자인 백인경이 물러서는 것은 당연하다. 그런데도 백인경을 내칠 수 없는 것은 도경 형사과장 백진국의 조카라는 점이 걸리기 때문이었다. 대전에서 자취를 하고 있는 백인경을 주말동안이라도 승철을 지도해 달라고 부탁한 것도 백진국과 끈을 만들려는 의도였다. 그렇다고 고현수를 그냥 보내기에는 너무 아까워서 뜸을 들였다.

"아버지, 우리 들어가도 되죠?"

대청마루에서 애자의 목소리가 들려왔다. 옥천댁은 대답을 하지 않고 이동하를 바라본다.

"애자구먼, 어여 들어 와."

"승우가 자꾸 엄마한테 간다고 해서……어머 손님이 계셨네?"

승우의 손을 잡고 방에 들어선 애자는 고현수와 시선이 마주쳤다. 윗목에 무릎을 꿇고 앉아 있는 고현수는 머리가 짧은 걸로 보아서 군대에서 제대를 한지 며칠 되지 않은 것처럼 보였다. 갸름한 얼굴에 똑똑해 보이는 눈빛이 가슴을 찌르는 것 같아서 얼굴이 빨개지는 것을 느끼며 옥천댁 옆으로 갔다.

"인사해라, 서울대학교에 댕기다 군대를 갔다 온 고현수라는 청년이여. 인사하게 이쪽은 우리 집 큰딸 애자여. 시방 대전에 있는 여고에 댕기고 있는데 반공일이라 내려와 있구먼."

애자는 처음 보는 고현수에게 호감이 갔다. 서울대학교에 다닌다는 말을 듣고 나니까 가슴이 떨릴 정도로 고현수가 좋아졌다. 너무 떨려서 말이 나오지 않아서 고개만 살짝 숙여 보였다.

"고현수라고 합니다. 앞으로 잘 부탁드립니다."

고현수는 가볍게 미소를 지으며 애자를 바라본다. 옥천댁 쪽보다는 이동하 얼굴과 눈매를 닮았다. 하지만 이동하처럼 살이 찌지 않아서 귀여워 보이는 얼굴이다.

"따님이 엄청 이쁘구먼유."

문기출은 보기에 고현수를 바라보는 옥천댁의 시선에는 호감이 잔뜩 묻어 있고 애자의 눈빛이 예사롭지 않게 보였다. 앞으로 일이 이상하게 풀려 갈지도 모른다는 생각이 들었다.

"애자는 안직 어려. 올게 고등핵교 이 학년이여. 그랑께 여동생츠름 여기고 말 놓아도 돼유."

옥천댁은 승우의 손을 잡아서 옆에 앉혔다. 머리를 쓰다듬어 주며 애자를 바라본다. 평소 애자답지 않게 얼굴을 붉히며 수줍어하는 걸 보니 고현수에게 부끄럼을 타는 것 같았다.

"어……엄마는 이상하게 말을 하네. 내가 왜 어려? 나도 내후년이면 대학교 가는데?"

"그려, 그라믄 되겄구먼. 이보게 고군?"

이동하는 마냥 귀엽다는 얼굴로 승우를 바라보던 시선을 고현수에게 돌렸다. 갑자기 좋은 생각이 났다는 얼굴로 고현수를 부른다.

"승철이도 승철이지만 우리 승우를 지도해 보믄 좋을 거 같구먼."

"당신두 참, 승우는 인제 다섯 살유. 다섯 살 짜리한테 뭘 갈킨데유? 발등에 불 떨어진 승철이를 열심히 갈켜서 현수 학생이 말하는 대로 영동에 있는 중핵교 보낼 생각을 하는 것이 옳지."

"엄마, 대전에 있는 부잣집 아들은 죄다 다섯 살 때 유치원 보내는 것이 유행유. 웬만한 애들은 국민학교 들어가기 전에 유치원이라는 데를 보내서 한글이나 더하기 빼기 정도는 다 할 줄 알아요 현수 오빠 제 말 맞죠?"

애자가 듣던 중 반가운 말이라는 얼굴로 얼른 이동하의 말에 토를 달고 나섰다.

"저도 그런 걸로 알고 있습니다."

"아이구, 말 놔도 되겄구먼. 앞으로 한 식구처럼 지낼 사인데 뭘."

고현수의 표정이 경직되어 있는 것을 본 문기출이 너스레를 떨었다.

"저도 오빠가 말 놓는 것이 편해요. 그리고 아까 말한 것처럼 우리 승우 공부 좀 가르쳐 주세요."

문기출의 말이 끝나자마자 애자가 고현수에게 착 달라붙기라도 할 것 같은 목소리로 말했다.

"내가 하고 싶은 말을 애자가 하는구면. 대전뿐만 아니라 영동에도 돈깨나 있는 집 자식들은 다섯 살 때부텀 공부를 갈킨다는구면. 우리 승우라고 못 갈킬 것두 없지."

"유치원이 뭐 하는데여?"

옥천댁이 애자에게 물었다.

"엄마도 모산에만 계시지 말고 시간 있으면 영동에서도 생활 좀 하세요. 맨날 모산에만 계시니까 유치원이 뭐하는 곳인지도 모르지. 유치원은 국민학교 들어가기 전에, 한글도 가르쳐 주고, 무용이나 율동을 가르쳐 주는 곳이라구. 현수 오빠 제 말이 맞죠?"

애자는 여건만 맞는다면 하루 종일 오빠라고 불러도 질리지 않을 것 같았다. 오래전부터 고현수를 알고 있었던 것처럼 얼굴도 붉히지 않고 물었다.

"네, 저도 서울에서도 승우만한 아이들이 유치원에 다니는 걸 많이 봤습니다. 아무래도 학교에 들어가기 전에 한글을 알고 있으면 국민학교 들어가게 되면, 공부에 자신감도 생기고 여러 가지로 좋은 점이 많을 것 같습니다. 우선 다른 아이들보다 뛰어나니까 자신감도 붙을 거고……"

고현수는 애자의 말에는 대답하지 않고 이동하에게 고개를 숙여보였다.

"쇠뿔도 단김에 빼랬다고, 당장 날부터 하는 걸로 할까. 보수는 어머님도 병환중이고 하다니 넉넉하게 줌세. 어떤가?"

이동하가 고현수를 바라보며 물었다.

"당사자인 승우한테는 물어보지도 않고 멋대로 결정을 하믄 위탁해유? 승우야, 낼부터 우리 선생님한테 공부 배울텨?"

옥천댁은 승우의 손을 잡고 고현수를 바라보게 했다.

"공부하믄 나도 승철이 형츠름 학교 가는 거여?"

승철이 고현수 쪽을 바라보다 말고 옥천댁에게 물었다.

"그려, 우리 승우가 공부를 열심히 하믄 앞으로 학교에도 가고 훌륭한 사람이 될 수 있능 겨."

"그람, 인숙이하고 같이 공부를 하능 겨?"

"인숙이라니? 인숙이가 뉘집 딸내미여?"

이동하가 담뱃불을 붙이다 말고 옥천댁에게 물었다.

"승우 단짝 친구잖유. 둥구나무 거리에 사는 청산댁 막둥이 손녀."

"가는 지지바잖여. 그라고 그런 아하고 같이 어울려서 좋은 거 읎어. 승우야 공부는 혼자 배워야 머리에 쏙쏙 들어 가능 겨. 그랑께 인숙이하고는 놀 때만 같이 놀고 공부는 혼자 햐. 알것지?"

이동하는 승우가 박태수의 딸과 논다는 말이 기분 나쁘게 들렸다. 옥천댁 앞에 앉아 있는 승우를 끌어 당겨서 머리를 부드럽게 쓰다듬으며 말했다.

"아버지, 제 생각에는 승우 혼자 공부하는 것보다는 제 친구하고 같이 공부를 하면 더 효과적이라고 봐요. 혼자 공부를 하면 어느 정도 실력이 늘었는지 쉽게 판단하는 것도 어렵잖아요. 현수 오빠 제 말이 맞죠?"

고현수에게 무언가 말을 걸 기회를 찾고 있던 애자가 생긋 웃는 얼굴로 물었다.

"네, 혼자 배우는 것보다는 학습효과가 클 것으로 믿습니다. 공부를 하는 재미도 있을 것 같습니다."

"하지만 그 집에서 승낙을 할까?"

"그 집에서야 공짜로 공부를 갈켜 준다는 데야 반대할 명분이 읎쥬. 외려 고맙다고 인사를 할 일이쥬."

"그럼 하는 수 읎지 머, 같이 공부를 하라고 하는 수벆에……"

이동하는 기분이 나쁘기는 했지만 어쩔 수 없다는 생각에 승낙을 하고 말았다. 하지만 장차 큰 인물이 될 것으로 믿어지는 승우가 소작인 딸하고 친하게 지낸다는 말을 들으니까 먹기 싫은 음식을 먹고 났을 때처럼 속이 안 좋았다.

"애비야, 영동 나가기 전에 사랑방에 좀 들려봐라. 아부지가 할 말이 계신 거 같응께."

문 밖에서 보은댁의 목소리가 들려왔다.

"일주일에 멫 번씩 지도를 할란지는 당신하고 고군하고 상의해 봐."

이동하는 어차피 고현수에게 더 이상 할 말이 없었다. 저녁에 영동에서 우체국장과 만날 약속도 있고 해서 일어섰다.

"아니, 영동에서 여기까지 매냥 힘들게 오는 것보다 우리 집에서 숙식을 하면 위떻겠슈? 암만해도 우리 집이 영동보담은 조용할 거잖유. 그람 고시 공부하는데도 도움이 될 것이고, 승우 공부도 체계적으로 갈킬 수 있을 거 가튼데……"

"그것도 좋지만 어머님 때문에 영동에 있어야 합니다. 토요일이나 일요일 이틀은 상관이 없습니다."

"그럼 나도 토요일마다 오빠한테 배우러 와야지."

고현수의 말이 끝나기도 전에 애자가 손뼉을 치며 좋아했다.

"당신 맘대로 결정햐. 난 당신이 결정하는 대로 따를 팅께."

이동하는 문을 열다가 애자를 바라본다. 애자가 손뼉을 칠 정도로 좋아하는 모습을 처음 본다. 저거시 벌써 남자를 알 때가 됐는개비구먼. 애자가 너무 좋아하니까 괜히 기분이 좋아져서 큼! 하고 잔기침을 하며 돌아섰다.

이병호는 이동하가 작년 선거에 떨어지고 나서 부쩍 몸이 야위었다. 바깥 날씨가 춥지 않을 때도 이불 속에서 지내는 날이 많았다. 하루 온종일 벗을 삼고 있는 것은 유성기를 통해 요즘 유행하는 명국환의 '방랑시인 김삿갓'이라든지, 나애심의 '과거를 묻지 마세요' 같은 곡을 즐겨 들었다. 그도 아니면 라디오에서 흘러나오는 노래 소리를 벗 삼아 하루를 보낸다.

"몸은 좀 워떠유?"

이병호는 보료에 누워 있었다. 이동하는 보료 가까이 앉아서 이병호의 앙상하게 뼈만 남은 손을 잡고 물었다.

"가실 날씨 존 거 하고 늙은이 기운 존 거는 못 믿는다는 말도 못 들어 봤냐, 늙고 기운 읎응께 자식 얼굴벆에 생각 안 나드라. 공무가 바쁜 줄은 알지만 자주 들려라."

이병호는 바튼 기침을 하며 일어나 앉았다. 머리맡에 있던 상아 파이프에 담배를 꽂아서 물고 다시 입을 열었다.

"방앗간 짓는 일은 잘 되가냐?"

"영동, 옥천, 보은 삼군 안에서는 젤 크게 짓고 있구만유. 도정기가 다섯 대나 됭게 완공이 되믄 겁나게 크다는 걸 알게 될 거유."

"하긴 돈이 삼천만 환이나 들어갈께 여부가 있겄냐."

"도청 농정국장한테 들어간 돈만 해도 백만 환은 넘어유. 도지사한테
는 삼백만 환이나 상납했잖유."

"십 년 거치 분할 상환하는 조건이믄 방앗간을 그냥 짓는 거나 마찬
가지여. 정부 돈으로 방앗간 져서, 방앗간으로 돈 벌어서 빚 갚는다는
거 생각하믄 사백만 환도 고맙습니다, 하고 받쳐야지."

"아부지, 지가 명색이 자유당 영동군지부 위원장유. 솔직히 민의원 끗
발은 저리 가라유. 방앗간만 짓고 나믄 청주 나락까지 들여 올 생각유.
그래서 창고를 원래보다 한 채 더 지을 생각유."

"청주 물량까지 들어 오믄 대단하겄구먼. 근데 청주 물량은 무슨 연줄
로 끌어 오는 게냐? 청주 물량이라믄 정부미 일 거잖여. 청주 도정업자
들이 항의를 하면 농정국장도 지 맘대로 못할 거인데."

"아부지 자식 이래봬도 도당위원장하고 아삼육으로 지내유. 최형근
의원님이 도지사한테 직접 즌화를 했슈. 그 덕분에 방앗간만 완공이 되
믄 일이 읎어서 기계 세우는 날은 읎을뀨."

"그려, 어련히 알아서 하겄냐. 그라고 말 나온 김에 부탁하나 하자. 둥
구나무 거리 태수 있잖여. 방앗간이 완공이 되믄 태수 취직 좀 시켜줘.
나무장사를 십 년 넘게 했응게, 나락가마니나, 쌀가마니 져 나르는 가댁
질은 잘 할겨."

"그거야, 어려울 거 읎쥬. 저도 고향 사람이 한둘 있으면 없는 것 보
담은 났쥬."

"방앗간은 잘 돌아가고 있다고 치고, 조직 관리는 잘 되어가냐? 작년

선거에 조직관리를 철저히 했다믄 지금쯤 국회에 있을 네가 아니냐. 자유당 빽만 믿고 있다가……"

이병호는 담배를 피우면서 연신 기침을 했다. 가래가 끓어오르는 소리를 내며 타구를 찾았다. 이동하가 얼른 타구를 이병호 앞에 내밀었다.

"한 번 실수는 병가지상사라는 말도 있잖유. 지난 선거는 멋도 모르고 뎀벼 들었다가 개망신을 당하기는 했지만 담 선거에는 틀림읎이 이길 수가 있슈. 두고 보셔유. 민의원만 당선됐다 하믄 작년 선거에 투자한 돈의 열 배 이상은 뽑아 낼 팅께."

"사람은 높은 자리에 있을수록 아랫사람들한테 잘해야 하는 거여. 언진가 방송에서 들은 건데 말여. 어떤 부대 사단장이 대대장한테 총 맞아 죽은 사건이 있었잖여. 뉴스를 들어 봉께 둘 다 잘못했더구먼. 나는 군대를 안 가서 모르지만 군대에서는 부대 교육검열이라는 거시 있는 모냥이더라. 그 자리에서 사단장이 대대장을 막 혼냈다능 겨. 아무도 읎는 데서 대대장을 혼냈다믄 아무 일도 안 일어 났겄지. 하지만 쫄병들이 보는 앞에서 명색이 대대장이라는 사람을 혼냈응께, 그 대대장이 가만히 있었겄어. 저도 잘못한 거시 읎다고 대든 모냥이여. 그랑께 사단장이 승질이 나서 지휘봉으로 대대장을 막 팼댜. 그람서 권총을 빼들고 대대장한테 대대장실로 따라 들어오라고 한 모냥이여. 그 말에 승질이 머리꼭대기까지 난 대대장이 쫒아 들어가서 사단장을 총으로 쏴 죽였다느만. 법이 엄하기로 소문이 난 군대에서도 그런 일이 벌어 졌응께, 사회는 오죽하겄냐?"

"아부지도 참 이상하시네. 자유당 사무실에 있는 사람들은 죄다 지가 봉급 주고 있는 직원들유. 지가 오늘이라도 당장 그만두라고 하믄 찍소리도 못하고 그만 둬야 할 내 부하들이란 말유. 정부 녹을 먹고 사는 군대하고는 차원이 틀리다 이거유. 근데 왜 저한테 그런 말씀을 하시는지 모르겠구먼유."

이동하는 이병호가 하는 말의 저의를 알 수가 없었다. 답답하다는 얼굴로 말을 하고 나서 옆으로 돌아앉았다.

"내가 죽을 때가 되어 그런지 모르겠지만 요새 자꾸 들례 그년의 얼굴이 밟히는구먼. 따지고 보믄 그년이 너한티 잘못한 거는 읎잖여. 그런데도 니가 민의원 선거에 나가는 데 방해가 될 거 같응께 흑산돈가 하는 데로 보낸 거잖여. 그년을 보낼 때만 해도 앓던 이를 뺀 것 같은 기분이 들었었는데 승철이 그놈을 볼 때마다 안됐다는 생각이 자꾸 들어서 하는 말이여."

이병호는 기침 때문에 더 이상 담배를 피울 수가 없었다. 절반 정도 피우던 담배를 끄고 나서 타구에 캭! 하고 가래침을 모아서 힘껏 뱉었다.

"아부지 암만해도 기력이 많이 약해졌나뷰. 낼이라도 읍내 자생당 한약방에서 보약을 몇 첩 지어 와야겠구먼."

이동하는 이병호의 말을 도무지 이해 할 수가 없었다. 이병호 말대로 들례는 죄가 없었다. 하지만 출세를 하는데 장애물인 것만큼은 틀림없다. 그렇다면 죄가 있고 없고를 떠나서 흑산도로 보낸 건 잘한 일이다. 그런데도 들례가 불쌍하니 어쩌고저쩌고 하는 말을 듣고 나니까 혹시 노망 징조가 아닌가 하는 생각이 들었다. 그러나 차마 노망이라는 말은 입 밖으로 낼 수가 없었다. 내일이라도 당장 자생당에 들러서 기력을 회복시켜 주는 보약을 몇 첩 사다 먹여 보고 결과를 지켜보는 수밖에 없다고 생각했다.

　3월인데도 눈이라도 내릴 것 같은 우중충한 날씨에 바람은 살갗을 뜯어내는 것처럼 날카로웠다. 잎새 하나 붙어 있지 않은 둥구나무 가지까지 덩달아 날카로운 바람을 화살처럼 쏘아 대고 있었다.

　"아버님, 오늘은 지하고 상규하고 진구랑 데리고 나가 볼 팅께 집에서 쉬셔유."

　상규네는 군용 털모자로 얼굴을 감싸고 목도리를 했다. 박태수가 나무하러 다닐 때 입고 다니는 군용야전잠바에 바지는 두 벌을 껴입었더니 든든했다. 사랑방 문을 열고 일 나갈 준비를 하고 있는 박평래에게 말했다.

　"그기 먼 말이여. 난 괜찮응께 어여 나가자."

　"나는 오늘 쉴란다. 어지 늦게까지 자갈을 줘 날랐더니 발가락부터 머리까지 안 쑤시고, 안 절리는데가 읎어서 아침도 갱신히 먹었다. 당최 기운이 읎어서 목구녘에 넘길 수가 있어야지……"

　아침에 김치와 콩나물을 섞어서 멸치를 푹 고아 끓인 국에 밥 한 그릇을 뚝딱 비운 청산댁이다. 청산댁은 상규네 얼굴을 바라보기도 싫다는 얼굴로 뒷문을 향해 돌아누웠다.

　"숟가락들 기운도 읎어서 아침을 선머슴 저리가라 할 정도로 아구창이 찢어지도록 퍼 넣었구면."

　박평래는 끌끌 혀를 차면서 양말을 신었다. 자갈밭은 얼음장처럼 냉기를 품고 있어서 양말 한 켤레로는 견딜 수가 없다. 상규네가 새끼를 꼬고 가마니를 짜려고 준비해 놓은 지푸라기를 다듬잇돌에 놓고 빨래방

망이로 떡이 될 정도 두들겨서 깔창처럼 부드럽게 만들었다. 그것을 아랫목 이불 안에 묻어 두었었다.

"어이구, 내가 오늘밤이라도 죽어 읎어져야 저 잘난 소리를 안 듣지. 내가 콩밭을 매러 가거나, 논에 피를 뽑는 일이라면 삭신이 녹아내리는 한이 있드라도 따라갈 겨……"

"저 늙은이가 시방 먼 헛소리를 할라고, 저 지랄로 뜸을 들이는 겨?"

"아, 큰비만 왔다하면 말짱 도루묵이 될 일은 날 폭할 때 찬찬히 해도 되잖유. 당장 날이라도 태풍이 오믄……"

"주딩이 안 닥쳐? 도와주지는 못할망정 자꾸 초 칠텨!"

박평래는 청산댁이 무슨 말을 하려는 지 알 것 같았다. 자신도 모르게 상규네의 눈치를 살폈다. 다행히 상규네는 못 들은 것 같았다. 청산댁에게 눈을 부릅뜨며 노려 보았다.

"딴집 며느리들은 시어머 감기 들릴께비 문밖출입을 못하게 한다고 하든데. 엄동설한에 다 늙은 시어머 얼음판으로 끌고 갈라는 며느리한테 먼 말을 못햐!"

청산댁은 상규네를 흘끔 거리고 나서 이불을 뒤집어쓰며 누웠다.

"그려, 살아서 뭐햐 머 하나 잘하는 것이 있어야 기대를 하지. 엄동설한에 죽어서 쇳덩이 같은 땅까지 파게 할 셈인 걸 보믄, 저 혼자 가기 심심항께 환갑 지난 늙은이 아주 진을 빼서 저승사자 앞으로 데려갈 생각이구먼. 어여 가자."

박평래는 고무신 안에 지푸라기로 만든 깔창을 깔며 이불속에서 웅크리고 누워있는 청산댁을 노려보았다.

"아녀유. 오늘 날씨가 보통은 넘어유. 그리고 하늘을 봐유, 금세라도 눈이 내릴 거 같잖유. 저도 눈이 내리면 금방 들어 올 모냥잉께, 아버님하고 어머님은 집에서 쉬셔유. 열 시나 돼서 출출하시믄 정지 솥 안에 고구마 쪄 둔 거시 있슈. 살강에 동치미국물도 떠 놨응께 어머님한테 갖다 달라고 하셔서 드세유."

상규네는 박평래가 들고 있는 고무신을 빼앗아 뜰팡에 내려놓고 방문을 닫았다. 벌써 나와 있어야 할 상규는 아직 나오지 않았다.

"멀 꾸물거려? 눈 올 거 같응께 빨리 나가서 한 삼태기라도 더 나를 생각 안 하고……"

상규네가 바람에 날리는 머리카락을 털모자 안으로 집어넣으며 방문을 열고 말했다. 진규는 준비를 끝내고 막 나오려는 참인데 상규는 아랫목에 팔베개를 하고 누워있다.

"어머, 나 몸살 난 거 가텨. 마빡에 막 열도 나고 기운이 하나도 읎어."

"엄살피지 말고 빨리 나와. 몸살 같은 거는 찬바람 맞으면서 땀 한 번 빼믄 깨끗이 나사 버릴 팅께."

"어머, 형 참말로 아픈개벼. 그랑께 우리끼리 가자."

진규도 지푸라기로 만든 깔판을 들고 밖으로 나와서 고무신 안에 깔았다. 발이 고무신에 꽉 차는 느낌 속에 지푸라기의 감촉이 따뜻하게 전해져온다. 또랑가에는 모닥불을 피울 것이다. 발이 차가워질 때쯤에 한 번씩 불을 쬐면 발 시린지 모르고 일을 할 수가 있다.

"그려, 상규는 놔두고 우리찌리 가자."

마당에 나와 서 있는 박평래는 치통을 앓는 사람처럼 삼베 수건으로 머리와 턱을 감싼 차림이다. 손가락이 빠져 나오는 실장갑을 낀 손으로 봉초를 피우면서 상규네에게 말했다.

"아버님은 오늘 쉬시라니께……"

"농사꾼은 일을 해야 안 아픈 볍여, 오늘 하루 쉬면 열흘 쉬게 되어 있는 거시 늙은 몸뗑이고……"

박평래는 삼태기며 괭이와 삽이 바지게에 실려 있는 지게 앞으로 갔다.

"할아부지 지게는 내가 지고 갈텨."

진규가 박평래보다 먼저 달려가서 지게를 졌다.

"어이구, 우리 집은 워티게 돌아가는 심판인지 동상이 형 노릇하고, 형이라는 놈은 지 동상 발톱에 낀 때만큼도 못하다니께."

상규네는 모닥불을 놓을 불쏘시개며 장작 몇 개를 묶어 놓은 나뭇단에 참으로 먹을 생고구마를 담은 자루를 끼어 넣었다. 제법 부피가 컸지만 가볍게 머리에 이고 진규를 바라본다. 국민학교를 졸업할 진규는 어른지게를 져도 될 만큼 키가 컸다.

'장정이 다 되었구먼.'

진규는 상규 못지않게 매사에 활동적이고 공부도 잘한다. 웅변도 잘해서 청주까지 나가서 일등으로 도지상까지 타 올 정도다. 공부를 시키면 나중에 크게 될 인물이라는 건 동네 사람들도 인정을 한다. 중학교에 진학시키지 못하고 일찌감치 일만 시키는 것이 너무 미안해서 가슴이 아팠다.

둥구나무 밑은 겨울이라서 사람들이 없는 것 당연하지만 골목 안에도 텅 비어있다. 마치 동네 전체가 비어 있는 것처럼 잔뜩 웅크리고 앉아 있는 초가집들 사이로 찬바람만 소리 내어 윙윙 울고 있었다.

여름이면 망초가 흐드러지게 피고 가을이면 들국화가 지천으로 피어 있는 방천길에 올라섰다. 앞에서는 또랑에서 불어오는 바람과 뒤에서는 들판에서 불어오는 바람이 겹쳐 숨이 턱턱 막혀서 얼굴을 들 수 없을 정도이다.

'그려, 니가 이기나 내가 이기나 한번 해 보자. 내가 뼛골이 부숴지는 한이 있드래도 반드시 과수원을 맨들고 말 팅게.'

상규네는 사납게 불어대는 바람 속에 뜨거운 입김을 토해내며 자갈밭으로 들어섰다. 진규가 자갈밭에 얼른 지게를 받쳐 놓고 상규네가 머리에 이고 온 나뭇단을 받았다. 또랑에서 냉기를 머금고 달려오는 바람에 얼굴을 싸리나무로 갈겨 버리는 것처럼 아렸다. 하지만 내색을 하지 않고 장작을 고여 놓고 불쏘시개를 박았다.

"애비는 은제 온다냐?"

박평래가 불쏘시개에 불을 붙이며 상규네 들으라는 목소리로 말했다.

"그이가 은제 온다는 말 하고 오는 거 봤슈? 허파에 바람만 잔뜩 들어 가지고 지멋대로 날라 댕기는 사람인데……."

박태수가 정미소에서 매달 쌀 한 가마니 폭은 벌어다 주는 덕분에 이병호의 소 값은 잘 갚았다. 그러나 과수원만 완성이 되면 그까짓 쌀이 문제냐는 생각에 박태수의 직업이 마땅치 않아서 목소리가 불거져 나왔다.

"송충이는 솔잎을 먹고살아야 하는 것츠름 농사꾼은 농사를 져야 하는 벱이여. 지가 배운거시 있어? 아니믄 기술이 있어. 방앗간 일이라는 거시 특별한 기술이 읎어도 쌀가마니 져 나를 심만 있으믄 개나 소나 해 낼 수 있는 일여. 지가 시방은 젊은 삭신잉게 쌀가마니를 번쩍번쩍 들어다 나른다고 쳐. 중국 진시황제도 못 막는 것이 세월여. 심쓰는 일만 하믄 나이 들어 남는 것은 골병뿐에 읎어. 양산 방앗간 댕기던 김씨 좀 봐. 그이도 왜정 때는 단옷날 씨름대회를 했다 하믄 송아지는 맡아 놓고 끌고 갔잖어. 하지만 시방은 워떤 줄 알어? 우리 동리 순배 영감은 그이한테 비하면 장정여, 장정. 김씨가 젊었을 때 원체 잘 먹어서 명줄은 길지 모르지만 내가 보기에는 걸어 댕깅께 살아 있는 거지 산송장이나 다름읎어. 애비라고 별 수 있었어? 그랑께 담에 내려오믄 잘 타일러서 농사 지라고 햐. 그기 바른 길잉께."

박평래는 반반한 돌을 가져다 모닥불 옆에 앉았다. 본격적으로 일을 하기 전에 몸을 덥혀 놓으려는 생각에서이다. 곰방대에 담배를 재서 잔나뭇가지로 불을 붙였다.

"그이는 텄슈. 우리도 과수원만 맨들어 놓으믄 남부럽지 않게 살 수 있다고 노래를 불러도, 너는 노래 불러라, 나는 영동갈란다 하고 딴생각만 하고 있슈."

상규네는 이따 참으로 먹을 고구마를 자루에서 꺼냈다. 고구마가 빨리 익지 않게 자갈 밑에 묻어두고 그 위에 불기를 끌어 당겨 덮었다.

"어머, 우리도 여기에 사과나무 심으믄 승철이네처럼 기와집을 질 수 있는 거지?"

진규가 저 혼자 삼태기에 자갈을 주워 담다가 찬바람 속에 허연 입김을 토해냈다.

"우리 진규 어머가 중핵교 보내주지 않응께 섭섭한 모양이구먼."

"난 하나도 안 섭섭햐. 우리 선생님이 그라시는데 옛날 선비들도 원래는 주경야독을 했다능 겨. 주경야독이 먼 말인지 알아?"

진규는 상규네가 보기에도 무리하다 싶을 만큼 삼태기에 자갈을 담아서 뒤뚱거리며 둑이 있는 곳으로 걸어갔다.

"어머가 아무리 무식해도 그 말을 모를까. 낮에는 일을 하고 밤에는 글을 읽는다는 말이잖여."

상규네는 볼수록 기특하다는 얼굴로 진규를 바라보던 시선을 거두고 삼태기를 들었다. 박평래도 따라 일어서는 것을 보고 모닥불 옆에서 천천히 담배나 피고 계시라는 말을 남겨두고 자갈이 많은 곳으로 갔다.

"내가 집안 사정 땜시 중핵교 못 간다고 하니까 우리 담임 선생님이 또 다른 말도 해줬어. 그 말이 뭔 말인지 어머는 모르지?"

"공부를 못해도 똑바루만 살면 된다고 했겠지."

"아녀, 우리 선생님이 그러셨는데 공부도 중요하지만 앞으로 어떤 사람이 되겠다, 하는 목표를 정하고 그 길로 한눈팔지 않고 가는 거시 중요하다고 했단 말여. 난 앞으로 열심히 일을 해서 불쌍한 농사군들을 돕는 일을 할터. 우리 선생님이 그라시는데 그런 일을 하는 사람이 농민지도자라고 하셨거든. 그래서 나는 어뜬 일이 일이 있드래도 농민지도자가 될 셈여."

자갈은 무쇠덩어리처럼 무겁고 차가왔다. 진규는 손가락 끝이 얼어터지는 것 같았지만 참았다. 내가 열심히 일을 해야 과수원이 하루 빨리 완성이 될 것이고 가족이 행복하게 살아가게 될 것이라면 얼마든지 참을 수 있었다.

미제 커피

어이구, 누가 저걸 중핵교 물이라도 먹은 놈이라고 하겠어?
이눔아, 급사는 말 그대로 물이나 날라주고,
담배심부름이나 하고, 사무실 청소나 하는 마당쇠나 같은 거여.
옛날 같았으믄 제우 벙거지나 쓰고 관청앞
마당이나 쓰는 신분이란 말여.

날씨가 많이 풀어졌지만 골목을 다니는 행인들은 뜸하다. 두루마기에 중절모를 쓴 노인과, 공단치마에 스웨터를 받쳐 입은 중년 여자가 지나갈 뿐이다.

박태수는 자유당영동지구당사무실이라는 나무 간판이 기둥에 붙어 있는 건물 앞에서 걸음을 멈췄다. 죄 지은 것도 없으면서 괜히 좌우를 두리번거리고 나서 하늘을 바라본다. 바람은 찼지만 하늘은 구름 한 점 없이 맑았다. 거울처럼 맑고 푸른 하늘을 잠시 응시하다가 잔기침을 하며 문을 열고 들어갔다.

사무실 안은 아직까지 피우고 있는 석탄난로에서 후끈한 열기를 내뿜고 있어서 따뜻했다. 안면이 있는 문기출은 보이지가 않는다. 소파에 앉아 있던 최광수와 여도환이 뭔 일로 왔느냐는 얼굴로 쳐다봤다.

"왜 왔슈?

"저……위원장님 계셔유……"

박태수는 씨름선수처럼 덩치가 큰 여도환이 거만하게 묻는 말에 자신도 모르게 주눅 들었다. 주춤 뒤로 물러서면서 허리를 깊숙이 숙여 인사를 하며 말했다.

"어디서 왔슈?"

"모산에서……"

"아! 모산에서 오셨슈? 잠깐만 기다려요. 내가 위원장님한테 말씀 드릴테니까."

여도환은 모산에서 왔다는 말에 벌떡 일어났다. 내가 언제 거만하게 턱만 까닥이며 물었냐는 얼굴로 위원장실을 노크했다.

"저, 모산에서 손님이 왔습니다."

"모산?"

"마침 계셨구만유. 지 왔슈."

위원장실에도 사무실에 있는 것보다는 사이즈가 작은 석탄난로가 타고 있었다. 사무실에 가득 찬 열기에 창문에 뿌옇게 습기가 묻어 있었다. 박태수는 한데 있다가 갑자기 불구덩이 안으로 뛰어 든 사람처럼 얼굴이 따끔거리는 것을 느끼며 이동하에게 인사를 했다.

"태수 아녀? 자네가 여기까지 먼 일이여? 방앗간에 먼 일이 생겼남?"

이동하는 난로가의 푹신한 소파에 앉아서 가물가물 졸음이 밀려오는 것을 참으며 신문을 보고 있던 중이었다. 문이 열리는 인기척에 고개를 돌렸다가 추운 날씨에 콧등이며 귓불이 빨갛게 얼어있는 박태수를 보고 신문을 내려놓았다.

"부면장님, 아니……위원장님께 긴히 상의드릴 말씀이 있어서……"

"그려? 먼 상의를 할란지는 모르겠지만 일루 와서 앉아. 바깥 날씨가 여간 아니지? 송 비서!"

박태수는 위원장실 안으로 들어서는 송미향에게 시선을 돌렸다. 원피스를 입은 허리가 잘록하게 벨트를 한 몸매가 보통은 넘는다. 머리에 고데를 한 송미향은 밖에는 영하의 날씨인데도 얇은 원피스만 걸치고 있었다. 송미향은 박태수와 시선이 마주치는 순간 방긋 웃어 보였다.

"여기 커피 한 잔 타 갖고 와. 난 인삼가루 말린 거를 따끈하게 타 오고 어제 경찰서장이랑 군수하고 밤이 늦도록 도라지 위스키를 마셨더니 골이 아파 죽겠구먼……방앗간은 별 이상 읎고."

이동하는 뒷목을 툭툭 두들기면서 경찰서장과 군수라는 말은 힘주어 말했다.

"잘 돌아가고 있슈. 어지까지 청주로 올려 보낼 쌀 삼백 가마니는 다 끝냈고, 오늘은 용산면사무소에서 가마니 천 장이 들어 오기루 했구만유."

박태수는 송미향의 뜻하지 않은 미소에 얼굴이 화끈거리는 것을 느끼며 뒤통수를 긁었다.

"위원장님, 부군수님 오셨습니다."

"어여, 들어오시라고 햐."

이동하는 송미향이 들어와서 하는 말에 담배를 입에 물다 말고 회전의자에서 일어났다.

"어이구, 이기 뉘여."

"위원장님 바쁘신데 들린 거 아닌지 모르겠습니다."

영동군 부군수인 박상호가 고개를 꾸벅하며 들어왔다.

"손님이 계셨구먼. 지나가는 길에 차나 한잔 읃어 마시고 갈라고 왔는
데……"

이동하보다 나이가 열 살 정도나 많은 박상호는 박태수를 힐끗 쳐다
본다. 싸구려 잠바에 무릎이 튀어나온 바지를 입고 검정색 고무신을 신
은 차림이다. 농사를 짓는 사람이 이동하에게 뭔가 청탁을 하러 왔을 거
라고 생각하며 말했다.

"부군수님이 흔한 차나 마실라고 여기까지 오시지는 않았을끼고, 먼
가 지한테 하실 말씀이 계시겠지. 태수, 여기서 커피 마시고 있어. 나는
요 앞에 다방에 가서 부군수님하고 야기 좀 하고 올 팅께, 자, 부군수님
나가서 쌍화차라도 한잔 하시쥬."

"아! 아뉴. 저보다 먼저 오신 손님 볼일이 안 끝난 거 같은데……"

박상호는 말은 사양하면서도 밖으로 나가자는 몸짓으로 이동하 옆으
로 비켜섰다.

"고향 동생 같은 사람잉께 신경 안 쓰셔도 돼유. 나가쥬."

이동하는 박태수에게 잠깐 기다리고 있으라는 표정을 지어 보이며 밖
으로 나갔다.

박태수는 엉거주춤 일어선 자세로 이동하를 배웅하고 소파에 털썩 주
저앉았다. 정미소는 읍내에서 오 리 정도 떨어진 지점에 있다. 그곳에서
걸어오면서 얼마나 떨었던지 따뜻한 사무실에 혼자 앉아 있으니까 나른
하게 졸음이 밀려온다. 하지만 한가하게 낮잠을 잘 장소가 아니다. 눈을
크게 뜨고 사무실 여기저기를 두리번거린다. 벽에는 지난번 선거 때 보

았던 벽보가 여러 장 붙어 있다. 방으로 따지면 아랫목이라 할 수 있는 회전의자 뒷벽에는 이승만 사진이 걸려있다. 사진이 너무 선명하게 잘 나와서 자신도 모르게 벌떡 일어나서 인사를 했다. 그런 자신이 모습이 이내 민망하게 느껴져서 두리번거리며 슬그머니 주저앉았다.

"커피 드셔유."

"어이구, 이거 멀쩡히 폐를 끼쳐 드려서 죄송하구만유."

송미향이 쟁반을 사용하지 않고 그냥 컵에 담긴 커피를 들고 왔다. 박태수는 허리를 굽실거리며 커피 잔을 받았다.

'은젠가 버스 정류장 옆에 있는 다방에서 마셔 본 커피보다 훨씬 맛 있구면.'

커피를 자주 마셔 본 것은 아니다. 대통령 선거나 국회의원 선거 때 한두 번씩 마셔본 경험이 있다. 이동하의 사무실에서. 그것도 따뜻한 난로 앞의 푹신한 가죽 소파에 앉아서 마시는 커피는 향기가 더 짙은 것 같았지만 목구멍 안으로 들어갈 때의 쓴맛은 변함이 없다.

'이렇게 쓰고 맛 없는 커피가 뭐가 좋다고 마시는 거여.'

박태수는 입에 쓴 커피를 마시고 나니까 배가 고팠다. 생각해 보니까 정미소에서 아침을 먹기는 했는데 새참을 안 먹었다. 이때쯤은 새참으로 국수를 먹거나 쌀겨로 만든 개떡이며, 고구마를 먹든 간단한 요기를 할 시간이다. 고픈 배를 슬슬 문지르다 보니까 어제 저녁에 모산에서 밥상을 물려 놓고 했던 말들이 생각난다.

어제는 쉬는 날이라서 집에서 저녁을 먹었다. 저녁을 먹고 나서 진규와 인자는 숟가락을 놓고 윗방으로 올라갔다. 상규는 저 혼자서도 잘 놀고 앉아 있는 인숙이를 앞으로 끌어 당겼다. 인숙이가 가지고 노는 재봉틀 실패 장난감에 고무줄을 감아주었다.

"날도 엄청 춥겠네유. 방앗간 일은 할만 해유?"

"사람이 하는 일인데 못 할 것이 뭐가 있겄어."

박태수는 상규네가 살갑게 묻는 말이 무안해 할 정도로 퉁명스럽게 대답했다.

"암만해도 요새처럼 추운 날은 고생이 많겄쥬. 딴 사람들은 농한기라서 죄다 사랑방에 앉아서 새내끼를 꼬거나 가마니나 짜면서 편히 살고 있는데……"

"본론만 말햐, 난 농사하고는 영 이별을 한 사람잉게 헛소리 쥐끼지 말고."

박태수는 상규네의 말을 끊어 버리며 등잔불 앞으로 갔다. 등잔불의 심지를 높이고 굳은살이 박혀 있는 손바닥을 바라본다. 농사지을 때는 아무리 힘이 들어도 손바닥에 굳은살이 박이지는 않았다. 정미소에서는 노상 가마니를 등짐 하다 보니 새끼를 잡은 자국이 굳은살이 박혀있다.

"장하구먼. 손바닥 봉께 을매나 고생을 하는지 말 안 해도 잘 알겄구먼. 고생 그만하고 아버님 말씀대로 집으로 와유. 아버님이 그라시는데 송충이는 솔잎을 먹고 농사꾼은 농사를 져야 한다고 했슈."

"할 말 읎으면 춘셉이네 집에 놀러나 가야겄구먼. 춘셉이가 먼가 할 말이 있는 모냥이든데."

"승질 급한 거는 여전하시구먼. 상규 자가 농사를 못짓겄다고 맨날 땡광인데 워턱해유."

상규네는 일어서는 박태수의 손을 잡아 방바닥에 앉히고 나서 호롱심지를 원래대로 낮췄다.

"언지는 공부하는 것보담 농사 짓는 거시 훨씬 좋다고 노래를 부르더니?"

"농사 짓는 거 하고, 자갈 줏는 거 하고는 틀리잖유. 아부지도 또랑에서 자갈 줏는 거 싫어서 방앗간에 취직한 거잖유."

상규가 내 말이 나올 줄 알았다는 얼굴로 끼어들었다.

"나이가 열여섯 살이나 처먹은 놈이 하는 말 꼬락서니를 봉께 말 안 해도 누굴 닮았는지 잘 알겄구먼. 야, 임마! 애비가 자갈 줏는 거 싫어서 읍내 방앗간에 취직을 했다고 누가 그라데? 니 어머가 그라데?"

"왜 가만히 있는 나를 갖다 부쳐? 닮은 걸로 치자면 먼 일을 하든지 뿌리를 뽑고 마는 진규가 나를 닮았구먼. 겉멋만 들어 가지구선 집구석이 워티게 되든 말든, 파랑새 피우고 싶으면 파랑새 피우고 탁주 마시고 싶으면 탁주를 마셔야 직성이 풀리는 이하고, 한나절 일하고 한나절 둔너 자야 직성이 풀리는 상규하고 개찐또찐이지 머."

"저 지랄로 속이 읎응께 남편이 자꾸만 밖으로 나돌지. 좌우지간 상규 너 농사짓기 싫으면 대관절 머를 하겠다는 거여. 느 어머 말대로 너는 기술 배운다는 건 요원한 일일께 어디 말이나 좀 들어 보자."

"철용이츠름 서울에 취직을 시켜 줘유. 나도 기술을 배워서 훌륭한 기술자가 될 모양잉께."

"철용이 어머 하는 말 못 들어 봤남? 철용이는 서울이 좋아서 서울에 있는 줄 알아? 철공소 기술자들이 기술 갈쳐 줄 생각은 안 하고, 청소 잘못했다고 패고, 심부름 늦게 했다고 패고, 심심하다고 패서 죽어도 못 있겠다고 편지가 왔다잖여. 그래서 철용이 아부지가 서울에 올라갔다 온 거 몰라? 영등포 역전에 있는 여인숙에서 철용이하고 철용이 아부지하고 둘이서 신세가 하도 처량해서 뜬눈으로 밤을 새우고 내려왔다고 하드라. 그나마 철용이 아부지나 함께 편지를 받자마자 뛰어 올라갔지. 니덜 아부지는 니가 편지가 아니라 전보를 쳐 봐라. 돌부처가 형님형님 하고 곡을 해도 안 올라 갈끼다."

"츠, 어머는 내가 철용이하고 똑같다고 생각하능 겨? 난 절대로 그런 편지는 안 써. 죽으면 그냥 죽지."

"저 자식이! 보자보자 함께 애비 앞에서 못 하는 말이 읊구먼. 그래, 애비 앞에서 뒈져라 뒈져!"

상규네와 상규가 하는 말을 한심하다는 표정으로 듣고 있던 박태수가 한 대 갈겨 버릴 것처럼 손을 치켜 올렸다.

"상규가 먼 잘못이 있다고 이라는 거유. 상규 너는 웃방으로 올라가 있어."

상규네가 재빠르게 박태수의 앞을 가로막으면서 팔을 잡았다.

"좌우지간 나두 아부지처럼 농사 안 질 모냥잉게 알아서 해유."

"저걸 그냥!"

상규가 통통 부은 얼굴로 일어서며 하는 말에 박태수가 다시 발끈 한 얼굴로 주먹을 휘둘렀다. 그러나 상규네의 가로막는 사이에 상규는 윗방으로 들어갔다.

"승질만 내지 말고 내 말 좀 차근히 들어 봐유. 내가 몇 번이나 말했지만 저는 자꾸 기술을 배우겠다고 하지만 서울 올라가서 기술 배울 팔자도 못돼유. 철용이 가는 여간 심지가 깊은 아가 아니잖유. 그런 아도 기술 못 배우겠다고 눈물 편지를 보내는 마당에 상규, 저거는 하루도 못 버티고 내려온다고 즌화질을 할 거시 분명해유. 하나를 보믄 열을 안다고 쪼끔만 힘든 일이 있어도 슬슬 진규한테 미루고 저는 뒤로 물러서는 면 산만 쳐다보고 있는 아가 먼 기술을 배우겠슈."

"공부도 안 하겄다. 농사도 못 짓겄다. 그람 집구석에서 놀고 먹기 대장하면 되겄구먼."

박태수는 상대하기도 싫다는 얼굴로 주머니에서 백 환짜리 진달래 담배를 꺼냈다. 쌀가마니를 트럭에 적재 할 때 화주들이 가끔 사주는 담배다.

"면장 댁 소 값 갚고 낭께 하늘이 엽전만하게 뵈는 모냥이구먼. 파랑새 담배도 머 한데, 백 환짜리 진달래를 턱 끄내서 피우는 걸 봉께."

상규네는 자식들 공부도 못시키고 있는데 백 환짜리 진달래가 가당키야 하냐고 따져 묻고 싶었다. 그러나 박태수의 심기가 사나워져 있을 것이라는 생각에 흘겨보는 것으로 끝났다.

"상규 중핵교 보낸 사람도 당신이고, 돈이 읎응께 중퇴하고 검정고시 공부하라고 시킨 사람도 당신잉께, 먹고 놀기 대장도 당신이 시키믄 되겄구먼."

"날 오전에 시간을 내서 위원장님 사무실에 한번 들려와유."

상규네는 박태수의 말을 들은 척도 안 하고 뒤늦게 빈 그릇을 정리하기 시작했다.

"왜?"

"상규 승질에 기술 배운다는 건 택도 읎는 일이고, 양산면사무소 같은 디 급사 자리라도 알아 봐 달라고 부탁을 해 봐유. 그런데는 추운데서 일 할 일도 읎을 터이고, 반굉일이며 굉일이믄 쉬는 날잉께 상규 직성에 딱 맞는 직업이 될 거유. 그랑께 만약 거절할 기미가 보이믄 무릎을 꿇고 앉아 비는 한이 있드라도 꼭 성사를 시켜야 한단 말유. 내 말 무슨 말인지 알겠쥬? 만약……"

"어머!"

상규네의 말이 끝나기도 전이었다. 상규가 내 이럴 줄 알았다는 얼굴로 윗방에서 나와 상규네의 말을 막았다.

"왜?"

"어머, 나 서울로 올라가서 기술 배우고 싶다고 했잖여. 철용이 같은 아도 잘만 지내는데 나는 왜 못한다고 하능 겨. 그라고 광일이 형이 급사여? 광일이 형은 임시직원이잖여. 난도 면사무소에 취직을 시켜 줄라믄 임시직원으로 취직을 시켜 줘야지. 왜 나만 급사여?"

상규는 생각만 해도 끔찍했다. 면사무소에 급사로 취직을 해서 다니면 양산은 물론이고 학산까지 소문이 물결처럼 퍼져 나갈 것이다. 돈이 없어서 학교를 못 다니는 것만 해도 부끄러워서 고개를 들지 못할 지경이다. 면사무소에서 잔심부름이나 하는 급사 질을 하면 얼굴을 아는 사람들마다 손가락질을 하며 비웃을 것이 틀림없었다. 어떠한 일이 있어도 급사로 취직은 안 하겠다는 생각으로 목이 힘줄이 돋도록 따졌다.

"이, 자식아! 니가 및 살이여? 공무원은 머리에 털만 나믄 다 하는 줄 아냐? 열아홉 살이 넘어야 공무원이 될 수 있는 거여."

"그려유. 일단 급사로 들어갔다가 나이가 차믄 임시직 공무원으로 승진을 할 수 있잖유. 그랑께 날이라도 위원장님 청히 만나서 부탁 좀 디려봐유. 딴 사람도 아니고 당신 말이라믄 못 들은 척 하지는 않을규."

"난 죽으면 기냥 죽었지 급사질은 못햐."

"상규야, 너 참말로 면사무소 급사로 취직을 하고 싶지 않은 거여?"

박태수가 측은하다는 얼굴로 상규를 한참동안 바라보고 있다가 무겁게 물었다.

"아부지, 아부지 같으믄 중핵교 교복 벗어서 농 안에 보물단지처럼 간직하고 면사무소 급사로 댕기겄슈? 만약 우리 학교 댕기는 여자들이 나를 만나믄 머라고 하겄슈?"

밖에 바람이 부는지 둥구나무가 회오리 바람소리를 내며 아우성을 치고 있다. 상규는 끌어안고 있던 인숙이를 옆으로 밀었다. 박태수 앞으로 당겨 앉으며 절실한 목소리로 물었다.

"츠! 기가 맥혀서 말이 안 나오는구먼. 지 애비, 에미는 어쨌든 잘 살아 보겠다고 손톱이 빠져 나가도록 일을 하고 있는데. 머? 지지바들 눈이 무서워서 면사무소 취직을 못 하겄어? 야, 이놈아! 명색이 박씨 집안 맏상제라는 놈의 소갈머리가 제우 그 정도 빼에 안됭께, 멀쩡하게 풀을 처먹던 소가 자빠져 죽지. 좌우지간 긴 말 필요 읎어. 어머가 말한 대로 일단 광일이츠름 면사무소에 취직을 햐. 낼은 내가 방앗간 소장님한테야기를 하고 시간을 내서 위원장님을 찾아뵙고 사정을 해 볼 모냥잉께."

박태수는 상규네 말처럼 일단 급사로 들어가면 나중에 임시직원으로 승진시키기가 좋을 것 같았다. 설령 상규가 동급생들을 만나서 창피를 당하더라도 한두 달 뿐일 것이라는 생각에 주먹을 쥐어 보이며 윽박질렀다.

"어머! 아부지 말씀대로 맏상제가 제우 면사무소 급사질이나 하면 우리 집안 꼴이 워치게 되겠어?"

상규가 새로운 돌파구를 찾았다는 얼굴로 상규네에게 따지듯 물었다.

박태수는 이미 결정을 했다는 얼굴로 방문 앞에 앉았다. 열외자 같은 표정으로 찬바람이 둥구나무 가지를 제멋대로 흔들어 대는 소리를 들으며 길게 한숨을 쉰다. 결정은 쉽게 했지만 이제 머리에 피도 안 마른 열여섯 살짜리를 면사무소 급사로 내보낸다는 것도 애비 된 도리는 아니라는 생각이 들어서였다.

"부뚜막 갈라진데도 못 때우는 며느리 색경 앞에 앉아서 마빡의 털만 잘 뽑는다드니 꼭 니놈 짝이구먼. 체면이 밥 먹여 주냐?"

"그라믄 급사 월급은 누가 주는데?"

"그야 정부에서 주지 면장 겟주머니 돈으로 주는 줄 알았냐?"

"급사도 정부에서 주는 월급을 받응께 공무원이지 머가 달라?"

"어이구, 누가 저걸 중핵교 물이라도 먹은 놈이라고 하겄어? 이놈아, 급사는 말 그대로 물이나 날라주고, 담배 심부름이나 하고, 사무실 청소나 하는 마당쇠나 같은 거여. 옛날 같았으믄 제우 벙거지나 쓰고 관청 앞마당이나 쓰는 신분이란 말여."

"어머는 맏상제가 제우 마당쇠나 되믄 좋겄구먼. 남부끄러운 것도 모르고"

"이눔 하는 말이 홍시 먹다가 이빨 빠질 놈이네. 누가 네놈한티 죽을 때까지 마당쇠노릇 하라고 항 겨? 내 생각에는 낮에는 농사나 짓고, 밤에는 검정고시 공부를 해서 고등핵교 가믄 딱 좋더구먼. 니놈이 농사도 못짓겄다. 지 분수도 모르고 서울로 기술 배우러 가겄다, 하고 자꾸 헛소리만 지껄잉게 울며 겨자 먹기로 급사질이라도 하라는 거 아녀?"

"급사 한 달 봉급이 얼맨지 알기나 햐. 내가 어머한테 말은 안했지만 광일이 형한테 다 물어 봤어. 면사무소에 댕기는 급사들 한 달 봉급이 얼매씩 주냐고 말여? 그랑께 오천 환 준다고 하드라. 내가 제우 한 달에 오천 환짜리 뻭에 안 된다는 거여?"

"개 풀뜯어 먹는 소리 하고 앉아 있구먼. 니가 하루 종일 땅을 파 봐라, 단돈 일 환짜리 한 장 나오는지!"

"좌우지간 난 면사무소 급사 안할 팅께 알어서 햐."

상규는 상규네의 기세에 더 이상 어쩌지 못하고 윗방으로 가면서도 볼멘 목소리로 불만을 드러냈다.

"당신은 집안 가장이라는 사람이 강 건너 불 보듯이 담배만 피우고 계신댜."

"날 위원장님 만나서 부탁하는 건 어렵지 않지만, 자가 견뎌 낼 수 있을지 모르겄어. 워낙 비우가 약한 아라서 미칠 댕기다가 죽어도 못 댕긴다고 워디도 내빼믄 내 얼굴이 머가 되것어?"

박태수는 상규네를 향하여 돌아앉지 않았다. 정면으로 담배 연기를 내뿜으면 문종이에 반사가 돼서 얼굴을 덮는다. 천장을 향해 담배 연기를 내뿜으며 한숨 섞인 목소리로 말했다.

"벼룩도 낯짝이 있다고 하든데 지가 설마 애비 얼굴에 먹칠 하는 질이야 하겄슈."

상규네는 박태수가 듣지 않게 한숨을 내쉬고 빈 그릇들을 겹겹이 포갰다. 밖으로 들고 나가기 쉽게 정리를 해 놓고 박태수를 바라본다.

"상규말도 전혀 일리가 읎는 거는 아녀. 철모르는 인자 나이도 아니고 저도 생각이 있는 놈이잖여. 그랑께 좀 더 지켜보고 나서 취직을 시키든지 하는 거시 어뗘?"

"상규 저놈은 나중에 나이가 들믄 좀 변하겄지만 시방은 싹수가 노랴.

지 동상 반만 닮았어도 땡전 한 푼 없는 놈이 돈 오천 환도 짝다는 말은 못할규."

상규네는 아랫목 벽을 바라본다. 진규가 육 학년때 충청북도 웅변대회에서 일등을 하고 받아 온 상장이 붙어있다. 영동군도 아니고 충청북도 전체에서 일등을 해서 영동군교육장한테 점심까지 얻어먹은 영광의 표적이다.

'지 동상만큼은 못해도 따라하는 흉내만 내도 급사질을 못한다고 뻐기지는 않을 껴.'

상장을 바라보고 있노라니 진규한테 몹쓸 죄를 짓고 있는 것 같아서 가슴이 아팠다.

"웅변이야 아무나 할 수 있는 기 아니잖여. 진규야 원래 태어날 때부터 심지가 굳은 놈잉께……"

박태수는 상규네가 상장을 바라보다 말고 한숨 쉬는 이유를 알 것 같았다. 상장을 받아온 날 해룡네 집에서 막걸리를 한 말이나 샀던 때를 떠올리며 숫기가 없는 상규는 진규와 성격부터 틀리다고 생각했다.

"내 말은 그기 아뉴. 지 동상은 출세가 보장되어 있는데, 장남이라는 놈은 집구석에서 똥장군이나 지고 있으믄 집안 꼴이 머가 되겠슈."

"똥장군 안 지게 만들라믄 군대나 갔다 온 담에 위원장님한테 부탁을 해서 면사무소 같은데 임시직원으로 들어가도 되잖여. 광일이는 국민핵교벽에 안 나온 놈이고, 상규는 중핵교 졸업장은 읎어도 중퇴를 했응께 부탁을 하기도 쉬울 겨……"

"애비라는 사람이 생각하는 거시 자식 놈하고 굴밤 키재기나 마찬가지구먼. 상규가 군대 갔다가 올라믄 앞으로 및 년이나 있어야 해유? 시방 열여섯 살잉께 사 년이나 있어야 해유. 사 년 후에도 국민핵교 졸업장을 가지고 면사무소 취직을 할 수 있다고 믿남유? 어림 반 푼어치도 읎는 말 하지도 말고 생각도 말아유. 우리 집에만 해도 벌써 초등학교 출신이 두 명유. 집집마다 아들이나 짝아유? 어느 집을 가나 쌀가마니 쟁여 놓은 거는 읎어도 자식들 밥그릇은 짝아야 네 개는 보통이구 여서 일곱 개유."

답답하다는 얼굴로 박태수의 말을 듣고 있던 상규네가 더 이상 참고 들어 줄 수 없다는 얼굴로 목소리를 높였다.

"누가 그걸 몰라? 상규가 죽어도 면사무소 급사는 안 한다고 기겁을 함께 하는 말이잖여."

"어릴 때 남부끄러운 거는 잠깐유. 커서 지 친구들 신사복 입고 댕길 때 똥장군 신세 되믄 그때는 땅을 치고 후회를 해 봤자, 배는 이미 떠나간 뒤유. 그때는 지가 공부 안 한 걸 후회하겄슈? 아나 쑥떡유. 공부하라고 할 때는 나무하러 댕긴다고 고집 피우던 놈이, 그때는 외려 부모가 저를 공부 안 시키고 뭐 했냐며 우리를 원망할거유. 그기 바로 세상잉께."

"알았어. 알았응께 그만햐."

박태수는 결국 또 상규네의 논리적인 말에 휩쓸려 가는 것을 느끼며 밖으로 나갈 준비를 했다.

"내 말 안직 안 끝났슈. 누가 그라는데 양산면사무소에 댕기고 있는 급사가 한 달만 있으믄 군대를 간대유. 그랑께 그 자리에 우리 상규 좀 취직시켜 달라고 사정을 해 봐유."

상규네는 박태수보고 얼굴 좀 보며 야기 좀 하자는 말을 하고 싶었다.

그러나 화가 나 있는지도 모르는 박태수의 신경을 자극하고 싶지가 않았다. 아침에 학산에서 첫차를 타고 출근을 하려면 내일 새벽같이 집을 나서야 한다. 한 달에 휴일이 두 번 밖에 없어서 영동에 가면 보름 후나 내려 올 것이다. 오랜만에 집에 와서 가슴에 화만 담아가지고 가면 좋을 것이 없다는 생각에 등을 바라보면서 부드럽게 말했다.

"상규가 취직이 될 팔자믄 긴 말 안 해도 쉽게 성사가 될 거이고, 취직 운이 읎으면 엎드려 빌어도 안 되겠자."

"아버님 말씀을 들어 봉깨, 요새 위원장님 팔자가 늘어 졌대유. 맨날 군수나 경찰서장급들하고만 어울린다는데 그까짓 급사 자리 하나 못 만들어 주겠슈. 그랗게 우리 사정을 충분히 말씀 디리면 성사가 될 거유."

양산면은 학산면보다 인구밀도가 적은 곳이다. 거리도 학산면사무소보다 절반 정도 가깝다. 상규네는 자전거가 없어도 걸어서 출퇴근을 할 수 있는 거리라서 상규가 쉽게 그만두지는 않을 것이라고 믿었다.

"알았구먼. 광일이를 학산면사무소에 임시직원으로 취직시켜 준거에 비하면, 우리 상규네를 양산면사무소 급사로 취직시키는 거는 일도 아니겠지. 있는 사람을 밀어 내고 들어가자는 것도 아닝께……"

"부탁을 할 때는 한꺼번에 하는 것이 좋아유. 만약 상규를 양산면사무소에 취직을 시켜주시겠다고 장담을 하믄 학산농협조합장한티 전화 한 통화만 넣어 달라고 하셔유. 상규가 양산면사무소에 취직을 하믄 한 달에 오천 환씩 갚아 나갈 팅게 오만 환만 신용대출을 해달라고 말여유."

"돈 오만 환이 아 이름이여?"

"암만 생각해 봐도 송아지 한 마리를 입식해야겠슈. 올 가실이면 부려 먹을 만큼 크면 과수원 개간하는데 이용 할 생각이유. 가만히 생각해 보니까 소 한 마리만 있으면 장정 서너 명이 일 하는 폭은 될 거 가튜. 내가 왜 진작에 그 생각을 못 했는지 몰라⋯⋯"

박태수는 상규네의 말 중에 한마디로 틀린 말이 없다고 생각했다.

이동하는 점심시간이 지나도 들어오지 않았다. 여도환은 슬그머니 점심을 먹으러 갔다 오고, 송미향은 이동하가 언제 들어올지 몰라서 박태수처럼 점심을 굶고 기다릴 수밖에 없었다.

송미향은 배도 고프고 졸리기도 해서 입이 찢어져라 하품을 하다가 문이 열리는 소리에 얼른 입을 막았다. 이동하가 들어오는 것을 보고 배시시 웃으며 일어나서 인사를 했다.

"어이구, 미안햐! 아까 찾아 온 사람이 뉘냐 하믄 영동군청에 근무를 하는 부군수여. 올 칠월 일일 자로 인사발령이 있는데 도청으로 보내 달라고 통사정을 하드만. 그래서 내가 충북도당 위원장한티 날이라도 찾아가서 부탁을 해 보겠다고 했드니 주딩이가 귀에 걸리도록 찢어지게 웃으면서 인사를 하드만. 송 비서 여기 우리 동리 사람인데 커피 한 잔 더 줘. 커피 맛 좋지? 그기 그래봬도 일제보담 백배나 좋다고 하는 미제거든. 미제."

이동하는 자기 사무실로 들어서자마자 장황하게 늘어놓았다.

부면장하고 삼계탕에 청주를 마신 얼굴은 붉게 물들어 있었다. 소파 상석에 털썩 주저앉으며 크윽, 하고 트림을 했다.

"아뉴. 아까 마셨슈."

박태수는 기름기가 줄줄 흐르는 이동하의 얼굴을 보는 순간 참고 있었던 허기가 되살아났다. 하지만 내색을 할 처지가 아니다. 이동하의 말에 벌떡 일어서며 손을 내저었다.

"허어! 이 사람아, 내가 아무한테나 커피 대접을 하는 기 아녀. 자네 집안하고 우리 집안하고 특별한 관계고 해서 커피를 두 잔씩이나 대접하는 거여. 그랑께 암말 말고 마시고, 나한테 하고 싶은 말이 머여."

"저……"

"허허, 자! 담배 펴. 담배 피우면서 맘 편하게 야기 좀 해 봐."

이동하는 부면장한테 삼계탕에 청주만 대접받은 것이 아니다. 청주 가서 충북도당 위원장하고 저녁이나 같이 먹으라면서 십만 환이 든 봉투까지 받아서 기분이 넉넉했다. 주머니에서 아리랑 담배를 꺼내서 박태수에게 한 개피를 내밀었다.

"어이구, 이기 아리랑이라는 담배 아뉴?"

박태수는 담배 끝에 필터가 달린 담배를 황송하다는 얼굴로 받았다. 한 갑에 이백 환을 한다는 아리랑 담배가 있다는 건 알고 있었지만 직접 만져보기는 처음이다. 주머니에서 성냥을 꺼내기도 전에 이동하가 라이터 불을 내밀었다.

'이기 담배여, 머여. 쑥을 피워도 이것보다는 났겄구먼.'

필터가 달린 담배는 담뱃가루가 입 안에 빨려 들지 않아서 피우기는 좋았다. 하지만 필터 때문에 연기가 입 안으로 시원스럽게 빨려들지가 않았다. 밋밋한 냄새까지 나는 것 같아서 맛이 별로지만 황송하다는 얼굴로 두 손으로 담배를 피웠다.

"커피 드셔유."

송미향이 커피 잔을 쟁반에 받쳐서 들고 왔다. 박태수가 무안해 할 정도로 방긋 웃으며 커피 잔을 내밀었다.

"인사가 늦었구먼. 부모님은 건강하시지? 집이 갈 때마다 한븐 들려야 겠다고 생각을 안 하는 것은 아니지만 원체 사는 것이 바빠서 말여. 그 릏게 알고 집에 가믄 내가 안부를 묻더라고 말씀디려. 언제 시간 있으믄 술 한 병 사갖고 찾아 간다고 말여."

"어이구, 말씀만 들어도 고맙구만유."

"내 정신 좀 봐. 맨날 기관장들하고 상대만 하다 봉게 정신이 읎구먼. 즘심 안직 안 먹었지. 요 밑에 순댓국집이 있응게 거기 가서 반주나 한 잔 하면서 먹고 가."

이동하는 지갑을 꺼내서 오십 환짜리 한 장을 척 꺼내서 내밀었다. 영 동에 있는 농업은행에서 찾아 가지고 온 새 지폐다.

"즘심은 방앗간에 가서 먹어도 돼유. 그보다는 어려운 부탁이 있어서 왔슈."

"부탁은 부탁이고 즘심은 즘심잉께 어여 받아."

"고맙구만유. 딴 사람이 주는 것도 아니고 위원장님이 주시는 겅게 감 사히 받겄슈. 그라고 다름이 아니라, 우리 상규 취직 좀 부탁드릴라고 왔슈."

"상규라믄 학산중핵교 다니는 아를 말하는 거여?"

이동하는 소파에 비스듬히 누우며 다리를 꼬고 눈을 반쯤 감은 얼굴 로 물었다.

"재작년 가실에 타작을 할 때 암소가 장마 때 떠내려 온 여로를 먹고 뒈졌잖아유."

"아부지 말씀이 소 값 계산은 다 끝났다고 하든데……"

"그람유. 딴 사람하고 약속한 것도 아니고 면장님하고 한 약속잉께 집을 파는 한이 있드라도 갚아드리는 건 당연하쥬. 근데 사실 그 소를 믿고 상규를 중핵교를 보냈슈. 그란데 그 소가 죽었응께……"

"자퇴를 시켰다는 말이구먼. 엔간하면 계속 시키지 않구선……"

"학비가 한두 푼 들어가는 것도 아니고 석 달에 쌀 한 가마니씩은 들어강께 암만 생각을 해 봐도 방법이 읎슈. 그래서 예핀네가 하는 말이 일단 중퇴를 시키고 검정고신가를 봐서 고등핵교에 보내는 방법뿌에 읎다는……"

"먼 말을 하는 지는 알겠구먼. 자네 집 사람이야 모산에서 똑똑하다고 소문이 난 여장께 먼가 존 계획이 있었겠지. 그래서 상규를 워디에 취직이라도 시켜 달라는 거여?"

이동하는 담뱃재를 톡톡 털며 벽시계를 바라본다. 시계 바늘이 두 시를 넘기고 있다. 조금 있으면 경찰서 정보과장이 오기로 했다. 소득 없는 박태수하고 마냥 말을 섞고 있을 시간이 아니다. 슬그머니 허리를 피고 박태수의 얼굴을 응시했다.

"여편네 말이 양산면사무소 급사가 한 달만 있으믄 군대를 간다고 하대유. 그 자리에 상규를……"

"알았네. 내가 힘 써 보지. 그것이 전부여?"

"이건 더 어려운 부탁인데 말여유. 학산 농협조합에 전화 한 통화만 해 주서유."

"뭐라고?"

"우리 상규 취직하게 되면 한 달에 얼매씩 갚아 나갈 팅께 오만 환만 신용대출을 해 주라는 전화를 해 주시믄 그 은혜는 잊지 않겠슈."

박태수는 이동하가 생각하고 왔던 것보다 편하게 대해줘서 망설이지 않았다. 절반 정도 피우던 아리랑 담배를 얌전하게 꺼서 꽁초를 주머니에 넣으며 이동하의 눈치를 살폈다.

"허! 나보고 청탁을 하라는 거여? 양산면 급사 자리야, 내가 양산면 부면장을 잘 알고 있으께 청탁이라고 할 수는 읎지만 대출을 은어 달라는 건 엄연히 청탁이잖여. 그릏지 않아도 전국적으로 부정부패가 판을 치고 있어서 나라가 망할지도 모른다는 소문이 돌고 있는 판국에 청탁을 하믄 나더러 어쩌자는 말인가? 자네는 신문도 안 보는가? 작년 사월에 먼 일이 있었는가 하면 서울에 있는 산업은행에서 사십억 환이나 되는 돈을 부정대출 해 준 것이 들통이 나갖고 국회에서 들고 일어났단 말여. 그 일이 있고 난 후부터는 일절 부정 대출을 해 주지 말라는 지시가 학산 농협조합 같은 말단 금융기관까지 떨어졌다는 말일시. 이런 상황에서 내가 워티게 대출을 해주라는 전화를 하겠어?"

이동하는 학산 농협조합장 남병록에게 전화 한 통만 하면 오만 환이 아니라 십만 환도 신용대출하게 해 줄 수가 있었다. 그러나 돈이 걸려 있는 문제는 생색을 낼 필요가 있다는 생각에 슬쩍 겁을 줬다. 산업은행 연계자금 부정대출은 자유당하고 관계가 있는 것이지 서민대출하고는 아무런 관계가 없었다.

"상규 어머가 송아지 한 마리를 꼭 입식해야겄다고 고집을 피우는 통에 부탁을 드려 보는 거유. 하지만 위원장님 얼굴에 먹칠을 하는 일이라믄 읎었던 일로 하는 수뱎에 읎겄구만유 ……."

박태수는 잘 나가다 갑자기 삼천포로 빠져 버린 기분이다. 상규네가 실망하는 모습이 안 되긴 했지만 이동하에게 폐를 끼칠 수는 없다는 생각에 포기를 했다.

"그렇다고 정 방법이 읎는 거는 아녀. 조합장한티 얼매 집어 주믄 가능할지도 모르겠구먼."

이동하는 박태수가 너무 성겁게 포기를 하니까 싱거웠다. 그래서 슬쩍 여운을 안겨줬다.

"그 문제라믄! 지도 그쯤은 알고 있슈. 그 머유? 수고비 쪼로 얼매를 줘야 한다는 걸 말씀하시는 거라믄, 얼매를 줘야 할지 말씀만 하셔유."

박태수는 꺼져 가던 등불이 갑자기 환하게 밝아오는 것 같은 기분이 들었다. 엉덩이를 들썩이며 당장이라도 돈을 내겠다는 얼굴로 말했다.

"나하고는 상관이 읎는 일이지만 내가 알기루는 십 프로는 줘야 할 껴. 돈은 자네가 주는 것보다는 나한테 갖다 줘. 그람, 내가 뒷말 읎도록 단도리 할 모양잉께."

"아이고, 참말로 고맙구면유. 말씀만 하시믄 당장 쌀가게 가서 돈을 차용해 오겠슈."

"그랴. 나는 시방 나가 봐야 할 모냥잉께 돈을 빌려다 송 비서한테 맡겨 놓고 가게. 나머지는 내가 알아서 할 모냥잉께."

"참말로 고맙구만유. 이 은혜는 죽는 그날까지 잊지 않고 간직하겠슈."

박태수는 벌떡 일어났다. 머리가 응접테이블에 닿을 정도로 허리를 굽실거리며 감격스러운 목소리로 인사를 했다.

두 그림자

술 먹기 전에 계산부터 함세.
아따, 형님은 참말로 좋겠소 잉.
이필수는 바지 뒷주머니에서 반으로 접어 넣어 두었던 지폐 뭉치를 꺼냈다.
요번에도 일본 갔다 왔는가?
이필수가 내민 돈은 원금 십만 환에, 이자 만 환을 붙인 십일만 환이다.

점심을 먹으면서 반주로 소주를 마신 표재철은, 밥상을 윗목에 두고 술 냄새를 물씬 풍기며 들례를 품었다. 집 안에는 들례와 표재철 밖에 없었다. 대문만 걸어 두면 방문을 열어 두고 알몸으로 엉켜 있다고 해서 흠이 되거나, 누가 엿 볼 사람도 없었다.

표재철은 들례의 기분 같은 것은 배려해주지 않았다. 저 혼자 만족을 하고 일어나 앉았다. 바지만 걸친 채 혁대를 매지 않고 단추 부분을 활짝 벌렸다. 부채질을 하며 들례에게 물을 떠 오라고 시켰다.

"홍어 삭힐 줄 아냐?"

정지에서 찬물을 떠 온 들례는 속이 훤하게 드러나는 고쟁이에 배꼽이 드러나는 속적삼만 걸친 차림이다. 표재철이 보기에 벗었을 때보다 더 색정을 물씬 풍겼다. 자신의 나이가 십 년만 젊었어도 다시 들례를 쓰러트렸을 것이라고 생각하며 물었다.

"난도 인제 목포 사람유. 홍어만 사다 줘유. 멋들어지게 홍탁을 맨들어 드릴 팅께."

들례는 이동하나 문기출의 정력에 비교하면 턱도 없을 만큼 약한 표재철을 곱게 흘겨보며 치마를 걸쳤다. 젖가슴 위로 치켜 올린 치마끈을 단단히 동여매는 순간 아리한 쾌감 같은 것이 뒤늦게 밀려온다. 표재철이 조금만 더 힘을 써주었다면 지금처럼 아쉽지는 않았을 것이다. 하지만 대놓고 이렇게 해 달라, 저렇게 해 달라고 말을 형편이 아니라서 아직도 뜨거워진 몸을 한숨으로 식히며 저고리를 입었다.

"쪼께만 기다리면 홍어가 들어 올 것이여."

표재철은 손목시계를 본다. 금양호 선장이 이필수가 홍어 한 마리를 들고 올 시간이 얼추 됐다는 생각에 반팔 와이셔츠를 껴입고 혁대를 채웠다.

"참하게 한번 맨들어 볼 팅께 기대해도 좋아유. 오거리 시장에서 나물을 파는 아줌마한테 물어 봤슈. 간단하드만유. 충청도서 짐치 당그는 식으로 단지에다 지프래기를 깔고 한 사나흘 삭히믄 된다고 하데유."

"우리 들례가 만드는 홍탁은 입에 착착 달라 붙을 것 같구만."

표재철은 귀여워서 견딜 수가 없다는 얼굴로 들례의 둥그스름한 궁둥이를 탁 소리가 나도록 때렸다.

"사모님은 목포 분잉께 홍탁 잘 하시잖유."

"그 여자는 싸납기만 하지 경개하고는 거리가 멀어."

"사모님 승질이 대단한가유?"

이동하는 옥천댁에 대해서 단 한마디도 말 한 적이 없었다. 들례는 아무렇지도 않게 아내를 들먹이는 표재철이 고맙기도 하면서 궁금해서 물었다.

"승질 아주 싸납지. 한번 승질이 났다하면 눈에 뵈는 거시 없는 여자여."

"겁나네유. 사모님한테 걸리믄 지 머리끄댕이는 한 개도 안 남겄네유."

"긍께 내가 안 들키게 할라고 가능하면 잠은 집에서 자잖여."

"사장님도 사모님이 무서운개벼?"

"무섭긴, 가정의 평화를 지킬라고 내가 져 주는 척 하는 거지."

표재철은 처갓집 덕에 먹고 산다는 말은 감추고 점잖게 말했다.

"그게 그 말이잖유. 안 그래유?"

들례는 표재철의 다른 면목을 보는 것 같아서 소리 없이 웃었다.

"왔구만."

대문에 매달려 있는 워낭이 딸랑딸랑 울렸다. 표재철이 대답을 피하며 남은 물을 마저 마셔 버렸다.

"아따, 오늘 날씨 겁나게 더워부러. 어메, 아줌씨가 우리 사장님 이거라요?"

이필수는 새끼로 묶은 홍어 한 마리에 됫병짜리 소주를 양손에 들고 들례를 바라봤다. 표재철이 충청도에서 온 미인을 첩으로 들였다는 소문은 알게 모르게 어판장에 알게 모르게 다 퍼졌다. 하지만 삼십 대로 보이는 젊은 처자, 그것도 바깥일이라고는 해 보지 않은 것처럼 뽀얀 피부를 가진 여자인 줄은 몰랐다. 자신도 모르게 침을 꿀꺽 삼키며 들례의 아래위를 훑어봤다.

"어서 오서유. 그렇지 않아도 사장님께서 지달리고 계셔유."

들례는 이필수가 건네주는 홍어와 소주병을 받으며 부끄럽게 웃었다.

"어메, 사람 환장하겠구만이라. 형님, 형님은 돈만 잘 버는 줄만 알았지 여복도 엄청난 줄은 첨 알았구만이라, 잉."

"자네하고 나하고 노는 물이 틀리잖은가. 자네는 물에서 놀고 나는 육지에서 농께 급수가 틀려."

남자치고 자기 여자 예쁘다고 하는데 싫어하는 남자 없다. 표재철은 이필수의 계속 되는 찬사가 싫지만은 않다는 얼굴로 싱긋 웃었다.

들례는 홍어의 허리를 싹둑 잘라서 큼직한 크기로 회를 떴다. 표재철이 즐겨 먹는 초고추장에 얼마 전에 담근 김치를 상에 얹어서 들고 대청으로 올라갔다.

"술 먹기 전에 계산부터 함세."

"아따, 형님은 참말로 좋겠소 잉."

이필수는 바지 뒷주머니에서 반으로 접어 넣어 두었던 지폐 뭉치를 꺼냈다.

"요번에도 일본 갔다 왔는가?"

이필수가 내민 돈은 원금 십만 환에, 이자 만 환을 붙인 십일만 환이다. 표재철은 능숙한 손놀림으로 돈을 확인한 다음에 뒷주머니에 넣었다. 들례에게 술을 한 잔씩 따르라는 눈짓을 해 보이고 나서 이필수에게 물었다.

"요번에는 일본 안 가고 사기 좀 쳤소."

들례가 소줏병을 들었다. 이필수는 자신도 모르게 두 손으로 술잔을 내밀었다.

'이왕이면 다홍치마라는 말이 왜 생겼는지 알겠네.'

미인이 따라 주는 술이라 그런지, 목구멍으로 넘어가는 소주 맛이 쓰지가 않고 꿀물처럼 달았다. 단숨에 비워 버리고 빈 잔을 들례 앞으로 내밀었다.

"아따 점심때 대양호 선장하고 낮술을 과하게 했더니 취하네. 그람 일본 안 가고 딴 데다 부려 버렸능가?"

표재철은 얼큰하게 낮술을 한 뒤에 들례와 땀을 흘렸더니 졸렸다. 그래도 소주를 단숨에 비우고 빈 잔을 이필수에게 권했다.

들례는 기다렸다는 얼굴로 얼른 잔을 채우고 이필수의 다음 말을 기다렸다. 일본을 왕래한다는 말이 이상하게 가슴을 찌릿하게 울리는 것 같아서 숨이 막힐 지경이었다.

"내 야기를 들어 보면 징하게 웃길거요. 아줌씨도 한잔 하소"

이필수는 들례가 볼수록 마음에 들었다. 어깨는 갸름해 보이지만 치마끈을 잘록하게 맨 젖가슴은 의외로 풍만해 보였다. 어딘지 모르게 무당의 눈빛을 닮은 새치름한 눈빛은 섬뜩하기보다는 색기가 넘치는 것으로 보였다. 환갑을 앞에 둔 표재철한테는 만족하지 못할 것이라는 생각이 들어서 은근히 정이 갔다.

"어쨌는데?"

"요번에는 딱 열 명을 모았지라. 밤 열 시나 됐나. 선창으로 그림자처럼 모여 든 사람을 죄다 어창에 숨어 있으라 안 했소. 실감나게 할라고 한 사람 앞이 게다도 하나씩 챙겨주고 간단한 일본말도 교육시키지 않았소"

"멋땜시 일본 말을 교육시켰냐?"

"이따 야기를 할 팅게 초근히 들어 보쇼, 잉. 내가 이래뵈도 일본을 내 집처럼 드나들던 전력이 있잖소 그래서 웬만한 일본말은 할 줄 압니다. 여기가 워디여?는 고꼬와 도꼬데스카? 여기가 나고야유? 고꼬와 나고야? 안녕하세요 곤니찌와. 그런 걸 한 시간 동안이나 해방 전 일인 선생처럼 그 사람들한테 교육시키지 않았소"

"아따, 명 짧은 놈 숨 넘어가겄네. 그려서?"

"일본 말을 교육시키고, 일본 신발인 게다까지 한 켤레씩 안겨 줬으니까 죄다 일본으로 간다고 생각 안하겠소 그래서 어창 문을 닫고 항구를 빠져 나가서 어디로 갔는가 하면, 삼천포 쪽으로 배를 안 몰았소"

이필수는 혼자 생각해도 우스워 죽겠다는 얼굴로 깔깔 웃고 나서 소주잔을 비웠다. 빈 잔을 표재철에게 넘겨주고 스스로 잔을 채워 주며 들례를 바라본다. 들례의 눈빛이 은근하고 무언가 갈구를 하는 것처럼 간절해 보인다.

'저거시 나한테 맘이 있는 거 아녀'

이필수는 들례가 자신을 원할지도 모른다는 생각이 들어서 큼! 하고 헛기침을 했다.

"더 이상 듣지 않아도 무슨 말을 할란가 알겠네. 그랗게 일본의 나고야나 후쿠오카에 내려주지 않고 삼천포에 내려주고 왔다는 말 같구만?"

"형님은 참말로 징하요. 형님은 하나를 말하믄 열을 앙게 더 이상 할 말이 없소. 배꼽 잡는 것은 배가 삼천포로 가는 줄도 모르고, 어창에 숨어 있는 밀항인들이 답답항게 말여라. 나고얀지 후쿠오칸지는 안즉 멀었소, 라고 묻는 거시 아니겄소 그라믄 내가 뭐라고 했겠소? 시방 일본

211

을 갈라고 하나, 해경순시선한테 걸려서 감옥소를 갈라고 하나 찍소리 말고 지달리믄 어련히 알아서 데려다 줄까, 라고 엄포를 놓으면 아이구 마, 찍소리 안 하고 지달릴 팅게 일본 도착하면 알려주소, 라고 어창 안으로 기어 들어가지 않겠소"

"그람 참말로 일본에 데려다 줄 때도 있슈?"

이필수가 하는 말을 한 마디도 놓치지 않고 귀담아 듣고 있던 들레가 눈을 빛내며 물었다.

"아짐씨도 일본 가고 싶소?"

"이……일본은 지가 말로 간대유. 우리 사장님이 여기 계신데."

들레는 일본이라는 말에 잊은 듯이 잊고 살던 다나까의 얼굴이 불쑥 떠올랐다. 순간 눈물이 핑 도는 것 같아서 얼른 소주잔을 들었다.

"사장님, 좋은 건수가 있는데 한번 해 보겠소?"

"돈 된다는 건수라면 마다 할 필요가 없지."

"요새 일본 금값이 우리나라보다 절반 밖에 안 된다는 소문이 파다하다고 합니다. 오십만 환어치 사 오면 여기서 백만 환잉게, 딱 두 배 장사 아니겄소 완전히 깔구리로 돈을 가마니에 쓸어 담는 장산데, 한번 해 보겠시소?"

"나도 그 소문은 들었네. 하지만 일인 경찰이나, 우리 해양 경찰한테 걸리는 날은 깡통 차는 장사가 바로 그 장사여. 나는 일 없네. 가만히 앉아 있어도 배를 담보로 잡고 돈 빌러 오는 선주들이 줄을 섰는데 내가 왜 그 위험한 짓을 하겠나."

"아따! 위험한 만큼 성공만 하면 대박 터트리는 거 아니겠소 좌우지간 생각이 있으면 언제든지 연락하소 내가 직접 건너가 볼 모양이니께."

이필수는 출항 준비를 해야 한다며 일어섰다. 표재철은 저녁나절까지
한숨 자야겠다며 앉은 자리에서 인사를 했다.

"언지 선장님 한번 보러 갈라믄 워디로 가야 한대유?"

들례는 대문 밖에까지 이필수를 따라 나섰다. 대청에 큰 대짜로 누워
있는 표재철의 눈치를 살피며 귓속말로 물었다.

"내가 바다에 안 나갈 때는 오거리에 있는 흑산다방에 눌러 살고 있
응께 그리 오소 아니면 사장님 부산으로 출장 가는 날 내가 직접 여기
로 오던지……"

이필수는 들례의 말이 무엇을 뜻하는지 짐작할 수 있었다. 들례처럼
표재철의 눈치를 살피고 나서 그녀의 엉덩이를 꽉 쥐었다. 치마 안으로
전해지는 탄력이 있으면서 풍만한 감촉이 짜릿하게 전해지는 것을 느끼
며 온몸을 부르르 떨었다.

"여가 어디라고……"

들례는 깜짝 놀라며 대청을 바라본다. 표재철이 여전히 누워있다는
것을 확인하고 나서 이필수를 곱게 흘겨본다.

모산은 옛날부터 비교적 큰 가뭄도 없고 큰 홍수도 없는 지역이다. 옛
날부터 냇물에 보를 쌓고 방천둑 밑으로 수로를 만들어 놓은 탓에 가뭄
에도 들판을 축축이 적실 수 있었다. 그러나 경상도 지방이나 전라도지
방은 사정이 달랐다.

6월초부터 시작한 가뭄은 7월 중순으로 접어들었어도 비 한 방울 내
리지 않았다.

농촌에서는 빨래 할 물은커녕 먹을 물조차 없어서 인심이 흉흉했다. 농민들에게는 먹을 물이 부족한 것은 참을 수가 있다. 어차피 빈곤한 삶이라서 빨래 좀 못했다고 해서 크게 답답한 것은 없었다. 문제는 농사를 지을 물이 없다는 점이다.

농민들이 농사를 짓지 못한다는 것은 산목숨에 거미줄을 치라는 말과 다름없었다. 하마, 오늘은 비가 올까, 하마 내일은 비가 올까. 목마른 희망을 걸고 하루해를 보내면 저녁노을은 가뭄에 쩍쩍 갈라진 들판을 몽땅 태워 버릴 것처럼 붉게 타올랐다.

잡초는 생명력이 강하다. 여간한 가뭄 정도는 끄떡없이 견뎌내는 것이 잡초다. 논둑이며 밭고랑의 잡초까지 누렇게 말라가고 있으니까 농민들의 눈에는 붉은 거미줄 같은 핏발이 섰다. 누구든지 건들기만 하면 낫으로 찍어 죽이고 나도 죽겠다는 얼굴로 이빨을 바득바득 갈면서 용두레로 물을 푸거나, 바닥이 들어난 냇물에서 바가지가 닳아 없어지도록 달그락거리며 물을 펐다.

무심한 하늘은 아주 끝장을 보고 말겠다는 것처럼 그래도 비를 뿌리지 않았다. 벌써 물을 대고 모를 심어야 하는 논은 마른 소가죽처럼 딱딱하다 못해 쩍쩍 갈라졌다. 모 심기를 포기한 농민들은 가뭄에 잘 견디는 메밀 씨를 논바닥에 뿌리며 피눈물을 흘렸다.

그나마 용두레를 이용해서 간신히 물을 가둬서 모를 심은 농민들은, 밤사이에 행여 누가 물 도둑질을 해갈지 모른다는 생각에 횃불을 들고 밤을 꼬박 지새우기 일쑤였다. 급기야 전라도 어디에서는 모를 심지 못해서 아래위 동네끼리 물싸움을 하다 몇 명이 크게 다치고 한 명이 죽는 사건까지 일어났다.

모산은 들판의 모는 심었지만 비봉산 기슭에 있는 밭이 문제였다. 비가 오지 않아서 봄에 파종을 한 콩이며 고추나 옥수수 목화밭은 하루가 다르게 바짝바짝 말라갔다. 일 년 내내 마르지 않아서 밤이면 아이들이 횃불을 들고 가재를 잡는 계곡의 물도 실낱처럼 흘렀다.

계곡에 웅덩이를 만들어 놓고 물이 고이기를 기다렸다가 물지게로 져서 밭으로 나르기에는 턱없이 수량이 부족해서 입 안이 바짝바짝 말랐다. 그래서 좀 거리가 멀기는 하지만 공동우물로 사람들이 모여 들었다.

가뭄이 끊이지 않으면서 공동우물 앞에는 컴컴한 새벽부터 물을 받기 위해 물동이나 똥장군, 혹은 함지박 등을 들고 길게 줄을 섰다. 남녀노소 할 것 없이 누렇게 뜬 얼굴로 차례가 오길 기다리며 서 있자면 저절로 눈꺼풀이 감겨져 꾸벅꾸벅 조는 사람이 많았다. 어떤 이는 이웃에게 물동이를 맡겨 놓고 차례가 오길 기다리며 우물가에 가마니를 깔아 놓고 잠을 자기도 했다. 물이라는 것이 마셔 버리면 무게를 느끼지 못하지만 들고 나르려면 쇠처럼 무겁다. 온종일 물동이를 이거나, 물지게 혹은 똥장군에 물을 담아 나르는 것은 중노동 중에도 상노동인 까닭이다.

그나마 전라도나 경상도 사람들처럼 눈동자에 핏발을 세우며 차례를 기다리지 않아도 되는 것은, 공동우물의 수량이 화수분처럼 아무리 퍼도 마르지 않는다는 점 때문이다.

"이렇게 물이 많이 나올 줄 알았으면 요 밑에 저수지를 하나 파 둘걸 그랬남?"

"이 사람 갈증 나 죽겄는데 신소리 하기는. 아! 이 샘물은 딱 필요한 만큼만 나오는 물여. 자, 봐, 광일네가 한 동이를 퍼 가니게 딱 한 동이만큼만 물이 불었잖여."

"허허! 묘할 묘자가 따로 읎구먼. 자네 말을 듣고 봉께 그렇네."

공동우물 앞에서 차례를 기다리는 사람들은 마르지 않는 우물을 바라보며 경탄해 마지않았다. 그러다 차례가 오면 일단 물을 한 바가지 퍼서 배가 불룩 할 때까지 마신 다음에, 똥장군이며 물동이에 물을 퍼 담았다.

비봉산 자락에 있는 밭 대부분은 황토가 섞인 흙이어서 바람이 불면 붉은 먼지가 불길처럼 일어났다. 곡식들이 누렇게 말라죽어가는 밭에 물을 뿌려도 솜처럼 빨아들이기만 할 뿐 표면으로 흐르지가 않았다.

'니가 죽나, 내가 죽나 한번 해 보자.'

상규네는 컴컴한 새벽부터 시작해서 한마지기 가웃이나 되는 고추밭에 물을 주다 힘이 들면 방천길 너머를 바라본다. 방천을 기준 삼아서 타원형으로 쌓아 놓은 둑을 쌓아 놓은 과수원 터가 보인다. 자갈을 거의 벗겨내서 모래 반 자갈 반이라서 멀리서 보니까 밭처럼 보인다. 가을 농사가 끝나면 객토를 시작해서 내년 봄까지는 마무리를 할 생각이다.

'그려, 넉넉잡아서 이 년만 더 지달려봐라. 이 어머가 반드시 중핵교에 보내 줄 모냥이니께.'

내년 봄에 객토가 끝나면 봄 감자는 늦었어도 가을 감자 정도는 심을 수가 있다. 가을에 감자를 캐어 판돈으로 사과나무 묘목을 심을 생각이다. 사과를 수확하려면 본격적으로 3년생 묘목을 심고 2년에서 3년은 걸릴 것이다. 그동안은 사과나무 사이에 봄에는 고추를 심고, 초가을에는 김장 무나 배추를 심으면 진규 중학교 학비 정도는 충분히 나올 것이다.

상규네는 더운 줄도 모르고 땡볕 밑에서 과수원 터를 바라보며 장미 꽃잎이 깔려 있는 미래를 설계하다가 빈 물동이를 머리에 인다. 오늘 중으로 고추밭 전체에 물을 줄 생각이다. 내일부터 사흘 동안은 논을 메야 한다. 그다음 날부터는 콩밭에 잡초를 뽑아야 하고, 틈틈이 과수원 터의 자갈을 골라내야 한다. 그러자면 남들은 더위가 절정을 이루는 한낮에는 둥구나무 밑에서 뒹굴면서 쉴 시간에도 일을 해야 한다.

'두고 봐. 천지가 개벽이 되지 않는 이상 과수원을 꾸미고 말 팅게.'

상규네는 눈앞에서 자신을 비웃는 이들이 없지만 돌아서면 대놓고 손가락질을 하며 쑥덕거리는 아낙네들이 많다는 것을 알고 있었다. 며칠 전에도 그런 일이 있었다.

늦은 점심을 먹은 설거지를 끝내고 뒷간에 가기 위해 정지에서 나왔다.

공동우물 앞에는 서너 명이 물을 깃기 위해 서 있었다. 덥기는 하지만 방천에 심어 둔 호박구덩이에 물을 줘야겠다고 생각하며 둥구나무 밑을 바라봤다.

수시로 바람을 뿌려 대는 둥구나무 밑에는 동네 사람들이 삼삼오오로 모여 있었다. 멍석 위에서 잠을 자는 이들도 있었고, 가능한 편한 자세로 앉아서 들판을 바라보며 두런두런 이야기를 하거나, 다리를 쭉 뻗고 앉아서 멀거니 하늘을 바라보는 이도 있었다. 나이가 든 순배 영감이며 변쌍출과 장기팔은 너럭바위 위에서 이야기를 하고 있었다. 뒷간하고 가까운 그늘 밑에는 해룡네와 광일네가 땅바닥에 퍼질러 앉아서 말없이 들판을 바라보고 있었다.

뒷간에 들어가서 쪼그려 앉는데 해룡네가 광일네에게 소곤거리는 목소리가 들려왔다.

"암만해도 제정신이 아닌 거 가텨."

"향숙이 제정신 아닌 거 인제 알았남?"

"향숙이야 정신 놓은 지 오래 됐지만 상규네 말여."

"상규네가 왜?"

"산비탈이라믄 모를까, 장마철만 되는 한강이 되는 또랑가에 과수원을 맨들겠다는 거시 말이나 되는 거여. 나 같으믄 거기다 과수원을 맨드느니 양산강을 막고 집을 짓겄어."

"말 한번 거창하게 하는구면."

"그람, 광일네가 뵈기엔 상규네가 정상이란 말여?"

"이 동리 여자들 중에 상규네만큼 똑똑한 여자가 워디 있다고 그런 소리여. 상규네는 배운거시 읎어서 그릏지 고딩핵교만 나왔어도 대통령도 해 먹을 이잖여."

"너무 똑똑해서 탈이구면. 학산에서 머리는 산발을 해설랑, 다 떨어진 고무신에, 방딩이가 보이는 잠방이를 입고 돌아 댕기는 신두철이라는 사람도 천재랴. 너무 머리가 좋아서 돌았다능 겨. 미쳐도 책은 보고 싶은지, 양지쪽에 앉아서 맨날 영어책만 읽고 있다드만."

"그나저나 상규네 똥고집은 학산 천지 사람들이 다 아는 사실이잖여. 혼자 고생하는 건 벤또 싸가지고 댕김서 말릴 수 읎다지만, 시부모가 문제여. 상규 할아부지하고 할무니는 먼 죄가 있어. 며느리가 똥고집을 피웅께 그 나이에 삭신에 골병드는지도 모르고 밤낮으로 그 고생이잖여."

"오죽하믄 즘잖은 태수가 집구석에서 농사짓지 못하겄다고 밖으로 나돌까."

"쉿! 나오능개벼. 입 다물어."

해룡네와 광일네는 아주 대놓고 욕을 해댔다. 하지만 참새가 봉황의 뜻을 알까, 하는 생각에 모르는 척 물동이와 바가지를 챙겨 들었다. 일부러 광일네와 해룡네를 바라보지 말아야겠다고 생각을 했지만 그럴 수가 없었다. 방천쪽으로 가려면 어차피 그녀들이 앉아 있는 옆으로 가야 하는 상황이라서 똑바로 바라 볼 수밖에 없었다.

"워디가?"

"물동이 이고 가능걸 봉게 밭에 물 주러 가는 길이구먼."

"시방 또랑에 가는 질 같은데?"

해룡네와 광일네가 번갈아 묻는 말에 호박구덩이에 물을 주러 가는 길이라고 대꾸하고 싶었다. 그러나 말이 나오지 않았다. 그냥 담담한 표정으로 고개만 끄덕거려 주고 방천 쪽으로 걸어갔었다.

고추밭에서 내려다보이는 방천 아래 삼천여 평의 자갈밭은 어느 정도 밭의 형태를 띠고 있었다. 상규네는 턱에 맺힌 땀을 손등으로 닦아내며 만족한 미소를 짓는다.

'흙먼지와 섞인 시뻘건 땀이 피처럼 보였다. 옛날 왜놈 지주들이 피고름을 짜낸다는 말이 먼 말인지 알겠구먼.'

시뻘건 땀을 보니까 일정 때가 생각났다. 그때도 가뭄이 있었고, 그때도 공동우물에서 물을 길어다 고추밭이며, 콩밭이나 목화밭에 물을 줬었다. 하지만 지금처럼 희망을 가질 수가 없었다. 죽지 않으려면 여하튼 곡식을 말려죽어서는 안 된다는 생각밖에 없어서 이를 악물고 물동이를 이고 날랐었다.

'저하기 나름에 따라 얼마든지 부자가 될 수 있는 세상에 살면서, 평

219

생 그 모냥 그 꼴로 사는 건 등신바보 천지나 하는 짓이지.'

상규네는 빈 물동이를 머리에 였다. 빈 물동이지만 날이 워낙 더워서 고무신 안에 물을 넣은 것처럼 철퍼덕철퍼덕 거렸다. 이럴 때는 풀로 땀을 닦아낸 다음에 발바닥에 고운 흙을 묻혀야 비탈길을 내려갈 때 미끄러지지 않는다.

음양의 이치

신이 내리다니? 그가 먼 말이여?
우리츠름 살아갈 팔자가 됐단 말이지.
우리츠름 살아 갈 팔자라니?
신이 들렸다는 말이지 먼 야기겄어.
그랑께, 우리 향숙이가 신이 들렸다 이거여?

꼬막네 집은 뒷동산을 등지고 낮게 엎드려 있다.

초가집 뒤안 뒷동산 기슭에는 대나무들이 빼곡하게 자라고 있었다. 뒤안은 대나무들이 초가지붕을 점령하고 있어서 대낮에도 어둑했다. 바람이 불면 대나무가 사각사각 우는 소리에 서늘한 기운이 마당으로 퍼져 나온다. 그래서 사람들은 특별한 볼일이 없으면 꼬막네의 집을 찾지 않는다.

싸리나무로 만든 삽짝은 비스듬하게 열려 있고 마당의 빨랫줄에는 여자의 저고리며 치마에 고쟁이들이 걸려 있다. 빨래 그림자가 선명하게 깔려 있는 마당은 절간 마당처럼 반들반들했다. 울타리에는 호박넝쿨이 감겨져 있었고 연보라색 나팔꽃도 줄기를 한쪽 구석을 차지하고 있었다.

사람들의 출입이 드물어서 한낮에도 고즈넉하게 보이는 삼 칸짜리 초
가집은 들마루도 없다. 방문 앞에 반질반질하게 윤이 나는 디딤돌에 검
정색 여자 고무신과 꽃고무신 한 켤레씩이 얌전하게 놓여 있었고, 직사
각형이 찌그러진 방문 굳게 닫혀 있었다.

감나무 밑 개집에는 꼬막네만큼이나 작은 강아지 한 마리가 사람처럼
네 활개를 쫙 펴서 땅바닥에 턱을 붙이고 낮잠을 자고 있었다.

"아무도 읎슈?"

강아지가 부스스 일어나서 낯선 이를 보고 짖기는커녕 꼬리를 치며
반겼다.

"날 보러 왔슈?"

꼬막네는 정지에 쪼그려 앉아서 부뚜막에 정구지 김치하고 콩자반을
올려놓고 밥을 먹고 있었다. 먹던 밥을 밥솥 안에 넣어 놓고 솥뚜껑을
닫은 다음에 찬물로 입을 헹구며 밖으로 나왔다.

"어인 일로?"

"멋 좀 물어 볼라고 왔는데……"

"대주 집안에 아픈 이가 있슈?"

"아프다기보다는……"

윤길동은 꼬막네가 불쑥 묻는 말에 가슴이 철렁 내려앉는 것 같았다.
말꼬리를 흐리며 괜히 싸리나무 울타리에 매달려 있는 나팔꽃 한 개를
따서 빙빙 돌리며 멈칫거렸다.

꼬막네는 윤길동의 아래위를 흘끗 쳐다보고 나서 방으로 들어갔다.
방은 법당과 살림방으로 구분이 되어 있었다. 원래는 두 개의 방이었던
것을 벽을 헐어서 문지방으로 경계를 만들었다. 법당 안으로 들어가서

촛불을 켜고 향불을 올리고, 제기에 찬물을 떠다 받치고 잠시 형식을 갖추고 나서 색동저고리를 차려 입은 다음에 절을 세 번했다.

꼬막네는 사과상자에 벽지를 붙여서 만든 앉은뱅이책상 앞에 양반다리를 하고 앉았다. 그녀 옆에는 북이 거치대에 걸려 있었다. 책상 위에는 꽹과리와 꽃부채가 놓여있다.

"워디서 왔슈?"

"그건 알 거 없고……"

"대나가나 똥배짱이구먼. 시방 나보고 조선 천지에 있는 성주신을 죄다 불러 오란 말여? 성주신이 워디 계신 줄 알아야 점을 보든지 말 거아녀."

꼬막네가 부채를 들고 모로 돌아앉으며 차갑게 말했다.

"모산이구먼."

"모산?"

"그려. 모산……"

꼬막네는 간다는 말도 없이 안개처럼 사라져 버린 들례의 얼굴이 떠올랐다. 그려, 지 팔자 개 줄까. 시방 워디 살고 있는지 모르겠지만, 그만한 낯짝에 도화살이 꼈응께 먹고사는 데는 지장이 읎겄지. 처연하게 떠오르는 들례의 얼굴을 지워버리고 제단을 응시했다.

제단 상단에는 장군상과 부처상이 모셔져 있다. 뒷벽에는 최영장군 초상화와 산신령이 호랑이를 타고 있는 탱화가 붙어 있다. 중단에는 조막조막한 산신상이라든지, 부처상 동자상 등이 일렬로 늘어서 있다. 하단에는 촛대와 제기며 향로가 늘어서 있다.

"올게 및 살이여?"

꼬막네는 방울을 흔들며 윤길동이 무슨 말인지 알아들을 수 없을 정도로 빠르게 중얼중얼 거렸다. 어느 순간 갑자기 몸을 부르르 떨다 얼굴을 번쩍 들었다가 이내 숙이며 물었다.

"올게 몇 살이여?"

"누가?"

꼬막네가 감전이라도 된 것처럼 온몸을 파드득 떨고 나서 반문했다.

"뉘긴 뉘여 구들장 짊어지고 둔너 있는 그 집 딸내미를 말하는 거지."

"여……열여섯 살이구먼."

윤길동은 족집게로 찍어 낸다는 말이 바로 이럴 때 사용하는 말이라는 걸 알았다. 말 그대로 귀신같이 찍어내는 꼬막네의 말이 놀라움 이상의 충격으로 다가와서 떨리는 목소리로 대답했다.

"동리 앞에 둥구나무 있지?"

꼬막네가 천천히 눈을 뜨고 단정을 짓는 목소리로 물었다.

"학산 사람치고 우리 동리 둥구나무 있는 거 모르는 사람이 있을까."

"거기서 자꾸 해꼬지를 하고 있구먼·

"내 참 별 잡스러운 말을 다 듣는구먼. 사람도 아니고 둥구나무가 워티게 사람을 해꼬지 한댜."

윤길동은 겉으로는 꼬막네를 빈정거리기는 했지만 마음은 그렇지가 않았다. 향숙이는 둥구나무 고사를 지내는 날 처음 증세를 보였다. 마른침을 꿀꺽 삼키며 굳은 얼굴로 꼬막네의 눈치를 살폈다.

"그 둥구나무에 젊은 귀신들이 살고 있어. 그 귀신들이 승질난 것이 틀림없구먼. 원래 나무귀신한테 살을 맞으믄 시 발자국을 못 띠고 즉사하는 벱여. 한 명도 아니고, 두 명이 둥구나무에 목매달아 죽었구먼. 둘다 총각이구여, 틀림 읎는 총각이구먼. 쇠라도 녹일 나이에 목이 죄여 죽었응께 여간 원한이 많겄어. 예! 장군님, 잘못했나이다. 죽은 목숨은 죽은 목숨잉께 극락으로 보내 주시고, 산 사람은 산 사람 목숨잉께 길이 길이 보살펴서 행복하게 살게 해 줘유. 예! 장군님, 나이가 많은 것도 아뉴. 아직 피지도 않은 꽃몽우리에 불과한 청춘잉께 지발 은혜를 베풀어 주슈. 예! 장군님 지발 산목숨 굽어 살펴 주소서. 최영장군님은 틀림읎어! 거기서 죽은 귀신들이 딸내미한테 붙어서 괴롭히고 있능 겨. 거기서 목매달아 죽은 청춘들이 있지?"

갑자기 사레가 들린 것처럼 몸을 움찔움찔 하던 꼬막네가 윤길동을 바라본다. 눈빛으로 윤길동의 가슴을 찌르는 목소리로 날카롭게 물었다.

"이……있기는 하지만 그……그 사람들은 우리 집 식구가 아녀. 일가도 아니고 피 한 방울 섞이지 않은 남남이란 말여. 워티게 갸들이 우리 향숙이한테 붙었다능 겨. 나이도 한참 차이가 나는데……"

"부석에 불을 때지 않고는 절대로 굴뚝에서 연기나 나지 않는 벱여. 일가친척이 아니라믄 그 청춘들이 죽는데 이 집 대주가 한 부조를 한 모냥이구먼."

꼬막네는 둥구나무 가지에 목을 매어 죽은 사람의 형상이 보이는 것은 아니다. 자신도 모르게 지껄인 말이지만 최영장군의 영이 자신의 몸을 통해서 계시를 한 것이기 때문에 틀림없다고 믿었다.

"한 부주를 하다니, 갸들하고 난 티끌만큼도 유감이 읎어. 근데 왜 해필이믄 우리 향숙이댜, 그 이쁜 향숙이가 먼 죄가 있다고……"

윤길동은 꼬막네의 점괘에는 놀라지 않았다. 점쟁이로 먹고살려면 그 정도를 알아맞히는 것은 당연하다는 생각에서였다. 눈물이 왈칵 쏟아질 정도로 가슴이 아픈 것은 꼬막네의 점괘가 정확한 만큼 총각귀신들이 향숙이를 괴롭히고 있을 확률이 높다는 점 때문이었다.

"최영장군님의 말씀이 백번 옳다는 것은 아녀. 하지만 유난히 잘 맞추시는 날이 있어. 오늘이 바로 영이 맑은 날이란 말일시. 둥구나무에서 억울하게 죽은 청춘들하고 이집 대주하고 먼 상관이 있는데……"

꼬막네는 윤길동의 얼굴을 매섭게 응시했다. 금방 얼굴이 무겁게 그늘이 내려앉는 것을 보니 최영장군의 계시가 제대로 들어맞은 모양이다. 신병 들린 딸내미가 있는감? 그동안 확률적으로 볼 때 최영장군의 영이 유난히 맑을 때는 신병(神病)에 걸렸을 경우가 많았다. 신병도 급수가 있다. 내림굿을 받아야 할 정도로 똑똑하고 영리한 신이 들어 앉아 목숨줄을 붙들고 흔드는 경우도 있고, 잡신이라 불리는 허주신이 들어앉아서 정신을 오락가락하게 하는 경우도 있고, 억울하게 죽은 총각 귀신이나 처녀 귀신들이 해해 웃으며 장난치려고 툭툭 건드는 통에 잊을 만하면 한 번씩 발작을 하는 경우도 있다. 예! 장군님, 장군님 불쌍한 청춘들이 어디 있는지 알려주세유. 예! 장군님! 하고 중얼중얼 거리는 목소리로 최영장군을 불렀다.

이 집 대주하고 상관이 읎다면 그 일 때문인가?

최영장군이 갑자기 돌아앉았는지 응답이 없다. 세상의 이치라는 것이 음양의 조화로 이루어지지 않는 것이 없다. 하늘이 양이라면 땅은 음이고, 낮이 양이라면 밤은 음이다. 불이 양이라면 물은 음이고 사내가 양이라면 계집은 음이고, 양과 음이 합쳐져야 자식을 낳을 수 있는 법이다. 달도 별도 없는 밤 들례하고 똥칠을 한 젓가락 한 쌍을 박아 놓은 것이 생각났다. 그냥 생각나는 정도가 아니고 젓가락이 지게작대기만큼이나 커져서 하늘에서 뱅글뱅글 돌기도 하고 쏜살같이 치솟아 올랐다가 논바닥에 깊숙이 꽂히는가 하면 사람처럼 성큼성큼 걸어 다니기도 했다. 누군지 모르지만 신을 받게 된다면 영의정이나 좌의정 정도의 대단한 신을 모시게 될 것이라는 생각이 들었다.

"난 아무런 상관 읎다고 및 번이나 말해야 알아 듣겄나?"

"금이야 옥이야 애끼는 딸내미가 먹는 것도 부실하고, 비루먹은 강아지마냥 맥읎이 픽픽 자빠지기도 하는구먼. 올게 나이가 및 살이라고 했드라?"

"아까 말했잖여. 나이가 많은 것도 아녀. 제우, 열여섯 살여……."

"예! 충청북도 영동군 하고 학산면 모산이라는 동리에 사는, 열여섯 살 꽃봉우리가 꽃을 활짝 피우기도 전에 이승과 저승을 오락가락하고 있구만유. 천상천하 대장군, 최영장군님 이기 먼 조화인지 점지해 주셔유! 예! 장군님의 말씀은 세상의 법이요. 세상의 진링께, 어여 말씀해 주셔유……쯔쯔……신이 내렸구먼."

"신이 내리다니? 그가 먼 말이여?"

"우리츠름 살아갈 팔자가 됐단 말이지."

"우리츠름 살아 갈 팔자라니?"

"신이 들렸다는 말이지 먼 야기겄어."

"그랑께, 우리 향숙이가 신이 들렸다 이거여?"

윤길동은 알게 모르게 향숙이가 신들렸다는 소문이 돌고 있다는 걸 알고 있었다. 그러나 다른 사람들이 뭐라고 소문을 내든 말든 향숙이는 절대로 신병에 걸리지 않았다고 믿고 싶지가 않았다. 그 믿음이 흔들리기 시작하면서 눈앞이 아득하게 주저앉았다. 재떨이에는 눌러 끄지 않은 꽁초가 모락모락 연기를 피어 올리고 있다. 그런데도 성냥불로 새 담배에 불을 붙이고 있는 윤길동의 손가락은 가늘게 떨렸다.

"암만."

"갸가 시방 및 살인 줄 알기나 하고 지껄이는 거여?"

"나 안직 귀 먹을 나이 아뉴. 아까 열여섯 짜리라고 말하지 않았남."

"그려."

"언지부터 구들장 신세를 졌는데?"

"재작년 보름 전날 둥구나무 밑이서 고사를 지내는 날 잠깐 혼절을 하고 나서부터……"

"쯔쯔, 덮어 썼구면."

"덮어 쓰다니?"

"신이 들어앉은 거시 틀림읎어."

"향숙이 몸에 신이 들어앉았다는 말인가?"

"신병이 틀림없구면.

꼬막네는 싸늘한 목소리로 말하고 나서 윤길동 앞에 있는 파랑새 담배를 끌어 당겼다. 담배를 입술 끝에 물고 치익 거리는 소리가 나도록 성냥을 켜서 불을 붙였다.

부면장 아들한테 가야 할 살(煞)이 엉뚱한 데로 간 모냥이구면.

아무리 생각해 보아도 둥구나무 근처에서 혼절을 했었다면 살(煞)을 맞은 것 같았다. 들례와 함께 똥에 치댄 은젓가락 한 쌍을 둥구나무에 박아 놓은 적이 있다. 효과가 없어서 까맣게 잊고 있었는데 둥구나무한테 고사를 지냈더니 둥구나무 다리에 박힌 젓가락도 빼내지 않고 고사를 지냈다고 저주를 내뿜은 것 같았다. 비방(秘方)대로라면 다리를 절게 되거나 벙어리가 되어야 한다. 하지만 향숙의 몸에 원래 강한 신기(神氣)가 도사리고 있어서 살을 막아 낸 것이다. 향숙의 몸에 있는 귀신이 더 이상 나쁜 살이 접근을 못하도록 동(動)한 것이 틀림없는 것 같았다.

이 일을 워쩌면 좋댜!

꼬막네가 과거를 더듬고 있는 시간에 윤길동은 바닥이 보이지 않는 절벽 난간에 서 있는 기분으로 연거푸 담배 연기를 뿜어내고 있다.

허! 이거 보통 일이 아니구먼.

윤길동은 하얗게 빛이 투영되고 있는 창호지문을 바라본다. 누렇게 변한 창호지 문이 찢어진 곳에 종이를 군데군데 오려 붙여 붙여서 문종이가 누더기 삼베 치마처럼 보인다. 자식이 많은 것도 아니다. 달랑 딸 하나 있는 것이 신병에 걸렸다는 말을 듣고 나니까 억장이 무너져 내리는 것 같았다.

보통일이 아녀 참말로 이 일을 워짜믄 좋댜.

몸이 아픈 병이라면 집이라도 팔아서 병을 고치면 그만이다. 집을 팔아서라도 안 되면 몸뚱아리라도 팔아서 외동딸의 병을 고쳐 줄 수 있을 것이다. 하지만 신병이라는 것이 잘은 모르지만 백약이 무효하다는 병이다. 들은 풍월에 의하면 신병은 오직 내림굿이라는 신풀이를 해 줘야 병이 씻은 듯이 낫는다는 것이다. 내림굿을 한다고 해서 신병이 깨끗이 낳는 것도 아니다. 내림굿으로 신병이 낳을 수만 있다면 아무리 많은 돈이 들어도, 내림굿이 아니라 더 한 굿도 해 줄 수가 있다. 하지만 내림굿을 하게 되면 신어머니를 구해서 평생 무당으로 살아야 한다는 것이다.

그것이 점을 쳐. 눈에 넣어도 아프지 않을 그것이 꽹과리를 두들기고 징을 두들긴단 말이지.

고개를 슬그머니 돌려서 꼬막네를 바라본다. 담배를 피우는 꼬락서니도 점쟁이 아니라고 할 까봐 티를 내고 있다. 입술 한쪽 끝으로 담배 연기를 훅 내뿜고 있는 얼굴은 조막만하다. 새치름한 눈빛으로 벽장 쪽을 바라보고 있는 눈매는 어딘지 모르게 섬뜩한 기운이 감돌고 있다. 나이 먹은 여염집 여자라면 남부끄러워서라도 입지 못할 색동저고리를 입고 있는 어깨는 향숙이와 엇비슷해 보일 정도로 좁고 둥글다. 키도 어린 향숙이 만하게 보여서 훅 하고 힘껏 불어 재끼기라도 하면 뒤로 벌러덩 나자빠질 것 같다. 그래도 굿을 할 때는 신의 힘을 빌려서 이백 근짜리 통돼지 한 마리를 반월도로 찔러서 불끈불끈 들어 올린다는 소문이다.

아녀, 시방 내가 꿈을 꾸고 있는 거시 틀림없어. 딴 아도 아니고 향숙이가 신병이 걸렸다는 것은 분명히 꿈에서나 있을 일여.

내 말을 믿을 테면 믿고, 믿고 싶지 않으면 안 믿어도 좋다는 얼굴로 도도하게 앉아 있는 꼬막네의 조막만한 얼굴에 향숙의 얼굴이 겹쳐진다. 향숙이는 한마디로 예쁘다. 내 자식이라서가 아니다. 산골에 살면서도 피부는 서울 사는 학생들처럼 뽀얗고 곱다. 여태까지 키우면서 손가락 끝에 흙 한 점 묻히지 않게 곱게 키운 탓이다. 향숙이는 피부만 뽀얀 것이 아니다. 커다란 눈망울 하며 반듯한 콧날에 도톰한 입술은 달력에 나오는 도시 학생들 뺨칠 정도로 예쁘다. 얼굴 예쁜 것들 치고 얼굴 값 하지 않은 것을 없다고 한다. 그런데 향숙이는 예외다. 얼굴만 예쁜 것이 아니고 마음씨고 비단결처럼 곱다. 고등학교까지만 졸업을 시키면 장차 서울에 있는 은행원이나, 부잣집으로 시집을 보낼 생각이다. 굳이 힘들여 짝을 찾지 않아도 향숙이 정도의 미모에 마음씨면 부잣집에서 서로 며느리로 달라고 아우성을 칠 것이다. 그렇게 미래가 활짝 열려 있는 향숙이 불치병이나 같다는 신병에 걸렸다는 말이 너무나 엄청나서 도저히 믿을 수가 없었다.

"방구들이 꺼져라 골백번 한숨을 쉬어 봐야 소용이 읎어. 나는 이 짓이 좋아서 하는 줄 아남? 난도 우리 집에서는 귀한 딸여. 내가 이렇게 키는 굴밤만하지만 어릴 적부터 이쁘고 착하다고 근동에서 소문이 자자했어. 그래서 이 질로 안 들어 설라고 별별 짓을 다 했어. 좋다는 약은 죄다 먹어 봐도 소용이 읎어서, 절간에 들어가서 공양주 노릇도 해 보고, 기도원에 들어가서 단식기도라는 것도 해 봤지. 그래도 소용이 읎어서 차라리 칵 줄어 뻐릴라고 독한 맘을 먹어도 안 죽어지는 것이 신병여. 보통 사람은 양잿물을 한 종지만 먹어도 게거품을 뿜어내고 바들바들 떨다가 천당으로 갈 껴. 하지만 난 한 사발을 먹었는데도 고생고생만 하고 멀쩡히 살아났어. 타래꼬리를 감나무에 매달고 목을 맸는데, 감나무 가지가 뿌려져서 살아남았어. 우리 동리 뒷골에 저수지가 있는데 거기 몸을 던졌더니, 겨울 가뭄 때라서 돌멩이에 마빡만 깨지고 물을 피로 뻘겋게 물들이고 옷만 다 버렸어. 그 담에는 굶어 죽을라고 작정을 했구면. 사람이 아니라 벌거지도 못 먹으면 죽어 버리잖여. 그래서 물 한 모금 먹지 않고 열흘을 버텼어. 몸은 하루가 다르게 꼬장가리츠름 말라가는데 정신은 멀쩡한 거여. 그랬더니 이번에는 먼 일이 일어났는지 알아?"

윤길동은 꼬막네가 묻는 말에 대답을 하지 않았다. 꼬막네는 이제 한숨을 내쉴 기력도 없다는 얼굴로 담배 연기를 길게 내뿜고 나서 다시 입을 열었다.

"신이 승질이 나서 내 남동생을 건드려 뻐렸잖여. 보통학교 삼 학년까지도 똑똑하고 공부 잘한다고 동리에서 소문이 났던 아여. 집에서는 효도 잘햐, 동리 사람들한테 꼬박꼬박 인사 잘햐. 흠을 잡을라고 눈을 뒤집어 까고 찾아봐도 찾을 수 읎던 사람이 내 동생이여. 그런 동생이 즘심 잘 먹고 아부지한테 홍시 하나 따 준다고 감나무에 올라갔다가 떨어져서, 그 질로 꼽사가 되버렸잖여. 그걸 생각하믄 시방도 기가 맥히다 못해 피눈물이 나지. 하나 벢에 읎는 아들놈이 팔자에 없는 꼽사가 돼서 남한테 병신취급 받고 살게 되었응께 눈에 보이는 거시 머가 있겄어. 농사고 머고 다 때려치우고 남동생 꼽사를 고칠라고 백방으로 뛰어 댕겼지. 그라던 던중에 묘향산까지 갔어, 금상산 말여. 금상산 어디 꼴짜기에서 어떤 스님이 그러드랴. 내가 신을 거부항께 내 대신 동생에게 살을 내린거라고 말여. 그랑께 워쩌었어? 나 같은 지지바가 눈에 보이었어? 집으로 오는 그날로 신어머님을 정해서 날을 받아 내림굿을 받았지. 아! 그랬더니 참말로 신기하게도 동생 허리가 펴지더라 이거여! 하도 신기해서 서울에 있는 유명한 병원에 데리고 갔지. 엑스레인가 하는가 하는 거를 찍어 봤더니, 아 참말로 아무 이상도 읎다는 거여. 나는 그 질로 집을 나와서 신어머님 집에서 살기 시작했구먼……"

꼬막네는 이제 와서 울어 봐도 다 지나간 일이요 되돌아 갈 수 없는 길이라는 생각에 눈물을 흘릴 필요도 없다고 생각했다. 그러나 생각과 다르게 눈물이 그렁하게 차오른다. 담뱃재를 천천히 털고 나서 저고리 고름으로 눈물을 찍어내며 멀거니 허공을 바라본다.

"누가 그라데. 신병이라는 거시 들라믄 조상 중에서도 억울하게 죽은 사람이 있거나, 어려서 죽은 총각이나 츠녀 귀신이 있어야 그 귀신이 억울해서 사람 몸에 들어오는 거라고 말여. 하지만 암만생각해도 우리 조상에는 그렇게 억울하게 죽은 사람도 없어. 남 집안은 전쟁 때 한두 명은 폭탄을 맞아 죽었거나, 억울하게 개죽음 당한 사람들이 한둘은 있다고 하든데, 우리 집안에서는 그런 사람도 없단 말여. 그랑께 내가 워티게 꼬막네 말을 믿겠어.”

꼬막네가 담배 연기와 함께 고향산천을 날려 버리는 동안 마당을 물끄러미 바라보고 있던 윤길동이 마른 목소리로 중얼거렸다.

“워디서 들은 귀는 있구먼. 아니 땐 굴뚝에서 연기 나는 거 봤남? 조상 중에 신을 거부한 사람이 있을 껴. 조상이 아니라면 가찹게 사는 그 누군가 억울한 한 원혼이 있을 껴. 암, 반드시 그릏고 말고”

꼬막네는 윗방 신당을 향해 돌아앉았다. 파리똥이 드문드문 눌어붙어 있는 장군상을 지그시 노려보다가 천천히 눈을 감았다. 예! 장군님, 어린 청춘을 누가 괴롭히고 있는지 점지해 주셔유. 예! 장군님 하고 중얼중얼거리는 목소리로 최영장군을 불렀다.

허! 나만 잘못한 것이 아니고 이 집 대주도 한 몫을 했구먼.

둥구나무 가지에 젊은 장정 두 명이 앉아서 땅바닥을 노려보고 있는 모습이 보였다. 그 밑에 윤길동이 바들바들 떨고 있는 모습을 보이니 죽은 장정 귀신들하고 무언가 관계가 있는 것이 틀림없었다.

어머가 향숙이를 그렇게 맨들었을까. 아녀, 그럴리는 없어. 왜 손녀딸한태 해꼬지를 한댜. 어머가 아니라믄 대관절 뉘여.

윤길동도 신당을 바라본다. 제단 양쪽에는 촛불이 하늘하늘 타고 있다. 제단을 바라보지 않을 때는 향냄새가 나지 않았다. 그러나 제단을 가만히 바라보고 있으니까 향냄새가 진득하게 풍겨온다. 꽁초를 대충 눌러 끄고 새 담배에 또 불을 붙였다. 벌써 대여섯 개비를 줄담배 피웠는데도 입 안이 쓰지 않다. 오히려 담배 연기가 달게만 느껴진다.

혼잣말로 중얼중얼 거리고 있는 꼬막네를 바라보던 시선을 밑으로 내린다. 옆에는 영동에서 한약을 제일 잘 짓는다는 자생한의원에서 지어온 한약 한 첩이 있다. 문종이로 싸서 노끈으로 질끈 묶여 있는 한약뭉치를 쓰다듬는 손끝이 수전증 걸린 노인네처럼 자꾸만 달달 떨린다.

"햐, 향숙아, 또 아픈 겨?"

오늘은 며칠 전부터 논을 매기로 정해 놓은 날이다. 땡볕이 내리쬐는 한낮은 논을 매기가 힘이 든다. 새벽부터 설쳐야 오전 내 끝낼 수 있을 것이라는 생각에 희뿌옇게 날이 밝아오자마자 논으로 나갔다. 새벽이슬에 옷을 축축하게 적시도록 논을 매고 나서 아침을 먹으러 집에 갔다.

"어디가 또 아픈데?"

손이며 발은 또랑에서 씻고 왔다지만 맨발로 논에 나갔던 탓에 발을 씻어야 방으로 들어 갈 수가 있다. 고무신을 신고 마당으로 나가서 물로 발을 헹구고 있는데 향숙이 방에서 모리댁의 걱정스러운 목소리가 흘러나왔다. 가슴이 철렁 내려앉는 것을 느끼며 향숙의 방문을 열었다. 지금쯤 일어나야 할 향숙이 이불속에 누워있다. 누워 있는 향숙의 얼굴이 백지장처럼 하얗다. 향숙은 모리댁이 어깨를 흔들어도 기척을 안했다.

"하……향숙아, 야가 또 왜 이라능 겨?"

모리댁이 금방 울음 섞인 목소리로 이불을 걷어냈다. 향숙을 일으켜 앉히려고 목 밑에 손을 집어넣었다.

"어머, 기운이 하나도 읎어."

향숙이 가늘게 눈을 뜨고 목 밑에 들어와 있는 모리댁의 손을 밀어낸다.

"저……정신이 들었구먼. 왜 기운이 읎능 겨? 응?"

"몰라. 그냥 자꾸 잠만 와."

"툭하믄 아프다고 누워 있응께 기가 약해졌나벼. 그렇지 않아도 지 몸이 이상한지 오늘은 오랜만에 절에 가서 쉬고 싶다고 했었는데……"

윤길동은 향숙의 이마에 손을 얹어 본다. 열기는 없는데 감촉이 금방 숨을 넘긴 사람처럼 미지근하다. 순간 가슴이 덜컹 내려앉았다. 야 가이르다 참말로 죽는 거 아녀, 하는 생각이 들어서 다급하게 물었다.

"암만해도 안 되겄다. 오늘 만사를 재껴두고 읍내에 나가서 보약을 한 첩 지어 오든지 먼 수를 내든지 해야겄다."

"논 매다 온 사람이 맥읍이 워딜 간대유?"

향숙이 아파다는 말에 온몸의 기운이 다 빠져 나간 얼굴로 축 늘어져 있던 모리댁이 힘없이 물었다.

"시방 그기 문제가 아니잖여. 논 일은 내가 오씨한티 시킬 모냥잉께 어여 옷이나 내 놔. 학산 약은 효과가 읎는 거 같응께 영동에 있는 자생당에서 지어와야겄어. 사람들 야기를 들어 봉께 자생당 의원이 약을 참 잘 짓는다고 하드만."

"가드라도 아침은 자시고 가셔야쥬."

"시방 아침이 문제여. 증 배가 고프믄 영동 시장통에서 국시라도 한 그릇 사 먹을 모냥잉께 어여 옷이나 내 놔."

"아부지, 내 병은 내가 알어. 및 시간만 누워 있으믄 괜찮을 팅께 읍내 갈 필요 읎어."

죽은 사람처럼 반듯하게 누워서 가늘게 숨을 내쉬던 향숙이 말했다.

"니가 점쟁이여? 니가 워티게 안다는 겨. 이참에 확실하게 뿌리를 뽑아야겠다. 한참 증신 없을 정도로 커야 할 아가 툭하면 아프다고 이불을 지고 있응께 지켜보는 우리도 미치겠지만 넌 오죽하겄냐. 그랑께 암 걱정 말고 그냥 둔너 있어라."

윤길동은 내 병은 내가 안다는 향숙의 말이 가슴을 아프도록 찔렀다. 그래서 손사래를 치면서 갑자기 바빠진 사람처럼 일어나서 밖으로 나갔다.

"햐……향숙이 줄라고……"

영동으로 가기 위해 싸리문을 나서는데 해룡이가 다가왔다. 해룡이 손에는 어디서 잡았는지 모르지만 손바닥만한 붕어 한 마리가 들려있다.

"이 등신이, 시방 사람 열불 나 죽겄는데 머 하자는 수작여. 빨리 안 끄대가?"

해룡이가 언제부터 들락거리기 시작했는지 기억은 나지 않는다. 언젠가 한번 보니까 향숙이가 뜰팡에 앉아서 사과를 맛있게 먹고 있었다. 어디서 난 사과냐고 물으니까 해룡이 오빠가 가져 온 사과라고 말했다.

"너 시방 제정신여?"

향숙의 말을 듣고 나니까 눈앞이 캄캄해지는 것 같았다. 해룡이 정신이 정상적이면 걱정할 필요도 없다. 정신이 모자란 해룡이 사과를 어느 집 구정물에서 건져 왔을지도 모르고, 냇가에서 떠내려 온 것을 주워 왔을지도 모를 일이다. 그렇지 않아도 병약한 향숙이 더러운 사과를 먹고 있을 거라는 생각에 사과를 빼앗아서 마당으로 내팽개쳤다.

"너 이 자식 빨리 안 꺼져!"

생각 같아서는 해룡이 눈앞에 별이 번쩍이도록 따귀를 갈기고 싶었지만 모자란 놈 때려봤자 손바닥만 아프다는 생각에 멱살을 움켜잡고 질

질 끌어서 싸리문 밖으로 내밀어 버렸다.

해룡은 그 후에도 자주 향숙이한테 먹을 것을 가져다주는 눈치였다. 어디서 구했는지 모르지만 사탕을 갖고 오기도 하고, 찐 고구마, 복숭아, 오이며, 콩 볶은 것을 가져오기도 하는 눈치다. 문제는 향숙이가 이상하게도 해룡이가 주는 것들은 가리지 않고 잘도 받아먹는다는 점이다. 윤길동은 죄인처럼 고개를 푹 숙이고 어쩔 줄 몰라 하고 있는 해룡이 손에서 붕어를 빼앗아 거름자리로 던져 버렸다. 그래도 분이 풀리지 않아서 해룡의 뺨을 냅다 갈겨 버리려고 손을 들었다가, 아녀, 때려봤자 내 손만 드러워지지, 하고 슬그머니 내려 버리고 바쁘게 골목을 걸어 나갔다.

"못 먹어서 생기는 병여. 곡식도 막 자라기 시작할 때는 거름을 잔뜩 줘야 실하게 크는 법이잖여. 한참 먹어야 할 나이에 영양가 읎는 나물죽이나 먹고 상께 기가 떨어져서 못 일어나는 거여."

자생당한의원 원장은 윤길동의 말을 길게 들어 볼 필요도 없다는 얼굴로 진단을 내렸다.

"이른 말씀 드리기 머하지만 우리 집 살림이 넉넉한 편은 아뉴. 하지만 하나 뿐에 읎는 딸내미 끼니를 못 챙겨 줄 정도로 행핀도 읎는 집은 아뉴. 자식이라고는 갸 하나뿐에 읎어서 우리 내외가 끼니를 굶는 한이 있더라도 갸한테는 삼시 시때 죽도 아니고 밥을 챙겨주는 편이라서……"

"쯧쯧……말귀가 왜 이리 어두울까. 사람이 밥만 먹고살아도 된다믄 병에 걸리는 사람이 워디 있겄어. 밭에 아무리 퇴비를 질퍽하게 줘도 가끔은 비료를 뿌려줘야 하는 이치츠름, 한참 크는 아한테는 한 달에 두어 번씩이라도 괴기도 사 주고, 생선비린내도 풍겨 줘야 한다는 거여. 그릏게 알고 내가 지어 주는 약을 다려멕여 봐. 녹용, 녹각, 파극, 육종용, 음양곽, 두충, 익지인, 토사자 같은 거를 섞은 약이라서 반드시 효험이 있을 거여. 약을 대려 멕일 때는 밀가루 음식이랑 무수하고, 돼지괴기는 상극인께 금해 주시고"

"이 약을 대려 멕이믄 어질어질 거리다 쓰러지는 일은 읎다 이거쥬?"

"내가 용하다는 말은 아니지만, 안직까지 자생당 약 효험읎다는 말은 못 들어봤구먼."

"고마워유. 우리 딸내미만 일어스믄 반드시 인사를 드리러 오겠슈."

자생당한의원 원장의 말이 반드시 맞을 거라는 확신은 들지 않았다. 그러기에는 이미 너무 많은 약을 썼기 때문이다. 하지만 선택의 방법이 없었다. 이번에는 괜찮겠지 하는 기대감을 안고 약을 지었다.

"세상 헛살았구먼. 병이라는 건 사람의 심으로 안 되믄 신의 힘으로 낳구는 수벆에 읎어. 헛일 삼아서 꼬막네한테 한번 찾아가 봐. 백이믄 백 다 낳는다는 말은 공갈이고, 맥없이 픽픽 쓰러지는 사람들도 귀신이 놀랠 정도로 쉽게 낳는 사람이 한둘이 아니었응께."

갑자기 꼬막네를 찾게 된 것은 영동에서 버스를 타고 학산 삼거리에서 내린 후였다.

아파서 누워 있을 향숙이 입맛이라도 돌아오게 사탕이라도 사 줘야겠다고 차부상회에 들어갔다. 영동에 볼일 보러 간다고 버스를 기다리고 있는 이발소 팽씨한테 넋두리를 하였더니 꼬막네를 소개해줬다.

"먼 말을 그릏게 한댜? 난 그런데는 절대 안 가. 믿는 사람도 아니고"

윤길동은 그릏지 않아도 동네 사람들이 신병에 걸렸다고 소곤거리는 말에 신물이 날 지경이었다. 화를 내고 싶었지만 팽씨는 나름대로 걱정이 돼서 하는 말일 거라는 생각에 화는 내지 못하고 고개를 돌렸다.

"물에 빠진 사람 지프래기라도 잡는다고 하잖어. 밑져야 본전잉께 한 번 가 봐도 손해 볼 거는 읎을 껴."

윤길동은 팽씨가 등 뒤에서 하는 말이 솔깃하게 들려왔다. 신병에 걸리지는 않았겠지만 손해 볼 것은 없으니까 꼬막네를 한번 찾아가 보는 것도 나쁘지 않을 것 같았다. 그러나 지금 생각해 보니 오지 않았어야 했다.

지발, 우리 향숙이 좀 보살펴 주셔유. 죄가 있다믄 지가 죄가 있지 우리 향숙이는 암 죄도 읎슈.

윤길동은 슬그머니 피우던 담배를 눌러 끈다. 꼬막네는 꽹과리를 요란스럽게 두들기며 최영장군에게 기도를 올리고 있다. 좁은 방 안을 요란스럽게 울리는 꽹과리 소리와 북소리에 귀가 멍멍해져서 고개를 푹 숙이고 방바닥을 응시한다. 왕골로 짠 돗자리에 때가 묻어서 거무스름하다. 군데군데 담뱃불에 탄 자국도 보이고, 촛농이 문질러진 흔적도 있다. 문득 고개를 들어 신당을 바라보니까 가슴이 콱콱 막히는 것 같았다. 눈물이 날 것 같아서 눈을 감으니까 순배 영감의 아들들이 죽던 날이 떠오른다.

북쪽 사람들이 소백산맥을 타고 북쪽으로 이동을 하고 있을 때 부산으로 피난을 갔던 이병호 부자가 들어왔다.

"좌우지간 그 집구석 자식놈들을 찾는데 참석 안 하는 집은 그놈들하고 한 패거리로 여기었어. 그랑께 한 집도 빼놓지 말고 둥구나무 밑으로 모이라고 햐."

이병호는 대창에 비명횡사한 부모의 죽음에 애통해 할 겨를도 없이 박평래를 시켜서 온 동네의 젊은 남자들을 소집했다.

"그놈들이 북쪽에 먼 연고가 있어서 올라 가겠어? 빨갱이들은 분명히 지덜 세상이 온다고 믿고 있는 놈들잉께 이 근방 산에 숨어 있을 껴. 그랑께 오늘부터 어떤 일이 있드래도 그놈을 찾어 냐. 만약 못 찾아 내믄 나죽고 당신들도 죄다 죽을 각오를 하고 있으믄 틀림읎을 껴."

이병호는 제정신이 아니었다. 변쌍출이랑 장기팔이며 박평래가 순배 영감의 자식 형제가 등신 천치가 아닌 이상 근방에 있는 산에 숨어 있겠냐고 읍소를 했지만 소용이 없었다. 직접 깎아 만든 대창을 들고 동네 사람들을 비봉산으로 몰아 붙였다.

순배 영감의 아들 형제를 찾아서 비봉산이며 갈기산, 모리강 건너에 있는 천태산까지 구석구석 헤매다 비봉산을 넘어서 돌아오던 날이다.

어스름 어둠이 내려 깔릴 즈음에 토끼굴 앞을 지나치고 있을 때였다. 대창으로 풀숲 여기저기를 마구잡이로 쑤시고 다니던 동네 사람들 중 어느 한 명이 토끼굴을 한번 뒤져보자고 제안했다.

토끼굴은 토끼가 파 놓은 작은 굴이 아니라 일정시대 때 수정을 파내기 위해서 발굴을 하다 중단을 한 길이 오 미터 정도의 작은 굴이다. 굴 안에는 수정을 캐내기 위해서 시험적으로 파 본 작고 큰 여러 개의 구멍들이 많았다. 그 굴에 토끼들이 많이 산다고 해서 붙여진 이름이 토끼 굴이다.

"설마, 저기 숨었겄어?"

"그려, 등신 숙맥이 아닌 이상 눈에 뻔히 보일 장소에 숨어 있을 턱이 없어.”

“그람, 대관절 워디 숨어 있는 거여.“

사람들은 잠깐 토끼굴 앞에서 멈추기는 했지만 굴 안으로 들어가지는 않았다. 윤길동도 밖과 다르게 이미 캄캄해진 굴 앞에서 멈췄다. 몇몇 사람은 한마디씩 던진 말을 바람결에 흘려보내고 가던 길을 계속 갔다.

“아녀, 누가 가서 쇠깽이 좀 한 다발 꺾어와.”

일행의 가운데 섞여 있던 이병호가 걸음을 멈추고 이빨을 지그시 갈며 지시를 했다.

이병호의 이빨 갈리는 소리에 몇몇이 흩어져서 소나무 가지를 한 다발씩 꺾어왔다. 이병호는 토끼굴 입구를 소나무 가지로 막으라고 지시했다. 소나무 가지 사이에 마른 삭정이를 집어넣고 불을 붙였다. 누가 시키지 않았는데도 몇이 저고리를 벗어서 부채질을 했다.

그려, 어채피 캄캄해져야 산을 내려 갈 팅게 부채질이라도 하믄서 시간을 보내는 것이 났지.

윤길동은 몸이 안 좋아서 원래 오늘은 집에서 쉬고 싶었다. 그러나 이병호의 눈 밖에 났다가는 도지로 붙이고 있는 다섯 마지기 논을 뺏길지도 모른다는 생각에 내키지 않는 걸음으로 수색작업에 따라 나선 중이다. 강 건너 불구경 하는 얼굴로 바위에 걸터앉아 곰방대에 불을 붙이며 소나무 가지에 불이 붙기 시작하는 광경을 지켜봤다. 온종일 비봉산을 이를 잡듯 뒤지고 다녔더니 다리가 천근만근 무쇠처럼 무거웠다.

가들이 등신 아닌 이상 생사람을 쥑여 놓고 여기서 숨어 있겄어. 삼팔선을 넘어도 백 번은 넘어 갔을 껴.

동네 사람들 대부분이 같은 생각을 하고 있는 것처럼 윤길동도 형제들이 비봉산에 숨어 있을 거라고 믿지를 않았다. 피곤한 얼굴로 토끼굴 앞을 바라보고 있다가 동네를 내려다보았다. 동네를 덮고 있는 하늘에는 저녁 짓는 연기가 타원형의 구름처럼 떠 있다.

"내 앞에서 비켜!"

"앞을 가로 막는 놈들은 죄다 죽여 버릴텨!"

날카로운 비명소리와 함께 형제가 굴 밖으로 후다닥 뛰어 나오는 소리가 들렸다. 멍청하게 불타는 소나무를 바라보고 있던 동네 사람들은 멧돼지처럼 후다닥 튀어 나오는 형제의 기세에 양쪽으로 갈라지며 길을 터 줬다.

"저⋯⋯저놈들을 안 잡고 뭐 하능 겨!"

"증신 차려! 증신 차리고 빨리 저것들을 잡앗!"

이병호 부자도 깜짝 놀라서 멍하니 형제가 도망가는 모습을 지켜보았다. 어느 순간 정신이 번쩍 든 이병호가 몽둥이로 땅을 내려치며 고함을 질렀다. 그에 뒤지지 않을세라 이동하의 발악적인 목소리가 어스름한 솔밭에 내려앉기도 전에 동네 사람들이 우르르 뛰어갔다.

이십 대 청년들이라서 멀쩡한 기운이었다면 충분히 동네 사람들의 시야에서 벗어날 수 있었을 것이다. 그러나 생소나무 타는 지독한 연기와 열기에 취해있던 형제는 멀리 도망가지 못했다. 붙잡으려고 작정한 사람들처럼 망개나무 가시가 무덤처럼 수북하게 엎드려 있는 곳으로 도망을 가다가 붙잡히고 말았다.

"바⋯⋯밧줄을 갖고 와. 밧줄을 가지고 와서 단단히 묶어."

박태수를 비롯해서 몇 명이 형제의 멱살이며 어깨 허리춤을 단단히 움켜쥐고 이병호 앞으로 끌고 왔다.

"쥑여!"

"내가 저승에 가서도 이놈의 웬수를 갚고 말 팅게."

형제는 악에 받친 목소리를 토해내며 이병호 부자를 노려보았다. 이병호는 눈도 꿈쩍하지 않고 형제를 차갑게 노려보았다.

"누가 밧줄을 가지고 온 겨. 어여 밧줄을 가지고 와."

"밧줄 읎능개벼."

"그람 칡거지라도 끊어 가지고 와."

"그려, 그라믄 되겠네."

몇 명이 흩어져서 빠르게 칡넝쿨을 돌멩이로 찍어서 끊어 가지고 왔다. 와르르 달려들어서 형제를 나뭇단 묶듯이 묶어 버렸다.

"좌우지간 무식한 것들은 대책이 읎어. 사람을 잡으러 오는 놈들이 밧줄도 준비해 오지 않았다믄 도대체 증신이 있는 겨 읎능 겨."

이병호가 동네 사람들을 노려보며 한심하다는 표정으로 말을 했다. 그래도 어느 누구 하나 숨소리도 크게 내지 않았다.

"아부지, 어여 내려가시쥬."

"그려, 내려가자."

이병호가 앞장을 서고 이동하는 맨 뒤에서 무리를 지켜보며 산을 내려가기 시작했다. 일행은 약속이나 한 것처럼 어느 누구 하나 말을 하는 사람도 없었다. 누군가 돌부리에 넘어졌으나 어이쿠! 소리도 내지 않고 용수철처럼 벌떡 일어나 일행에서 이탈되지 않으려고 재빠르게 합류를 했다.

쥑이겠지. 저 승질에 그냥 살려 두지는 않을 겨.

윤길동은 칡넝쿨에 상체가 묶여서 걷고 있는 형제를 바라본다. 형제는 이미 죽음을 각오하고 있는 것처럼 당당하게 걸어가고 있다. 그 모습이 용감해 보이기보다는 불쌍하고 처연해 보였다.

내가 면장님이래도 살려 두지는 않을 거.

형제를 찾아서 산을 뒤질 때는 종일 긴장을 늦추고 있지 않아서 그런지 시간이 더디게도 흘러갔었다. 그러나 둥구나무에 도착하면 형제가 개죽음을 당할 거라고 생각하니 금방금방 동네가 가까워지고 있는 것 같아서 안타깝기만 했다.

등신 같은 놈들, 도망친다는 데가 제우 토끼굴일 거시 머여. 서울로 가 버리든지 부산으로 도망가서 숨어 살문 목숨은 건질 수 있을 거인데.

윤길동만 죽음의 벼랑 앞에 서 있는 형제를 안타까워하고 있는 것이 아니다. 이병호 부자를 제외한 모든 사람들이 그러하듯 형제를 묶은 칡 넝쿨을 쥐고 따라가는 박태수도 윤길동과 같은 생각을 하고 있었다. 형제는 이왕 죽을 바에 한시라도 빨리 죽겠다고 결심이라도 한 것처럼 거침없이 앞으로 걸어갔다.

윤길동은 형제를 붙잡아 가는 것이 아니고, 형제들에게 끌려가는 것처럼 바쁘게 발을 놀리면서도 마음은 자꾸 뒷걸음 치고 있었다.

둥구나무 밑에는 아낙네들과 아이들이 모두 나와 있었다. 어제가 보름이어서 달빛은 아직 사그라들지 않았다. 달빛 아래서 처연한 얼굴로 남정네들을 지켜보고 있던 아낙네들이 지레 겁을 먹고 일제히 흩어졌다. 둥구나무 가지 사이로 떨어지는 창백한 달빛 아래 순배 영감 혼자만 장승처럼 우뚝 서 있었다.

남정네들은 해룡네의 집 앞을 지나쳐서 둥구나무 밑에 서 있는 순배 영감을 바라봤다. 달빛이 너무 창백해서 푸른빛이 감도는 땅바닥에 장승처럼 꼿꼿하게 서 있는 순배 영감의 기세가 너무 당당해서 남정네들이 주춤 걸음을 멈추었다.

"뭐 하능 겨? 어여 가지 않고."

이병호가 순배 영감을 뚫어져라 노려보며 싸늘하게 말했다. 그때서야 동네 사람들은 내키지 않은 표정을 지으며 앞으로 걸어갔다.

순배 영감은 일행 가운데 있는 자식들을 보았다. 조선 시대 때 죄인처럼 칡넝쿨로 어깨를 휘감아 허리를 동여 맨 형제는 당당한 모습으로 걸어오고 있다. 형제를 둘러싸고 있는 동네 사람들이 오히려 죄인처럼 주눅 든 얼굴로 땅바닥만 쳐다보며 오고 있었다.

"나도 이 동리서 태어났고 이 동리서 이때까지 살았구먼. 이놈들이 뉜지도 잘 알고 있어. 하지만 시방은 내 눈에는 이놈들이 우리 동리 사람들로 안 보여. 내 눈에는 동리 사람들을 선동해서 우리 아부지 어머를 대창으로 찔러 죽인 놈으로 뱆에 안 보인다는 말일씨. 우리 동네 사람이라믄 절대로 한 동리 사람을 그 모냥으로 죽일 수는 없단 말일씨."

이병호는 망설이지 않고 장승처럼 서 있는 순배 영감 앞으로 성큼 다가갔다. 이병호가 차갑게 웃는 얼굴에 달빛이 산산조각 나고 있었다. 순배 영감은 형제를 바라보지 않고 이병호를 정면으로 바라봤다. 이병호는 뒷짐을 지고 순배 영감 따위는 안중에도 없다는 얼굴로 차갑게 웃었다.

"면장 어른!"

이병호를 바라보던 순배 영감이 바르르 떨리는 눈빛으로 형제를 바라봤다. 형제들과 시선이 마주치는 순간 차마 더 이상 바라볼 수가 없었다. 이병호 앞에서 무릎을 착 꿇어앉는 순배 영감의 목소리가 달빛을 타고 짜르르 울려 퍼졌다.

아낙네들은 피를 토하는 듯한 순배 영감의 목소리가 가슴을 후벼 파는 것 같아서 형제들만 남겨두고 사방으로 퍼져 나갔다. 박태수의 집 나무동가리 뒤나 헛간 뒤로, 김춘섭네 집 뒤, 골목 안에 서 있는 감나무 뒤로 몸을 숨기고 숨을 죽였다. 남정네들은 차마 멀리 가지는 못하고 둥구나무 그늘을 벗어나서 자연스럽게 순배 영감 부자와 이병호 부자를 에워싸고 마른 침을 삼켰다. 둥구나무 아래는 칡넝쿨에 묶여 있는 형제와 이병호 앞에서 무릎을 꿇고 앉아 있는 순배 영감과 이동하 밖에 남지 않았다.

"그려서?"

"이 늙은이가 죄인이유. 이 늙은이가 말렸어야 하는데 말리지 못한 거이 죄인이유. 자식들을 어떻게 할 생각이라믄 이 늙은이를 쥑여 줘유."

"흥, 은제는 빨갱이들이 시켜서 그랬다고 하더니 그새 마음이 변했는구먼."

이병호는 차갑게 웃으면서 주머니를 뒤적거려서 하얀색 상아 파이프를 꺼냈다. 궐련을 꽂아서 불을 붙였다. 엄지와 검지로 파이프를 든 채한쪽 눈을 가늘게 뜨고 형제를 노려보며 뒤로 물러섰다.

"아부지! 아부지가 먼 잘못이 있다고 비는 거유. 이복만이 같은 개새끼는 인간이 아뉴, 금수와 같은 놈이란 말유. 우리가 쥑이지 않았어도 벌써 이 세상에서 꺼졌어야 할 놈유."

"아부지, 아부지는 어여 집에 들어가 보셔유. 아부지가 저 새끼 앞에서 백날 용서를 빈다고 해도 우린 죽은 목숨유. 그렇게 자식들이 가는 마지막 눈앞에서 구차한 모습 보이지 말고 어여 집으로 들어 가셔유."

"아부지! 죽는 마당에 아부지가 인간같지도 않은 놈한테 개처럼 사정하는 모습 보기 싫어유, 그랑께 어여 집으로 들어 가셔유."

"아부지! 아버지가 인간의 탈을 쓴 저놈들 앞에서 사정을 하시믄 우린 한이 맺혀서 구천을 떠돌게 될규. 그랑께 제발 들어 가셔유."

형제가 번갈아 가면서 무릎을 꿇고 앉아 있는 순배 영감에게 발을 동동 구르면서 애원을 했다.

"면장 어른 저 자식들 보셔유. 저것들이 시방 염라대왕 앞에서 심판을 지달리고 있는지도 모르고 깨춤을 추고 있을 정도로 저렇게 철이 읎슈. 그랑께 지발 목숨만 살려 주세유. 지발!"

"영감, 영감이 그런다고 돌아가신 우리 부모님이 살아오실 수만 있다면 당장 저놈들을 용서해 줄 수 있어. 하지만 아무리 애원을 해도 대창에 찔려서 걸레조각처럼 찢어져 죽은 부모님은 돌아오시지 않아. 그랑께 저 똑똑한 자식들 말대로 어여 집으로 돌아가셔. 그것이 이왕 죽을 자식들을 편하게 저승으로 보내주는 길잉께."

무릎을 꿇고 앉아서 고개를 축 늘어트리고 있는 순배 영감을 노려보던 이병호가 달을 쳐다보며 담배 연기를 길게 내뿜었다. 이병호의 입에서 뿜어져 나간 담배 연기가 푸른 달빛 속에서 푸른색으로 흩어져 나간다.

"마지막으로 묻겄슈. 참말로 저 철 읎는 자식들을 저승으로 보낼꺼유?"

순배 영감이 고개를 번쩍 치켜들었다. 형제들의 얼굴을 마음속에 화석으로 간직이라도 하듯 한참 동안 뚫어지는 눈빛으로 쳐다보다 이병호에게 결연히 물었다.

"영감!"

형제와 순배 영감을 번갈아 노려보고 있던 이동하가 버럭 고함을 질렀다.

"동하야 이눔들은 내가 알아서 할 팅께 너는 빠져. 너까지 웬수로 살 필요는 읎응께 너는 얌전히 빠져 있으란 말여. 태수! 우리 집 헛간에 가서 쇠고삐 두 개만 가져오게."

"예?"

박태수가 많고 많은 사람들 중에 하필이면 나라는 얼굴로 주위를 두리번거렸다. 자신을 바라보고 있는 사람들의 눈빛이 하나같이 나는 안 걸렸다는 얼굴로 안도의 한숨을 내쉬는 것처럼 보였다.

"태수! 시방 내가 하는 말 못 들응 겨? 우리 집 헛간에 가믄 쇠고삐가 및 개 걸려 있을 거여. 그중에서 길고 살팍한 놈으로 골라서 두 개만 가지고 오란 말여."

"아……알았슈."

이병호가 밧줄을 가져 오라는 말은 형제를 목매달아 죽이겠다는 의도다. 박태수는 금방이라도 울음을 터트릴 것 같은 얼굴로 순배 영감을 바라본다. 고개를 번쩍 드는 순배 영감의 얼굴은 모든 것을 체념했다는 얼굴이다. 그 얼굴에 창백한 달빛이 고고하게 흐르고 있다. 가까이서 보지 않아서 자세히는 알 수 없지만 눈가에 눈물이 그렁하게 맺혀 있는 것처럼 보였다.

"태수야 너는 여기 있어라, 내가 빨리 쫓아갔다 올 모냥잉께."

박태수가 망설이고 있는 사이에 박평래가 불쑥 나섰다. 젊은 박태수가 순배 영감하고 원수를 지는 것보다 늙은 내가 나서는 것이 좋을 거라고 생각하며 망설이지 않고 면장 댁으로 향하는 골목으로 접어들었다.

"날 원망하지 말아라. 사람은 은젠가 죽게 되어 있는 벱이여. 딴 사람들보다 쪼끔 앞서간다고 생각혀라. 가거들랑 니 어머 만나서 못난 애비는 난중에 온다고 안부나 전해주고 알겠지?"

순배 영감은 천천히 일어섰다. 처연한 얼굴로 형제 앞으로 걸어갔다. 마치 먼 길을 배웅이라도 하는 얼굴로 격려라도 해 주듯 형제의 어깨를 번갈아 가며 툭툭 쳐 주었다. 그 모습이 너무나 초연해서 아낙네들이 부모가 저렇게 냉정하게 자식을 보낼 수 있냐며 놀랄 정도로 묵묵히 돌아섰다.

'저, 저를 워쨔.'

윤길동은 침을 꿀꺽 삼키면서 순배 영감을 따라 시선을 돌렸다. 긴 달그림자를 끌고 가는 순배 영감은 뒤돌아보지 않았다. 고개를 숙이고 걷지도 않았다. 논에라도 갔다가 때가 돼서 집에 밥 먹으러 가는 사람처럼 뚜벅뚜벅 걸어간다.

"며…면장님, 쇠고삐 갖고 왔슈."

박평래가 숨을 헐떡이며 쇠고삐를 둘둘 말아서 들고 왔다.

이병호는 박평래의 말에는 대꾸를 하지 않고 잠자코 너럭바위 위로 올라갔다. 잘게 기침을 하고 나서 형제를 빙 둘러 싸고 있는 남정네들을 천천히 돌아다봤다. 남정네들은 이병호와 마주칠 때마다 죄를 지은 것처럼 움찔 놀라며 뒤로 물러선다.

"여기 모인 사람들 중에서 저놈들한티 부모가 죽은 사람이 있으믄 앞으로 나와 봐유. 기냥 죽은 것도 아녀. 칼날 같은 대창에 수도 읎이 찔려서 몸뗑이가 벌집츠름 돼서 죽은 부모가 있으믄 이 앞으로 나와 보란 말여. 만약, 그른 사람이 단 한 명만 있어도 저놈들을 살려 줄 팅게 빨리 앞으로 나와 보란 말여! 나도 인간이여. 인간잉게 순배 영감한티는 저놈들이 눈에 넣어도 안 아플 만큼 귀한 자식이라는 것도 알고 있구먼. 하지만 억울하게 돌아가신 우리 부모님도 내게는 이 세상에 단 두 분밖에 읎는 소중한 분들이란 말일씨. 근데 저 두 놈이 선동을 해서 여러분 들이 쥑잉 겨. 우리 아부지가 멀 그렇게 죽을죄를 질 정도로 잘못했다고 벌집을 만들어 놓응 겨. 설령 일정 때 우리 아부지가 동리 사람들한테 쪼끔 섭섭하게 했다고 쳐! 그기 어디 우리 아부지만 잘못이여? 우리 아부지가 잘못한 거라믄 진작에 감옥에 가셨을 껴. 시방 영동 경찰서장도 일정 때 순사였어. 그 사람 손에 붙잡혀 가서 죽은 이들이 한두 명도 아니고 수십 명은 될 껴. 하지만 정부에서도 경찰서장한티 잘못이 읎고, 순전히 시대가 잘못된 것루다 판명이 났응께 시방은 정부의 녹을 먹는 경찰서장으로 대우를 해 주고 있능 겨. 경찰서장만 일정 때 설치고 댕긴 기 아녀. 영동군수도 일정 때 병사계에 근무를 했어. 내가 학산면에 근무를 해서 잘 아는 사실이지만, 대동아 전쟁 때 나가서 죽은 영동군 장정들은 암 잘못도 읎어. 다 군수가 왜정 때 병사계를 봄서 지멋대로 명단을 작성해서 군대를 보내서 죽은 거여. 하지만 그 사람이 엄한 장정들을 일본군에 입대를 시키고 싶어서 그랑 겨? 그 시대에는 그기 법이었응께 그 사람은 직무에 충실했다는 말일씨. 그런 사람들에 비교를 해 보믄 우리 아부지는 냥반이여. 여기 있는 사람들 중에 우리 아부지 때문에 죽은 부모가 있으믄 앞으로 나와 봐. 외려 팔은 안으로 굽는다고 동리 사람들을 음으로 양으로 돕느라 후지모토한테 얼마나 시달렸는지 이 중에서 알고 있는 사람은 나밖에 읎을 껴. 그른데도 그 공을 인정해서 동리 어귀에 공덕비를 세워주지는 못할망정 대창질을 햐! 여기 있는 사람들 죄다 은혜를 원수로 갚았다 이거여! 길동이 자네는 대창 안 들었는감? 거기 뉘여 춘쉡이 자네는 뒷짐 지고 귀경만 하고 있었남? 내가 알고 있기루는 여기 서 있는 사람들 중에……"

"퉤! 친일파보다 더 지독한 개 같은 놈이구먼! 이병호! 개소리 그만햐! 네놈도 시방은 잘난 척 하지만 금방 내 뒤를 따라 오게 될 껴. 그렇게 엄한 사람들한테 헛소리 지껄이지 말고 어여 죽어."

"형, 내비둬. 그 새끼에 그 자식이 별 수 있었어. 역사는 절대로 그짓말을 못항께. 누군가 저 새끼들도 대창으로 똥구녁을 찔러 줄이고 말 껴. 흥, 암만! 반드시 니 애비 애미츠름 돼지는 날이 올거여."

이병호는 시간이 흐를수록 감정이 격해져서 울음이 나왔다. 울음 섞인 목소리로 자신의 가슴을 주먹으로 치며 열변을 토하고 있을 때였다. 형제들이 번갈아 이병호를 향해 침을 뱉으며 저주 섞인 목소리를 내뱉었다.

"저놈들이 명 재촉을 하고 있구먼. 길동이, 쇠고삐를 둥구나무 가지에 걸게."

"지가요?"

"여기 길동이라는 이름이 또 있남?"

"아……알았슈."

윤길동은 떨리는 눈빛으로 이병호를 바라본다. 이병호가 너도 우리 부모를 죽인 놈 아녀, 라고 노려보는 것 같아서 얼른 고개를 숙이고 박평래가 들고 있는 쇠고삐를 받아 들었다.

"향숙이 아부지. 향숙이 아부지를 추호도 원망 안 해유. 그렇게 어여 밧줄을 걸어유."

"향숙이 아부지는 아무런 죄가 읎슈. 내가 저승에 가서 염라대왕한테
이병호 저놈을 빨리 불러들이라고 빽을 쓸 모냥잉께 어여 밧줄을 걸어
유."

"그, 그려."

윤길동은 난 니덜한테 죄가 읎어, 라는 말은 목구멍 안으로 삼키며 천
천히 뒤로 물러섰다. 쇠고삐를 든 손이 덜덜 떨리는 것을 느끼며 빙빙
돌려서 둥구나무 가지를 향해 휙 공중으로 던졌었다.

설마, 그 일 때문에? 아녀, 그를 리가 읎어. 나를 바라보던 눈빛이 원
한서린 눈빛이 아니었단 말여.

윤길동은 둥글고 좁은 어깨를 굽실거리며 연신 기도를 하고 있는 꼬
막네를 바라본다. 신이 접사를 했는지 부들부들 떨며 허공에 대고 용서
를 빌고 있는 꼬막네의 모습이 섬뜩하게 다가온다.

"예! 장군님! 불쌍하고 어린 청춘을 보살펴 주소서! 예! 장군님 어리디
어린 딸내미가 먼 죄가 있다고……"

제단을 향해 앉아서 어깨를 흔들던 꼬막네가 슬그머니 입을 다물고
빠르게 돌아앉았다. 반쯤은 정신이 나간 얼굴로 마른 침을 연신 삼키고
있는 윤길동을 노려보고 있다가 손바닥으로 자신의 무릎을 찰싹 때렸다.

"이래도 그짓말을 할 겨?"

"우짜믄 좋겠어. 우짜믄 좋겠는지 비방을 내놔 봐. 응, 우리 향숙이는
절대로 점쟁이는 안 된단 말여. 그렇게……지발!……비방을 내놔 봐…
…"

꼬막네가 날카롭게 묻는 말에 윤길동은 슬그머니 무릎을 꿇고 아이처럼 엉얼 울면서 엎드려 빌기 시작했다.

도로 아미타불

꽁치 한 토막씩 농가 주면 그거 빨리 먹고 싶어 난중에 먹고 싶어.
나는 밥 속에 파묻어 놨다가 맨 나중에 먹어.
내가 어머한테 저 밭에 뭐를 심을지 안 물어 본 것도 그런 이치하고 가터.
그람, 오빠는 저 밭이 꽁치하고 같다는 말이구먼.
꽁치 한 토막이 아니라, 꽁치 억 마리하고도 안 바꿔주지.

6월부터 시작한 가뭄이 꼬리를 감추고 단비가 내리기 시작했다.

사람들은 모두 골목으로 뛰어 나와서 덩실덩실 춤을 추며 온몸을 흠뻑 적시며 하늘에 감사를 했다. 도롱이나 삿갓도 쓰지 않고 땀과 먼지에 찌든 옷을 그대로 입은 채 밭으로 논으로 다니면서 말라비틀어진 곡식들이 단비를 충분히 맞도록 조치를 했다.

단비가 궂은비로 변한 것은 이틀이 지난 뒤였다. 밭고랑에 물이 고이도록 내린 비는 그칠 줄을 몰랐다. 밭고랑을 채운 빗물은 계곡으로 흘러서 시뻘건 황톳물을 또랑으로 뱉어냈다. 그때서야 사람들은 조금씩 불안해지기 시작했다. 방문을 열어 놓고 컴컴한 하늘을 바라보며 대관절 이 비는 언지 그칠거여, 라며 줄담배를 피우거나, 부지런한 이들은 새끼를 꼬거나 가마니를 짜면서 이놈의 비 너무 많이 내리는 거 아녀? 하고 슬그머니 하늘을 원망하기 시작했다.

비가 사흘 동안 연속으로 내리기 시작하자 사람들은 초가집 추녀 끝에서 요란스럽게 떨어지는 빗소리가 불안해서 잠을 이루지 못했다.

잠을 자기 위해 눈은 감고 있었지만, 머릿속으로는 본격적으로 땅내를 맡은 벼가 부쩍부쩍 자라기 시작하는 논의 논둑이 터지지는 않았는지, 고추대가 죄다 부러져서 고추밭이 쑥대밭이 되지는 않았는지, 고구마 밭은 물바다가 되어 버리지는 않았는지 오만 가지 잡생각 때문에 뜬 눈으로 밤을 새우기 일쑤였다.

비가 오는 날은 날이 밝아지는 시간도 더디기 마련이다. 맑은 날에는 다섯 시쯤이면 미명이 밝아 오지만 비가 올 때는 여섯 시가 넘어야 겨우 시야를 확보 할 수가 있다. 밤을 설친 사람들은 날이 훤히 밝을 때까지 기다리기에는 불안해서 견딜 수가 없다. 날이 완전히 밝지 않았는데도 밀짚모자나 삿갓을 쓰고, 도롱이를 어깨에 뒤집어쓰고 삽이며 괭이를 들고 집을 나선다.

논둑을 무너트릴 것처럼 고여 있는 물이 빠져 나갈 수 있도록 물꼬를 넓힌다. 무너진 논둑을 보수한다. 허리를 숙이고 물에 잠겨 있는 벼를 일으켜 세운다. 고추밭으로 가서 빗줄기에 쓰러진 고춧대를 세우고, 물꼬를 깊숙이 내서 밭고랑에 고여 있는 물을 빼고, 고구마 밭에 가서 물바다가 되었는지 확인을 한다, 이리 살피고 저리 살피다 보면 날이 훤하게 밝아온다. 그래도 비는 여전히 내리고 있었다. 옷은 흠뻑 젖어서 비에 젖은 생쥐 꼴이 되었지만 집으로 들어가지 않는다.

비가 얼마나 많이 왔는지 가장 확실하게 확인할 수 있는 방법은 앞

또랑에 얼마나 많은 양의 황톳물이 흘러가느냐를 가늠해 보는 일이다.

집으로 가는 걸음을 방천으로 옮겨서 가다 보면 벌써 몇몇은 넘실거리며 흐르는 황톳물을 바라보며 서 있다. 부지런한 이들은 자식에게 종다리를 들게 하고 활체로 물이 얕은 곳을 훑터서 물길을 타고 강에서 올라온 고기를 잡고 있다.

"저기, 저기 머여! 통나문가?"

"소 구시 같은데?"

"소 구시가 아니고 돼지 구시 같은데?"

"소 구시하고 돼지 구시하고 머가 틀린데?"

"크기가 틀리지."

도롱이를 쓰거나 지우산을 쓴 남정네들은 방천에 일렬로 늘어서서 시뻘겋게 흐르는 황톳물에 떠내려 오는 통나무며, 뿌리째 뽑혀 떠내려 오는 대추나무며, 감나무가지, 혹은 제법 허리가 굵은 소나무를 손짓하며 실없는 농담을 맥없이 주고받았다.

"태수 처 머리가 보통은 넘구먼."

"글씨 말여, 아무리 물이 불어도 이짝은 안전하다는 걸 워티게 알았을까?"

"비싼 밥 처먹고 등신 같은 말만 골라서 하고 있구먼. 물길이 시방 위디로 흐르는 거여. 저 위에서 방천 쪽으로 흐르지 않고 요 앞서서 빙 돌아설랑 저짝으로 흐르잖여. 그랑께 이짝은 자꾸 흙이 쌓이고, 저짝은 패여 나가잖여."

"그걸 누가 몰라? 내 말은 남정네도 아닌 태수 처가 물길의 원리를 워티게 알았냐 이거여."

"또 등신 같은 말만 하고 있구면. 그걸 내가 알았으면 진작에 내가 먼저 둑을 쌓았지, 태수 처에게 넘겨 줬겠어."

순배 영감은 동네 사람들이 주고받는 말에 고개를 끄덕거렸다.

풍수상으로 볼 때 반궁수를 가장 흉터로 본다. 반궁수 터란 활처럼 둥글게 흐르는 물길의 반대편을 말한다. 반궁수 터가 안 좋은 것은 궁수터에서 쏘는 화살을 맞는 형국이기 때문이다. 그래서 반궁수 터에 집을 짓거나, 마을이 형성되어 있으면 비보책으로 강이나 냇가 앞에 나무를 심어서 물길이 보이지 않도록 하는 경우가 많다.

상규네가 과수원을 만들겠다고 터를 잡은 곳은 궁수 터라서 저절로 복이 굴러 들어오는 터이다. 아무리 황톳물이 밀어붙여도 궁수 터에 속하는 과수원 터 쪽의 물살은 잔잔하다. 그러나 반대편의 반궁수 터는 풀밭이 물살에 부닥쳐 붉은 속살을 내보이며 파여 나가고 있다.

"곡식을 심어 먹기는 심 들어도, 과실나무는 얼매든지 농사 지을 수 있겠구면."

순배 영감 옆에 서 있던 변쌍출도 순배 영감과 같은 생각을 하고 있었다는 표정으로 말했다.

"누가 아니랴."

"우리 동리 앞또랑이 궁수 터라서 언진가 우리 동리도 잘 살게 될 것이라고 말한 이는 형님 아뉴. 근데 형님 말씀을 알아들은 이는 우리 동리서 태수 처벢에 읎는 모냥유. 나라도 진작 저기다 열 자 높이 둑을 쌓으면 삼천 평짜리 밭이 생길 줄 알았다믄……"

"알았다믄 어쩔 껴? 저것도 태수 처나 됭게 머리가 돌아가고, 태수 처나 항께 밀어 부칠 수 있는 심이 있능 겨. 당장 태수 좀 봐. 딴 사람도

257

아닌 태수도 저기다 과수원 맨드는 건 미친짓이람서 농사 손 털고 나갔잖여."

"아! 왜 지가 못해유. 지가 태수 처만큼 머리가 돌아갔다믄 서울에 있는 팔봉이라도 불러 내렸을규. 삼천 평짜리 문전옥답이 생긴다는데 그까짓 성냥공장이 대수유."

"그래서, 사람은 머리를 쓰라고 했잖여. 머리가 나쁘면 몸이 고단하다는 말도 못 들어 봥 겨."

순배 영감과 변쌍출만 부러운 표정으로 상규네가 개간해 놓은 과수원 터를 바라보고 있는 것이 아니다.

이병호는 누마루에 앉아서 줄기차게 쏟아지는 빗줄기 사이로 보이는 앞 또랑을 바라보고 있었다. 요즘 들어서 부쩍 기력이 떨어졌지만 물구경하고 싸움구경만큼 재미있다는 구경은 없다는 말처럼 누워 있을 수가 없었다.

허어! 저기 대관절 몇 평이나 되능 겨.

군용 쌍안경으로 물구경을 하다가 상규네가 개간해 놓은 과수원 터에서 멈췄다. 자갈과 돌을 이용해서 둑을 쌓아서 개간해 놓은 땅은 물바다다. 그러나 직접 들어가 보지는 않았지만 개간해 놓은 터 안에 고여 있는 물은 발목이 잠길 정도 밖에 되지 않을 것 같았다. 장마가 일 년 내내 오는 것도 아니고 얼마든지 밭곡식 농사를 지을 수 있다는 말이 된다. 멀리서 봐서 자세하게 알 수는 없지만 얼추 봐도 이천 평은 넘어 보였다.

"이천 평이믄 열 마지기 아녀? 태수 처가 보통은 넘는다는 생각만 했지, 저 정도로 똑똑할 줄은 몰랐구먼. 아니지, 여자가 똑똑하믄 얼매나 똑똑하겄어. 십 년에 한 번씩은 큰물이 드는 벱이잖여. 공들여 밭을 가꿔 놨다가도 큰물이 들면 도로 아미타불이지 머."

이병호는 열 마지기가 넘는 땅이라는 생각에 슬그머니 배가 아프려고 하다가 천둥이 몰아치는 소리에 히죽 웃고 말았다.

작은추석이다.

올해는 다른 어느 해보다 날씨가 안 좋아서 전체적으로 작황이 안 좋았다. 그렇다고 해서 조상께 인사를 소홀히 할 수는 없었다. 아직 벼를 벨 시기는 아니지만, 볕이 잘 드는 양지쪽의 벼는 탱글탱글했다. 아낙네들은 며칠 전부터 쌀 두어 말 정도나 되게 베서 홀태로 훑어서 볕에 말렸다. 가을볕에 잘 마른 나락을 연자방아로 찧어서 지난 보릿고개 때나 가뭄에 먹어 버린 성주단지부터 채워 놓고 남은 쌀로 추석채비를 한다.

진규는 아침을 먹고 인자와 함께 비봉산으로 향했다. 풀밭을 걸을 때마다 마르지 않은 이슬이 바짓가랑이를 적셨으나 휘파람을 불면서 이병호의 산으로 갔다. 다른 곳에 있는 소나무는 너무 어려서 키가 작은 까닭에 흙이 묻어 있는 것이 많고, 지열을 많이 받아 색이 푸르지가 않다. 이병호의 산에 있는 소나무는 키가 커서 솔잎도 반들반들 윤이 나고 색도 좋았다.

"진규 솔잎 따러 왔구먼."

날망집이 소쿠리를 들고 와서 물었다.

"예, 할아부지가 딴 데서 따면 드럽다고 꼭 여기서 따라고 해서 왔슈."

"그건 틀린 말은 아녀. 근데 내가 여기서 솔잎 딴다고 할아부지한테 일러 줄 생각이냐?"

"에이, 지가 일러 줄 자격이라도 있남유. 더구나 조상들한테 올해 농사 잘 졌슈, 하고 인사를 드리는 지사 때 쓸 송편 찌는데 필요한 솔잎이 잖유. 그렇게 귀한 솔잎을 따는데 지가 왜 일러준대유. 지 손으로 따드리지는 못할망정."

"그려, 밭이 좋아야 곡식도 잘 나는 법이지. 느 어머가 똑똑한 게 자식도 똑소리가 나는구면. 느덜은 좋겠다. 내년부터는 면장 댁 담으로 부자가 될 팅게 얼매나 좋겠냐?"

날망집은 기특하다는 표정으로 진규의 얼굴을 쓰다듬었다. 하지만 박평래는 다르다. 눈에 띄는 날은 고래고래 고함을 지르며 올라 올 것이라는 생각에 부지런히 솔잎을 따기 시작했다.

"난중에는 승철이 할아부지들보다 더 부자 될뀨."

진규는 솔잎을 따다 말고 돌아서서 아래를 내려다본다. 방천에 잇대어 타원형으로 쌓은 둑이 보인다. 흐린 하늘 아래로 내려다보이는 과수원 터는 방천에서 봤을 때보다는 작아 보였다. 가을 농사가 끝나고부터 여린 손톱이 갈라지다 못해 손등이 얼어서 피가 터지도록 자갈을 캐내고, 둑을 쌓던 기억들이 선명하게 떠오른다.

'그려, 어머 말대로 사람은 저 하기 나름이여.'

너무 춥고 힘이 들어서 손가락을 움직이는 것조차 힘이 들어도 자갈을 주위 내야 할 때는 상규네가 원망스럽기도 했다. 그러나 상규네 말대로 동상에 걸려서 손톱이 죄다 빠지는 한이 있더라도 과수원을 개간하지 않으면 평생 소작인으로 살 수밖에 없다는 생각이 들면 다시 힘이 생기곤 했다.

진규는 인자와 함께 둘이 솔잎을 뽑다 보니 금방 작은 소쿠리에 가득 찼다. 이 정도면 송편을 찌는데 충분하다는 생각에 인자와 함께 이복만의 묘 제단에 걸터앉았다. 소나무가지 흔들리는 소리가 요란할 정도로 바람도 거셌다. 하지만 가족들이 힘을 합하여 개간해 놓은 과수원 터를 높은 곳에서 감상하고 싶었다.

"오빠, 우리 내년에는 저기다 뭘 심을건데?"

"나도 어머한테 안 물어 봤어. 나락 베고 나서 본격적으로 객토를 시작한댜. 그때 물어 볼 생각이여."

"오빠는 저렇게 큰 밭에 진짜로 사과 낭구를 심을 거라고 생각햐."

"어머가 심는다고 했응께 심겄지."

"저렇게 큰 밭에는 사과 낭구를 몇 나무나 심는지 안 궁금햐?"

"궁금하지."

"근데 어머한테 왜 안 물어 봤어?"

"너무 좋응께 안 물어 봤지. 너는 엄마가 꽁치 한 토막씩 노나 주면 그거 빨리 먹고 싶어 난중에 먹고 싶어."

"나는 밥 속에 파묻어 놨다가 맨 나중에 먹어."

"내가 어머한테 저 밭에 사과 낭구가 몇 나무나 들어서는지 안 물어 본 것도 그런 이치하고 가텨."

"그람, 오빠는 저 밭이 꽁치하고 같다는 말이구먼."

"꽁치 한 토막이 아니라, 꽁치 억 마리하고도 안 바꿔주지."

하늘은 비를 뿌려 될 것처럼 완만하게 솟아오른 비봉산 봉우리를 품고 있다. 진규는 비가 올지도 모른다는 생각에 인자의 손을 잡고 일어섰다.

구정 때와 다르게 작은추석 때는 남정네들이 해야 할 일이 별로 없었다. 산소의 벌초도 지나간 한식 때 일찌감치 끝내 놓았고, 차례 지낼 때 사용할 대추며 밤도 준비해 놓은 터라 너럭바위에 모여서 시간을 보냈다. 그도 아니면 사랑방에 모여서 객쩍은 농담을 안주 삼아 술잔을 돌리기도 했다.

오후가 되서 태풍이라도 밀려오는 것처럼 둥구나무가 요란하게 울었다. 거센 바람에 둥구나무가 몸을 비틀 때마다 아직 단풍이 들지 않은 시퍼런 잎새들까지 우수수 날렸다. 바람을 타고 날아간 잎새는 김춘섭이나 박태수의 초가지붕을 파랗게 덮었다.

해룡네 술청에는 둥구나무 잔가지가 잿빛 하늘 높이 치솟아 올라갔다가 땅바닥에 패대기를 치든 말든, 벼들이 일제히 바람 부는 방향을 향해 구십도 각도로 인사를 하든 말든 소란스럽게 떠드는 목소리가 새어 나왔다.

"오늘 술맛이 왜 이렇게 쓴지 모르겄네."

순배 영감 옆자리에 앉아서 막걸리 잔을 비운 변쌍출이 입술에 묻는 술을 닦아내며 인상을 썼다.

"공짜라믄 양잿물도 마다하지 않는 이가 먼 소리여?"

"영감님, 팔봉이 아부지만 탁주 맛이 쓴 거시 아니고, 저도 씬나물로 당근 탁주를 마시는 기분유."

날씨도 우중충하겄다, 둥구나무가 윙윙 우는 소리가 해룡네 술청까지 들려올 정도로 바람도 사납겄다, 집에 있어도 여자들은 부침을 부친다, 송편을 만든다, 제기를 닦는다, 부산을 떠느라 집안이 어수선하다. 이런 날은 저절로 술 한잔이 생각난다. 이왕이면 다홍치마라고 돼지고기에 두부를 듬뿍 썰어서 얼큰하게 끓인 김치찌개가 있다면 금상첨화일 것이다. 오늘이 딱 그런 날이다. 해룡네는 오늘 술을 내겠다고 한 장기팔에게 미리 언질을 받았는지 날씨와 궁합이 맞는 김치찌개를 끓였다. 황인술은 그런데도 장기팔의 아들 형제가 잘 됐다는 말에 배가 아파서 막걸리를 마시면 마실수록 속이 쓰리고, 돼지기름이 둥둥 뜨는 시뻘건 김치찌개 맛이 해룡네가 평소에 즐겨 내놓는 콩나물국보다 못했다.

"이럴 줄 알았으믄 나도 진작에 농사고 머고 다 때려치우고 서울로 올라가는 건데, 마누라가 서울은 죽어도 싫다고 발목을 잡는 통에 요 모양 요 꼴로 살고 있잖유."

김춘섭도 황인술이 기분을 이해 할 수 있다는 얼굴로 거들었다.

"철용이 어머 말도 틀린 말은 아녀. 멀쩡히 서 있는 사람도 코를 베 간다는 서울이여. 개나 소나 서울 가서 성공할 수 있다믄 미쳤다고 농사 져. 죄다 서울로 기어 올라가지."

해룡네는 오늘 대목이다. 작은설이나 작은추석은 집에 술이며 음식이 많아도 장사가 잘된다. 우선은 객지에 나갔다가 들어온 이들이 고향사람들에게 한턱내는 수가 많다, 설에는 묵은 한 해를 보낸다는 기분으로, 추석에는 농사를 끝내기는 했지만 도조다, 세금이나 밀린 대출이자를 정리하고 나면 다시 빈손이 되고 말 것이라는 우울한 기분에 술을 찾는 이들이 많기 때문이다. 하지만 오늘 장기팔처럼 신이 나도록 매상을 올려주지는 않았다. 빈 주전자에 바가지로 술을 퍼 담으며 김춘섭이 들으라는 목소리로 말했다.

"해룡네 참말로 웃기네. 그람 내가 개나 소란 말여? 좌우지간 해룡네는 대나가나 쥐껴서 사람 염장 지르는 데는 일가견이 있어."

김춘섭이 순배 영감이며 변쌍출 등 어른이 있는 자리라서 차마 소리
는 지르지 못하겠다는 얼굴로 해룡네를 노려보았다.

 "춘셉이 해룡네 말은 그기 아녀. 서울서 성공한다는 거시 말처럼 쉽지
는 않다는 거지. 그랗게 섭하게 생각하지 말고 내 술이나 한잔 받게."

 장기팔은 오늘 같은 날은 학산 장날 염색을 하고 있는데 첩보는 이가
느닷없이 뒤통수를 후려 갈겨도 허허 웃고 싶었다. 해룡네가 실수 했다
는 걸 인정하면서도 웃는 얼굴로 술을 권했다.

 "좌우지간 사람은 오래 살고 볼 일이여. 늙어 죽을 때까지 장터에서
염색만 할 줄 알았던 기팔이가 우리 동리서 면장 댁 안 부러워하는 상
팔자가 될 줄 누가 알았었어. 자, 내 술 한잔 받아."

 "에이, 형님도 별말씀을 다하시느만유. 팔봉이도 서울 올라간 지 햇수
로 솔찮잖유. 언진가 존 소식 올규. 팔봉이도 추석쇠러 내려 왔쥬?"

 장기팔은 지난 설에만 해도 변쌍출이 부러웠었다. 자식 형제가 팔봉
이처럼 성냥공장 같은 곳이라도 다니면서 설을 새러 내려와 준다면 더
이상 소원이 없을 정도였다. 하지만 지금은 아니다. 서울에 올라간 지
십 년이 다 되어 가도록 집칸이나 마련하지 못했다면 뻔할 뻔자라고 생
각하면서 여유롭게 물었다.

 "암만, 지난 슬에만 해도 하루 전날 내려 왔는데, 올게는 나흘 전에
내려와서 삭도가지를 석 짐이나 해 왔잖여. 오늘도 신새벽부텀 범골에
나무하러 나간다는 걸 날씨가 꾸무리한게 꼭 비가 올 날씨라고 우겨서
갱신히 붙잡아 앉혔잖여."

 "팔봉이 효자라는 거 이 동리 사람 중에 모르는 이가 워디 있었어. 팔
봉이가 기팔이 자식들만큼 성공을 했으면 벌써 기와집을 져줬을 꺼."

순배 영감이 보기에 장기팔이 너무 생색을 내는 것처럼 보였다. 자식들이 서울에서 성공을 얼마나 했는지 모르지만 기와집을 지어 줄 정도는 못 될 거라는 생각에 슬쩍 염장을 질렀다.

"요새 기와집 한 채 짓는데 돈이 얼매나 들어가는지 모르겄어. 옳지, 춘셉이 자네는 학산 배 목수 따라 댕김서 일을 해 봤응께 잘 알겄구먼. 요새 기와집 한 채 짓는데 돈이 얼매나 들어 가능 겨?"

"그야 집을 짓기 나름이쥬. 달랑 두 칸짜리 기와집을 진다믄 큰돈 들어 갈 것은 읎지만, 지붕에 기와를 입힐 정도라믄 최소한도로 다섯 칸짜리는 져야 할거쟎유. 그람 대들보부텀 시작해서 지둥 굵기가 틀려져유. 석가래도 암만해도 두 칸짜리 보담 실한 걸 써야 항께 대중읎쥬 머."

"그람 그 머셔. 시방 시훈이 아부지 하시는 말씀은 시훈이하고 경훈이가 기와집을 져 준다는 말인감유?"

김춘섭의 말이 끝나자마자 박태수가 물었다. 박태수는 장기팔 자식 형제가 서울에서 성공했다는 말을 듣고 나니까 이동하가 운영하는 정미소를 그만두고 서울로 올라가고 싶었다.

"기와집이 문제여? 시훈이가 하는 말이, 염색하는 거 당장 때려치고 서울로 올라오라고 하는데."

"머셔?"

변쌍출이 막걸리를 마시다 말고 놀란 얼굴로 물었다.

"시방 기팔이 자가 머라고 한 거여?"

해룡네가 김치찌개를 사발에다 더 퍼 와서 냄비에 부어 주었다. 돼지고기를 고르고 있던 순배 영감이 수저를 든 채 변쌍출에게 물었다.

"글씨유. 지가 듣기로는 자식 형제가 서울로 올라오라고 하는 거 같은

디유?"

"마누라는 추석 쇠고 당장 올라가자고 하드만유."

장기팔은 변쌍출이 놀라움이 가시지 않는 얼굴로 하는 말에 팔짱을 끼면서 어깨를 반듯하게 폈다.

"음머, 그람 집은 워틱하고?"

해룡네가 비가 올란가? 하고 밖에 나갔다가 들어오면서 물었다.

"그까짓 초가삼칸 누가 사겄슈? 학산 같은 디 있는 집이라믄 다믄 얼매라도 받을 수 있겄지만, 모산 같은 꼴짜기 집을 누가 사겄슈."

"아녀, 오씨 양반이 사문 되겄네. 시방 오씨 양반 사는 집이 형편 읎잖여. 하지만 시훈네 집은 방도 두 칸이고 안직 멀쩡하잖여."

"에이, 나 혼자 사는 집에 방 두 칸이 머가 필요하겄어. 난 시방 사는 집도 너무 좋아. 겨울에 찬바람 막아주고 비 안 새면 장땡이지 머."

구석 자리에서 양반다리를 하고 앉아 발목을 덜렁거리고 있던 오씨는 손을 내젓는 것도 부족해서 고개까지 흔들었다.

"그랑께, 그 머유. 그람 추석 지내고 서울로 이사를 간다 이 말유?"

황인술은 장기팔이 이사를 가면 인간적인 정으로는 서운한 것은 없었다. 문제는 봄가을로 보리 한 말 나락 한 말씩 걷는 구장 수곡이 줄어들게 된다는 것이다. 이건 또 무슨 악재냐 하는 얼굴로 물었다.

"허어! 조선말은 끝까지 들어 봐야 한다고 하드니 참말로 틀린 말이 아니구먼. 내가 시방 뒷간이라도 가 있다믄 내가 서울로 이사 가는 걸로 소문날 뻔 했구먼. 내가 내 집구석 놔두고 멋 땜시 서울로 간댜. 마누라는 당장 서울로 가자고 했지만 난 싫여. 여기서 산다고 당장 끼니를 굶는 것도 아니고, 또 안직은 일을 해도 좋을 나이에 서울 가서 암 일도

안 하고 밥만 축내는 식충이츠름 살 수는 읎는 거잖여. 그래서 마누라한
테 그렇게 서울 가서 수돗물 먹음서 살고 싶으믄 당신 혼자 올라가라고
버텼지. 그렁게 별 수 있어? 쭈그러들고 볼품 없어도 등허리 가려울 때
긁어 줄 남편이 안 간다는데 워짜겄어. 결국은 서울로 이사 가는 건 읎
던 일로 했지."

"생각 잘했구먼. 우리 같은 이야, 여기서 살아도 그만, 서울 가서 살아
도 그만이라지만, 자네 같으면 장날마다 다문 얼매씩 벌어 옹께 괜히 자
식들한테 짐이 될 필요는 읎지."

장기팔을 부럽다는 얼굴로 바라보고 있던 변쌍출이 기운 없는 목소리
로 말했다.

"저 같으믄 당장 서울로 올라가겄슈. 톡 까놓고 야기해서 먹고살만한
땅이 있는 것도 아니잖유. 뼈가 빠지게 일을 해 봤자, 도지주고 세금내
고 조합이자 갚고 나믄 또다시 하늘만 쳐다보고 살 바에는 서울로 올라
가서 사는 거시 났다고 봐유."

"내가 볼 때 태수 자네는 그런 말 할 자격이 읎다고 보는데⋯⋯"

황인술은 장기팔을 보면 속이 쓰리고, 상규네는 과수원 터를 개간하
고 박태수는 정미소에 취직해서 돈을 벌고 있다는 걸 생각하면 배가 아
파서 견딜 수가 없었다. 더 기분 나쁜 것은 아무리 쥐꼬리만한 동네지만
명색이 구장이다. 구장 술잔이 비었는데도 하나 같이 장기팔의 말에 정
신이 팔려 있느라 술잔을 채워주는 놈도 없다. 주전자를 끌어 당겨서 술
을 따르느라 말꼬리를 흐렸다.

"구장님 내가 시방 워디 취직한다고 했슈? 자격을 찾게?"

"내 말은 그 머셔. 이 안에 있는 이들 중에 그래도 자네가 젤 택택하

잖여. 막말로 시훈이하고 경훈이가 성공한 거지, 시훈이 아부지가 성공한 거는 아니잖여. 그라고 시훈이 갸들이 성공을 했다고는 하지만 직접 내 눈으로 본거는 아니잖여……"

"허어! 가만히 듣고 봉께, 구장은 우리 아들들이 성공했다는 말이 배가 엄청 아픈 모냥이구면."

"지가 머 틀린 말 했슈? 누가 그라는데 서울 사람들은 죄다 집에 금송아지 한두 마리씩은 있다고 허풍을 떤다고 하대유. 지가 직접 쌀가게를 본 것도 아니고, 돈을 얼매씩 버는지 본 것도 아닝께 그릏게 말 할 수도 있는 거 아닌감유?"

황인술은 이왕 내친김이라는 생각에 대 놓고 빈정거렸다.

"내가 볼 때 공갈은 아닌 거 가텨. 둘이서 걸어 오능 걸 봉께 저 사람들이 우리 동리 사람인가 하는 생각이 들 정도로 쫙 빼입은 거시 돈 냄새가 물씬물씬 풍기드만. 양복도 꽹장히 비싼 거 같고, 구두도 삐까삐까하고 경훈인가 하는 갸는 금시계도 찼던 걸. 장가는 안 갔을 건데 금반지도 꼈드라고."

"나도 봤는데 기냥 오랜만에 고향에 내려 올라고 빛내서 번드르하게 차려 입고 온 거는 아닌 거 같드라고 길동이 말대로 경훈이 가는 양복을 츰 입은 폼이 아니고 맨날 양복 차림으로 댕기는 것처럼 가다가 딱 양복가다든데 머."

"팔봉이 아부지도 답답하시네유. 가들이 서울서 쌀가게를 한다고 했잖유. 쌀 장사를 할라믄 쌀 배달을 해야잖유. 쌀가게를 얼매나 크게 하는 지는 모르겄지만, 쌀이라는 거시 기냥 만지기만 해도 허옇게 쌀 먼지가 일어나는 건데 양복을 입고 배달하지는 않을 거 아뉴."

"서울 가본 놈하고 안 가본 놈하고 쌈을 하면, 안 가본 놈이 이긴다는 말이 딱 맞구먼."

장기팔은 생각 같아서는 내가 채비를 댈 모낭잉게 추석 쇠고 나서 나하고 같이 서울로 올라가서 두 눈깔로 확인해 보믄 알겄어? 라고 말하고 싶었다. 하지만 그래봤자 진실은 밝혀질 것이고 결국 나만 손해라는 생각에 고개를 홱 돌렸다.

"듣고 봉께 말이 이상하구먼. 내가 해룡인줄 아남? 대나가나 놈놈 해쌌게?"

"아따, 이러다 암것도 아닌 거 같고 쌈 나겄네. 자, 내 술 한잔씩 받고 맘 풀어. 그라고 시훈이하고 경훈이가 성공했다면 우리 동리 자랑이잖여. 하다못해 오늘 같은 날 공짜 술을 맘껏 마실 수 있는 것도 가들이 성공을 했기 때문이잖여."

분위기가 심상치 않게 돌아가는 것을 느낀 변쌍출이 술 주전자를 들며 말했다.

"그려유. 구장님 오늘 같은 날은 기분 좋게 마셔주는 것도 구장님 역할이다 생각하시고 맘 푸셔유."

비가 내리기 시작했다. 하지만 빗소리에 신경을 쓰는 사람은 아무도 없었다. 박태수는 열린 문 밖으로 내리는 비를 바라보고 있다가 변쌍출의 옳다는 얼굴로 거들었다.

"태수 자네도 그라는 기 아녀."

황인술은 마음속에 담고 있어야 할 말을 자신도 모르게 내뱉고 말았다.

"어려? 구장님 오늘 참말로 이상하시네. 아까부터 왜 자꾸 지를 걸고 넘어져유? 지하고 먼 억하심정이 있슈?”

 “어……억하심정이 있기는 먼 억하심정이 있었어. 자네 춘부장이나
처가 그 고생을 함서 과수원 터를 만들어 놨잖여. 그 머서 어린 자식 형
제도 죽을 둥 살 둥 매냥 삼태기로 자갈을 쥐 나르드만. 그렇게 어린 것
까지 열심히 일을 해서 과수원 터를 개간했으믄 고맙습니다, 하고 농사
를 져야 하능 거 아녀?”

 황인술은 궁생하게 변명을 하고나서 생각해 보니까 나름대로 사리에
맞는 말을 했다는 생각이 들었다.

 “난 또 머라고 지도 아부지하고 식구나 진규가 고생한 거는 인정해
유. 하지만 비봉산에 삼천 평이 아니라 단 삼백 평짜리라도 개간했다면
하드래도 식구를 등에 업고 춤이라도 추겠슈. 하지만 또랑가에 만 평을
개간해 놔 봐유. 큰비만 오믄 말짱 황인데……”

 “허어! 태수는 말이 씨가 된다는 말도 못 들어 봤남? 말을 암 생각 없
이 대나가나 하는 거시 아녀.”

 “내가 볼 때도 자네 처는 생각을 참 잘한 거여. 지난 양력 팔월에 비
가 엄청 왔잖여. 내 기억으로는 요 십멫 년 만에 젤 많이 온 거 가텨. 그
래도 과수원 터는 말짱하드만. 바닥에 물이 차는 건, 지대가 낮은 땅은
죄다 물이 차잖여. 딴 데 있는 밭도 물이 차는데 또랑가에 있는 땅인데
양심이 있다믄 그 정도는 차야지. 그런 측면에서 볼 때 구장 말도 영 틀
린 거시 아녀. 그랑께 당최 앞으로는 말이 씨가 될 말은 하지 말게.”

 순배 영감의 말에 이어서 변쌍출도 박태수를 나무라는 목소리로 말했
다.

 “내 참, 내 집안 일이라서 남살스럽게 머라고 할 수도 읎고……”

박태수는 변쌍출의 말에 더 이상 할 말이 없었다. 그렇다고 어른들이 충고를 하는데 대들 수가 없어서 작은 목소리로 투덜거리며 술잔을 들었다.

"난 철용이 어머가 태수 처 십 분지 일만 따라가도 좋겄네. 우리 집 여편네는 머릿속에 머가 들었는지 모르겄지만 그 머셔……없는 걸 새로 생각해 내는 것이 차……창조를 한다고 하는 건가? 하여튼 머리를 쓸 줄 몰라유. 지가 머리를 쓸 줄 모르면 남편이 하는 일에 간섭을 말아야 하는데……"

"춘셉이 자네는 그래도 자식들이 죄다 잘 크잖여. 철용이도 서울에서 기술을 배우고 있응께 언진가 번듯한 기술자가 될 거이고, 그 밑의 자식들도 잘 크고 있잖여. 그것도 큰 복이라고 생각하고 살란 말여."

윤길동은 술청 안에 있는 사람들은 그래도 아픈 자식들이 없으니까 행복하다고 생각했다. 향숙이 때문에 모리댁은 내일 차례 지낼 준비를 하는 둥 마는 둥 방에 들어 앉아 있을 것이다. 죽네사네 해도 모산에서 자신의 신세가 제일 처량한 것 같아서 목소리에 힘이 들어가지 않았다.

"향숙이는 요새 안 보이든데, 워디 가 있슈?"

김춘섭이 윤길동의 기분을 이해한다는 얼굴로 말했다.

"몸이 좀 안 좋아서 절에 가서 요양을 하다가 추석 쇠로 왔구먼."

윤길동은 한숨 섞인 목소리로 대답하고 막걸리 잔을 들었다.

"금방 그칠 비 같지는 않은데?"

날이 캄캄해지면서 본격적으로 비가 내리기 시작했다. 해룡네는 비가 많이 오니까 장사가 더 잘될 것이라고 생각하고 기분 좋은 얼굴로 비 구경을 하고 있었다. 비가 오면 집에 들어 앉아 있으면 그만이고, 눈이 오면 뜨끈뜨끈하게 군불을 때고 세월아 네월아 라디오만 듣고 있으면 그만인 오씨다. 다른 날과 다르게 오씨가 일부러 문 앞까지 나가서 컴컴한 하늘을 바라보며 걱정을 했다.

"별일일세, 오씨가 비걱정 하는 날도 다 있구먼."

"오씨가 날구지 하는 거 아녀?"

"날 산소에 가야 하는데, 날까지는 비가 오지 않겄지?"

"아여, 창세 라디오에서 오늘 비 온다는 뉴스 나왔든가?"

"못 들은 거 같은디유?"

"기팔이 자네는 물어 볼 걸 물어 봐야지. 비 오는 거 하고 창세하고 면 상관이 있다고 일기예보를 귀담아 들었겄어."

"하긴 그려."

"자, 한잔씩들 해유. 술은 시훈이 아부지가 내는 거지만, 건배는 모산 구장인 지가 할 팅께유."

방 안에 등잔불 하나로 부족해서 술청에 걸려 있는 남포등까지 걸어 놓았다. 하지만 술청 안은 어두컴컴해서 사람들의 윤곽만 어른거렸다. 황인술은 마냥 답답해 할 필요가 없다고 생각했다. 광일이도 세월이 가면 면사무소 정식 직원이 될 것이다. 국민학교를 나와서 면직원이 된다면 성공한 것이나 다름없다. 장기팔이나 박태수한테 배 아파 할 필요가 없다는 생각에 호기 있게 술잔을 들어 보였다.

"그려, 돈 안 들어가는 건배야 누가 하믄 워떤가?"

변쌍출이 술잔을 치켜들며 말했다.

"아따, 오늘 술이 짝짝 땡기는 구먼. 해룡네 비 구경 그만하고 어여 술 좀 가져와. 술 주전자가 벴잖여."

"상규네는 이 밤중에 방천은 왜 가능 겨?"

변쌍출이 술 주전자를 들어 보였지만 팔짱을 끼고 밖을 바라보고 있던 해룡네는 움직이지 않았다. 억수같이 쏟아지는 빗속에서 누군가 걸어오는 모습이 보였다. 종종걸음으로 술청 앞을 지나가는 이는 밀짚모자에 도롱이를 뒤집어 쓴 상규네였다.

"과수원 터가 궁금해서 나가 보는 모냥이구먼."

해룡네의 말에 웃고 떠들던 사람들은 일제히 박태수를 바라봤다. 잠시 시간이 흐른 후에 김춘섭이 어서 나가보라는 표정으로 박태수의 옆구리를 쿡 찔렀다.

"하여튼 술맛 깨는데 머 있당게."

박태수는 문 앞으로 갔다. 손을 뻗어서 빗줄기의 무게를 가늠해본다. 빗줄기가 손바닥을 쿡쿡 찌르는 것으로 보아서 보통 비는 아니다. 둥구나무도 웅웅! 거리며 아우성을 치고 있다.

'태풍인가?'

불길한 기분이 등골을 스쳐가는 것을 느끼며 구석에 있던 도롱이를 찾아 들었다.

"이 삿갓 누구껀지 모르겄지만 내가 좀 써야것슈."

박태수는 삿갓에 도롱이를 걸치고 빗속으로 들어갔다. 비는 술청 안에서 생각했던 것보다 줄기차게 쏟아지고 있었다. 바람까지 동반하고 있어서 고개를 들지 못할 지경이었다.

'옘병! 이 비에 확 날라가 버려라.'

과수원 터가 완성된다 해도 냇가다. 비가 올 때마다 잠을 제대로 못이루고 이 고생을 해야 할 것을 생각하니 슬그머니 화가 치밀어 올랐다.

상규네는 어둠 속에서 과수원 터에 내려가 있었다. 박태수도 방천을 내려갔다. 바닥에 차 있는 물이 발목에 잠길 정도였다. 그러나 냇가 안쪽에서 쏴쏴 거리며 흐르는 물소리가 우렁찬 것으로 봐서 벌써 황톳물이 흐르는 것 같았다.

"깜깜한데서 뭐 하는 거여?"

상규네는 어둠속에서 둑을 더듬으며 걸어가고 있었다. 박태수가 상규네의 뒤를 따라 가면서 짜증난 목소리로 물었다.

"보면 몰라유? 무너진 데가 있는지 살펴보는 거잖유."

"깜깜한데서 머가 보여?"

"당신 눈에는 안 뵐지 몰라도 내 눈에는 보여유."

상규네는 별도 달도 없는 밤에도 모닥불을 피워 놓고 자갈을 캐서 둑을 쌓았었다. 그래서 삼천 평 땅의 울타리 역할을 하는 둑의 윗부분만 만져 보아도 현재 둑이 어떤 상태인지 훤히 알 수 있었다.

'먼 놈의 비가 이 지랄로 많이 내린댜. 지난번에 그만큼 내렸으믄 됐지……'

발목까지 차오르던 물이 어느 틈에 허벅지까지 차올랐다. 지난 8월에도 이 정도는 비가 내리지 않았다는 생각이 들면서 슬그머니 불안해졌다.

"아! 내리는 비를 못 오게 막을 수는 없잖여. 그랑께 대충하고 그만 가."

"내리는 비를 막을 수 없응께 이러고 있는 거잖유. 당신한테 도와 달라는 말 안 할 팅께 어여 가서 탁주나 마셔. 동리 사람들 오늘 신이 났구먼."

"엠병, 예편네는 빗속에서 이 지랄하고 있는데 탁주가 목구녕에 넘어가."

시간이 흐를수록 빗줄기가 가늘어 지기는커녕 더 줄기차게 내렸다. 짚으로 만든 도롱이는 제 역할을 하지 못하고 온몸은 빗물에 흠뻑 젖어 버렸다. 삿갓을 썼다고 하지만 바람을 동반한 폭우에는 소용이 없었다. 이러다 큰일 나는 건 아닌지 하는 생각이 들어서 상규네의 팔을 잡아끌었다.

"그려유. 여기서 밤 샌다고 무너질 것이 안 무너질 거시 아닝께 그만 가유."

상규네는 대답만 해 놓고 감각만으로 둑의 상태를 확인하며 계속 앞으로 갔다. 현재까지 둑 상태는 무너진 곳이 없지만 비는 쉽게 그칠 것 같지 않았다. 비가 앞으로 얼마나 더 내릴지는 알 수가 없고 남은 것은 하늘에 맡길 수밖에 없다는 생각이 들면서 가슴이 마구 떨렸다.

"어머, 워딨어?"

상규네는 어둠 속에서 누군가 부르는 소리에 고개를 들었다. 대각선으로 휘갈기는 비바람 저 끝으로 횃불이 보인다.

"상규여?"

"진규!"

진규는 횃불을 들고 상규네가 있는 곳으로 걸어가기 시작했다. 마음은 빨리 상규네에게 가고 싶지만 물이 무릎까지 차서 걸음이 더디기만 했다.

"아! 진규 감기 걸리겄어. 그랑께 어여 가."

"워티게 생겨 먹은 이가 아만도 못햐. 아는 지 어머가 궁금해서 횃불까지 들고 나오는데, 으런이라는 사람은 아처럼 빨리 집에 가자고 보채고 앉아 있응께."

"아! 사람의 심으로 할 수 있능거믄 내가 앞장서서 일을 하지. 하지만 하늘이 하는 일을 사람의 위터게 막는단 말여?"

"알았슈. 알았응께 어여 가유. 진규야 일루 올 거 읎다. 나갈 팅께 거기서 그냥 나가."

상규네는 지친 목소리로 허리를 피고 돌아섰다. 진규가 저만큼에서 횃불을 들고 천천히 다가오고 있었다. 어둠 속에서 박태수를 흘겨보며 황톳물에 대충 손을 행궜다.

해룡네 술청에 가득 찼던 남정네들은 어느 틈에 모두 가 버렸다. 술청의 남포등도 방 안으로 옮겨졌다. 상규네와 박태수는 진규를 앞세우고 둥구나무가 사납게 울부짖는 소리를 들으며 부지런히 집으로 향했다.

"안직은 괜찮지?"

사랑방 문은 활짝 열려 있었다. 박평래가 방문 앞에 앉아서 담배를 피우고 있다가 걱정스러운 목소리로 물었다.

"괜찮을 거 가튜. 그랑께 걱정하지 마시고 어여 주무셔유."

"암만해도 비가 쉽게 그칠 거 같지는 않어. 둥구나무가 저렇게 우는 걸 봉께 태풍잉개벼. 어이구, 이놈의 할망구는 개팔자를 타고 태어났나. 며느리는 비 때문에 저 고생을 하고 있는데 팔자 좋게 잠이 와?"

박평래가 돌아앉으며 뒷문을 향해 누워 있는 청산댁의 엉덩이를 발로 쿡 눌렀다.

"츠, 난도 걱정을 태산같이 하고 있슈. 꼭 비를 맞음서 또랑에 나가봐야 걱정하는 거유."

"그려, 아주 도를 닦아라 도를 닦아. 생각하는 거시 진규만도 못하니 이거야 원"

박태수는 박평래가 투덜거리는 말을 들으면서 사랑방 문을 닫아 주었다.

상규는 윗방에서 코까지 골면서 잠을 자고 있었다. 상규네는 상규의 태평스러운 모습이 새삼스럽지도 않다는 얼굴로 돌아섰다.

박태수는 이내 술 냄새를 풍기며 잠이 들었다. 상규네는 잠이 오지 않았다. 등유 값이 아까워서 등잔불을 꺼 놨지만 눈은 어둠에 익숙해 져서 시렁에 걸려 있는 옷들이 희미하게 보일 정도였다. 마당에 밭을 일궈 놓을 것처럼 요란하게 쏟아지는 빗소리는 살아서 움직이는 것처럼 멀어졌다 가까워 졌다 하면서 멈추지를 않았다.

설마, 과수원 뚝이 무너지지는 않겠지……

집에 올 때 확인한 물은 무릎을 넘어섰었다. 하지만 작년에는 그보다 높게 물이 찼어도 둑은 멀쩡했다. 둑이 무너지지 않은 것은 돌로만 쌓은 탓도 있지만, 궁터라서 물 흐름이 건너편으로 가기 때문이다.

그려, 걱정 안 해도 될 껴.

아녀, 암만해도 여간 비가 아녀……

상규네는 억수같이 쏟아지는 빗소리에 잠을 이룰 수가 없었다. 벌떡 일어나 앉아서 방문을 바라본다. 귀가 멍멍하도록 빗소리만 들릴 뿐 어둠에 쌓여 있는 방문이 보이지 않는다. 아무래도 나가서 직접 확인을 해 봐야 잠을 이룰 수가 있을 것 같았다. 등잔불이 있음직한 곳을 더듬어 성냥을 찾았다. 등잔불을 붙이고 일어났다.

"워딜 갈라고?"

등잔불을 붙이는 기척에 박태수가 일어났다. 오줌보가 터질 거 같아서 일어서며 저고리를 입고 있는 상규네에게 물었다.

"암만해도 또랑가를 나가봐야겠슈."

"나가본다고 해서 올 비가 안 온댜? 과수원은 하늘에 멕기고 둔너자."

박태수는 방문을 열었다. 엄청나게 쏟아 붓는구먼, 이라고 중얼거리며 밖으로 나갔다.

그려, 인제 나가 본다고 해서 올 비가 그치는 것은 아니지…….

상규네는 박태수가 문을 여는 틈으로 바깥을 바라봤다. 장대 같은 소나기가 내리 꽂히고 있는 빗줄기를 보니까 박태수의 말이 맞다는 생각이 들었다.

"아부지는 안 주무시고 뭐 해유?"

마당에서 박태수가 하는 말이 빗소리를 타고 들려왔다. 상규네는 무릎걸음으로 방문 앞으로 가서 방문을 열었다. 억수같이 쏟아지는 빗줄기 건너편으로 사랑방 앞에 서 있는 박평래가 보인다.

"여간 비가 아녀?"

"아따, 안 주무신다고 해서 비가 그치는 거는 아니잖유. 어여 주무세유."

"잠이 와야 자지."

박평래는 둥구나무를 바라봤다. 빗줄기에 휩싸여 웅웅웅거리며 가지를 흔들고 있는 소리가 꼭 거인이 숨죽여 우는 울음소리처럼 들려왔다.

"잠을 잘라고 해야 잠이 오지, 잠 잘 생각은 안 하고, 담배만 오소리 잡듯 피워 대니, 엄한 나까지 잠을 못자고……"

"좌우지간, 느 어머처럼 속 편한 여자는 조선 천지에 읎을끼다. 어여 들어가 자. 난도 잘 팅께."

박평래는 청산댁이 투덜거리는 소리에 담배를 끄며 방문을 닫았다.

"보통비가 아녀, 아주 바게쓰로 쏟아 붓는구먼."

박태수는 도롱이를 쓰고 변소에 다녀왔을 뿐인데 홑바지가 흠뻑 젖었다. 바지를 벗어 윗목을 집어 던지며 혼잣말로 중얼거렸다.

"보통 비는 아녀유."

상규네는 박태수가 이불속으로 들어가는 것을 보고 등잔불을 껐다. 등잔불을 끄니까 잠시 숨을 죽이고 있던 빗소리가 우드드 달려들어서 방문을 두들기는 것 같았다.

밤새 이런저런 걱정에 뒤척거리던 상규네는 새벽녘에 깜박 잠이 들었다. 둥구나무 밑에서 사람들이 단옷날처럼 풍물놀이를 하고 있었다. 열두 발짜리 채가 달린 상모를 쓴 김춘섭이 중앙에서 뒷짐을 지고 채를 돌리고 있다. 황인술이 징징하고 징을 울릴 때마다 꽹과리 소리가 쨍쨍쨍 울린다. 순배 영감이 허허허 웃고 있다. 빼빼빼 장기팔은 나팔을 불고 있었다. 동네 사람들이 둥글게 에워싸고 박수를 치고 있다.

"동리 사람들! 방천이 무너진다! 동리 사람들 방천이 무너징게 어여 나와유!"

상규네는 꽹과리 소리가 멀어지는 대신 누군가 부르는 소리가 들려서 고개를 돌렸다.

"먼 소리여! 방천이 무슨 소리여! 애비 자냐?"

"애비는 자는데 먼 일이대유?"

상규네는 박평래가 문 밖에서 다급하게 부르는 소리에 눈을 떴다. 둥구나무 밑에서 사람들이 웅성거리는 소리가 빗소리와 섞여서 들려왔다.

"바……방천이 무너진다는 거 가텨."

"예?"

상규네는 방천이 무너진다는 말에 정신이 아득해 지는 것 같았다. 문이 부서져라 열고 밖을 내다보니 푸른 새벽이다. 방천이 무너질 정도로 비가 많이 내렸다면 과수원 터는 물에 잠겼다는 말과 같다. 이걸 워쩐댜. 휘청거리며 일어서서 시렁에 걸려 있는 옷을 입는 둥 마는 둥 박태수를 흔들어 깨웠다.

"왜 그랴?"

박태수가 짜증난 목소리로 눈을 뜨지 않고 물었다.

"바……방천이 무너진다잖유."

"머셔?"

박태수는 벌떡 일어났다. 적삼에 잠방이를 입은 차림으로 문을 꽥 열어 부쳤다. 아직 날이 환하게 밝지 않아서 방천은 보이지가 않았다. 비까지 줄기차게 쏟아지고 있어서 물안개가 자욱할 뿐이었다.

상규네는 도롱이를 뒤집어 쓸 여유가 없었다. 밀짚모자만 걸치고 맨발로 방천 쪽으로 뛰어 갔다.

방천에는 동네 사람들이 모두 나와 있었다. 물은 방천의 턱까지 찰랑찰랑하게 차올라서 넘실넘실 태평스럽게 흐르고 있었다. 서너 시간만 더 비가 온다면 방천을 넘어서 온 들판을 물바다로 만들어 버릴 것 같았다.

"뭐 하능 겨? 빨리빨리 모래가마니를 만들어서 대비를 해야지."

여간한 일이 아니고는 동네에 내려오지 않는 이병호가 지팡이를 휘두르며 고함을 질렀다. 그의 옆에는 상규네보다 먼저 방천으로 달려 나온 박평래가 우산을 들고 서 있었다.

"가……가마니가 워디 있대유?"

"워디 있긴, 우리 집 헛간에 가 봐. 거기 가마니가 백 장쯤 있을 껴. 딴 사람들도 집구석에 있는 가마니를 죄다 갖고 나와! 만약 물이 들어왔는데도 집구석이 가마니가 있는 집을 난중에라도 알게 되믄 그냥 안 둘 껴! 빨리, 빨리 서둘러!"

이병호는 속이 탔다. 이럴 줄 알았으면 방천이 무너져서 온 들판의 벼가 황톳물에 휩쓸려 가도 도지는 내야 한다는 조건을 붙였어야 했다는 후회가 노도한 황톳물처럼 밀려왔다.

몇몇 젊은이들이 빗속을 우르르 달려갔다. 좀 더 나이가 많은 사람들은 가마니에 담을 흙이 있을만한 곳을 찾아서 벌똥골 쪽으로 달려갔다. 아낙네들은 발을 동동 구르면서 우왕좌왕 거렸다.

이병호는 물이 점점 불어나는 냇물을 바라보고 있으니까 현기증이 났다. 금방이라도 물에 빨려 들어 갈 것 같아서 뒤로 물러섰다. 금방이라도 방천을 밀어 버릴 것처럼 넘실거리는 황톳물을 바라보고 있으니까 무언가 빠져 버린 것 같은 기분이 들었다.

'그려, 요 앞이 과수원을 개간하고 있었지. 헛지랄 실큰 했구먼.'

옆에서 우산을 받쳐 들고 있는 박평래를 흘깃 바라본다. 그렇지 않아도 볕에 그을린 얼굴이 완전 노랗다. 아무도 없는 곳에 혼자 있었으면 대성통곡이라고 할 것처럼 보인다. 자신도 모르게 슬그머니 웃음이 나온다. 그러니 이내 헛기침을 하며 동네를 향해 돌아섰다.

"온 식구가 그 추운데 쌩고생을 하드니 말짱 헛일을 했구먼."

281

"다 하늘의 뜻이쥬, 머."

박평래는 이병호가 행여 비에 젖을 까봐 우산을 잔뜩 치켜 들고 따라서 뒤를 돌아다 봤다. 넘실거리는 황톳물 안에 피와 땀으로 닦아 놓은 과수원 터가 있을 것이다.

'며느리나 놀래지나 않았으믄 좋겠구먼.'

과수원 터가 황톳물에 잠긴 것은 어쩔 수가 없다지만 상규네가 충격을 받아서 앓아눕지는 않을지 걱정이 됐다.

날이 훤하게 밝아질 무렵에 흙과 모래를 넣은 가마니를 방천에 일렬로 쌓았다. 남녀노소 할 것 없이 동네 사람 모두가 하나가 되어 파김치가 되도록 정신없이 가마니에 흙을 담고, 져 나르거나 목도질을 하고 방천에 쌓는 사이에 빗줄기가 줄어들기 시작했다. 땀과 빗물에 흠뻑 젖은 동네 사람들은 반쯤은 넋이 나간 표정으로 휘청거렸다. 날이 완전히 밝아오면서 빗물도 더 이상 불어나지 않았다.

"오늘이 추석 아녀?"

억수 같이 쏟아지는 빗속에서 가마니에 흙을 채우고, 그것을 옮겨서 둑을 쌓는다는 것은 쉬운 일이 아니다. 동네 사람들은 너 나 할 것 없이 다리가 휘청거릴 정도로 탈진한 상태였다. 그래도 방천이 걱정이 돼서 집으로 갈 생각을 안 하고 걱정스러운 얼굴로 넘실넘실 흐르는 황톳물을 바라보고 있었다. 누군가 기운이 없는 목소리로 중얼거렸으나 대꾸를 하는 이는 아무도 없었다. 박태수 가족이 온 힘을 다하여 개간을 한 과수원 터가 황톳물 속에 잠겼다는 걸 생각하고 있는 사람은 상규네와 박평래와 청산댁 뿐이었다.

'그려 어지까지는 연습이여. 인제부터 시작이여. 다시 시작하는 거여.'

황톳물은 방천에서 저쪽 산자락까지 점령을 해 버려서 폭이 양산강 폭보다 넓어 보였다. 물이 너무 많아서 장마 때처럼 요란하게 흐르는 소리가 나지 않았다. 빗물에 흠뻑 젖은 상규네는 무겁게 흐르는 황톳물에 잠겨있는 과수원 터가 다시 자갈밭으로 변해 있을 것을 생각하니까 머리가 텅 비어 버린 것 같았다. 목이 아프도록 연신 마른 침을 삼키면서 이대로 주저앉을 수는 없다고 생각했다. 말이 삼천 평이지. 삼천 평의 땅을 돈 주고 사려면 평생 동안 안 먹고 안 써도 돈이 부족하다. 그런 땅을 불과 일이 년 안에 가지려 했던 것은 무리한 욕심이었다는 생각이 들면서 새롭게 자신감이 솟아오르는 것을 느꼈다.

가을 들판에 부는 바람이 제법 매서워지기 시작하면 서리가 내린다. 서리를 맞은 호방넝쿨이며 고춧대가 시커멓게 변할 즈음이면 본격적으로 초가지붕을 새로 교체하는 작업이 시작이 된다.

강원도의 너와집, 제주도의 억새지붕과 다르게 육지부의 초가지붕은 해마다 새것으로 얹는 지방이 많다.

모산도 늦가을이 되면 지붕의 이엉을 새것으로 바꾸어야 비로소 한 해 농사를 마감했다는 생각이 든다.

이엉을 만드는데 볏짚을 사용하는 점에는 여러 가지 지혜가 숨어 있다. 볏짚은 속이 비었기 때문에 그 안의 공기가 여름철에는 내리쬐는 햇볕을 감소시킨다. 겨울철에는 집 안의 온기가 밖으로 빠져나가는 것을 막아준다. 폭설이 내리는 한겨울이면 오히려 보온효과가 더해지기도 한다. 그리고 겉이 비교적 매끄러워서 두껍게 덮지 않아도 빗물이 스며들지 않고, 눈이 녹아도 바로 흘러내려 언제나 건조한 상태를 유지하기도 한다.

지붕의 이엉을 새로 얹는 날은 모내기를 하는 날처럼 음식에 특별히 신경을 쓴다. 돼지고기와 두부를 넣고, 대파를 듬성듬성 썰고, 마늘을 콩콩 찧고, 김치를 넣은 김치찌개나, 고등어를 굽고, 멸치를 볶고, 여름에 따서 말린 호박무침이나, 무말랭이 등 최선을 다하여 밥을 내놓는다. 이엉을 엮는 틈틈이 마실 막걸리도 충분히 준비해 놓고, 새참으로 먹을 국수까지 넉넉히 끓여 낸다.

모산 사람들은 지붕 이엉을 얹는 작업도 모내기처럼 품앗이로 돌아가면서 한다. 오늘은 순배 영감네, 내일은 변쌍출이며 장기팔, 황인술 등의 집이 새 지붕으로 변하다 둥구나무 거리에 있는 김춘섭의 집까지 내려왔다.

둥구나무 밑에는 짚단 수백 단이 널려있다. 겨울에 새끼를 꼬거나, 가마니를 짤 때 사용하기 위하여 마당에 차곡차곡 쌓아 놓은 것이 아니다. 오히려 차곡차곡 쌓아 놓았던 짚단을 아무렇게나 던져 놓는다. 그 사이사이로 바람이 들어가서 조금이라도 습기가 빠진 짚으로 이엉을 엮기 위해서이다.

둥구나무 밑에 짚단이 수북하게 쌓이면 아이들은 그 속으로 비집고 들어가 숨바꼭질을 하거나, 짚단을 사각형으로 쌓아서 본부를 짓기도 하는 등 하루 동안의 놀이터로 변한다.

품앗이꾼으로 나선 윤길동이며 오씨며 황인술은 집에서 아침을 먹지 않고 둥구나무 그늘 밑에 자리를 차지하고 앉았다. 짚단을 수십 단씩 가져다 옆에 차곡차곡 쌓아 놓고 자리를 잡는다.

초가지붕에 이엉을 얹는 작업은 먼저 이엉과 용마루를 만드는 것으로

부터 시작이 된다. 이엉이 바람에 날아가지 않도록 지붕에 얹을 새끼줄은 집주인이 미리 꼬아 두는 것이 상례다.

"목부터 축이고 하셔유!"

황인술이며 오씨와 김춘섭이 이엉을 반 마름 정도 엮었을 무렵이다. 철용네가 정지에서 개다리소반에 막걸리와 안주를 얹어서 들고 나왔다.

"구장님, 해장 한 잔 하고 해유."

집주인인 김춘섭은 품앗이꾼들이 쉽게 이엉을 엮을 수 있도록 짚단을 날라 주는 뒷모도 담당이다. 집단을 한아름 안아서 오씨 옆에 갖다 놓으며 황인술을 불렀다.

"날은 태수네 지붕을 하는 날인가?"

어차피 조금 있으면 아침을 먹는다. 안주는 특별할 것도 없는 김치다. 김춘섭이 대접 가득 막걸리를 따라주었다. 황인술이 술을 마시기 전에 젓가락 끝을 맞추기 위하여 손바닥에 탁탁 치며 물었다.

"철용이 어머가 그라는데, 오늘 저녁에 내려 온대유."

"그나저자, 태수 처는 참말로 대단햐. 우리 같은 이들 두세 명을 갖다 부쳐도 태수 어머 못 이길 겨."

김춘섭이 오씨며 윤길동의 잔을 채우는 동안 먼저 잔을 비워 버린 황인술은 입술에 묻는 막걸리를 닦았다.

"먼 말을 하고 싶어서?"

윤길동이 술대접을 들고 황인술을 바라봤다.

"생각해 봐, 지난 추석 날 새벽에 과수원이 쑥대밭이 됐잖여. 외려, 또랑 쪽보다 자갈이며 돌짝이 더 많이 쌓였잖여, 만약 우리 과수원이 그렇게 됐다믄, 광일이 어머 같은 여자는 석 달 열흘은 방구들 신세 질겨…

…"

"난 또 먼 말을 한다고? 이런 날 바위며 돌멩이 골라내는 것은 둔너서 떡 먹기잖여. 손가락이 돌짝에 짝짝 달라붙는 한겨울에 비해 봐."

오씨는 별일도 아니라는 얼굴로 술잔을 가볍게 비웠다.

"하긴, 가만히 서 있기만 해도 콧등이 날아가 버릴 것 같은 겨울에도 자갈을 주서 냈는데, 요새는 약과겠네."

윤길동은 목에 걸어 두었던 수건을 반으로 접어서 어깨며 팔뚝에 묻는 지푸라기를 툭툭 털었다.

"난, 구장님 말씀이 옳다고 봐. 솔직히 그기 과수원여? 돌밭이지. 우리 같으면 질려서 쳐다 볼 심도 읎을 껴. 하지만 태수 처는 당장 흙탕물 빠징께, 삼태기 들고 나가서 돌멩이 주서 내기 시작했잖여. 원래 태풍이 지나간 다음에는 땡볕이잖여. 그런데도 온 동리 사람들이 제정신이 아니라고 수군대든 말든, 진규하고 둘이서 새로 시작했잖여. 그 며느리에 시 아부지라고, 태수 아부지도 보통은 넘다고 봐. 그 나이에 지치지도 않는지 웬 종일 과수원에서 살았잖여……그리고 봉께, 으런들한테 아침 자시러 오라는 말을 안 했구먼. 아여!"

김춘섭은 두런두런 말을 하며 황인술의 잔에 술을 채우다 말고 정지에 있는 철용네를 불렀다.

"왜유?"

철용네가 정지에서 상체만 내밀고 물었다.

"순배 영감하고, 팔봉이 아부지나, 태수 아부지며 아침 자시로 오라고 소리를 했남?"

"엊지녁에 죄다 소리를 했응게 쪼끔……저기 순배 영감님은 내려 오시네유."

김춘섭은 철용네가 손짓을 하는 곳으로 시선을 돌렸다. 순배 영감이 구부정한 허리로 천천히 골목을 나오고 있는 모습이 보였다.

"오늘, 지붕 하기는 딱 좋은 날이구먼. 우리 집 지붕을 하는 날은 바람이 하도 불어서 다들 애 먹었지?"

순배 영감은 개다리소반이 있는 곳으로 가지 않고 너럭바위에 앉아서 먼 하늘을 바라봤다.

"가을 날씨 삐치는 거는 하느님 벆에 모른다잖유. 아침은 다 된 모양유. 우신 해장 한 잔 하셔유."

김춘섭이 막걸리 주전자와 빈 대접을 들고 순배 영감 앞으로 가며 말했다.

"일하는 사람들부터 줘야지."

"우린 한 잔씩 했슈."

황인술은 김치 씹는 소리를 쩝쩝 내며 자기 자리로 가서 앉았다. 짚을 엄지와 둘째 손가락 사이에 들어갈 만큼의 분량을 짚어서 이엉에 갖다 부치고, 다른 쪽 짚을 당겨서 교차를 시키는 방법으로 이엉을 엮어 나갔다.

박평래가 담배를 피우며 사랑방에서 나왔다. 때를 맞춰서 변쌍출이 쿨럭쿨럭! 기침을 해 대며 삽짝문을 나와 둥구나무 거리로 내려갔다.

철용네는 밥을 고봉으로 푸고, 돼지고기 찌개도 넉넉히 담은 밥상을 차려 놓고 둥구나무 거리 밑에 있는 사람들을 불렀다.

"춘섭이 처, 음식 솜씨는 여전하구먼. 이런데서 썩히기는 아까운 솜씨여. 영동 읍내 같은 데나, 학산 쇠전 같은 곳에서 밥장사를 하믄 큰돈 벌겄어."

순배 영감은 해장술에 광대뼈 부분에 빨갛게 노을이 묻어 있었다. 김
찌찌개를 한 수저 떠먹고 나서 고개를 끄덕끄덕거렸다.

"참말유? 저는 맨날 먹어서 그런지 그기 그거 같은 맛인데?"

김춘섭이 눈을 반짝거리며 물었다.

"참말여, 나는 구장단 회의다, 면사무소 회의다 해서 여기저기서 밥을
사 먹을 때가 많잖여. 내 입이 유난하거나 고급스럽지도 않는데 딱이 입
맛을 잡는 음식점은 드물어. 제수씨 정도면 면소재지에서 장날만 밥집
을 해도 재미가 쏠쏠 할겨."

"에이, 다들 해장술을 한 잔씩 하셔서 그릏지, 이 동리서 음식 잘하기
로 치자믄 상규 어머하고 봉산댁 따라 갈 여자는 읎슈. 면장 댁에 무슨
손님이 오면 노상 상규 어머나 봉산댁이 올라가는 걸 봐서도 알잖유."

철용네가 숭늉 그릇을 들고 방에 들어 왔다가 황인술이 하는 말에 싱
겁게 웃으며 말했다.

"대관절 태수 처가 못하는 것이 머여?"

황인술이 김치찌개에 밥을 말면서 윤길동에게 물었다.

"내, 생각에는 태수 질들이는 거 빼 놓고는 못 하는 것이 읎는 거 가
텨."

"그라고 보니, 참말이네."

황인술이 생각 없이 웃다가 느낌이 이상해서 고개를 들었다. 박평래
가 밥을 먹다 말고 기가 막힌다는 표정을 짓고 있다.

"이상하게 생각하지 말아유, 으런이 생각해 봐도, 며느리가 대단하잖
유. 대단해도 남자 못지않게 대단해서 기냥 해 본 말유. 어여, 진지나 드

셔유."

"내가 구장 말을 그대로 듣고 이 자리에서는 암 말 안 하겄어. 하지만 앞으로는 일절 내가 보는 앞에서 며느리가 워떠니, 저떠니 이러쿵저러쿵 말들을 안 했으믄 좋겄어."

"그건, 태수 애비 말이 맞는 말여. 내가 볼 때 태수 처도 보통은 넘지만, 태수 애비도 보통은 넘다고 봐. 며느리 머리가 아무리 비상하다고 하지만 집안에서 반대를 하믄 말짱 도루묵이잖여. 그래도 태수 애비가 며느리 말이라믄 무조건 옳다고 생각하며 새벽부터 바지게를 지고 또랑으로 나가니까 일이 되는 것이잖여. 내 말이 틀렸는감?"

순배 영감이 돼지고기를 오물오물 씹다가 꿀꺽 삼키고 나서 박평래를 바라봤다.

"형님이나 저나 다 늙은 나이에 뭘 하것슈. 한 가지 틀림없는 것은, 이날 이쩍까지 우리 집 며느리가 저건 저렇게 하믄 안 되는데, 하는 짓을 본 적이 단 한 븐도 없다는 거유. 하다못해 손자들 고무신을 사도 암 생각 읎이 발에 딱 맞는 거 안 사유. 아들은 우후죽순처름 자란다며 꼭 한 치수 큰 거를 삿게 손자들이 츰에는 주둥이가 댓 발씩 나왔다가 난중에는 역시 우리 어머라고 생각한다니께유. 그러니 내가 워찌 며느리를 미워 하겠슈."

"허긴, 요새 그 머셔, 다이안지 타이안지, 고무신 안에 다이아가 그려져 있는 우리들이 신는 그 고무신은 너무 안 떨어져서 고무신 공장 망하게 생겼다는 말도 있잖여."

박평래가 말을 하는 동안 연신 고개를 끄덕끄덕하고 있던 변쌍출이 거들었다.

"타이어 고무신 재료가 원래 헌 타이어라잖유. 타이어가 뭐유? 자동차 발통이잖유. 자동차 발통이 여간 억세유. 그걸 녹여서 고무신을 만들었응게 얼마나 찔기겄슈."

다른 사람들보다 일찍 밥그릇을 비운 김춘섭이 막걸리 주전자를 들었다. 누구 술잔이 비었는지 요리조리 살피다가 오씨의 잔에 막걸리를 따르며 말했다.

"용마루는 내가 짤 모냥잉께, 신경들 쓰지마. 난도 밥을 은어 먹었으니께 밥값을 해야 할 거 아녀."

초가에 지붕을 얹는데 이엉은 비가 스며들지 않도록 고기비늘처럼 겹쳐서 얹는다. 이엉이 지붕 꼭대기에서 맞닿는 부분을 감싸는 부분에 얹는 이엉을 용마루라고 한다. 이엉은 일자형으로 엮어가기만 하면 되지만, 이엉은 짚을 꼬는 부분을 사각형으로 모양을 내가며 엮어야 하기 때문에 손기술이 필요하다. 변쌍출이 길게 트림을 하고 나서 담배를 입에 물며 말했다.

"우리 동리서 용마루 엮는 솜씨하고, 행상 나갈 때 생여 소리로 치자믄 팔봉이 아부지 뺵에 읎잖유. 올게도 부탁 좀 드려유."

김춘섭이 배를 슬슬 문지르며 밥상에서 물러 나 앉은 변쌍출의 빈 잔에 술을 채워주며 말했다.

남정네들이 막걸리를 반주 삼아서 배가 부르도록 밥을 먹었다. 나이가 많은 축은 담배를 입에 물고, 그 밑의 나이들은 이빨을 쑤시면서 밖으로 나갔다. 너럭바위에는 해룡네며, 광일네며 봉산댁, 날망집 등이 와서 이런저런 이야기를 하며 기다리고 있었다.

"배고프지. 어여 와."

철용네가 한꺼번에 푼 밥과 빈 밥그릇을 양손에 들고 불렀다.

"구장님은 아침부터 한잔 하셨나벼?"

봉산댁은 시뻘겋게 달아 오른 얼굴로 스스거리며 이빨에 낀 찌꺼기를 빼내고 있는 황인술에게 눈웃음을 쳤다.

"어……어여 들어가 봐. 돼지고기 찌개가 둘이 먹다 한 명이 죽어도 모를 만큼 엄청 맛있구먼."

황인술은 술도 알맞게 오르겠다. 배도 부르겠다. 오늘 따라 봉산댁의 얼굴이 뽀얗게 보인다. 자신도 모르게 젖통을 주무르고 싶은 생각에 온 몸이 오싹 떨리는 것을 참느라 애매하게 웃었다.

"저 냥반은 생전 마누라한테는 안 하던 말을 왜 봉산댁한테만 한댜?"

광일네가 혼잣말로 중얼거리며 황인술을 바라보며 입술을 삐죽거렸다.

"어따, 오늘 날 한븐 좋다."

황인술은 광일네가 하는 말을 못 들은 척하는 표정으로 하늘을 바라봤다.

"상규 어머는 왜 안 와유?"

김춘섭이 대충 밥상을 치우느라 늦게 나온 김춘섭이 봉산댁에게 물었다.

"상규 어머는 또랑에서 일 하느라 증신 없어."

해룡네가 입맛을 다시며 촉새처럼 말했다.

"내가 가서 보내야겠구먼."

너럭바위에 앉아서 느긋하게 담배를 피우던 박평래는 그냥 있을 수가 없었다. 면장 댁의 반찬만큼은 아니지만 포식할 수 있는 기회다. 일을 열심히 하려면 밥도 많이 먹어야 된다는 생각에 뒷짐 지고 방천을 향해 슬슬 걸었다.

저저! 저러다 몸이라도 상할라믄 어쩔라고?

방천위로 올라 선 박평래는 과수원이 있던 곳을 바라봤다. 햇볕은 따뜻했지만 또랑이며 들판에서 불어오는 바람은 차다. 지난 사라호 태풍 때 상류에서 떠내려 온 짚단이며, 온갖 쓰레기 등이 황야와 다름없는 돌무더기에 어지럽게 박혀있다. 뿌리 채로 떠내려 온 나무가 머리를 돌무더기 속에 박고 뿌리만 하늘을 향해 누워 있기도 했다. 그 가운데 수건을 머리에 쓴 상규네가 쪼그려 앉아서 삼태기에 돌을 주워 담고 있었다. 진규도 한쪽에서 지렛대를 이용해서 돌무더기에 박혀 있는 통나무를 꺼내려고 안간힘을 쓰고 있었다.

"좀 셨다 하지, 그러냐. 철용네가 아침 먹으러 오라고 항께 어여 가봐. 진규 넌도 어머하고 철용이네 집에 기사 밥 좀 먹고 오니라."

박평래는 담뱃불을 끄고 혀로 입술을 핥았다. 깊게 한숨을 쉬고 나서 과수원 터로 내려가면서 상규네를 불렀다.

"아침 맛나게 드셨슈?"

상규네가 머리에 쓴 수건으로 얼굴을 닦으며 일어섰다.

"그려, 찌개도 맛있고 겅거니도 맛있어서 한 그릇 뚝딱 비웠다. 어여 가서 먹고 오니라."

"집이서 아침 먹고 나왔잖유."

"그래도, 어여 진규 델고 가서 더 먹어. 이런 일을 하다 보면 밥 먹고 돌아서믄 배가 고픈 벱이잖여."

"어머님도 가서서 드셨슈?"

"느, 어머 집에서 아침 먹는 거 못 봤냐?"

"철용네 집이서 부를 거라며 몇 술 뜨지 않으시던데……"

"집에 밥이 읎냐? 양식이 읎냐. 느 어머 걱정은 하지 말고 어여 진규 데리고 가서 샛밥 먹는 셈치고 먹어라."

"할아부지, 저는 안 먹어도 돼유. 어머는 어여 가서 먹고 와. 나는 여기서 일을 하고 있을 팅게."

"그라지 말고, 넌도 같이 가자. 오늘은 이래저리 일을 하지 말라는 팔자인가보다."

상규네는 아침만 뚝딱 얻어먹고 올 수는 없다고 생각했다. 철용네를 도와서 음식도 만들어 주고, 이런저런 걸 도와주다보면 하루 해는 그냥 넘어갈 것이라는 생각에 진규를 불렀다.

"생각 잘했다. 일하는 날이 있으믄 쉬는 날도 있어야지, 맨날 일만 하믄 그기 사람이 할 짓이냐."

박평래는 수건으로 어깨며 치마를 탈탈 터는 상규네를 안쓰러운 표정으로 바라보며 중얼거렸다.

둥구나무 밑에는 남정네들이 여기저기 앉아서 이엉을 엮고 있었다. 아이들은 짚단 위를 기어 다니며 위에서 아래로 미끄러지기도 하고, 짚단 안에 푹 파묻히기도 하면서 깔깔거렸다.

상규네는 너럭바위에 앉아 있는 순배 영감이며 변쌍출에게 가볍게 인사를 했다. 진규는 둥구나무 거리로 들어가지 않고 집 앞으로 걸어갔다.

"어여 와. 그릏지 않아도 해룡네 시켜서 불러 오라고 할 참이었구먼."

철용네가 방에서 나와 상규네를 반겼다. 상규네는 황인술이며 오씨에게도 가볍게 고개를 숙여 인사를 했다.

"다, 먹고살자고 하는 짓유. 너무 일만 하시믄 골병 낭께, 오늘 같은 날은 하루 쉬는 거시 좋아유."

김춘섭이 짚단을 한아름 안고 황인술이 있는 곳으로 가며 말했다.

점심을 먹고 나서는 얼추 일이 마무리 되어 갔다. 이엉의 길이는 지붕을 길이에 맞춰서 적당한 길이로 엮어서 똘똘 만다. 그것을 두 손으로 껴안아 땅바닥에 대고 탁탁 쳐서 풀어지지 않도록 짚으로 묶는다. 어른 팔로 한아름이 되는 이엉묶음이 늘어 가니까, 아이들은 키가 큰 갈대숲처럼 서 있는 이엉단 사이를 비집고 들어가서 해해 웃으며 숨바꼭질을 하기 시작했다.

"오늘 참말루 수고들 하시네유. 국시나 한 그릇씩 들고 해유."

점심을 먹은 후에 한 시간 정도는 집에 가서 낮잠을 자거나, 너럭바위에 앉아서 이런저런 잡담을 하며 휴식을 취했다. 다시 일을 시작해서 한 시간 정도 지나니까 새참으로 국수가 나왔다. 품앗이꾼이며 구경을 하고 있던 순배 영감이나 박평래는 종일 마신 막걸리에 붉어진 얼굴로 합죽합죽 웃으며 국수 그릇을 들었다.

이엉을 짜고 용마루를 만드는 일은 오후 네 시경에 끝이 났다. 이엉이며 용마루는 등이나 어깨에 지고 지붕으로 올라가기 쉽게 똘똘 말았다. 본격적으로 이엉을 얹기 전에 작년에 올린 이엉이 썩거나, 그냥 두어도 오래가지 못할 것 같은 부분은 걷어 내고 집으로 옹이를 박는 일을 한다.

"올려!"

오씨가 사다리를 타고 지붕 위로 올라갔다. 황인술은 똘똘 말은 이엉을 불끈 들어서 앞뒤로 흔들다가 어여차! 하는 소리와 함께 지붕으로 던졌다. 지붕 위로 날아 간 이엉을 오씨가 재빠르게 낫으로 찍어 잡아당긴다.

"올려!"

김춘섭과 오씨가 말아 올린 이엉을 지붕 위에 피고 나서 바람에 날아가지 않도록 작년에 얹은 이엉에 묶은 다음에 마당을 내려다봤다.

"어여차!"

이번에는 오씨가 이엉을 가볍게 지붕위로 던졌다. 김춘섭이 날아오는 이엉을 낫으로 찍어 당겼다.

용마루는 부피도 있어서 지붕 위로 던질 수가 없었다. 오씨가 등 뒤에 메고 사다리를 타고 올라가서 지붕위에서 기다리고 있는 김춘섭에게 넘겨주었다.

지붕에 용마루까지 얹고 나니까 시커멓던 지붕은 노랗게 변했다. 바람이 불면 가지런히 누워있던 이엉들이 산발적으로 일어나서 쑥대머리가 된다. 새끼로 가로세로 눌러서 처마를 지탱하고 있는 서까래에 단단히 묶으며 조개껍질을 엎어 놓은 것 같은 초가지붕이 완성이 된다.

"빳듯빳듯하게 짤라, 그래야 복이 들어 온댜."

지붕 얹기 작업이 모두 끝이 나면 낫으로 처마 끝을 반듯하게 자르는 작업이 남아 있다. 김춘섭은 사다리를 옮겨 가면서 마치 이발사가 머리를 모두 깎은 후에 면도를 하는 것처럼 크고 작게 튀어 나온 짚을 가지런하게 깎아 나갔다. 순배 영감이 얼큰하게 오르는 취기에 붉으스름한 얼굴로 한마디 했다.

"지붕까지 새로 얹었응게 올 한 해도 다 갔구먼."

변쌍출이 입을 짭짭 거리며 중얼거렸다.

"세월은 낙화유수인데, 기운은 자꾸 없어져 가니까 참으로 허무하구면."

박평래는 새 옷을 갈아입은 것처럼 보이는 김춘섭의 집을 바라보다 자기 집 쪽으로 시선을 돌렸다. 똑같이 초가집인데도 세월을 먹고 거무름한 집과, 노랗고 성성한 김춘섭의 집을 보니까 저절로 한숨이 나온다.

"내 참, 해룡네가 그런 말을 하든 밉지나 않지. 아! 태수 애비가 먼 걱정이 있어. 나 같은 늙은이도 내일이믄 좋아지것지. 해가 바뀌믄 암만해도 올게보다는 낳것지. 하고 살아가는데?"

변쌍출이 지금 누구 약 올리느냔 얼굴로 박평래를 바라봤다.

"빨리 와서 저녁 드셔유. 동태국을 끓여 놨슈."

박평래는 변쌍출에게 한마디 하려고 볼을 실룩거리다가 상규네가 부르는 말에 흘끗 째려보며 일어섰다.

제5장

1
9
6
0
년

위험한 도박

바로 그거유.
일단 윤상배가 감히 거절 할 수 없는 조건을 걸어서 민주당을 탈당하게 만드는 거유.
윤상배가 우리가 제시한 조건에 만족해서 민주당을 탈당한 다음에는,
차일피일 조건을 미루는 거유.
그럼 지가 위탁하겠슈? 졸지에 무소속으로 있을 수밖에 읎잖유.

며칠 동안 계속 내린 눈이 무릎 높이로 쌓였다.

눈이 그치고 해가 떠오르자 들판을 바라보면 하얗게 쌓여 있는 눈 때문에 눈이 부셨다. 바람이 불때마다 눈은 파도처럼 밀려가서 낮은 곳으로 주저앉았다. 등구나무 너럭바위 위에도 두 뼘이 넘는 눈이 시루떡처럼 쌓여 있다.

나뭇가지 밑에는 사람들의 발자국은 없고 개들이 뛰어다닌 흔적만 남아 있었다. 골목에는 혼자 겨우 다닐 수 있을 정도만 눈을 치웠다. 길을 가다 마주치기라도 하면 옆으로 비켜서서 길을 가야했다. 남정네들끼리 마주치면 그나마 다행이다. 남정네와 아낙네가 마주치기라도 하면 허연 입김을 토해내며 나이 어린 쪽이 눈 쪽으로 들어가 길을 비켜줬다.

오후가 돼도 골목을 나다니는 사람들은 보이지가 않았다. 골목 안에서 불어오는 눈바람만 둥구나무 쪽으로 밀려왔다가 맥없이 주저앉는다. 그러면 나뭇가지가 요동을 치면서, 퍽퍽 거리며 가지에 쌓여 있던 눈덩어리를 떨어트렸다.

해룡네 술청은 비어 있었다. 그러나 살림방 문은 삐죽이 열려있다. 그 틈으로 담배 연기가 물결처럼 흘러 나왔다. 가끔 가다 갈갈 거리며 맥없는 웃음소리가 술청 바깥까지 새어나가 눈바람에 흩어졌다.

"이븐에는 자유당을 찍지 말고 어떤 일이 있더래도 민주당을 찍어야 된다고 하드만유. 내가 듣기에도 이발소 옆에 있는 건어물전 대머리 말이 틀린 말 같지는 않드만. 그 머셔, 쌀값은 삼 년 전이나 시방이나 똑같잖여. 하지만 물가는 얼매나 오른 겨. 당장 비료 값만 해도 재작년에 비하믄 솔찮게 올랐잖여. 그기 무슨 말이겄슈. 물가가 오르면 쌀값도 올라야 하는데, 쌀값만 안 오르면 우리 같은 농사꾼은 죽으라는 말하고 머가 틀리겄냐 그 말이잖유."

해룡네 가겟방은 단칸방이어서 나무를 조금만 때도 방바닥이 철철 끓었다. 아랫목에 앉아 있느라 군용담요를 착착 접어서 방석처럼 깔고 앉아 있는 김춘섭이 내 말이 틀렸느냐는 얼굴로 황인술을 바라본다.

"춘셉이 말이 틀린 말은 아녀. 광일이가 그라는데 면서기들 봉급이 올해 또 올랐다는구먼. 면서기들 월급조차 해마다 오르는데 쌀값이나 보리쌀 값은 삼 년 전이나 시방이나 그기 그겄게 농사를 져 봤자 빚만 늘어드는 셈이지."

황인술은 금년 1월 1일자로 광일이를 정식으로 승진시켜 주기로 했던 이동하의 얼굴을 떠 올렸다.

"구장님은 양심도 없슈? 요새 면사무소 임시직원으로 취직시켜 달라는 사람들이 줄을 섰슈. 그라고 내가 자리가 있으믄 왜 정식으로 승진을 안 시켜 주겠슈. 광일이를 정식으로 승진시킬라고 멀쩡하게 댕기고 있는 공무원 한 명을 짜를 수는 없는 일잖유. 그랑께 더 이상 귀찮게 찾아오지 말고 죙히 기달려 봐유. 언진가 좋은 일이 생길 팅께."

작년에만 해도 내년 1월 1일자로 틀림없이 정식 발령을 내주겠다는 이동하다. 놈의 말대로 멀쩡하게 다니고 있는 공무원을 짜를 수는 없다. 하지만 양심 운운하며 귀찮게 하지 말라는 말을 듣고 나니까 화가 났다. 내가 제 놈을 위해 얼매나 선거운동을 했는데 하는 생각이 들어서 심한 배신감에 치를 떨었었다. 그래서일까? 김춘섭의 말이 옳다는 생각이 들었다.

"어라? 구장은 자유당 아녀?"

오씨가 별일도 다 있다는 얼굴로 물었다.

"형님도 참 별말씀을 다 하시느만. 그래도 내가 명색이 모산 구장유. 그라고 우리 동리 사람들이 죄다 농사꾼 아뉴. 자유당이 정치를 잘못해서 우리 동리 사람들이 피해를 보고 있다믄 구장인 내가 나서야지, 누가 나서서 한마디 하겠슈."

"그랑께. 구장님하고 춘섭이 말은 그 머셔. 요번 정부통령 선거에는 민주당 쪽으로 표를 몰아 줘야 한다 이건가?"

윤길동이 오씨에게 빈 잔을 돌리며 물었다.

"요번에 대통령은 누가 나오는 거유? 부통령은 또 누가 나오고?"

"어티게 된 심판이 해룡네는 동네 소문은 죄다 수집하고 있음서, 선거는 나보다도 더 몰라. 아, 대통령은 이승만이가 나오고, 부통령은 이강석이라는 자식을 이승만한테 양자로 보낸 이기붕이가 나온다잖여."

"난도 그건 알고 있슈. 민주당에서 누가 나오냐 이거유?"

"그야, 조병옥 박사가 대통령으로 나오고 농림부장관을 했던 장면이 부통령으로 나오잖여."

윤길동은 해룡네를 마땅치 않다는 얼굴로 흘낏거리고 있었고, 황인술이 부드럽게 대답했다.

"내 말이 먼 말이냐 하믄 우리도 맨날 위원장한티 끌려 댕길 필요가 읎다는 거유. 솔직히……"

김춘섭은 갑자기 목소리를 낮추고 말을 하려다가 해룡네를 바라본다. 해룡네는 문 앞에서 등을 돌리고 앉아서 담배를 피우고 있다. 해룡네를 잠깐 바라보다가 더 이상 말을 안 하고 막걸리를 마신다.

"나는 농사도 안 짓고, 조합돈도 안 쓰는 사람이여. 한마디로 자유당 사람이 대통령이 되든, 민주당 사람이 대통령이 되든 상관이 읎는 사람이여. 난 그저, 우리 해룡이하고 기냥 이릏게 살다가 죽을 사람이란 말일씨. 하지만 가재는 게 편이라고 난도 동리 사람들이 잘 먹고 잘 사는 걸 원햐. 그래야, 막걸리를 한 되 더 팔아도 팔 거잖여. 철용이 아부지 말이 백 번 맞는 말이구먼. 솔직히 및 년 전 만해도 학산 장보러 갈 때 백 환짜리 두 장만 들고 가도 팔이 아플 정도로 장을 봐 왔잖여. 하지만 시방은 택도 읎어, 백 환짜리 한 장 들고 가야 제우 한 장 도막 쓸 반찬꺼리며 국꺼리를 사 온다믄 더 이상 말이 필요 읎는 거지 머."

해룡네는 담배를 끄고 삐죽이 열려있는 방문을 닫았다. 해룡이는 구석에 앉아서 눈을 두리번두리번 거리며 남정네들이 하는 말을 듣고 있다. 해룡이를 바라보던 시선을 김춘섭에게 돌리고 한숨 섞인 목소리로 말했다.

"좌우지간 해룡네가 있으믄 하고 싶은 말도 못햐. 입이 여간 싸야 믿고 말을 하지……"

김춘섭이 빈 잔을 해룡네에게 돌리며 투덜거렸다.

"츠……이 동리서 나만큼 입이 무거운 여자가 있으믄 나와 보라고 햐. 이것도 장사라고 술장사를 함서 입이 새털처름 개벼우면 당장 때려 치워야 하능 겨."

"그래서, 우리 향숙이가 귀신들렸다고 학산 장바닥에 모조리 소문을 냈구먼. 남부끄러워서 학산 바닥에 발도 못 대게?"

해룡네는 계속 못마땅하다는 얼굴로 바라보고 있던 윤길동이 마침내 기회가 왔다는 얼굴로 피식 웃으며 빈정거렸다.

"그건 또 먼 말여?"

황인술은 한쪽 무릎은 세운 자세로 벽에 기대어 앉아 있었다. 쭉 뻗고 있던 다리를 오므리며 해룡네를 바라보고 물었다.

"눈이 오기 전날, 장바닥에서 국수를 말아 파는 여핀네가 우리 집에 점을 보러 왔었단 말여. 우리 집에 점쟁이 읎다고 승질을 냉게 해룡네한티 듣고 왔다능 겨. 모산 가믄 요새 신이 들린 용한 점쟁이가 있응게 한번 찾아가 보라고 말여. 그때 승질 같아서는 낫자루를 들고 쫓아올라고 했는데, 향숙이 어머가 덜 떨어진 것 하고 싸우면, 똑같이 덜 떨어진 인간이 된다며 하도 말리는 통에 참았구먼."

"음머머! 향숙이 아부지 시방 나한테 들으라고 하는 말여?"

해룡네가 막걸리를 마시다 말고 잔을 내려놓으며 기가 막힌다는 얼굴로 윤길동에게 물었다.

"그람 내가 해룡이보고 묻는 말인 줄 알았남?"

"히히, 어머가 그랬어. 귀신이 자꾸 향숙이하고 놀라고 밥도 못 먹게 하고, 학교도 못 댕기게 만들어서 맨날 절에만 댕긴다고 말여."

해룡이 윤길동이 하는 말을 가만히 듣고 있다가 자랑스럽게 끼어들었다.

"잘하는 짓이여. 천하의 해룡이까지 알고 있다믄 아주 집구석에서 노래를 부름서 살았구면."

"엄머머, 이이 좀 봐. 내가 혼자 산다고 막 깔아뭉개고 있네. 해룡이츠름 등신이 하는 말을 곧이곧대로 듣고……"

"해룡아 목마르지? 이 술 한잔 마시고 장바닥에서 느 어머가 머라고 말했는지 말해 봐."

윤길동이 그러면 그렇지 하는 얼굴로 해룡네를 노려보고 있던 시선을 거두었다. 해룡네에게 잔을 건네며 어디 두고 보자는 얼굴로 말했다.

김춘섭과 황인술은 담배 연기를 날리면서 약속이나 한 것처럼 천장을 바라보며, 해룡네 앞에서 이동하의 귀에 들어갈 만한 말을 하지 않았는지 더듬어 보느라 눈을 끔벅끔벅 거렸다.

"음……어머가 향숙이는 점쟁이가 되믄 엄청 이쁜 점쟁이가 될 거라고 말했어……과……광일네가 돈 잃어뻐린 것도 알아 맞췄어. 광일네 말여."

"야, 이 자식아! 내 마누라가 니 친구여? 근데 그 여편네가 돈 잃어 버렸다는 말은 먼 말여?"

"구장님 모르고 계셨슈? 언젠가 면사무소에 비료대 수납하러 가다가 다리꺼리에서 잃어 버렸잖유. 잃어버린 돈이 만오천 환인가 얼매라고 안 했슈?"

김춘섭이 오씨를 바라보며 물었다.

"맞아, 만오천 환이라고 소문이 났어. 다리 밑에서 볼일보다가 잃어삐린 것을 그릿고개 올라가서야 알았다는 소문이 났었잖여. 그래서 얼른 쫓아가 봉께 어뜬 놈이 벌써 주서 갔다고……"

"이눔의 여편네 집구석에 가면 가만 안 놔둘 껴. 왠지 분명 만오천 환을 수납했는데, 강 서기가 입금이 안 됐다고 하드라. 난 내가 착각하고 있었는 줄 알고 있었구면……"

황인술은 흥분한 끝에 생각 없이 말을 하다가 비료대금 미수가 아직 많다는 것이 생각나서 슬그머니 목소리를 줄였다.

"저……저런 썩어 죽을 놈 낫 놓고 기억자도 모르는 놈을 하루 세 끼 밥 해 처먹이며 키웠드니 시방 머라고 쥐끼능 겨? 즈 에미 생일도 모르고, 즈 집 주소도 모르는 놈이 시방 머라고 쥐끼능 겨?"

해룡네는 차마 정신 모자란 해룡이한테 주먹질은 못하고 부들부들 떨면서 쏘아 보았다.

"츠……향숙이가 참말로 그랬단 말여. 나……나도 장가 갈 수 있다고 말했단 말여."

"장가?"

해룡이가 뜬금없이 하는 말에 황인술이 이건 또 먼 말이냐는 얼굴로 반문했다.

"해룡이 니가 장가를 간단 말여?"

윤길동은 저놈이 또 먼 말을 할라고 저 지랄이여. 하는 표정으로 해룡이를 바라보고만 있었다. 김춘섭이 황인술처럼 해룡이 얼굴을 바라보며

305

호기심어린 눈빛으로 물었다.

"응, 향숙이가 그랬단 말여. 해룡이 오빠도 은진가 장가를 갈 거라고 말했단 말여. 또랑가에서 나한테만 말했단 말여. 어머, 내 말 맞지?"

"참말로, 향숙이가 너한테 그랬단 말여?"

금방까지만 해도 해룡이를 쥐어박을 것처럼 노려보던 해룡네가 헤벌쭉하게 웃는 얼굴로 물었다. 요즘 들어서 향숙이 한 번씩 내뱉는 말마다 신통방통하게 잘 들어맞는다는 소문이 돌고 있다. 한 달 전에는 황인술의 아내인 광일네가 길바닥에 퍼질러 앉아서 땅을 칠 일이 생길 거라고 중얼거렸다. 그 말을 들은 봉산댁이 우물가에서 속삭거렸고 이내 동네에 파다하게 퍼졌다. 하지만 정작 당사자인 광일네한테는 쉬쉬해서 말이 들어가지 않았다.

보름 전의 일이다.

광일네는 황인술의 심부름으로 비료대 만오천 환을 면사무소에 수납하기 위해 집을 나섰다. 모산 사람들 거의가 그렇듯이 그럿고개 정상에 올라가 앉아서 쉴 참으로 정신없어 마루까지 올라갔다. 막상 마루에 올라서니까 힘들게 올라오느라 몸은 더운데 바람이 차서 적당하게 앉아 있을 곳이 없었다. 숨이나 가다듬고 고개를 내려가리라 생각하며 무심코 치마말기를 주물러 봤다. 지폐가 돌돌 말려 있어야 할 감촉은 없고 허전했다.

'어매나! 이 일을 워쩐댜.'

분명히 집에서 나올 때 만오천 환을 치마말기에 둘둘 말아서 치마끈으로 단단히 동여맸었다. 마침 오가는 사람들이 없어서 치마를 벗어 고쟁이 바람으로 홀홀 털어 봐도 돈은 나오지 않았다. 털썩 주저앉아서 곰곰이 생각해 봤다. 오던 길을 더듬어 보니까 다리 밑에서 오줌을 눴던 것이 생각났다.

'미쳤구먼. 미치지 않은 이상 이럴 리는 없능 겨. 대관절 이 일을 워쩐 댜!'

모산으로 들어가는 초입에 있는 다리 밑은 뒷간이나 마찬가지다. 사방이 확 트인 들판이라서 다리 위에서는 볼일을 못 본다. 다리 밑에는 양산이나 모산서 오고 가는 사람들이 볼일 보기에는 안성맞춤이다. 남정네들보다 아낙네들이 즐겨 사용하는 장소라서 그 사이에 누가 다녀갔을지도 모를 일이다. 일이백 환도 아니고 장장 만오천 환이나 되는 돈이다. 그 사이에 누가 다녀갔다면 횡재를 하고도 남을 일이라는 생각에 숨이 턱턱 막히도록 바쁘게 걸었다. 바람은 이가 시릴 정도로 차가운데 고무신에 땀이 차서 자꾸 신발이 벗겨졌다. 나중에는 신발을 양손에 들고 발바닥에 모래가 박히는 줄도 모르고 급하게 걸어서 다리 밑으로 갔다.

'어이구! 이 등신아!'

광일네는 다리 밑으로 내려가는 길을 찾아서 다리 밑으로 내려갈 여유가 없었다. 길에서 다리 밑으로 뛰어 내렸다. 중심을 잡지 못해 엎어졌지만 오뚝이처럼 일어나서 오줌 눈 장소를 살폈다. 눈을 번쩍 뜨다 못해 손가락으로 눈을 까집고 찾아봐도 돈이 보이지가 않았다. 오줌을 눴던 장소에 털썩 주저앉아서 땅을 치고 울었지만 누군가 주워 간 돈이 제 발로 걸어 들어 올리는 없었다.

향숙의 예언은 그뿐만 아니다. 변쌍출에게는 집에 우환이 있을 것이라는 점괘를 냈다. 변쌍출은 자신이 앓아눕게 될지 알았더니 서울에 있는 팔봉이가 빙판에서 미끄러져 허리를 다쳤다는 편지를 받았다. 해룡네는 그런 향숙이 예언을 했으니까 해룡이도 결혼을 하게 될지도 모른다는 생각이 들어서 웃음이 나오지 않을 수가 없었다.

"이 동리 터줏대감은 등신 하나로는 부족한 개비구먼."

"그럴지도 모르지, 멀쩡한 정신을 가진 여자가 해룡네 식구로 들어 올 택은 없을 팅께."

김춘섭과 황인술이 해룡의 말이 맞는지도 모른다는 생각에 서로를 쳐다보며 고개를 끄덕거렸다.

"시방 먼 개소리 들을 하고 있는 거여? 해룡이가 워티게 장가를 간단 말여? 저 등신이 그래도 장개는 가고 싶응개비구먼. 하지만 세상이 두 쪽 나는 한이 있드라도 장개는 못 갈 껴. 모르지, 똥오줌도 못 가리는 여자가 이 집구석으로 마부리츰 또르르 굴러 들어올지도"

윤길동이 금방이라도 주전자로 해룡의 머리를 후려갈길 것 같은 표정으로 내뱉었다.

"똥오줌 못 가릴 정도라믄 문밖출입도 못한다는 야기 아녀. 문밖출입을 못하는 삭시가 시집 올리는 읇응께 난 괜찮여. 삭신 멀쩡한 여자만 들어오면 정신이 모잘라도 괜찮여. 내가 하루 세 끼 밥을 해 먹이는 한이 있드래도 우리 해룡이 장개만 보낼 수 있다믄 속곳이며 달거리 기저귀 빨래는 못할까."

"신소리 그만하고 탁주나 한 되 더하고, 굴밤 묵이나 한 모 쓸어와. 묵만 달랑 갖고 오지 말고 동치미꼬추 잘근잘근 쓸고, 짐치 채 썰어서 뜨신 물에 말아 오란 말여."

김춘섭은 에미의 마음은 다 같을 거라는 생각에 해룡네를 이해했다. 하지만 붉으락푸르락하고 있는 윤길동의 얼굴을 바라보기가 민망스러웠다. 빈 주전자를 들어 보이며 해룡네에게 그만 나가보라고 눈짓을 했다.

"요번 탁주 값하고 굴밤 묵은 꽁짜여. 딴 뜻은 읎고, 겁나게 내리든 눈도 그쳤고 해서 그냥 내는 거여."

"좌우지간 우리 동리서 읎어져야 할 인간은 딱 둘여. 저기 저 주책읎는 해룡네하고……"

윤길동은 해룡네가 이유 없이 술과 안주를 내지는 않을 것이라고 믿었다. 해룡이 결혼을 하게 될 거라는 말을 듣고 기분이 좋아서 헛소리를 지껄이는 거라는 생각에 눈알을 부라렸다.

"또 한 인간은 이병호 그 인간이겠지."

김춘섭이 목소리를 줄여 말했다.

"요새는 위원장님이 모산에도 잘 안 오능개벼?"

강 건너 불구경하는 얼굴로 앉아 있던 오씨가 황인술에게 물었다.

"지 버릇 개 줄까. 안 봐도 삼천리지 머, 십 년이 넘게 첩을 데리고 살았는데 영동에서 혼자 살겄어. 좌우지간 나는 그 인간들 농사 져도 그만이고, 안 져도 그만이래서 하는 말인데 말여. 아까 춘섭이 자네 말이 맞는 말여. 골치 아프게 경제니 물가니 그른 거 생각해 볼 필요도 읎어. 영동이 서울처럼 바닥이나 넓어, 제우 손바닥만한 군소재지잖여. 그람, 그 인간 공무원 신분에 첩을 델고 살았다는 거 다 알고 있었을 거잖여. 그란데도 자유당 민의원후보로 출마했었다는 거시 말이나 되는 거여? 다, 자유당이 정권을 잡고 있응께 그런 거시 용납이 되는 거여. 말이야 마른 말이지만, 관청이 썩어 빠졌응께 첩을 데리고 살든, 관청 돈을 지 돈처럼 흥청망청 써도 눈 딱 감고 못 본 척 하는 거 아니냔 말여?"

윤길동이 밖에서 해룡네가 들을지 모른다는 생각에 목소리를 낮추어 말했다.

"내가 하고 싶은 말이 바로 그 말이유. 솔직히 우리찌리 있응께 하는 말이지만 요새가 어떤 세상인데 첩 놀이를 한대유. 그랑께 돌아오는 삼월 십오일 선거 때는 어떠한 일이 있드래도 반드시 민주당 쪽에 표를 줘야 되능규. 그래야 정권을 잡은 놈들이 국민 무서운지 알지."

김춘섭이 밖에 있는 해룡네가 들을지 모른다는 생각에 목소리를 죽여 말했다.

"난도 원측적으로는 길동이나 춘셉이하고 생각이 가텨. 이참에 정권을 바꿔보는 것도 나쁘지는 않겄지."

황인술도 김춘섭의 말에 동의를 한다는 얼굴로 말했다.

"난도 바꿔 볼텨."

해룡이가 박수를 치면서 말했다.

"뭘 바꿀텨?"

김춘섭이 재미있다는 얼굴로 물었다.

"향숙이 아부지가 바꾼다고 했잖여?"

"글씨, 뭘 바꾸나고 물었잖여."

"그걸 내가 워치게 알아. 향숙이 아부지가 나한테 알켜 줘야 내가 알지."

"그려, 난중에 내가 알켜 줄 텅께 시방은 입 다물고 거기 가만히 앉아 있어. 이따 탁배기 한잔 줄 모냥잉께 입 다물고 얌전히 앉아 있으란 말여. 그라고 길동이 내 말 오해하지 말고 들어 봐."

황인술이 윤길동의 어깨를 주무르면서 안됐다는 얼굴로 말했다.

"먼 말을 할라고 하는지 알겠슈."

윤길동은 황인술이 갑자기 동정하는 표정을 지어 보이자 한숨을 내쉬었다.

"내 생각도 그려. 세상에서 사람 목심보다 중요한 기 워딨어. 다 살라고 하는 짓인데, 동리 체면이 뭐가 중요하고, 사람들 눈이 뭐가 중요하겄어. 내 자식이 건강하게 사는 것이 중요한 거지. 그래서 하는 말인데 어디 용한 점쟁이라도 찾아 가 보지 그랴."

"구장님이나 춘셉이는 당해보지 않아서 몰라. 한븐 그 길로 들어서면 영영 그렇게 살아야 한다능 겨. 지가 빠져 나오고 싶어도 절대로 빠져 나올 수가 읎댜. 옛날에 일정 때 우리가 워치게 살았어. 그때 삡이라는 것이 있었어? 일본놈들이 코에 갖다 부치믄 코걸이고, 귀에 갖다 부치믄 귀걸이 식인 거시 삡이었잖여. 그라고 우리가 히라카나와 가타카나를 배우고 싶어서 배웅 겨? 우리가 성을 다나까니, 아베라고 이름을 바꾸고 싶어서 바꾼 겨? 쌔빠지게 농사져서 공출을 내고 싶어서 낸 거시 아니잖여. 목심이 아까워서, 이 새털 같은 목심이 아까워서 그놈들이 시키는 대로 한 거잖여. 내림굿이라는 것을 받게 되면 순전히 그 식으로 살게 된다는 거여. 향숙이 나이가 올게 및 살인지 알어?"

윤길동이 생각하면 생각할수록 기가 막힌다는 얼굴로 자신의 가슴을 쥐어뜯는 흉내를 내보였다.

"우리 철용이하고 동갑잉게 열일곱 살이구먼 구먼."

"그려, 나이 스물도 안 되는 열일곱 살이여. 그런 아를……"

윤길동이 너무 기가 막히고 말을 잇지 못하고 고개를 숙였다. 눈물이 뚝뚝 떨어져서 슬쩍 고개를 돌리고 손등으로 닦았다.

"울 것도 읎슈. 구장님도 넘 일 같지 않아서 물어 본 말잉게 그만하고 술이나 마셔. 그라고 보믄 우리 동리서 태수네가 젤 택택햐. 태수는 방앗간에서 다문 쌀 한 가마니라도 척척 벌어 오지, 상규 면사무소 급사로 댕김서 가용돈이라도 벌지, 태수 처가 남자 못지않게 일하지. 태수 아부지는 그 나이에도 팔봉이 아부지처럼 사랑방에서 노닥거리는 벱이 읎잖여."

"태수 처는 참말로 지독햐. 작년 사라호 태풍 때 그 봉변을 당해놓고 안즉도 정신 못차리고 작년 가실농사 끝나고 부텀 자갈밭에서 아주 살고 있데."

김춘섭의 말이 끝나자마자 황인술이 한심하다는 얼굴로 말했다.

"태수 아부지하고 그 집 둘째인 진규도 노상 삼태기로 자갈 주서 나르잖여. 내가 볼 때는 반드시 비관적이지는 않을 거 가텨. 태풍이 해마다 오는 건 아니잖여. 작년 팔월에 여간 비가 많이 왔어? 그때는 멀쩡했잖어. 그런 걸 감안해 보믄 욕심을 쉽게 못 버릴거여."

황인술과 다르게 윤길동은 상규네를 이해 한다는 얼굴로 말했다. 그러자 황인술은 어디 한번 두고 보자는 얼굴로 한쪽 눈을 찡그리며 웃었다.

경찰서장실 창문으로 보이는 마당에는 먼지가 시커멓게 내려 앉은 눈 무덤이 군데군데 쌓여있다. 담장 밑의 음지쪽에는 양지쪽에서 밀어붙인 눈이 얼음조각처럼 굳어 있었다.

영동 경찰서장 서문탁은 창문 밖으로 담장 앞에 서 있는 은행나무를 바라보고 있었다. 노란 은행잎 몇 잎이 매달려 있는 은행나무 가시 사이로 파고드는 햇볕이 날카롭게 빛이 나고 있었다.

"암만해도 칠십 프로를 넘기기 힘들다 이 말이구먼."

"현재 정보로는 오십 프로도 힘 들어유……"

서문탁 뒤에서 서류철을 들고 서 있던 정보과장 유진표가 황송하다는 얼굴로 말꼬리를 흐렸다.

"그람 현재로는 방법이 이동하를 내쳐 버리고 민주당 윤상배 의원을 자유당으로 끌어 오는 수벆에 읎단 말여?"

"제가 군수님을 조용히 만나 뵙고 상의를 드렸슈. 그랬더니 모가지가 달려 있는 판국에 먼 놈의 의리가 필요하냐며 표를 모을 수 있는 방법이라면 이동하 위원장이 아니라, 이동하 위원장 할아버지라도 내쳐야 한다고 하셨습니다."

"틀린 말은 아니지. 그리고 그 인간 즈 애비가 돈 좀 있다고 제우 부면장 출신인 주제에 너무 설쳤어. 지 무덤을 지가 판 거지 머."

감은색 시발차 한 대가 마당으로 미끄러져 들어온다. 서문탁은 은행나무를 바라보고 있던 시선을 내렸다.

"저 차가 뉘 차여?"

유진표는 서문탁이 손가락을 까닥거리는 것을 보고 재빠르게 창문 앞으로 갔다.

"아! 저 차는 이동하 위원장님 차유. 요 며칠 전에 새 차로 교체한 걸로 알고 있습니다."

"이동하 위원장 차란 말여?"

"네, 번호를 보니까 틀림없슈. 아! 저기를 보십시오. 차에서 위원장님이 내리시잖습니까?"

"이동하 돈 많이 벌었구먼. 요새도 저 차 사백만 환이 넘을 걸?"

"제 정보로는 정확히 삼백구십오만 환 주고 산 걸로 알고 있습니다."

"하긴, 이동하 부친의 재력으로 돈 몇 백만 환 정도는 한 끼 때꺼리 벅에 안 되겠지."

"위원장님 정미소도 호황이랍니다. 물량이 많아서 매일 야근을 하고 있슈."

"좌우지간 우리나라는 부의 분배 방법이 틀렸어. 버는 놈은 가만히 앉아 있어도 돈이 자꾸 쌓이고 우리 같은 공무원들은 돈을 벌기는커녕 자식들 대학 보내기도 빠듯항께 살맛 나겠어? 근데 저 인간은 회의가 열한 신데 왜 벌써 오는 거지? 혹시 냄새라도 맡은 거 아녀?"

서문탁은 벽시계를 쳐다본다. 시계바늘이 열 시 반을 가리키고 있는 것을 확인하고 혼잣말로 중얼거렸다.

"안 그럴거유. 군수님하고 철저하게 비밀을 지키시겠다고 약속을 했슈. 그리고, 군수님은 각본에서 이동하 위원장님을 내쳐야 할 당사자인데 왜 비밀을 누설하겠슈? 제 생각에는 위원장님은 수사과에 볼일이 있는 것 같습니다. 그렇지 않고서야 삼십 분이나 일찍 오시겠습니까?"

"또 어뜬 놈이 사고 친 것이 있는 모냥이구먼……"

서문탁은 이동하를 안 봐도 다 안다는 얼굴로 소파에 앉았다. 정윤호 군수와 교육장인 조동배와 이동하가 앉을 자리에는 오늘 회의를 할 자료가 놓여 있다.

이동하는 여도환을 앞장 세우고 곧장 수사과로 들어갔다.

형사과 사무실 안은 시장바닥처럼 웅성웅성거리는 소음에 젖어 있다. 구석에서는 형사 한 명이 피의자를 마구잡이로 구타를 하고 있었다. 다른 형사들은 피의자가 복날의 개처럼 얻어맞고 있는데도 시선 한 번 주지 않고 자기 일만 하고 있다.

"어이구! 위원장님이 여길 워티게 오셨데유?"

"위원장님 요새 존 일 있는게뷰? 신수가 원해유."

"위원장님 차 개비 하셨셨다믄서유? 언지 한븐 태워주세유."

이동하와 시선이 마주친 형사들이 여기저기서 일어나 경쟁을 하듯 인사를 던졌다. 이동하는 민의원이나 되는 것처럼 그들에게 손을 흔들어 보이며 수사과장실 앞으로 갔다.

"계셔?"

이동하는 낯이 익은 형사를 바라보며 엄지손가락으로 수사과장실을 가리켰다.

"네, 잠깐만 기다리십시오."

사십대 남자를 심문하고 있던 형사가 벌떡 일어났다. 그는 조심스럽게 수사과장실을 노크했다.

"위원장님이 손수 여기까지 어인 일이셔유?"

형사가 수사과장실로 들어가고 나서 잠시 후 수사과장 조병두가 나왔다. 하마처럼 살이 찐 그는 너무 살이 쪄서 목이 없어 보였다. 피곤기가 덕지덕지 묻어있는 얼굴은 어제 마신 술이 아직 깨지 않아서 눈이 빨갛게 충혈 되어 있었다. 그런데도 형사들이 모두 쳐다 볼 정도의 큰소리로 이동하를 반겼다.

"과장님, 나 이따 열한 시 부텀 경찰서장실에서 회의를 해야 항께 바빠유. 그래서 결론만 말씀 드리고 가겄슈."

이동하는 여도환에게 밖에 나가서 대기하라고 지시를 한 후에 수사과
장실로 들어갔다.

"오랜만에 오셔서 기냥 가시믄 섭하쥬. 안직 시간이 있응께 커피나 한
잔 하고 가유."

조병두는 이동하를 소파로 안내하고 나서 급사 책상과 연결이 되는
벨을 눌렀다.

"차 마시는 거야, 어렵지 않지만 부탁 좀 드려야겄슈. 그라고 이건 직
원들하고 즈녁이나 먹으라고 드리는 경께, 아무 소리도 말고 받아 줘
유."

이동하는 품 안에서 봉투를 꺼내서 테이블 위에 던졌다.

"허! 수고한다는 격려금으로 주시는경께 받기는 하겄지만 왠지 부담
스럽구먼유."

조병두는 아무렇지도 않게 봉투를 집어서 반으로 접어 양복 안주머니
에 넣었다.

"정 부담이 된다믄 엇지녁에 들어 온 우리 당원 하나만 봐 줘유. 사기
죄로 들어왔는데 시방 보호실에 있다고 하드만유."

이동하는 소파에 턱 앉아서 담배를 입에 물었다. 조병두가 얼른 성냥
불을 켜서 내밀었다. 당연하다는 얼굴로 담뱃불을 붙였다. 허공중으로
푸, 하고 담배 연기를 내뿜으며 앉은자리에서 다리를 꼬았다.

"먼 사기를 쳤는지는 모르겄지만 만만치는 않을 겁니다. 폭행죄야 쌍
방 합의만 하믄 됭께 얼마든지 빼낼 수 있슈. 하지만 사기라는 것이 사
기당한 돈을 죄가 물어주지 않는 이상 심 들어유. 난중에라도 피해자가

치안본부에 진정이라도 하믄 꼼짝 읎이 징계 먹는단 말여유."

"수사과장이 제우 잡범에 불과한 사기범 하나 빼낼 수 있는 빽도 읎다면 심각하구먼."

"빽이 암데나 통하는 거는 아뉴. 일단 어떤 껀인지 알아보기는 하겠지만……

조병두는 자존심이 상했지만 내색을 하지 않고 일어서 밖으로 나갔다.

"엇지녁에 사기로 들어 온 놈 있나?"

"예, 있슈. 서른다섯 살 먹은 홍승기라는 놈인데 군유지를 불하받게 해 준다는 명목으로 이십만 환을 사기친 놈유."

수사계장은 조병두가 묻는 말에 벽에 붙어 있는 칠판을 가리켰다. 칠판에는 보호실에 수감 중인 피의자들의 이름과 나이, 특징 등이 적혀 있었다.

"고발한 놈 직업은 머여?"

"양강에서 농사를 짓는 늙은인데 이십만 환은 전 재산이나 마찬가지인 땅을 팔아서 마련한 돈이라고 하드만유. 부부가 눈물을 뿌리며 돈 좀 꼭 받아 달라고 사정을 하드만유."

"노인네들이 인생을 헛살았구먼. 군유지를 살 생각이 있으믄 정식으로 입찰을 보든지, 군청 재무과에 문의를 해서 사야 하는 거 아냐? 그 늙은이도 혼이 나야겠구먼. 안 그려?"

조병두는 이외로 간단한 사건이라고 생각했다. 노인부부를 불러다 협박을 하면 사기죄로 고소한 것을 취하 할 것 같았다. 그렇다고 노골적으로 홍승기를 풀어주라고 할 수는 없다. 재떨이에 담뱃재를 톡톡 털면서 수사계장에게 의미 있는 눈빛을 보냈다.

"알겠습니다. 이따가라도 양강지서에 전화를 해서 고소인을 불러 들여서 설득을 해 보겠슈."

"홍승기 조서는 꾸몄나?"

"담당이 구 형산데 오후에 심문을 하겠다고 하드만유."

"고소인이 취소를 하드라도 한 이틀 더 가둬놔. 그래야 홍승기 놈도 먼가 생각이 달라질 팅게. 그리고 이따 직원들하고 술 한잔 할 돈 내줄 팅게 즘심 때 보자고."

"그릏지 않아도 요새 형사들이 선거 앞두고 맨날 야근을 하느라 파김치가 되어있는 판유."

조병두는 수사계장이 뒷머리를 긁적이며 하는 말은 귀담아 듣지 않았다. 수사계장의 어깨를 툭툭 쳐주고 나서 돌아섰다.

"그놈 아주 죄질이 고약한 놈이드만유. 아 글씨, 불쌍한 노인네들한테 군청 땅을 불하받게 해 준다고 사기를 쳐서, 그 집이 쫄딱 망했다잖유. 이 세상에서 젤 나쁜 놈들이 바로 그런 놈들이유. 부모 같은 노인네들한티 밥 한 끼는 사주지 못할망정 사기를 친다는 기 말이나 되는 거유? 완전히 빨갱이 같은 놈들이지."

조병두는 수사과장실로 들어갔다. 이동하는 제 방처럼 편하게 앉아서 커피를 마시고 있었다. 맞은편 소파에 앉으면서 대뜸 입에 거품을 물었다.

"내가 알기루는 그기 아녀유. 쌍방 간에 먼가 오해가 있던 거 같드만. 그리고 홍승기가 그릏게 질이 나쁜 놈도 아녀유. 사람이 놀기 좋아하고 술 좋아하는 점이 흠이라믄 흠이라고 할까, 머 그런 거 있잖유. 사람은

좋은데 바른 말 잘한다고 욕 은어 먹으면 사는 사람, 바로 그런 사람이
유."

"세상이 나쁜 짓 하고 싶어서 나쁜 짓 하는 놈이 워디 있겄슈? 다 그
놈의 돈 때문에 수갑 찰 일이 생기는 거지, 수갑 차는 거 좋아하는 사람
은 이 세상에 단 한 명도 읎슈."

"허! 수사과장은 엇지녁에 먹은 술이 안직 들깼나, 사람 말을 왜 그리
못 알아 듣능 겨. 내 말은 딴 사람들은 홍승기의 인간성을 워티게 평가
하고 있는지 모르겄지만, 내가 볼 때는 사회에서 격리를 시켜야 할만큼
나쁜 놈은 아니라 이거유. 이래도 내가 먼 말을 하는지 모르겄어?"

"내 참, 좌우지간 위원장님 앞에서는 바른 말도 못한다니께. 알겄슈.
위원장님이 착하다고 보믄 나도 착하게 보는 수벆에 읎지 머."

"그람, 오늘 당장 내보내는 거여?"

이동하는 홍승수의 아내한테 삼만 환을 받았다. 그 돈 중에서 천 환짜
리 열다섯 장을 봉투에 넣었다. 만오천 환이 남았다는 생각에 싱긋 웃는
얼굴로 물었다.

"그건 안 돼유?"

"왜?"

"내보낼 때는 내보내드라도 얼음장 같은 마룻방에서 미칠 지내봐야
다시는 형사들 볼일이 안 생겨유. 그쯤만 알고 어서 서장님 실에 올라가
보셔유. 선거 때문에 온 거 맞쥬?"

"나 보담 먼저 알고 있구먼. 그려, 이븐에는 위탁하든 이기붕 씨를 부
통령으로 뽑긴 뽑아야 할 텐데 여론이 안 좋아서 골치 아파 죽겄구먼."

이동하는 소파에서 일어났다. 양복에 먼지가 묻어있지 않은데도 손가

락 끝으로 톡톡 털면서 밖으로 나갔다.

"아이구, 건설적으로 생각하시믄 다 잘 풀려유. 그렇게 편히 생각하시고 선거운동을 하시믄 문제가 읎을규."

조병두는 용돈을 넉넉하게 준 것이 고마워서 이동하를 복도까지 배웅을 했다.

서장실 안에는 군수 정윤호가 와 있었다. 이동하가 들어서자 정윤호 비롯한 경찰서장 서문탁과 정보과장과 유진표가 일어나서 인사를 하는 척 했다.

"서장실에는 내가 늦게 들어왔어도, 경찰서 마당은 내가 군수님보다 먼저 들어 왔슈."

"그렇지 않아도 서장님이 아까 들어오시는 걸 봤다고 하드만유. 딴 사무실에 볼일이 보고 오시남유?"

이동하는 정윤호에게 손을 내밀었다. 정윤호 다음으로 서문탁하고도 건성으로 악수를 하고 소파에 앉으며 담배를 꺼냈다.

"볼일이라고 보기보다는 내가 아는 사람이 사소한 실수로 여길 들어왔다고 하기에 대관절 곡절이 뭔지 알아보고 오는 길유."

"위원장님 차 멋지든데 개비하는데 얼매 들었슈?"

"차 값이야 지보다 서장님이 더 잘 알고 계실거잖유. 사실 새 차는 필요 읎슈. 하지만 이븐에는 각하를 위해서 새로운 기분으로 본격적으로 선거 운동을 해 볼 요량으로 새 걸로 개비를 했슈. 그래야 담 민의원 선거 때도 영향을 줄 것 같기도 해서……"

이동하는 서문탁이 묻는 말에 은근슬쩍 다음 선거에서는 자신이 있다는 뜻을 내비쳤다.

"허! 워티게 들으믄 각하를 위해서 비싼 차를 구입한 걸로 들리고, 또 워티게 해석하믄 순전히 장차 국회에 입성하실 준비를 하느라 차를 구입했다는 말로 들리고 이거, 민주당으로 쏠리고 있는 민심 다스리는 것보다 더 어렵구먼. 군수님은 워티게 생각해유?"

"난도 서장님하고 같은 생각유. 좌우지간 차를 새 걸로 바꾸셨응께 그머셔, 시승식이라는 걸 해야 하는 거 아뉴?"

"시승식만 하믄 되나? 술도 한잔 사야지."

서문탁이 이 기회에 이동하한테 한턱 얻어먹겠다는 생각으로 두 눈을 가늘게 뜨고 이동하를 바라보며 말했다.

"허허! 서장님하고 군수님 말재간에는 못 당한다니께. 알았슈 회의 끝나고 지가 태평관에 가서 색씨들 불러 놓고 한잔 살 팅께 기대하고 계셔유. 아녀, 이럴 것이 아니라 쇠뿔도 단김에 빼랬다고 시방 예약을 하지 머. 정보과장님 태평관에 예약 좀 해 줘. 서장님하고 군수님하고 우리 정보과장님하고 이릏게 네 명이 갈 팅께 색씨들 묙욕 재개하고 대기시키라고 말여."

"서장님, 예약을 할까유?"

유진표가 듣던 중 반가운 말이라는 얼굴로 서문탁에게 물었다.

"이거, 위원장님 때문에 또 근무태만 하게 생겼구먼. 요새 상부에서 근무시간에 자리 비우지 말라는 전통이 하루에 한 번씩은 내려오는데, 딴 사람도 아니고 막강하신 위원장님이 사신다니께 사표 낼 생각으로 가야지 머."

"난, 우리 군청에만 도청에서 이틀이 멀다하고 공직기강 확립하라는 공문이 내려오는지 알았는데 그기 아니구먼. 우리두 도청에서 얼매나 쪼는지 몰라유. 근무시간에 자리를 뜨지 말라고 말여유. 그래 놓고 한쪽에서는 전 직원 동원시켜서 선거운동 하라고 전화질이니 어느 장단에 춤을 춰야 할지 모르겄슈."

"군수님도 별걱정을 다 하시느만유. 아! 공직기강확립이라는 말은 순전히 으름장을 놓는 거유. 선거에서 자유당 표가 짝게 나오믄 니덜은 알아서 해라 이런 뜻 아뉴. 안 그라믄 도청은 한군덴데 두 가지 명령이 내려 오겠슈?"

"이럴 때 보믄 깜짝깜짝 놀란다니께. 위원장님은 그렇게 머리가 좋으면서 워티게 지난 민의원 선거 때 낙선을 하셨댜?"

정윤호가 이동하의 말에 놀랐다는 얼굴로 서문탁을 바라보며 말했다.

"위원장님 태평관 문 사장이 그렇지 않아도 위원장님한테 전화를 드리려고 했답니다."

수사과 사무실에서 전화를 걸고 온 유진표가 이동하에게 은근한 목소리로 말했다.

"문기출이가 머 때문에 나한테 전화를 한댜?"

"어젯밤 영시를 기해서 기생들을 백프로 교체했대유. 그래서 오늘쯤 서장님하고 군수님을 모시고 전입신고를 받으시러 오시라는 전화를 드리려고 했답니다."

"좌우지간 문기출 수완은 끝내줘. 기생들이 바뀐 지가 석 달밲에 안 됐던 거 같던데 벌써 바꾸는 걸 봐. 그랑께 중앙관이 맨날 맥을 못추지."

"위원장님은 은근히 그런 데를 잘 가시나벼?"

이동하가 혼잣말로 중얼거리는 말에 정윤호가 군침을 삼켰다.

"잘 가기는유. 태평관 사장 문기출이가 학산면 자유당 면책아뉴. 그라고 지가 하는 일이 머유. 우리 영동의 발전을 위해서 도청 같은데서 오시는 손님을 접대하는 일이잖유. 그런 일이 아니믄 그런 데를 가고 싶어도 갈 시간이 읎슈."

이동하는 접대를 하기보다는 접대를 받기 위하여 태평관에 자주 가는 편이다. 그러나 정윤호나 서문탁이 자신을 난봉꾼으로 볼지도 모른다는 생각에 변명을 했다.

"자, 슬슬 회의를 시작하쥬. 오늘 회의 목적은 이미 정보과장이 전화로 알려 드렸을 터잉게 생략하겠슈. 탁자에 있는 회의자료를 보기 전에 정보과장이 먼저 현재 상황보고를 할 팅게 참고를 하셔유."

서문탁은 이동하의 말을 귀담아 듣지 않고 유진표에게 손가락을 까닥거려 보였다.

"에, 먼저 지난 삼대 대통령 선거 분석 보고부터 하겠습니다. 지난 오십육년 오월 십오일에 있었던 제 삼대 대통령 선거 때는 자유당 득표율이 전국적으로는 칠십 프로였습니다. 이때 영광스럽게도 서장님과 군수님께서 열심히 선거운동을 해 주신 덕분에 우리 충북은 팔십육 프로를 은었고, 충남은 제우 칠십칠 프로 삑에 은지 못했슈. 그 덕분에 충청북도 지사님이 이승만 대통령각하한테 훈장을 받았슈. 물론 여기 계신 군수님도 특진을 한 걸로 알고 있슈. 그러나 그때는 그때고 지금은 아주심각합니다. 대통령 선거야 조병옥이가 이틀 전에 미국에서 급사를 하는 바람에 이승만 각하가 당선이 되신 것이나 마찬가지지만 문제는 부통령선거 입니다. 제가 긴 말씀을 드리지 않아도 잘 알고 계시겠지만 올해 이승만 각하의 연세가 팔십오세유. 각하가 장수하게 된 이유는 하늘이 나라와 민족을 위해 소임을 다하라는 계시가 있기 때문인 걸로 믿고 있슈. 문제는 각하께 불경죄가 될지 모르겠지만 인간의 수명이라는 것이 마음대로 할 수가 없다는 점입니다. 언제 어느 시에 서거를 하실 지도 모르는 상황이라서 이기붕 선생을 반드시 당선시켜야 한다는 겁니다. 만에 하나 이기붕 선생이 낙선이라도 되는 날은……"

유진표는 그다음 말은 각각 마음대로 상상하라는 표정을 지으면서 말꼬리를 흐렸다.

"위원장님이야 자유당이 망해도 별 상관이 없으시겠지만 군수님하고 저는 꼼짝없이 짐 싸가지고 고향으로 내려가서 똥지게 질 수벿에 읎다는 말이겠지. 그 정도는 알고 있응께 계속해 봐."

"하여튼 이번에는 하늘이 두 쪽 나는 한이 있더라도 이기붕 선생이 부통령에 당선이 되셔야 한다는 거유, 내무부에서도 정부차원에서 대책을 마련했습니다. 구체적인 방법은 최인규 내무부장관께서 직접 친전으로 보낸 공문이 앞에 있는 탁자에 있슈. 공문을 읽으신 다음에 회의를 계속 진행하도록 하겠습니다."

유진표는 말을 끝내고 나서 잔기침을 했다. 서장실 분위기는 태평관에 가서 한잔 하자는 분위기가 아니다. 발자국 소리가 나지 않게 조용히 걸어서 구석에 있는 의자에 앉았다.

"좌우지간 이번 선거에서는 어떤 일이 있드래도 이기붕 선생이 당선이 되셔야 합니다. 만약 지난 선거 때츠름 장면이라는 놈이 당선이 되믄 지는 농사나 짓고 살 수벿에 읎슈."

정윤호는 내무부장관인 최인규의 지시로 얼마 전에 사표를 제출해 놓은 상황이다. 이기붕이 압도적인 지지로 당선이 되지 않으면 사표를 수리하겠다는 의미라는 생각에 비장한 표정으로 말했다.

"군수님만 낙동강 오리알이 되는 거시 아니고, 지도 자유당 공천 못 받으믄 모산 가서 농사를 지을 수벾에 읎슈."

이동하도 정윤호 못지않게 긴장한 목소리로 중얼거리며 응접탁자 위에 있는 회의 자료를 집어 들었다. 자료 상단에는 빨간색 잉크로 '극비문서'라는 글씨가 써져 있어서 상황의 심각성을 일깨워주고 있었다.

— 극비문서 —

<3 · 15 선거운동 참고 안>

첫째, 4할 사전투표 : 자연기권표 · 선거인 명부에 허위 기재한 유령 유권자표, 금권으로 매수한 기권표 등 전 유권자의 4할에 해당하는 표를 사전에 준비하였다가 투표 개시 전에 투표함에 집어넣는다.

둘째, 3인조 또는 9인조 공개투표 : 자유당 입후보자에게 투표하도록 미리 공작한 유권자를 3인조 또는 9인으로 조를 편성하여 조장이 기표를 감시하고 조원들은 기표된 기표용지를 자유당 측 선거위원에게 제시한 후 투표케 한다.

셋째, 완장부대 : 자유당계 유권자로 하여금 자유당 완장을 착용케 하여 투표소 부근의 분위기를 자유당 일색으로 하여서 야당 측 유권자에게 심리적인 압박을 가하여 자유당에 투표하게 한다.

넷째, 야당 참관인의 축출 : 민주당 측 참관인을 매수하여 참관하지 못하도록 하거나 그것이 불가능하면 민주당 참관인에게 시비를 걸어 같이 퇴장하도록 소동을 일으켜라.

※ 본 문서는 충분히 숙지 후 폐기처리 할 것.

자료는 여러 장을 종이끈으로 묶어 놓은 것이다. 이동하는 심각한 얼굴로 담뱃불을 붙이고 길게 연기를 내뿜으며 서문탁을 바라본다. 서문탁도 담배 연기를 연신 내뿜으며 자료를 읽고 있다. 정윤호의 얼굴은 비장하다 못해 결의에 차 있었다.

"위원장님 뒷장에 치안국장님이 보낸 공문도 읽어 보셔유."

"음……"

이동하는 가볍게 한숨을 내쉬며 첫 장을 넘겼다. 뒷장에는 앞장처럼 '극비문서'라는 빨간색 잉크로 쓴 글씨 밑에 치안국장 이강학이 보낸 내용이 적혀 있었다.

1. 자유당 완장을 착용한 상당 인원을 투표소 100미터 안팎에 배치하여 분위기를 자유당 일색으로 하는 동시에 야당 측 유권자에게 심리적인 압박을 가할 것.

2. 투표함 수송 도중 투표함을 바꾸고, 개표할 때 자유당 표와 민주당 표를 바꾸거나 섞어 놓을 것.

3. 개표 완료 후 투표 계산서를 허위 조작하여 공표하며, 자유당 입후보자의 득표 목표는 5대 1 즉, 전 투표수의 83% 이상으로 조작하라.

※ 본 공문은 숙지 후 폐기처분 할 것.

이동하는 담뱃재가 바닥에 떨어지는 줄도 모르고 계속 읽어갔다. 뒷장에는 구체적으로 득표율을 50% 선에서 80%까지 끌어 올리라고 명시가 되어있다. 그 밖에 민주당원을 포섭하는 방법이며, 자금 지원에 관한 내용이 적혀 있었다.

"영동에서는 오십 프로도 어려운 판국에 팔십삼 프로를 책음지라니 환장하겠구먼. 정보과장 나 물 좀 한잔 줄 텨?"

이동하보다 먼저 회의 자료를 읽은 정윤호는 손수건을 꺼내서 이마에 진득하게 배어나오는 땀을 닦았다. 충청북도에서 남부 3군에 속하는 영동, 옥천, 보은 중에 영동만 민의원이 민주당원이다. 민의원이 민주당원이라면 영동군 정서가 민주당 쪽이라는 말과 같다. 그래서 자유당 청주도지부에서도 영동을 사고 당으로 분류해 놓은 상황이다. 이런 악조건속에서 책임지고 83%를 달성하라는 공문이 내려온 것은 사표를 내라는 말과 다르지 않다. 그렇다고 해서 책상을 정리하고 집으로 갈 수는 없는 노릇이다. 어떡하든 최선을 다하긴 해야 하지만 자신이 없어서 자꾸 한숨이 나오려고 한다.

"특단의 조치를 취하지 않는 이상 이 방에 있는 사람들 모두 발 뻗고 자기는 틀렸슈. 이 방에 있는 사람들은 모두 한식구나 다름 없응께 윤상배라는 놈에 대해서 몇 마디 하겠슈. 지난 민의원 선거 때 정보과장이 여러 방면으로 수고를 많이 해 줬슈. 놈은 보통 독종이 아뉴. 지난번 선거에도 정보과장이 선거 위원장을 하던 놈을 뒷조사해서 선거 막판에 그만두게 만들었잖유. 그래도 윤상배 그놈은 잡초츠름 끗끗하게 일어서서 당선이 됐다 이거유. 물론 그놈이 잘나서 당선이 된 거는 아니고, 이런 말씀을 드리기는 뭐 하지만 첫째가 위원장님이 학산 사람이라는 것이 윤상배가 당선 되는데 큰 부조를 한 거는 사실유. 영동 읍내사람들이 민의원 자리를 학산면에 사는 촌놈에게 줄 수 없다는 바람이 불어서 결정적으로 당선이 되긴 했으니께유. 두 번째로는 각 면사무소의 면장들이 지극히 비협조적이었다는 점도 일조를 했쥬. 지금의 현안 문제는 그놈이 당선 된 사유를 분석하는 것이 아니라, 시방은 그놈의 민의원이라 이거유. 그렇지 않아도 한참 민감한 이때 놈을 잘못 건드렸다가는 벌집

327

을 쑤신 거처름 민주당원들이 들고 일어날 확률도 있고⋯⋯에! 그 머여, 시간이 흐를수록 윤상배 그놈을 신처름 떠받는 작자들이 늘어난 다는 거유. 그랑께 현재 시점에서 젤 중요한 거는 위탁하믄 영동군의 민주당조직을 와해시키냐 이거유. 그 문제만 해결이 되믄 우리도 보은이나 옥천처름 땅 짚고 헤엄치기로 선거를 할 수 있슈.”

서문탁은 말을 끝내고 이동하를 바라봤다. 이동하는 굳은 얼굴로 담배만 피우고 있었다. 정윤호는 활활 타고 있는 장작난로를 흘낏 바라보다 양복 상의를 벗어서 소파 등받이에 얹어 놓는다.

“좌우지간 읍내가 문제여. 면소재지 놈들은 막걸리에 고무신만 던져주면 표 끌어 오는데 문제 웂지만, 읍내는 씨가 안 먹혀서 문제라니께. 군수님 더우신개벼. 찬물 좀 한잔 갖다 드려.”

서문탁은 이동하와 정윤호를 번갈아 바라보다가 구석에 앉아 있는 정보과장에게 눈짓을 보냈다.

“아뉴, 됐슈. 됐고 가만히 생각해 봉께 서장님이 해답을 갖고 계시는구먼유.”

창문 밖에는 아직 찬바람이 불고 있다. 바람이 불 때마다 쌓여 있는 눈이 날리면서 하늘에 은가루를 뿌렸다. 손수건으로 땀을 닦고 있던 정윤호가 긴장한 얼굴로 말했다.

“해답이라뉴?”

정윤호 못지않게 고민에 고민을 하고 있던 이동하가 기대에 찬 얼굴로 서문탁을 바라보며 물었다.

“아까 서장님이 하신 말씀의 요지가 뭐유? 면소재지에 사는 촌놈들은 막걸리나 및 잔 돌리고 고무신짝이나 노눠주믄 자유당에 표를 찍게 돼

있슈. 문제는 서장님이 지적하신 것처름 읍내사는 민주당 놈들이잖유."

정윤호가 슬슬 각본대로 이끌어나가자는 눈짓을 서문탁에게 보내고 나서 굳은 얼굴로 말했다.

"그걸 누가 모른대유?"

이동하가 싱겁다는 얼굴로 중얼거렸다.

"내 말 안직 안 끝났슈. 민주당원들이 읍내에 열댓 명만 된다 해도 한 놈씩 일대일로 만나서 포섭을 할 수 있슈. 하지만 지난번 민의원 선거 때 윤상배한티 표를 준 작자들은 죄다 민주당 당원으로 볼 수벆에 읎잖유. 그래서 일대일로 포섭을 한다는 건 불가능하고, 아싸리 윤상배를 자유당에 입당 시키믄 워떡겠슈?"

정윤호는 각본대로 하려니까 긴장이 됐다. 손수건을 만지작거리면서 이동하의 눈치를 살폈다.

"시방 그걸 말이라고 하는 거유?"

이동하가 발끈한 얼굴로 물었으나 정윤호는 못들은 척 했다.

"그 사람을 워티게 민주당에서 탈당시킨대유?"

서문탁도 이동하의 말을 무시해 버리고 정윤호에게 물었다.

"대관절 시방 두 분이 뭔 야기를 하는 거유?"

이동하가 이제 막 권력의 맛이 황홀하다는 걸 어렴풋이나마 느끼기 시작했다. 권력은 약자에게서 얻을 수 있는 것이 아니다. 오직 강자들하고만 나누어 가질 수 있는 것이 권력이다. 그리고 그 강자는 지금은 자유당이다. 민의원 선거에서 떨어지고도 경찰서장하고 군수와 맞담배를 피우고, 호의호식하며 기생질을 할 수 있는 것도 권력의 맛이다. 윤상배가 민주당을 탈당하고 자유당으로 오면 자신은 부위원장으로 내려

앉고 말 것이라는 생각에 시뻘게진 얼굴로 물었다.

"아따! 위원장님 지 말에 서운하셨나 벼. 얼굴이 홍시츠름 빨갛게 물 든 걸 봉께 말여."

"시방 서운하고 안 서운하고 그런 걸 따질 때유?"

정윤호는 안심하라는 표정으로 말했으나 이동하는 모욕감을 느꼈다. 그렇다고 소심하게 화를 낼 수는 없었다. 담뱃갑을 찢어 버리고 싶은 충 동을 참으며 물었다.

"위원장님 우린 한편이유. 설마 지가 위원장님 해가 되는 말을 하겠 슈. 그랑께 안심하시고 시방부텀 지가 하는 말을 잘 들어 보셔유. 아주 간단한 작전잉께. 아까 서장님이 하신 말씀처럼 영동에서는 민주당이 문제잖유. 민주당만 읎다면 우리도 옥천이나 보은처럼 이번 선거는 손 도 안 대고 코를 풀 수 있다 이거유. 그렇다면 민주당을 워티게 없앨 수 있겄슈? 깡패들을 데리고 민주당 사무실에 찾아가서 다 때려 부순다고 민주당이 읎어지는 건 아니잖유, 그렇지 않아도 시방 서울에는 이정재 니, 임화수니 하는 깡패들이 설치고 있는 판이잖유……"

"그야, 윤상배가 읎으면 자연히 도산이 되겄쥬……"

이동하의 눈치를 살피고 있던 서문탁이 바람을 잡았다.

"바로 그거유. 일단 윤상배가 감히 거절 할 수 없는 조건을 걸어서 민 주당을 탈당하게 만드는 거유. 윤상배가 우리가 제시한 조건에 만족해 서 민주당을 탈당한 다음에는, 차일피일 조건을 미루는 거유. 그럼 지가 워틱하겄슈? 졸지에 무소속으로 있을 수밖에 읎잖유."

정윤호는 처음부터 윤상배를 자유당에 입당시키자고 하면 이동하가 결사반대 할 것이라는 점을 염두에 두었다. 뜸을 들이며 이동하의 눈치를 살폈다.

"군수님 발상은 그럴듯하구먼. 내 생각에는 발상은 좋지만 실현 가능성은 읎는 거 같은데……"

이동하가 굳은 표정으로 말을 안 하고 있는 것을 본 서문탁이 짐짓 실망한 얼굴로 말했다.

"내 생각도 서장님하고 가튜. 조건을 걸 수 있는 거시 현재로서는 돈뿜에 읎잖유. 그 인간 경기도에도 공장이 있고, 자식이 박사 학위를 딸 만큼 집안도 택택하잖유. 그런 놈한테 돈이 통하겄슈?"

서문탁이 정윤호의 말에 부정적인 반응을 나타내는 것을 본 이동하는 웃으며 어깨를 반듯하게 폈다.

"정보과장 입장으로 한 말씀 드리겄슈. 윤상배 그 인간 돈에 대해서는 여간 지독한 놈이 아닙니다. 지역주민들한테는 엄살을 떨고 있어도 평생 먹고살만한 돈은 갖고 있는 놈유. 위원장님 말씀처럼 자식이 서울 가서 박사 학위까지 딸 정도로 집안도 잘나가는 편입니다. 그래서 돈으로 조건을 거는 건 어려울 것 같습니다."

"돈으로 안 되믄 권력으로 밀어 부치믄 될규. 날이라도 위원장님이 청주에 있는 최형근 도당위원장을 만나서 이렇게 이야기를 해 봐유."

정윤호가 손수건으로 뺨을 문지르고 있다가 손가락으로 딱 소리가 나도록 치며 말했다.

"뭐라고유?"

이동하가 이건 또 무슨 뚱딴지 같은 말이냐는 얼굴로 물었다.

"윤상배가 민주당을 탈당하고 자유당으로 오믄 선거 끝난 담에 장관 자리를 보장해준다는 말 좀 해달라는 부탁을 해 보셔유."

"자유당은 뭐고, 장관은 또 뭐유?"

"시방 장관이라고 했남유?"

정윤호의 말에 서문탁과 이동하가 번갈아 가며 놀란 얼굴로 반문했다. 구석자리에 앉아서 정윤호가 하는 말을 가만히 듣고 있던 유진표도 싱긋이 웃으며 상상외의 발상이라는 표정을 지었다.

"윤상배가 암만 잘났어도 민의원이유. 민의원은 전국에 이백서른시 명이나 되유. 하지만 장관은 제우 열 명도 안되잖유. 제우 민의원에 불과한 윤상배를 장관을 시켜준다고 하는데 마음이 흔들리지 않겠슈? 그라고 장관을 시켜준다는 조건을 내걸라믄 일단 자유당에 입당을 먼저 시키는 것이 순서잖유."

"군수님 생각은 그럴듯한데 윤상배가 순순히 속아 줄까?"

"서장님, 제 생각에는 군수님의 생각이 전혀 가능성이 없다고 보지는 않습니다. 우선 윤상배는 손해 볼 것이 하나도 없규. 장관이 못돼도 자유당으로 당적을 옮기면 현재보다 정치하기는 훨씬 쉬울 것 아닙니까? 제가 윤상배라도 충분히 검토해 볼 가치가 있는 제안이라고 생각합니다."

"정보과장님은 시방 먼 야기를 하고 있는 건지 모르겄구먼. 윤상배를 왜 자유당에 입당시킨다는 거유? 아까 군수님은 윤상배를 민주당에서 탈당시키는 거시 목적이라고 했잖유."

이동하가 이건 또 뭔 놈의 날벼락이냐는 얼굴로 빠르게 말했다.

"위원장님두 승질이 급하시구면. 아! 자유당에 입당시킨 다음에 선거 끝나고 내쫓아 버리믄 낙동강 오리알 신세 되는 거잖유."

"지 생각에도 자유당에 입당을 시키는 거시 났다고 봐유. 왜냐? 자유당에서 내쫓을 때는 그만한 이유를 맨들어서 내쫓을 거 아뉴. 그람, 자유당 당원들한테도 욕을 먹게 될 터이고, 민주당 당원들한테는 배신자라고 욕을 먹을 거 아뉴. 그렇게 되면 윤상배 정치인생은 종치는 거지머."

"그렇게 되믄 다음 민의원 선거 때는 선거 해 볼 것도 읎이 위원장님이 당선 되신거나 마찬가지겠구먼."

"그건 정보과장이 모르고 하는 말여. 윤상배 그 사람 아주 근본적으로 야당 기질이 있는 사람이라는 걸 몰라?"

이동하는 서문탁과 정윤호가 주고받는 말이 싫지는 않았다. 하지만 위험한 도박은 하고 싶지가 않았다. 만약 윤상배가 자유당에 입당을 하게 되면 자신은 자연스럽게 부위원장으로 격하되고 만다. 다행이 윤상배를 내쫓는다면 정윤호의 말대로 되겠지만, 그 반대면 자신이 찬밥 신세가 될 것이다. 언제부터인지 입 안에서 단내가 나는 것 같아서 줄담배를 피우며 유진표의 말을 반박했다.

"제가 가지고 있는 정보로도 윤상배 그 사람은 원래 야당기질이 있는 건 맞아유. 하지만 마누라 앞에서는 고양이 앞에 쥐라고 합니다. 뒤에서는 마누라를 포섭하고 앞에서는 장관 자리로 낚싯줄을 늘어트리면 승산이 있다고 봅니다. 부통령 후보로 나선 장면도 야당이지만 농림부장관을 해 먹지 않았습니까? 영동군에서 장관 한 명 탄생시켜 보자고 비행기를 태우면 야당이 아니라 야당 골수라도 안 넘어가겠습니까? 집구석에서는 마누라가 도끼눈을 뜨고 쪼아 될 텐데……"

"글씨, 그건 실현이 불가능한 작전이랑께. 윤상배가 어뜬 사람인데 우리 말을 믿겄어."

유진표가 구체적인 방법을 제시하는 것을 본 이동하는 벼랑 앞에 서 있는 기분으로 손을 내저었다.

"문제는 선거가 한 달도 안 남았다는 거유. 그라고 이 자료에서도 본 것츠름 위탁하든 팔십삼 프로는 넘겨야 한다는 거유. 만약 그 이하믄 어뜬 식으로든지 불이익이 있을 뀨. 그랑께 일단 군수님 생각대로 추진을 해 보는 거시 낳을 거 가튜."

서문탁은 이동하가 생각보다는 영리하다고 생각했다. 이럴 때는 다수결의 원칙을 내세워 밀어붙일 수밖에 없다는 생각에 결론을 짓자는 얼굴로 말했다.

"서장님두 너무 단순하게 생각하시는 거 아닌가 모르겠네유. 윤상배 그 인간이 도당위원장 말을 믿고 탈당을 하겠슈? 만약 탈당을 한다믄이야 박수를 치면서 환영할 일이지만 그 반대믄 워쩔뀨? 그릏지 않아도 자유당에서 하는 일이 죄다 국민의 혈세를 빨아들이는 일벡에 읎다면서 꼬투리만 잡을라고 눈이 시뻘게진 놈유. 우리가 조건을 내걸믄 자유당에서 공작정치를 한다고 떠들고 다닐 거 아뉴? 그릏게 되믄 상황은 더 안 좋아진다는 건 생각해 보지 않았남유?"

이동하는 서장실에 있는 세 명이 협공을 하니까 마음이 약해지려고 했다. 그러나 여기서 양보를 했다가는 위원장 자리를 잃어버릴지도 모른다는 위기감에 계속 반대를 했다.

"지도 위원장님과 같은 생각을 해 봤슈. 하지만 선거가 일 년이나 남았다믄 몰라도 단 한 달도 안 남았슈. 그라고 민주당에서 가져와야 할 표는 최소한 만 표가 넘어야 한다는 거유. 천 표도 아니고 만 표를 워티게 한 달 만에 갖고 온다는 거유. 더구나 장면이라는 놈이 못살겠다고 갈아 보자는 구호가 멕혀 들어가는 판국이잖유. 자유당 입지가 자꾸 쭐어 들고 있는 판국에 딴 방법이 읎잖유. 그랑께 위원장님이 날이라도 청주를 한븐 댕겨 오셔유. 도당위원장님을 만나는 경비는 군청에서 위티게 한븐 해 보겠슈."

"위원장님, 정보과장 입장에서 분석을 해 보믄 도당위원장님도 거절은 안 하실 거 가튜. 윤상배를 만나서 이기붕 선생이 당선만 되믄 책임지고 장관 자리를 준다는 말을 백 번은 못하겠슈? 일단 이기붕 선생이 당선만 되셨다 하믄 세상은 자유당 세상이나 마찬가지잖유. 그런 판국에 먼 거짓말을 못하시겠냐 이거유."

정윤호의 말이 끝나자마자 서문탁이 간곡한 목소리로 이동하에게 말했다.

"그람, 서장님하고 군수님만 믿고 날 청주에 한번 가 보겠슈······"

서문탁이 간곡하게 부탁을 하는 말에 이동하는 또다시 마음이 흔들렸다. 최형근에게 돈 백만 환 정도 안겨주면서 선거 끝난 다음에 반드시 윤상배를 탈당시키라고 부탁하면 오히려 잘된 일인지도 모른다고 생각했다.

— 2부 4권에 계속 —

대하장편소설 **금강** 제3권

초판 1쇄 발행 2014년 1월 15일

지 은 이 한만수

펴 낸 이 최종숙
펴 낸 곳 글누림출판사

책임편집 이태곤
편   집 권분옥 이소희 박선주
디 자 인 이홍주 안혜진
마 케 팅 박태훈 안현진
관   리 이덕성

주   소 서울시 서초구 동광로46길 6-6(반포4동 577-25) 문창빌딩 2층(우137-807)
전   화 02-3409-2055(대표), 2058(영업), 2060(편집)
팩   스 02-3409-2059
전자메일 nurim3888@hanmail.net
홈페이지 www.geulnurim.co.kr
등록번호 제303-2005-000038호(2005.10.5)

정   가 13,000원
ISBN 978-89-6327-240-5 04810
     978-89-6327-237-5(전15권)

표지 디자인·디자인밥 출력/인쇄·성환C&P 제책·동신제책사 용지·에스에이치페이퍼

*이 도서의 국립중앙도서관 출판시도서목록(CIP)은 서지정보유통지원시스템 홈페이지(http://seoji.nl.go.kr)와
 국가자료공동목록시스템(http://www.nl.go.kr/kolisnet)에서 이용하실 수 있습니다.(CIP제어번호: CIP2013029357)